人文香山书系·学人卷

《儒林外史》与中国传统法律文化

童汉明◎著

吉林大学出版社
·长春·

图书在版编目（CIP）数据

《儒林外史》与中国传统法律文化 / 童汉明著. --
长春 : 吉林大学出版社, 2023.11
ISBN 978-7-5768-2591-6

Ⅰ. ①儒… Ⅱ. ①童… Ⅲ. ①《儒林外史》- 小说研究②法律 - 文化研究 - 中国 - 清代 Ⅳ. ①I207.419
②D909.249

中国国家版本馆CIP数据核字(2023)第225550号

书　　名：《儒林外史》与中国传统法律文化
《RULIN WAISHI》YU ZHONGGUO CHUANTONG FALÜ WENHUA

作　　者：童汉明
策划编辑：田　娜
责任编辑：田　娜
责任校对：张　驰
装帧设计：林　雪
出版发行：吉林大学出版社
社　　址：长春市人民大街4059号
邮政编码：130021
发行电话：0431-89580036/58
网　　址：http://www.jlup.com.cn
电子邮箱：jldxcbs@sina.com
印　　刷：吉广控股有限公司
开　　本：880mm × 1230mm　1/32
印　　张：12.375
字　　数：260千字
版　　次：2023年11月　第1版
印　　次：2023年11月　第1次
书　　号：ISBN 978-7-5768-2591-6
定　　价：58.00元

丛书主编：申群喜　梁文生　冯来兴

学术顾问：胡波

合办单位：

电子科技大学中山学院香山历史与地方文化研究所

电子科技大学中山学院孙中山研究所

中山市香山文化研究会

目 录

绪 论

一、问题的提出

清初，“对大多数的民众讲，这一个半世纪（大概自清朝入关迄至1800年）是一段和平与繁荣的时代。满清最初的四个皇帝因之享有盛名。”[①]这一时期成为欧洲甚至世界生活的典范。吴敬梓生活在清初后三个皇帝的年代，[②]可以说，他生逢其时，当时没有大战乱，自然没有严重的天灾，社会也少有人祸，社会经济开始复苏并逐步走向繁荣。《儒林外史》[③]设定的背景是明代，其实所说的是清代。但由于地区差异，也由于中国是一个农业大国，在清代，既有过着纸醉金迷生活的富人，也有为一日三餐而奔波劳碌的普通大众，后者甚至还包括不少未入仕的士人。

---

① 黄仁宇：《中国大历史》，北京：生活·读书·新知三联书店 2007 年版，第 248 页。

② 吴敬梓先生生于康熙四十年即 1701 年，卒于乾隆十九年即 1754 年，历经康熙、雍正和乾隆三个朝代。

③ 吴敬梓：《儒林外史》，北京：人民文学出版社 2002 年版。笔者主要根据该版本《儒林外史》作为研究范本，笔者所引用该书，只在文后做简注（书名加页码）。

《儒林外史》无疑是清初著名的写实小说，很多人将《儒林外史》视为真正的历史，认为吴敬梓在《儒林外史》中的描写真实地反映了那个时代士人和一般人的日常生活。如萧一山的《清史大纲》在写到士大夫阶级时，就评价《儒林外史》说，“《儒林外史》所描写讽刺的，已可见一斑。”[①]在“人民的生活与习俗”中，大量引用了《儒林外史》所记录的当时士人的状况。[②]美国学者韩书瑞、罗友枝在《十八世纪中国社会》也大量引用《儒林外史》，作为重构当时历史的证据和素材，“吴敬梓著于18世纪30和40年代的这部小说批判了遭到阿谀和腐败侵蚀的官场以及让人无知无能的科举制度。”[③]他们进一步认为，“其文学作品本身就与他们的经历很相近。吴敬梓在南京靠写作维持生活，并得到亲朋好友送的礼物作为贴补。”[④]该书还写到社会人员的流动，“这些向上流动的新富一旦有了老精英家庭的财富，他们就会热心地接受其生活方式，在18世纪的城市文化中占据主流。他们这种对社会尊重和体面生活条件的追求不仅反映在这一时期像《儒林外史》这样的讽刺小说中，也反映在诸多通俗戏曲中。”[⑤]王鸿泰的《从消费的空间到空间的消费——明清城市中的酒楼与茶馆》大篇幅地引用了《儒林外史》中酒楼与茶馆

① 萧一山：《清史大纲》，上海：上海世纪出版社 2008 年版，第 70 页。

② 萧一山：《清史大纲》，上海：上海世纪出版社 2008 年版，第 81 页。

③ 参见韩书瑞、罗友枝著，陈仲丹译：《十八世纪中国社会》，南京：江苏人民出版社 2008 年版，第 66 页。

④ 韩书瑞、罗友枝著，陈仲丹译：《十八世纪中国社会》，南京：江苏人民出版社 2008 年版，第 67 页。

⑤ 韩书瑞、罗友枝著，陈仲丹译：《十八世纪中国社会》，南京：江苏人民出版社 2008 年版，第 124 页。

消费的描绘。[1]大量引用《儒林外史》所描绘的场景说明《儒林外史》能真实地描绘那个时代的生活，反映那个时代的特征。如《清史大纲》这部简约类历史书，也引用《儒林外史》中不少内容作为史实，足以说明《儒林外史》的历史价值。虽然黄仁宇在《中国大历史》中似乎不太认同《儒林外史》的写实，“《儒林外史》极端讽刺，却好像一部论文集。”[2]但还是在有限的篇幅里面，引用了《儒林外史》及其内容。尤其值得注意的是，由于吴敬梓常常如同新闻记者那样在小说中追踪时事，所以吴敬梓对文中有些事件和人物会根据在现实中的变化而在后面的章节中有所回顾与照应。[3]历史的真实与小说的想象，有时会惊人的相似，甚至历史的真实可能还逊色于小说的想象。正如罗素所言：“假如你的各种信念能像一部好小说上的情节那样配合得当，你的各种信念就是真实的。其实，小说家的真实和历史家的真实，其间是没有差别的。”[4]

---

① 参见蒲慕州：《生活与文化》，北京：中国大百科全书出版社 2005 年版，第 342-380 页。

② 黄仁宇：《中国大历史》，北京：生活·读书·新知三联书店 2007 年版，第 263 页。

③ 商伟：《礼与十八世纪的文化转折——〈儒林外史〉研究》，北京：生活·读书·新知三联书店出版社 2012 年版，导论第 29 页。这方面的例子很多，如小说第二回王惠中举人时，荀玫才开蒙，在小说第七回王惠须发皓白时才与当时二十多岁的荀玫同榜中进士；到二十二回时，在盐商万雪斋家出现了两淮盐运使司使荀玫书的“慎思堂”；再到二十九回时几个书吏在谈论时，董书办道：“荀大人因贪赃拿问了，就是这三四日的事。”单就荀玫一人，前后横跨近三十回。说明吴敬梓根据书中人物的实际情况将其写进小说中。这样的例子在书中比比皆是。因此，商伟说吴敬梓的写作方法同新闻报道一样，根据新闻人物的变化发展进行新闻追踪报道，确实如此。也说明小说的自况性和真实性。

④ 罗素著，吴友三译：《权力论》，北京：商务印书馆 1998 年版，第 182 页。

《儒林外史》不仅是儒林中人的生活文化史，也是清代初期的官场文化史，同时也是清帝国初期的普通民众的日常生活史。《儒林外史》描写的社会生活和相关法律文化，实际上也可理解为清初社会生活和法律文化的缩影。小说毕竟是小说，不能因为它的写实而视之为真正的历史。对小说的研究，也不同于对历史的研究，我们更多的是从小说中的人物和事件所呈现出来的文化、意识、态度和看法，来研究其中所包含的传统法律文化意义。

（一）吴敬梓生活的背景

吴敬梓，滁州全椒（今安徽省全椒县）人，生于康熙四十年（1701），乾隆十九年（1754）病逝于江苏扬州。吴敬梓字敏轩，号粒民，晚年又号文木老人，又因为中年后移居南京秦淮河，别署秦淮寓客。吴敬梓出身于名门望族。曾祖吴国对是清初的探花，官至翰林院侍读，提督顺天学政。祖父吴旦以监生考授州同知，祖父的兄弟吴晟是康熙年间进士。父亲吴霖起是康熙年间的拔贡，曾出任江苏赣榆县教谕。吴敬梓从小聪颖好学，才识过人，康熙六十一年（1722）考取秀才，同年父亲病逝。吴敬梓不善于理家治财，加上生性豪爽，慷慨好施，“遇贫即施，偕文士辈往返，倾酒歌呼，穷日夜，不数年百产尽矣”。[①]田庐散尽，奴仆逃散，由于科举失败和家产挥

① 程晋芳：《吴敬梓传》。另请同时参见：胡适：吴敬梓传，载《胡适文集（2）》，北京，北京大学出版社 1998 年版，第 592-598 页；陈美林：《吴敬梓评传》，南京：南京大学出版社 1990 年版，第 27-354 页；吴敬梓：《儒林外史》，北京：人民文学出版社 1958 年版，前言第 1-6 页。

霍一空，被乡里“传为子弟戒”。[①]吴敬梓才避走南京，与士子等社会各阶层广泛接触，深入了解社会生活，开拓视野，为写作《儒林外史》积累丰富素材。

自曾祖以来即广收田地成为官僚世家，吴氏家族一方面倡言忠孝，重视礼乐；另一方面又从士农工商的传统观念出发，重农本而抑商末。吴沛即认为“五刑之属三千而罪莫大于不孝”，各兄弟子辈均实践孝行。吴国龙更重视“冠昏”之礼的研究，对“冠礼”“昏礼”和“丧葬”均有论说。他们极为重视封建孝道和礼制，但对商人却十分反感。这些，都对吴敬梓产生深刻的影响，《儒林外史》对婚姻、祭祀和丧葬的礼仪描写十分详细具体，而对盐商等商人的描写都是唯利是图、贪图享受和不讲礼义廉耻的。同时，作为科举世家，吴敬梓对科场的一切了如指掌，他自己虽然终生不得志，只是一个秀才了局，正因如此，其对科举和人情世故的体会才更加深刻，其对科举的种种描写才会入木三分鞭辟入里，才会有流传千古的“范进中举”形象。

居住南京期间，吴敬梓把体验到的风土、世故、人情，以及经历的人事，经受的冷暖，看到的嘴脸，听到的故事……全部融合在一起，完成鸿篇巨著《儒林外史》。为了避嫌，一方面为了避免清代文字狱的牵连，另一方面为了避免读者将书中人物对号入座，他把书中故事发生的时间安排在明朝，所描写的人物大多用了谐音或意会，名为“儒林”中事，实际上所写的都是清代初期社会包括士人、官员和庶民的

① 吴敬梓：《文木山房集·减字木兰花》。在《儒林外史》中，也曾借高翰林的话说，杜少卿是杜家第一个败类，他教子侄读书，每人桌子上贴一纸条，“不可学天长杜仪”。第339-340页。

广泛社会生活。书中对科举制度进行了深刻的描述和揭露，寄予作者的同情——“哀其不幸”，同时又给予辛辣的讽刺，从而寄托作者对理想生活和社会的构想。《儒林外史》是展现18世纪初期广泛社会生活画卷，当之无愧地成为了解和研究帝制中国社会最好的范本之一。

（二）问题的提出

如何研读中国古典文学，尤其是如何解读古典文学中的法律，这是法律与文学领域需要深入研究的主题。①通过中国古典文学中有关传统中国的民众文化生活的描写，解读民众的法律意识，研究中国的法律文化史，不仅对中国古典文学的拓展研究，还是对中国法律文化的深入和广泛研究，都具有极大的价值和作用。运用中国古典文学来研究中国古代法律文化，其中最重要的，当然是挖掘文学作品中的人物和事件所折射的当时礼法制度规范、司法实践及其法律意识，特别是文学作品中所记录的有关争议、纠纷和案件处理，深刻反映着那个时代的法律文化。

学者对中国传统司法中裁判者的问题进行了广泛讨论，特别是针对明清的司法裁判，基本上达成这样一种“共识”：在古代，西方的司法是专业化的，中国司法是非专业化的，或者说西方的法律具有确定性，中国的法律缺乏确定性，故而司法结果在古代中国存在不确定性和无法预期性。②这一共识的

① 参见本书关于法律与文学的研究与回顾。

② 对上述争论的评论参见林端：《中国传统法律文化：“卡迪审判”或“第三领域”？——韦伯与黄宗智的比较》，载中南财经政法大学法律文化研究院编：《中西法律传统》第六卷，北京：北京大学出版社2008年版，第425-453页。

理论背景乃基于东西方二元对立观念，也基于西方国家的现代法律理论和概念作为前提和基础进行“理想类型”[①]的研究，

---

① 理想类型（ideal types）是韦伯为了克服德国人文主义和历史学派过度个体化和特殊化倾向而提出的一种概念工具。最初出现于韦伯1904年发表的《社会科学和社会政策中的“客观性”》一文中，此后他又在《经济与社会》等诸多著述中进一步讨论这一概念及其对社会科学研究的意义。在韦伯看来，“理想类型”的概念具有这样一些基本特征：（1）理想类型是研究者思维的一种主观建构，因此，它既源于现实社会，又不等同于现实社会。“ideal types”既可以被译成“理想类型”，也可以被译成“理念类型”。这两种译法实际上正好揭示了这一概念的两个面向：其一，这种类型存在于人的观念中而不是现实中，因此它是一种理念；其二，这种类型之所以能够称之为“理想的”，是因为它代表的某种或某类现象是接近于典型的，是一种理想化的典型，现实中的社会现象只能与之近似，不会同其完全一致。所以，韦伯强调，“就其概念的纯洁性来说，这种精神建构不可能通过经验在现实世界的任何地方发现。它是一种‘乌托邦’（utopia）”。（2）理想类型尽管是一种主观建构，但并不是凭空虚构的，它是以理论结构的形式表示的一种“时代兴趣”（注：科恩：《十九世纪至二十世纪初资产阶级社会学史》，上海：上海译文出版社1982年版，第272页。），因此它也就体现着某个时代社会文化现象的内在逻辑和规则。“这种理想的类型化的概念将有助于发展我们在研究中的推论技巧：它不是‘假设’，但能够为假设的建构提供指导；它不是现实的一种描述，但却欲图为这种描述提供一种明确的表达手段。”（注：Weber，M.，The Mathotology of the Social Science，New York：The Free Press，1949，p90.）（3）理想类型在一定程度上是抽象的，但它并没有概括也不欲图概括现实事物的所有特征，它只是为了研究的目的单向侧重概括了事物的一组或某种特征。用韦伯的话来说，“一种理想类型是通过单向（one-sided）突出事物的一点或几点，通过对大量弥散的、孤立的、时隐时现的具体的个别现象的综合形成的……”（同上注）。正惟其如此，理想类型为比较在某一方面或某几方面具有共性的现象提供了可能。（4）理想类型的概念也充分体现了韦伯对价值的看法。一方面，他并没有无视行动者的价值观，比如，在有关政治社会学的论述中，他划分出了有关权威的三种“理想类型”；但另一方面，他鲜明地强调，“我们所谓的理想类型……和价值判断没有任何关系，除了纯逻辑上的完善外，它与任何形式的完美毫不相干。”（注：Weber，M，The Methodology of the Social Science，New York：The Free Press，1949，p.98 ~ 99.）换句话说，理想类型就价值而言是中立的。（5）最后，如阿隆所说，韦伯的“理想类型是与社会和现代科学的特点，即理性化的过程，联系在一起的。种种理想类型的建立，表明各门学科都在努力寻找物质的内在合理性，并以某种半成型的物质为基础建立这种合理性，使物质为人们所理解。”（注：阿隆：《社会学主要思潮》，上海：上海译文出版社1988年版，第549页。）

其理论预设是：法律是一种理性，是专业化和专门化的理论和实践工具，是具有独特品质的知识体系。换句话说，法律知识与日常知识分属不同知识体系，法律不应也不能由没有法律知识的人来司法，否则，法律便不能得到很好的实施。但是，帝制中国的“司法”完全交由非法律专业的文人官僚来操控，从理论上或法律效果上来说，法律运作应当不太顺畅或者应该不会得到良好实施效果。而事实上，帝制社会这样一套所谓“非理性”的“司法机器”却一直较为正常地运转。即使王朝更替或外族入侵，法律没有发生根本改变，司法也没有出现巨大裂变，法律相对稳定性和司法相对随意性，竟然能有效地维持帝制中国的政治统治和社会秩序，解决各色各样的社会冲突和纠纷，推动社会发展。正如滋贺秀三所言“中国法的这些类别在遥远的古代就实现了高度的发达这一点来看，也许在世界史上都是无与伦比的”。[①]至少可以说明，这样一套制度基本满足社会统治和管理的需要，基本满足民众对司法的需要，满足社会纠纷矛盾解决的需要。“存在就是合理”，据此推论，这套制度背后显然有其合理性的一面，有其与社会发展相适应的正当性。

显然，单纯依靠对理性法律或制度的研究方法，无法解决这一疑问，有必要多方面地深入考察传统帝制中国司法文化背后的东西。广大民众是法律适用的主体，他们的法律经验和法律意识是如何与司法体制相适应的？在这般司法体制内如何实践？表现如何？评价如何？这在以往的研究中没有得到充分和具体的表现。《儒林外史》则是研究这些问题的范本。正如

---

① ［日］滋贺秀三：《中国法文化的考察——以诉讼的形态为素材》，载滋贺秀三：《时清时期的民事审判与民间契约》，北京：法律出版社1998年版，第2页。

长期深入研究中国法律文化史专家徐忠明所言，“各种文学作品中散见的公案故事、法律资料，诸如《三国演义》《水浒传》《金瓶梅》《红楼梦》《儒林外史》《三言》《两拍》等等，以现代眼光看，举凡法理、刑事、民事、商事、婚姻、家庭、继承、行政、身份，甚至妓娼制度等等，可谓无所不包罗，是可以深入、全面探掘的法律文化史资料宝库。”[①]贺卫方也认为，“古人著作不应该只理解为官修正史以及各种经典，更重要的是那些较为直接地反映社会各阶层观念的作品，如戏曲、小说、诗词、笔记、日记、谣谚等等。”[②]因此，《儒林外史》具有较高的研究价值。

在以往研究中，对于《儒林外史》所涉及的相关士人和百姓的法律实践和法律意识相关研究较为缺乏，尤其是对《儒林外史》与中国传统法律文化或法文化史方面的研究，目前尚不多见。《儒林外史》里面有科举，有官员，有士人，有庶民；有婚姻，有家庭，有各种各样的生活和纠纷，有相关纠纷的解决方法，有各色人等对有关律例的意识、态度和看法，从法文化史和新文化史对《儒林外史》进行研究，既可以揭示实际司法运作，也可以从角色对法律的感受和态度体悟帝制中国尤其是清代的法律文化。尤其重要的是，通过这一角度的研究，为本书提出的问题：为何传统中国在长达一千多年的时间里，能够在司法方面保持相对的稳定，并维持较低限度的

① 徐忠明:《从明清小说看中国人的诉讼观念》,《中山大学学报(社会科学版)》1996 年第 4 期。

② 参见贺卫方：《比较法律文化的方法论问题》，载沈宗灵、王晨光编：《比较法学的新动向》，北京：北京大学出版社 1993 年版，第 176 页。

社会治安稳定？提供了一个相对合理的解释。本书以《儒林外史》为研究中心，着重解读民众的法律意识和心态，同时考察司法官员的法律信仰和司法观念，以期对清代的法律文化进行更深入的研究。

以《儒林外史》为对象进行法律文化史的研究，可以考察清代司法的实践与表达，考察儒林士人的生活与实践，考察百姓对相关礼法的意识与态度，考察民众在社会日常生活中对礼法的心态和认识，这是本书的研究主题。《儒林外史》具有写实性，为文学与法律研究领域开辟新天地。正如彼得·盖伊所言："阅读小说的方式绝对不会只有一种，可以把它当作文明的乐趣之泉源，也可以当作是寻求自我精进的教育工具，同时也可看成是进入某种文化的门户。"[①]因此，我更愿意将《儒林外史》作为对当时社会新文化史研究的窗口。

（三）研究意义

为什么选择《儒林外史》作为研究对象？《儒林外史》虽然是一部主要描写儒林的小说，但是它不仅是儒林百态图，更是中国律例制度和法律实践的缩影。这里的法律不但包括了活生生的法律——经过起诉到官府，司法官员进行审理所依照的律例条文，还包括了大量中国传统意义上的法律——礼与法。这些礼法，不完全是现代西方意义上的法律，而是中国式的，既有国家层面上的律例礼法规定，也有家族上的民间上的礼法约束和惯例，《儒林外史》展示了这些礼法制度是如何

① 彼得·盖伊著，刘森尧译：《历史学家的三堂小说课》，北京：北京大学出版社 2006 年版。

发挥作用的，如何维持着社会的平衡与和谐，这在帝制中国的婚姻中也得到了充分体现。

《儒林外史》无疑是一部中国式的法律文化史，展现那个时代礼与法的运用。“在我们今天公认的古典小说中，没有哪一部比《儒林外史》更深入地介入了当时思想界和知识界的讨论，尤其是方兴未艾的儒家礼仪主义和经典研究。”①笔者粗略地统计了一下《儒林外史》的案件，真正成为案件并到衙门里打官司的有20多件，而没有到衙门打官司，但当事人扬言要打官司的以及其他纠纷有十多件，有些案件当事人和解了事，有些是因为随着时间的推移而不了了之，有些是朝廷司法官员直接介入并处理。这些作为案件来处理的有普通的钱债纠纷、邻里租赁纠纷、田土和典当纠纷、立嗣过继纠纷案；刑事案件有私和命案、诈骗案、偷盗案、拐带人口案，等等。另外还有一些类似危害国家管理的案件如买嘱枪手代考案、短截县印文及私动朱笔案、官员管理城务被核减追赔案、假冒中书案甚至文字狱案、叛变案，等等。在这些案件的发生争辩处理过程中，表现出部分官员的尽心尽责，也有不少官员或者贪赃枉法，或者糊涂判案，或者推挡了事；一些公差衙门，或者吃了原告吃被告，或者假造公文印章，或者无事生非，或者包揽词讼；一些当事人，或者以势欺人，或者夸大其词，或者编造假案，或者行贿说情等等，使尽各种手段，个个形象活灵活现，俨然一幅清代的俗世图。“历史总是惊人的相似”，具体又以何种面目表现其相似性呢？这种相似的背后，到底是一种什么传统在起作用呢？是潜移默化？还是人性使然呢？或者是

① 商伟：《礼与十八世纪的文化转折——〈儒林外史〉研究》，北京：生活·读书·新知三联书店出版社2012年版，第2页。

传统文化使然？显然，对此进行深入的研究，以揭示出中国传统法文化思想的根源不无意义。

《儒林外史》中存在大量“活的法律”，即日常生活中时刻存在的纠纷和礼法制度，包括人们在婚姻过程中应当遵守的种种程序，在社会生活中对礼法制度和司法运用的意识形态、认识和看法、态度和体验。例如，我们发现在案件中存在的说情现象，这种“活的法律”体现在士人和民众的一言一行中，成为日常生活的一部分。它们不是法典，也不是法律判决，但又无时不在指导或约束着人们的思想与行为，它们与法典并不一致，也可能与法律判决不一致，甚至于有时会无视法律的规定或司法的裁判，或者完全违反法律的规定，它们另有一套对社会、对家庭、对人、对事物的评判标准，时刻影响着人们的日常生活。因此，本书尝试对这些“活的法律”进行研究，不仅能够丰富对《儒林外史》的研究，同时能够拓展和丰富对中国法文化的研究。

另外，书中对科举制度和追求功名利禄的儒林中人的刻画，入木三分。虽然已经有不少文章对此进行了研究，然而，如果不能从法律和文化的角度进行研究，无疑是一种缺憾。因此，本书从法文化角度来解读《儒林外史》中的法律文化。

二、学术研究史之回顾

（一）《儒林外史》研究现状

有关《儒林外史》的研究，大致可以分为以下几个阶段，最早的研究阶段当属嘉庆八年（1803年）卧闲草堂刊刻的《儒林外史》，该本有署名“闲斋老人”作的序和未署名的五十回评，包括后来的有齐省堂本评、黄小田、张小虎等评本，其中张小虎的《儒林外史评》是最早单独出版的《儒林外史》研究专著。这一时期的研究，对于考究、解读《儒林外史》的史实，起到相当重要的作用，为以后的研究奠定了良好基础，这也是《儒林外史》文本及其作者身世准确的主要原因。稍后是晚清时期的研究，这时受到“乾嘉学派”①的影响，时人以考据的方式解读《儒林外史》，对《儒林外史》中的人物原型、情节本事详加考证，同时也对作者吴敬梓的生平、交游等有关行为和事迹进行详细的考证。这一时期最为突出的代表人物是金和，他是最早探寻《儒林外史》的人物原型和情节本事的。同治八年（1869年），他在苏州群玉斋本《儒林外史》的跋语中指出：“全书载笔，言皆有物，绝无凿空而谈者。”②并列举了小说中大量的人物原型。③由此可以看出，《儒林外史》属于纪

① 乾嘉学派是清代乾隆、嘉庆时期思想学术领域中出现的一个以考据为治学主要内容的学派。因为它采用了汉朝儒生训诂考订的治学方法，与着重于理气心性抽象议论的宋明理学有所不同，所以有“汉学”之称。因为这一学派的文风朴实简洁，重证据罗列而少理论发挥，又有“朴学”“考据学”之称。

② 陈美林主编，李忠明、吴波著：《〈儒林外史〉研究史》，福州：海峡文艺出版社 2006 年版，第 78 页。

③ “书中的杜少卿乃先生自况，杜慎卿为青然先生。其生平所至敬服者，惟江宁府学教授吴蒙泉先生一人，故书中表为上上人物虞育德。其次则是上元程绵庄、全椒冯萃中，句容樊南仲，上元程文，皆先生至交。书中之庄征君者程绵庄，马纯上者冯萃中，迟衡山者樊南仲，武正字者程文也。其他如平少保之为年羹尧，凤四老爹之为甘凤池，牛布衣之为朱草衣，权勿用之为是镜，萧云仙之姓江，赵医生之姓宋，随岑庵之姓杨，杨执中之姓汤，汤总兵之姓杨，匡超人之姓汪，荀玫之姓苟，严贡生之姓庄，高翰林之姓郭，余先生之姓金，万中书之姓方，范进士之姓陶，娄公子之为浙江梁氏，或曰桐城张氏，韦四老爹之姓韩，沈琼枝即随园老人所称‘扬州女子’，《高青邱集》即当时戴名世诗案中事：或象形谐声，或廋词隐语，全书载笔，言皆有物，绝无凿空而谈者，若以雍乾间诸家文集细绎而参稽之，往往十得八九。”参见陈美林主编，李忠明、吴波著《〈儒林外史〉研究史》，福州：海峡文艺出版社 2006 年版，第 78-79 页。

实小说，其所描写的人物，基本上有原型可资考证和印证，其所描写的事实，也大多为作者所亲历或耳闻目睹。这种纪实性，对于本书研究之目的，有较大的研究价值和意义。

第二阶段《儒林外史》的研究集中于20世纪上半叶，这一时期卓有成效的研究者当属胡适，他在近代研究史上是奠基性的，对《儒林外史》及其作者吴敬梓的研究无出其右，无人能像他那样阐明了那么多的问题，且此后任何一位研究同一对象的人都无法绕开他，他的《吴敬梓传》和《吴敬梓年谱》奠定了研究作者的基础。提出了“真自由，真平等”是吴敬梓想要塑造的社会心理。[①]这是《儒林外史》研究中最新研究成果和结论。并且，他是第一个作出《吴敬梓年谱》的学者。[②]另一位较有成效的研究者是鲁迅，他的《中国小说史略》与《中国小说的历史的变迁》中有关《儒林外史》的论述，主要围绕“讽刺小说”展开，内容以作家和文本为主。认为《儒林外史》是古代第一部空前绝后的杰出“讽刺小说”，“秉持公心，指摘时弊，机锋所向，尤在士林”。[③]但其在文献资料的挖掘和整理上无法与胡适比拟。胡、鲁二位可谓这个阶段《儒林外史》研究领域的两大人物，但都没有注意到《儒林外史》关于社会文化方面的研究价值，未能在社会文化生活有所

① 参见胡适：《胡适文集》第二卷，北京：北京大学出版社 1998 年版，第 592-595 页。

② 陈美林主编，李忠明、吴波著：《〈儒林外史〉研究史》，福州：海峡文艺出版社 2006 年版，第 121 页；《吴敬梓年谱》参照胡适：《胡适文集》第三卷，北京：北京大学出版社 1998 年版，第 475-479 页。

③ 参见陈美林主编，李忠明、吴波著：《〈儒林外史〉研究史》，福州：海峡文艺出版社 2006 年版，第 125 页。

挖掘，更遑论法文化方面的内容。

20世纪的下半叶乃第三阶段，指1949年到21世纪前的一段时期。这一阶段的《儒林外史》研究又分两个时期，一是1949年到“文革”时期，二是“文革”到当前。前一时期，《儒林外史》的研究由于受到政治思想形态的影响，充满了以阶级斗争为纲的思想内容，而且主要以批评胡适所谓的资产阶级的思想为主，基本上全盘否认了胡适研究《儒林外史》的成果。但是，这一时期随着吴敬梓的一些诗作和材料的挖掘，对《儒林外史》研究的人物原型和情节本事的研究和考订取得一些重要进展。如何泽翰的《儒林外史人物本事考略》，[①]该书考证的材料极具历史价值。如《儒林外史》所写的各啬商人严监生，临死前为两茎灯草费油一事死不瞑目，其来源是乾隆时期的阮葵生所著《茶余客话》卷一十五所载，是出自盐商的真实故事，作者亲见其人，非杜撰也。[②]又如范进中举后喜极而疯的情节，就是出自刘献廷《广阳杂记》所记的真人真事，神医袁体庵用恐惧法治愈中举喜极发狂之士子的事。[③]何的考证为研究吴敬梓和《儒林外史》提供了丰富翔实的材料，也说明了《儒林外史》的历史真实性。同时期何满子的研究也有较大的影响，他的《儒林外史论》代表了这一时期研究《儒林外史》的最高水平。[④]提出了《儒林外史》的现实主义创作方法论。“文革”之后，对《儒林外史》的研究逐渐恢复和发

① 何泽翰：《儒林外史人物本事考略》，上海：上海古籍出版社 1985 年版。

② 阮葵生：《茶余客话》，北京：中华书局 1985 年版。

③ 参见（清）刘献廷撰，汪北平，夏志和点校《广阳杂记》，北京：中华书局 2007 年版。

④ 何满子：《儒林外史论》，上海：古典文学出版社 1957 年版。

展。其主要是对在“文革”以前的错误解读进行意识形态上的一些纠正，以科学和民主的态度开始认识和评价《儒林外史》。这一时期的研究作品较多，但是，还是囿于意识形态的影响，并没有显示出独立客观的历史价值。这一时期于1984年召开的吴敬梓诞辰280周年研究会，来自世界各国和全国各地的吴敬梓和《儒林外史》研究人员参会，大大丰富了对《儒林外史》和作者吴敬梓的研究。这一时期，主要的研究者有陈汝衡、陈美林、李汉秋等人。[①]他们基本上以《儒林外史》和吴敬梓作为主要的研究对象，对吴敬梓的生平、交游、朋友和亲属、诗作、思想以及《儒林外史》的人物原型考证、人物形象描写、反映的思想内容和价值、创作的方式方法，以及有关争议问题进行较为全面和深入的研究。这一时期也是对“儒学”的研究空前繁荣的时期。而在2001年12月5日至7日，纪念吴敬梓诞辰300周年纪念大会暨学术研讨会在吴敬梓的故乡安徽滁州召开。与会专家除了对新发现的吴敬梓《文木山房诗说》进行研讨外，也对《儒林外史》的主题思想、人物形象、艺术特色展开了研讨。这一时期出现了一些细节上的文化特色的研究，如根据《儒林外史》对江南士绅生活的描写，对

① 李汉秋:《儒林外史研究论文集》，北京：中华书局1987年版；朱一玄、刘毓忱:《儒林外史资料汇编》，天津：南开大学出版社2003年版；李汉秋：《儒林外史的文化意蕴》，郑州：大象出版社2009年；陈美林:《吴敬梓研究》上、中、下三册，南京：南京师范大学出版社；陈美林：《吴敬梓评传》，南京：南京师范大学出版社1990年版；李忠明、吴波：《儒林外史研究史》，福州：海峡文艺出版社2006年版；陈汝衡：《吴敬梓传》，上海：上海文艺出版社1981年版。等等。

生活水平的描写，对饮食文化的描写等等。[①]因此，对于新世纪的《儒林外史》研究，有待进一步深入和拓展。使“伟大也要有人懂”。[②]总体来说，对《儒林外史》的研究虽然没有对“四大名著”的研究那么深入和丰富，但由于有关原始资料比较完备，对作品和作者的研究相比“四大名著”而言，更为具体和真实。

上述所有研究都主要围绕作品本身的人物原型、写作手法、修辞方法、篇章结构等对《儒林外史》的内在性的解释，基本上从文学和文学史的角度来进行研究。后来出现尝试解读《儒林外史》所体现的社会文化生活的研究，对《儒林外史》进行社会文化史的检讨。如胡益民、周月亮的《〈儒林外史〉与中国士文化》，[③]从文化的角度研究《儒林外史》中的士的群体，初次将《儒林外史》与文化结合起来，分析了《儒林外史》的士所表现的传统文化，深化和拓展了对《儒林外史》的研究。顾鸣塘的《〈儒林外史〉与江南士绅生活》[④]以《儒林外史》所提供的材料论述了江南士绅的活动空间和思想发展，打通了小说形象与当时社会生活之间的关联与呼应，从社会生活的不同的角度解读了《儒林外史》。王硕的硕士论文《〈儒林外史〉的文化解读》，[⑤]从儒释道的角度来解

① 如顾鸣堂：《〈儒林外史〉与江南士绅生活》，北京：商务印书馆2005年版；余英时：《士与中国文化》，上海：上海人民出版社2003年版。

② 鲁迅：《且介亭杂文二集》，北京：人民文学出版社1973年版。

③ 胡益民、周月亮：《〈儒林外史〉与中国士文化》，合肥：安徽大学出版社1995年版。

④ 顾鸣塘：《〈儒林外史〉与江南士绅生活》，北京：商务印书馆2005年版。

⑤ 王硕：《〈儒林外史〉的文化解读》，渤海大学硕士学位论文，2012年。

读《儒林外史》的相关文化。而从礼法或者法律文化的角度对《儒林外史》进行研究的尚不多见，只有零散的几篇论文，如徐汉峰、黄文军的《浅析〈儒林外史〉中的借贷利息与了债方式》，[①]主要阐释了《儒林外史》中有关借贷纠纷中的利息与了债的方式，这其实是纠纷的介绍与挖掘而已。陈煜、毛娓的《〈儒林外史〉中的三个阶层与法律实践》，[②]试图从传统的法律文化的角度，根据《儒林外史》描绘的状况以及人们的日常生活的思想言行，阐述了各阶层的法律价值观，并根据他们在日常生活中的角色和作用，解读了传统文化中的法律文化的意义与作用。但是，到目前为止，这些作品都只是通过一个侧面来研究《儒林外史》，只是对《儒林外史》涉及的个别状况或者个别的司法或纠纷的阐述，缺乏对《儒林外史》中表现的司法实践与法律文化进行全面和深入的研究。对于《儒林外史》这样伟大的作品而言，无疑是一个令人遗憾的事情。正因为如此，这就为本书的进一步深入研究《儒林外史》中的清代的法文化提供了一个基础和可能。

（二）文学与法律研究的回顾

文学和法律似乎关联不大。文学一般都是形象思维，而法律则强调抽象的逻辑思维；文学注重感性，法律讲究条理与实践；文学以性情为本，寻求个性的张扬，总爱冲破既定规则

① 徐汉峰、黄文军：《浅析〈儒林外史〉中的借贷利息与了债方式》，《孝感职业技术学院学报》2001 年第 1 期。

② 陈煜、毛娓：《〈儒林外史〉中的三个阶层与法律实践》，《江苏警官学院学报》2002 年第 2 期。

的约束，反映着人性的莫测，而法律则是普遍的民意体现，追求人性普遍性，强调既定规则的稳定性。然而，文学和法律两者之间也有着共同点。它们关注着社会生活，关注着人，关注着正义、公平、自由、善恶、是非等人类的共同主题。因此，这使文学与法律的对话与交流成为可能。

从学科理论建设来看，文学与法律之比较与研究属于比较文学研究中的跨学科研究，国内外学者都有所涉及，法律与文学运动的经典分类，一般可分为“文学中的法律”“作为文学的法律”“通过文学的法律”以及“有关文学的法律”四种。[①]一般来说，作为法律学科的研究，大都是从文学中的法律这一进路出发。根据文学作品中的法律实践问题，探讨文学作品形成时期前后的法律意识、法律文化和法律实践。其实，文学与法律之间的交流早已有之，但是把“文学与法律”作为系统性的研究领域进行研究大概只能从20世纪70年代算起，其渊源可追溯到美国密歇根大学教授詹姆斯·伯艾德·怀特（J.B.White）1973年出版的《法律的想象》（*The Legal imagination*），其关注的主要问题包括：文学作品（包括诗、戏剧、小说、散文、童话、新闻报道）中的法律问题；法律、文学与解释学、语言学、修辞学的交叉研究，这主要是将文学批评与解释学运用于法律领域；法律、文学与正义、伦理、惩戒、压迫的关系，这侧重于对法律、文学的背景分析；法律对民间文学作品的保护和管制。该书成为“文学与法律”研究领域的奠基之作，怀特教授也因此被认为是“文学

① 参见冯象：《法律与文学——〈木腿正义：法律与文学论集〉代序》，《北大法律评论》1999 年第 2 期。

与法律”研究领域的开创者。[①]

中国古典文学昌盛发达，给研究法律与文学的学者提供了很多素材。比如有人从《窦娥冤》中研究元代的司法制度，进而研究到古代的思想史、文化史，而从《红楼梦》《拍案惊奇》中看到的东西就更多了，有人从文学作品中研究帝制时代法律的直接影响。[②]徐忠明教授明确指出，“各种文学作品中散见的公案故事、法律资料，……是可以深入、全面探掘的法律文化史资料宝库”[③]。“中国古代的文人学者很具历史意识，举凡诗词散文、小说戏剧、稗官野史、笔记杂著，无不反映出某种历史事实。从法制史乃至法律文化史角度对之作一番钩沉剔抉、整理研究，将是很有意义的。”[④]关于中国的法律与文学的研究综述，可参见专门研究。[⑤]

“文学中的法律”之研究，成果最为突出，但是各类研究都存在瓶颈，如何从研究倾向和研究方法论上创新，超越

① 有关国外尤其美国的“法律与文学运动”的概括性讨论，参见冯象:《木腿正义:关于法律与文学》，广州：中山大学出版社 1999 年版；信春鹰：《后现代法学：为法治探索未来》，《中国社会科学》2000 年第 5 期；胡水君、南溪：《法律与文学：文本、权力与语言》，载朱景文主编：《当代西方后现代法学》，北京：法律出版社 2002 年版。

② 林国清：《中国古代法律与文学发展关系初探》，《福建论坛（文史哲版）》1999 年 2 期。

③ 徐忠明：《从明清小说看中国人的诉讼观念》，《中山大学学报（社科版）》1996 年 4 期。

④ 徐忠明:《〈窦娥冤〉与元代法制的若干问题试析》,《中山大学学报（社科版）》1996 年第 3 期

⑤ 苏力：《在中国思考法律与文学》，《法学前沿》第五辑，北京：法律出版社 2003 年版，第 55-85 页。另外参见徐忠明、温荣：《中国的“法律与文学”研究述评》，《中山大学学报（社会科学版）》，2010 年第 6 期，第 162-174 页。

“法律与文学研究的四分法”[①]，笔者认为应当借鉴新文化史的研究路径，用文学作品来研究某个时代如明清时期法律的社会文化史，着重解读民众的法律意识和法律心态，同时考察司法官员的法律信仰和司法观念。在这一方面，徐忠明教授从“文学与法律”渐渐转向关于“文学中的法律”的研究，卓有成效，硕果累累，其运用的文学素材堪称丰富，不拘一格，不仅有传统的文学包括小说、杂剧、戏曲，还包括常见但尚未有人涉足的谚语、笑话和竹枝词等等。[②]这些研究一方面丰富了研究素材，更重要的是，这样一种整合文学和社会意识的法律文化研究，开创了另一种法律文化的研究方法。徐忠明所关注的研究领域，从“文学中的法律”逐渐扩展到“法律的表达”层面，又从“法律的表达”拓展至“法律文化的表达”；[③]不仅深化“法律与文学”的研究，而且奠定“文学的法律文化”研究的基础。在研究方法上，徐忠明已经从前人的

① 按照法律与文学运动的经典分类，后者又可分为“文学中的法律”“作为文学的法律”“通过文学的法律”以及“有关文学的法律”四个小类。具体请参阅冯象：《法律与文学——〈木腿正义：法律与文学论集〉代序》，《北大法律评论》1999 年第 2 期；胡水君：《法律与文学：主旨、方法与局限》，《中华读书报》2001 年 10 月 24 日；苏力：《法律与文学：以中国传统戏剧为材料》，北京：三联书店 2006 年版。

② 具体请参见徐忠明发表的相关论文：《娱乐与讽刺：明清时期民间法律意识的另类叙事》，《法制与社会发展》2006 年 5 期；《案件、故事与明清时期的司法文化》，北京：法律出版社 2006 年版；《众声喧哗：明清法律文化的复调叙事》，北京：清华大学出版社 2007 年版。

③ 参见徐忠明：《制作中国法律史：正史、档案与文学》，《学术研究》2001 年第 6 期；《关于明清时期司法档案中的虚构与真实》，《法学家》2005 年第 5 期。另外，在《诉诸情感：明清中国司法的心态模式》（《学术研究》2009 年第 1 期）一文中，徐忠明对诉讼文书的修辞问题进行了深入的讨论。

"文史互证"转向他所引领的"法律的新文化史"[①]上来，从而有别于以往的研究方法和旨趣。

《儒林外史》作为古典文学名著，以揭露与讽刺儒林种种现象而著称，其对儒林中人形象而深刻的刻画，可谓入木三分。正如彼得·盖伊说的："在一位伟大的小说家手上，完美的虚构可能创造出真正的历史。"[②]该书对县官形象以及案件审理的描写鞭辟入里，跃然纸上。该书从第四回开始就开始了有关官司的描写，其回目《荐亡斋和尚吃官司 打秋风乡绅遭横事》，就引出和尚风化案、断牛肉案、偷鸡案和邻里纠纷等四五宗官司。当事人如何惹上官非，县官如何断案等形象描述，反映了当时的诉讼风气，司法官员对案件的态度、做法，有关民众的诉讼态度，尤其是民众的司法意识，构筑一出帝制中国的司法万花筒。这些案件仿佛是发生在吴敬梓身边的生活现实，俯拾皆是。这些案例折射出司法县官和普罗大众的法律意识和法律心态，对它们进行归纳、分析、总结，有利于

---

① 比如《包公故事：一个解读中国法律文化的视角》（北京：中国政法大学出版社 2002 年版）一书，虽然仍有所谓"文史互证"的意味，但是已经涉及了法律的文学表达问题；也就是说，除了"文史互证"之外，该书尚有另一旨趣，即是梳理包公形象的表达、流变和传播，以及追究包公形象又是如何被表达的缘由。就此而言，它与英国新文化史的著名学者彼得·柏克所著《制造路易十四》（北京：商务印书馆 2007 年版）有些类似。因此，《包公故事：一个解读中国法律文化的视角》与其被学界谓之"法律与文学"研究的著作，倒不如被视之为是一部文化史研究的力作，而这，也是徐忠明高举"一个解读中国法律文化的视角"的命意所在。另外，还有《明清刑讯的文学想象：一个新文化史的考察》，《华南师范大学学报（社会科学版）》2010 年第 5 期。这也是一篇关于法律新文化史方面的力作。

② 彼得·盖伊著，刘森尧译：《历史学家的三堂小说课》，北京：北京大学出版社 2006 年版，第 III 页。

拓展对明清时期法律新文化史的研究。

三、研究方法

（一）文化社会学的研究方法

“70年代末，开始出现一种‘文化社会学’，将标准的社会学方法运用于研究文化制品——音乐、艺术、戏剧、文学——的生产与销售。”[①]自从有了文化的认识与概念，相应地产生了对文化进行研究的方法和学科，可以说，文化研究一开始就带有社会学的性质，它是从社会学的视角来考察人类文化的形成、变迁、影响和传播。文化社会学主要研究文化与社会的相互关系。

文化社会学的研究方法，是“将文化社会学引入文学理论研究，不是实现文化与社会学的简单嫁接，而是强调从社会理论、美学、文化、日常生活若干视角相融合的角度来研究文化理论的具体现象与问题。”[②]文化社会学注重从文化层面对文学进行挖掘分析的同时，又保留着一种文学的审美性。这种研究不脱离文学本身，却不是纯文学研究，而是将一部作品甚至于一个文人的研究置于当时的社会文化背景下，进行综合考察，挖掘其深层结构和意义。具体说来，文化社会学的研究必须从社会学的角度去研究文化，或者直接从文化出发，将文化作为主角去考察社会，将文学与文化、社会联系起来。因为即

---

① ［美］理查德·比尔纳其等著，方杰译：《超越文化转向》，南京：南京大学出版社 2008 年版，第 37 页。

② 杨向荣、刘永利：《文化社会学：文学理论研究的新范式》，《湘潭大学学报（哲学社会科学版）》2010 年第 2 期。

使是文学中的人物，其所反映的人们的心理、习惯、性格、行为无一不与社会文化密切相关。

赫伊津哈曾说："如果我们看不到生活在其中的人，怎么能形成对那个时代的想法呢？假如只能给出一些概括的描述，我们只不过造就了一片荒漠并把它叫做历史而已。"①《儒林外史》成功地塑造了那个时代的活生生人物，通过分析这些人物的言行举止和心理形态，揭示及阐释作品背后的民间社会生活，使我们感受到历史的真实，从而更接近被遗忘的历史画卷。文学作品不是对社会文化的简单描摹，而是抽象和升华，更深刻地反映当时民众的法律文化。换言之，文学描写表达了当时民众的司法认知和法律意识的核心内容。

本书将文化社会学应用到对《儒林外史》的研究，试图做到：将一个时代的研究置于当时的社会文化背景下，考察其深层次的联系。以文化社会学的方法研究《儒林外史》中有关法律事件的起源，法律事件的关注与处理，以及其所表现出来的法律意识和法律文化，进而审视以清代为代表的传统法律文化。

（二）文化解释学的研究方法

世界各国对"文化"解释的概念有160种之多，每一种概念都可以是一个观察分析的角度，从物质的衣食住行，到思想意识形态，无一不属于文化或文化范畴。②梁漱溟认为："文

① 常建华：《日常生活与社会文化史——"新文化史"观照下的中国社会文化史研究》，《史学理论研究》2012年第1期。

② 李泽厚：《走我自己的路》（李泽厚十年集），合肥：安徽文艺出版社1994年版，第313页。

化，就是吾人生活所依靠之一切”。[①]并举例说所有器具技术及其相关的社会制度等，均是文化的重要组成部分，这是广义的解释。按照他的理解，狭义的文化是指：“文字、文学、思想、学术、教育、出版等”，并进一步提出中国的文化有十四大特征。与梁漱溟见解相似的是柳诒徵，他的《中国文化史》认为举凡典章、政治、教育、文艺、社会、风俗，以至经济生活、物产建筑、图画雕刻之类，甚至民族全体的精神表现等，均可列入中国文化范畴。[②]雷蒙·威廉斯（Raymond Williams）在写于1983年的著作中宣称，“文化（culture）是英语中二三个最为复杂的词语当中一个。”[③]尽管目前将自然当作文化的派生，但从词源学上来说，文化却是一个派生于自然的概念。[④]从这个意义上来说，自然是最复杂的，同时，自

① 具体参见梁漱溟：《中国文化要义》，上海：世纪出版集团 2005 年版，第 6 页。

② 柳诒徵：《中国文化史》，上海：三联书店 2007 年版。

③ Raymond Williams，*A Vocabulary of Culture and Society*，reved（London，1983），p87. 转引自查德·比尔纳其等著，方杰译：《超越文化转向》，南京：南京大学出版社 2008 年版，第 39 页。

④ 英文中“culture”这个词的一个原始意义就是“耕作”（husbandry），或者对自然生长实施管理，同时也暗示着规范。我们用来表示法律公正的单词，以及像“资本”“债券”“金钱”和“英镑”这样的术语，莫不是如此。“culture”这个词的拉丁语词根词 colurere，表达耕种、居住、敬神和保护当中的任何意义。如果“culture”所代表的是对自然生长实施积极的管理，那么它就暗示人造物与天然物、我们对世界所做的与世界对我们所做的事情之前的一种辩证法。从更为辩证的角度看，我们用来改造自然的文化手段本身就源于自然。如果文化的原始意义是耕作，它暗含规范和自然生长。文化是我们能够改变的东西，但是被改变的材料拥有其自己独立的存在，这又是给予它类似于自然之反面的东西。参见[英]特瑞·伊格尔顿著，方杰译：《文化的观念》，南京：南京大学出版社 2006 年版。

然又是文化的，这就有爱德华·泰勒著名的文化的概念——“最复杂的整体”。[①]他将文化定义为“包括知识、信仰、艺术、道德、法律、风俗以及作为社会成员的人所获得和接受的其他所有能力和习惯的复合整体”。[②]其后，克莱德·克拉克洪的《人类之镜》在论述文化概念时，将文化依次界定为11种对象，包括了生活行为方式、思想情感和信仰、一种标准化的认知、学识的宝库、机制甚至理论和技术等等。[③]在把文化概念复杂化具体化，让文化的内涵无所不包的同时，有一种对文化的概念定义简单化抽象化的倾向，美国人类学家克利福德·格尔茨认为，“文化就是这样一些由人自己编织的意义之网，因此，对文化的分析不是一种寻求规律的实验科学，而是一种探求意义的解释科学”。[④]可以说，文化不仅是一种现象，是一种存在，是一种精神，是一种沉淀，也是一种解释，是一种深描，甚至是一个别有意味的挤眼和撇嘴。

---

① 参见［美］克利福德·格尔茨著，韩莉译：《文化的解释》，南京：译林出版社2008年版，第4页。

② ［英］彼得·伯克著，蔡玉辉译：《什么是文化史》，北京：北京大学出版社2009年版，第30页。

③ 这11种的文化具体包括了（1）“一个民族的生活方式的总和”；（2）“个人从群体那里得到的社会遗产”；（3）“一种思维、情感和信仰的方式”；（4）“一种对行为的抽象”；（5）“就人类学家而言，是一种关于一群人的实际行为方式的理论”；（6）“一个汇集了学识的宝库”；（7）“一组对反复出现的问题的标准化认知取向”；（8）“习得行为”；（9）“一种对行为进行规范性调控的机制”；（10）“一套调整与外界环境及他人的关系的技术”；（11）“一种历史的积淀物”。具体参见［美］克利福德·格尔茨著，韩莉译：《文化的解释》，南京：译林出版社2008年版，第4-5页。

④ ［美］克利福德·格尔茨著，韩莉译：《文化的解释》，南京：译林出版社2008年版，第5页。

因此，文化的具体表现就包括了民族习惯和特点、社会思潮与风气、生活习俗和方式、制度礼仪和法规，等等。比如，传统中国的法律体系被称之为中华法系，其与西方国家的法律具有鲜明的不同，传统中国的法律与礼教紧密结合，鲜明地体现了儒家思想。传统文化和传统思想，在帝制中国的社会秩序的维持与发展方面，表现了强大的生命力和意志力，为维护帝制统治起到了法律应有的作用。

文化解释，除了亲历文化的特点和差异外，作为展现文化最好的载体——小说，[①]比较好地体现了文化的特点和内容。小说的作者由于受其自身经历和生活环境文化的熏陶，所写的小说就鲜明地体现了其所经历的文化的特点，尤其是写实类小说，当然，“写实主义并不等同于现实主义”。[②]英国作家狄更斯，12岁那年父亲因无力偿债而被拘捕，并送入监狱。两个月后，他的母亲带着全家住进监狱，这给了少年狄更斯熟悉监狱并了解入狱者身世的机会。在他16岁时，狄更斯开始了短暂的法律生涯，从学校辍学后，他进了律师所并成为一名律师助理。到律师所洽谈生意的各色人等，成为他创作《匹克威克外传》的主要素材。狄更斯的《匹克威克外传》和《荒凉山庄》，分别通过一起普通法案件和一件衡平法案件的描写，抨击了这两类诉讼程序所存在的问题和弊端。狄更斯的小说大部分与法律有关，成为西方法律史学家研究的重要

① 司汤达曾经把小说定义为沿着公路移动的一面镜子，有些人认为是一面扭曲的镜子。事实上，小说就像是反映现实世界的一面镜子，在一位伟大的小说家手上，完美的虚构可能创造出真正的历史。

② ［美］彼得·盖伊著，刘森尧译：《历史学家的三堂小说课》，北京：北京大学出版社2006年版，第6页。

对象。通过对狄更斯小说的研究，英国150年以前的法律图景一帧帧地从我们眼前展现。在他的笔下，那个时代的律师风貌、各种各样的法律业务开展情况，庭审的生动形象，各色各样的当事人都栩栩如生。因此，正如霍尔兹沃思指出，对法律史学研究者来说，狄更斯的小说能够给他们提供从正规史料中无法找到的材料，正是狄更斯本人“卓越的观察能力，最切身的体验和第一手的资料”。而“上述资讯的范围之广泛、数量之可观、描写之精确”，足以让人们将狄更斯视为一位优秀的法律史学家。①由此，我们从狄更斯的作品中，真切地感受到了英国在维多利亚女王时代的法律实践与法律文化现象。

中国的文学作品为我们展现了一幅时代生活的画卷，《儒林外史》中细腻的描写，体现了当时社会的鲜明特色，社会景象历历在目，各色人等如翰林、秀才、名士、平民，其言行举止都恰如其身份，那个社会时代的思想、风气、习俗跃然纸上，社会的纠纷和矛盾既令人捧腹又让人深思，确实是社会文化研究史上不可多得的研究载体。笔者尝试用这种文化解释方法对《儒林外史》进行研究，对中国18世纪社会生活和社会纠纷进行文化解读，把研究重点放在书中士人和民众的心态、情感和预设上，②而不是放在思想上，以期能够对清初的社会法律文化有一个较为深入和感性的认识。

① ［英］威廉·霍尔兹沃思著，何帆译：《作为法律史学家的狄更斯》，上海：三联书店2009年版，第15页。

② 来源于新文化史研究的“新范式”，新文化史研究与原有的文化思想史研究的不同之处在于，“主张把研究的重点放在心态、预设或情感上，而不是放在观念或者思想体系上。”［英］彼得·伯克：《什么是文化史》，北京：北京大学出版社2009年版，第57-58页。

本书的研究方法主要是文化社会学和文化解释学，在分析清代有关律令典章规范的含义时，结合当时社会的诉讼实践和民间纠纷，以及契约实践，进而解读它们的社会意义，并且参考了新文化史的研究路数，希望能运用新文化史的研究方法，来展现当时社会的制度规范和社会礼法实践之间的关系和意义，进而展现清代前期有关民众的礼法意识和法律态度。这只是本书研究中一种初步尝试，不一定成功，但愿意就此进行探索和研究。

四、基本内容、创新和局限

（一）基本内容

宏观地说，《儒林外史》是一部反映清代广泛社会生活的作品，其中又主要描述了科举士人的文化生活。书中所表现的士人科举和社会生活，不仅包括了他们在婚姻家庭生活的礼仪习俗，还包括了种类繁多的礼法制度、社会纠纷和司法实践。尤其书中关于官员、士人和百姓律法的意识、态度和看法，以及相关社会生活纠纷现实和司法官员的司法实践，这都是法文化方面的丰富素材，这种素材不仅仅是小说，其实就是吴敬梓的生活以及其所见所闻，商伟就认为《儒林外史》其实属于新闻体。本书的主要内容便是以这种新闻体的律法现象作为主要研究对象，考察清代初期的社会法文化。

本书的基本框架是按照婚姻、家庭生活的礼法特点和礼俗文化，民间纠纷和契约实践，士人的科举和科举法律文化，众多吏役的贪赃形式和个案解读，司法官员的司法实践和典型官员的司法文化特点进行分析，由个体到整体，由家庭到社会，由百姓、士人到吏役再到官员，由礼到法的层次逐渐展开。内容主要是围绕《儒林外史》所体现的礼法文化为中心。

一直以来，《儒林外史》中的严监生是中外著名的吝啬鬼形象之一，久负盛名。他临死前竖起两根手指，总不肯断气，是因为惦记着煤油灯的两根灯草。但是，很少有人知道，他大哥严贡生在《儒林外史》中是个典型的伪君子。作为一名乡绅，一个儒生，一方面吹嘘自己“从不晓得占人寸丝半粟的便宜”，另一方面却强行霸占邻居的猪还打人，没有放债却要收取利息，坐船赖船资，等等。在弟弟死后，为了争夺弟弟的十万家财，又与弟媳妇争夺立嗣权，引起一场由县到府再到省，最后差不多到京控的官司。在《儒林外史》中，吴敬梓详细地介绍了严贡生的官司以及他与赵氏争取立嗣权纠纷的全过程。所有这些，都涉及了本书所研究的婚姻、家庭、民间纠纷和契约实践方面的法文化内容，还包括了清代诉讼程序的内容。

在《儒林外史》中，中国古代婚姻的目的“上以事宗庙，下以继后世”，这种宗族观念所蕴含的礼法意识，在世界的婚姻观念史上，是相当独特的。《儒林外史》描写婚姻关系有三十多对，通过对这些礼法现象的研究，发现清代初期的婚姻既有传统的礼法文化特征如门当户对、父母之命，但同时重婚和纳妾的现象比较突出，体现了婚姻多元化特征。婚姻纠纷比较普遍，主要表现在婚姻的订立、悔婚、退婚和休妻等各个方面，既有与官方所强调的忠节相一致的一面，如王秀才的女儿在丈夫死后殉节；有为了生存或钱财等原因而与道德规范相左的情形，如大伯强行将寡弟媳出卖与人为妻，最后却错卖了自己的老婆而引起纠纷，这些纠纷，一般都通过调解解决。无法调解诉到官府的，官府一般先是调解，如《今古奇观》中《乔太守乱点鸳鸯谱》所载的婚姻纠纷，最后由乔太守亲自调解解决。当然，如果酿成命案则另案处理。

在家庭关系方面，父子关系重于夫妻关系，体现了中国传统礼法文化的特征。《儒林外史》中描写的兄弟关系有二十多对，父子关系近二十对，本书对此进行了全面的梳理，这种丰富的亲属关系描写在中国古代小说中，都是极为罕见的。这些丰富的家庭关系给我们展示了中国传统的社会生活和亲属关系的礼法制度和礼法文化。由于强调家长权威和父慈子孝，在《儒林外史》中，大部分的父子和兄弟关系都是和睦和尊卑有序的。家庭关系的稳定可保证社会的稳定。家庭生活是社会生活的缩影，家庭生活中充满了婆媳纠纷、继嗣纠纷、兄弟争产纠纷。但是，这些纠纷，其主要根源大部分是经济的原因。另外，在《儒林外史》中，特别表现和强调了儿子对父亲的孝行，其中最典型的孝子就是匡超人，他是《儒林外史》中侍奉病重的父亲和尊敬兄长的典型，但同时又正是匡超人，不但违例重婚，而且还与一个把持官府包揽词讼毒害良民的书吏潘三勾结一起，做了不少完全有违法律的事情，如科举考试中做枪替，草拟虚假文书拐卖妇女等等。在这种角色的矛盾与错位中，为我们解读了中国传统文化的伪君子现象。

清代的纠纷呈现多元化特征，《儒林外史》中有着极其丰富的民间纠纷，典型的如钱债纠纷，其中钱债的高利贷问题特别详细和具体，让我们了解关于高利贷的历史与现实。还有不少如田宅纠纷、和尚诈骗纠纷、错卖老婆纠纷、借风月之名行盗窃之实纠纷等等，如何解决这些纠纷，解决过程是否遵循律例，民众对此的认识和态度，都是本书研究的具体内容。在《儒林外史》中，还有丰富的民间契约实践，这些契约在现实生活中得到广泛而普遍的使用，其中有婚姻、立嗣、立继的契约，有借贷契约，有房屋和土地租赁买卖契约，有典当契约等等，这些契约实践有效地维护了社会民众之间的秩序。本书通过对相关纠纷和契约进行了分门别类的分析，可以看到当时民众律例意识较强，可以娴熟地使用各种契约文书处理日常事务，遇到纠纷时大多都懂得通过告官解决，甚至有两件当事人因为没有证据从而采用私力救济的案件。另外，除了契约，中人在民事活动中发挥着独特和重要的作用，本书对此加以阐述。这些都说明当时人们的律法意识很强，甚至不少当事人在诉讼时知道如何寻找证据并运用相关程序保护自己，这种对于程序的熟知和运用，以及动辄告官的现象，反映出当时社会好讼的社会风气。

科举是《儒林外史》的主要内容，如众所周知的“范进中举”的故事，范进固然是个科举典型，但其岳父胡屠户却更胜其人。从胡屠户对范进的先后态度变化，可见科举对一般人的巨大影响，之前听说范进要去乡试时骂他“尖嘴猴腮，不三不四”“癞虾蟆想吃天鹅肉”，等范进中举后，就说范进“才学又高，品貌又好”“也没有我女婿这样一个体面的相貌”，还违背伦理纲常称女婿范进为老爷。本书对这种体现科举法律文化的意识进行了分析，其中有士绅、官员和群众对科举的态度、认识和看法等等。清代的科举法文化主要表现在对科举进行立法，严惩科举舞弊方面。由于科举的巨大作用，整个社会形成了唯科举是纲的思想，无形中，科举俨然成为“国教”，科举考试成为士人主要出路，《儒林外史》中反映了科举的残酷的同时又可以一步登天的场面。因此，科举让人铤而走险，作弊的问题根本无法杜绝。同时造就了大批庸才、伪君子和假学道，成为社会纠纷的另一重要根源。

让人不无意外的是，《儒林外史》中居然活跃着一群吏役，有近二十位。虽然吏役不是《儒林外史》的主要角色，但是，吴敬梓无心插柳之举，对吏役的描写活灵活现，个别的描写特别突出，如前面说过“无所不为”的书吏潘三，还有借蘧公孙私藏钦赃之机大肆勒索的吃了原告吃被告的差役。这些吏役在从业中靠山吃山，说情揽事过赃，收受索要费用等情事，无所不在，在《儒林外史》中的表现可谓触目惊心，本书对此做了细致的个案解读。吏役虽遭受了极大的批评和责难，但同时又承担着衙门差役的重要职责，是社会生活中不可或缺的部分。这不能不说是一个悖论。

科举最重要的功能之一，就是选拔官员。《儒林外史》描述的司法官员有近三十名。大约有三十件个案经过司法官员的审理。让我们惊奇的是，吴敬梓对其中相当部分司法官是持肯定的态度，有些堪称循吏，如周进学道、李本瑛知县、蘧佑太守、虞育德博士和萧云仙总长等等。但同时，官场的潜规则无处不在。如说情收受钱财的现象比较普遍，官官相卫的情况比比皆是。但是，笔者通过对这些司法官员审理的案件进行分析，虽然存在不少人情案、关系案和金钱案，但是，总体上司法还是比较公正的。如汤知县、向知县等，在《儒林外史》中都是审理了比较多案件的官员，基本上都能秉公执法，而且处理并无不当。另外有些涉人情案、关系案和金钱案情形的但并非都是徇私枉法裁判，反而是寻求一种公正处理结果的说情。如沈大年秀才的女儿被宋盐商收买为妾，沈大年不服到官府起诉，县官刚开始受理了，要抓宋盐商问罪，但宋盐商在行贿后，县官反而说沈大年是“刁健讼棍”，把他押回常州去，这里的知县固然是贪赃枉法。但她女儿后来偷了宋家的财产潜逃南京，被抓获后，县官怜她不幸身世以及佩服她是个才女，又托其他县官照顾并最终开释了她。这种情况表明，中国传统中是个人情社会，打官司就是打关系，不管有理无理。这就是中国传统司法文化的一个方面。

在《儒林外史》中，虽然官方有一定的纠纷解决途径和方法，但相当一部分民间纠纷的解决显得随意和个性化，同时派生出个性化惩罚方式如游街示众惩罚的文化。这都体现了中国传统法文化的特色。

（二）创新之处

在研究主题上，深化了对《儒林外史》的研究。对《儒林外史》中反映的清代日常生活包括婚姻、家庭礼法文化、日常生活纠纷和契约实践，科举法文化、官吏及其司法实践进行法文化方面的研究，这在《儒林外史》的研究史中还是第一次，填补《儒林外史》研究的空白。

在研究方法上，用文化社会学和文化解释学的研究方法来分析《儒林外史》反映的清代法文化，用新文化史的方式着重解读和表现民众的法律意识和法律心态，同时考察司法官员的法律信仰和司法观念。这在《儒林外史》的研究史上是第一次。

在研究内容上，比较系统和深入地梳理和总结了《儒林外史》中有关法文化方面的内容，尤其深入研究了民间纠纷和契约实践，认为传统中国虽然是一个有等级制度、讲究身份性的社会，但同时还是一个契约性极强的社会。研究内容和结论有一定的创新性。

研究结果表明，在《儒林外史》中，清代的官员虽然不少是“千里为官只为财”，但同样有不少官员勤政爱民或讼简刑清，从日常生活纠纷的处理来看，虽然存在比较严重的“人情案”“关系案”和“金钱案”腐败现象，但有些这类案件的处理结果并不影响司法公平公正。可以说，从《儒林外史》所记载的有关案件表现来看，清代的案件审理，一定程度上保证了士人和百姓正常的正当诉求的实现，基本能维护社会生活正常秩序的运转。另外，从有关婚姻家庭和百姓纠纷和契约实践来看，中国古代是一个身份性的社会，但同时也是一个契约性的社会，社会的正常运转依赖于社会生活中广泛而又约定俗成的契约的良好运用。另外，礼法制度尤其是法律制度和司法程序一直保持相对稳定，社会民间契约从另一方面弥补了规定的不足，这对社会的稳定和社会良好的秩序提供了有力的保证。但律例的规定与社会司法实践脱节，重视规定人们的义务，而普遍缺乏对权利与自由的规定，司法缺少法定程序，司法过程存在极大的个人好恶的随意性，因此，司法结果往往就有很大的不确定性。

（三）研究的局限

虽然本书在研究中尝试用文化社会学和文化解释学的方法对《儒林外史》描述的法律文化现象进行新的解读，尤其是期望通过新文化史的研究，对《儒林外史》的士人和百姓的社会礼法文化生活进行深入的研究和解读，但局限于作者能力和水平，理论研究不够深入，深度不够，以致不能完全体现出一种新文化研究新范式的深度。另外，本书主要以《儒林外史》的士人、官员和百姓社会生活及其法律生活为中心，但鉴于《儒林外史》仅仅是一部小说，据以透视清代的法文化，虽然，尽可能运用其他文学作品作为补充，但在史料的多样性和来源的多元性上，仍然存在材料不足，论证欠缺，从而导致研究的结论与研究目的存在差距，研究结论不一定准确和有普遍性。

（四）未来研究方向

如果研究得出的结论有一定的普遍性，可进一步加强对中国历史上纵向的法文化解释的比较研究，了解中国的礼法制度如何深入地影响和决定着中国人的社会生活，这也不难解释为什么西方的法律进入中国如此艰难，又如何剧烈地影响和改变着中国，如何让传统的法律文化更多地延伸到现代法律文化体系中去，这是值得思考的问题。另外可尝试加强中西方法文化的横向比较研究，使之成为有益的补充，这都是值得尝试进行的课题，也是本书深入研究的未来发展方向。

（五）其他应说明的问题

关于本书中的士绅、乡绅、士人和生员的概念和使用问题。士绅是明清时期才出现的概念，“绅士”或“绅衿”名词在明清时期广泛使用，预示着一个新的社会集团——功名持有者（“士”或“衿”）集团的出现。按照瞿同祖的说法：“士绅是与地方政府共同管理当地事务的地方精英，与地方政府所具有的正式权力相比，他们属于非正式的权力。”[①]两个不同的集团虽然权力不同，但相互之间相互依存，以各自的方式行使相对不同的职权。相比较而言，地方政府所管理的主要是地方治安稳定、社会税收和命盗案件以及重大影响的民众纠纷等等，其他一些邻里纠纷、宗族矛盾、继承或继嗣纠纷，主要由当地士绅进行调解解决。当然，有时，为了更好地解决纠纷，他们相互之间会互相利用对方的关系和影响来一起处理案件或解决纠纷。士绅地位的取得，与财产的多寡无关，庶民地主不论拥有多少财富和土地，都不能跻身于士绅阶层。而任何有功名又或经官方委托的人，无论是否有无财富，都当然可以与士绅等身即跻身士绅阶层。甚至有些贫穷的生员或秀才，其家贫如洗，没有半亩地产，可能仅靠政府的救济、束脩或教馆等的收入来维持生活，甚至如《儒林外史》中的倪霜峰一样，靠修理乐器为活甚至卖儿为生。这样的例子在《儒林外史》中并不少，如虞博士、余氏兄弟等等。有些士绅是在取得功名后才获得土地等财产的，如周进、范进等等。儒生与士绅

① 瞿同祖著，范忠信、晏锋译：《清代地方政府》，北京：法律出版社2003年版，第282页。

有明显的区别，前者主要是指没有取得功名的读书人，或者最多是参加了经州县官主持的“县试”或“府试”考试合格后的“童生”。而后者，是童生参加了省学政主持的“院试”，通过了考试取得了科举考试的初级功名后才称之为“秀才”，这些取得秀才和官学的正式身份后，才跻身于士绅阶层，可以称之为士绅。但是，士绅中有两种不同的区别。“绅”一般仅指政府官员，而“士”仅指有功名或学衔而又尚未入仕者。[①]所以，前者又称之为“官绅”，后者称之为“学绅”。而在本书中，更多的意义上是指“学绅”，而且，为了区别读书人与其他人，将士绅作笼统与宽泛的解释，一般是指读书人，包括没有取得功名的读书人，即所谓的“布衣”，[②]这些人主要居于乡村或游走于城市，但有个别在城市中作文写字卖诗为生，属于所谓名士的一列。如在《儒林外史》中的牛布衣，还包括原是布衣后来被征辟而退隐的官员庄征君等人。由此可见布衣也可向士绅转化的。因此，在本书中，所谓士绅、乡绅、士人和生员，很多时候是混用的，相互之间并没有做严格的区分。

---

① 这种划分是有法律和习惯的用法的，按《清律例》的解释，绅士按下列顺序排列：文武乡绅（即现任和曾任官职的本地人）、进士、举人、贡生、监生和生员（即秀才）。

② 布衣除了百姓的意思外，事实上还有一种意思，是指没有做官的读书人，或者是读书人的谦称。如诸葛亮的《出师表》就有“臣本布衣，躬耕于南阳，苟全性命于乱世，不求闻达于诸侯……”。

第一章 《儒林外史》中的婚姻法文化

婚姻是人生大事，是一个社会稳定的基石。《礼记·昏义》开篇明文："昏礼者，将合二姓之好，上以事宗庙，而下以继后嗣也。"（《礼记·昏义》）古代婚姻目的是"事宗庙"与"继后嗣"，即婚姻是为延续后代和祭祀宗祠为目的的结合，它"完全是以家族为中心的，不是个人的，也不是社会的"。[①]考察古代关于婚姻的主要言论和主流看法，"我们或可说为了使祖先能永享血食，故必使家族永久延续不辍，祖先崇拜可以说是第一目的，或最终的目的。"[②]正如孟子所言："不孝有三，无后为大。"（《孟子·离娄上》）由此，中国古代夫妇结合为婚的主要目的，不是单纯的两情相悦，也不仅仅在于"合二姓之好"，实际上有一个更为冠冕堂皇目的，那就是通过婚姻中的生育行为使家族血脉得以延续，进而使祖先得到祭祀。

到了明清时期，婚姻规范已是集大成者。律例规定与礼仪限制极其细致烦琐，有些规定甚至琐碎到让人无法想象的地步。从童养媳到长大后的正式婚姻，从婚姻选择到成婚，从迎

① 瞿同祖：《中国法律与中国社会》，北京：中华书局1981年版，第97页。

② 瞿同祖：《中国法律与中国社会》，北京：中华书局1981年版，第97页。

娶或者入赘，无不有一套完整而繁杂的程序。尽管各地风俗习惯不太一致，有一些定制上的不同，但总体上大同小异。

莫里斯·弗里德曼（Maurice Freedman）认为，婚姻是“中国社会中最重要的契约关系”。[①]这种说法虽然不太贴切，婚姻是否是契约值得商榷，但婚姻无疑是最重要的社会关系之一。在中国传统文化和礼法制度当中，婚姻均占有一席之地。“以中国文化为考察点，大凡文化的全部内容，包括价值观念、思绪方式、审美旨趣、道德情操、宗教精神和民族性格，都可以在婚姻形态中找到它们的影子。”[②]当然，任何礼法规定与现实总有相当的距离。律例规定是一回事，现实生活中又是一回事。[③]笔者结合《儒林外史》中的婚姻家庭内容，考察帝制中国的婚姻家庭的礼法及其实践。

第一节　《儒林外史》中的婚配及其类型

《儒林外史》所记录的婚姻情况详见本书附录的附表1，表1-1为一般士绅的婚姻表，表1-2为显赫世家望族的婚姻表，表1-3是其他阶层的婚姻表。

《儒林外史》虽说是小说，但其描写的儒林士人生活和

---

① ［美］施坚雅（G.W.Skinner）编：《中国社会研究：莫里斯·弗里德曼论文集》，斯坦福大学出版社1979年版，第262页。转引自［美］韩书瑞、罗友枝著，陈仲丹译：《十八世纪的中国社会》，南京：江苏人民出版社2008年版，第35页。

② 顾鸣塘：《〈儒林外史〉与江南士绅生活》，北京：商务印书馆2005年版，第21页。

③ 参见瞿同祖：《中国法律与中国社会》，北京：中华书局1981年版，第1页。

读书，其写实性堪谓来源于生活高于生活。其中对士人的婚姻描写相对较多。从上述三个表格可见，《儒林外史》所写到的婚姻有三十多对（次）。其中，一般士绅的婚姻占比超过一半。从中可窥见以下特征。

第一，士绅阶层因家庭经济和政治条件较好，其婚配大多是门当户对。

在附表1-1中很多士人的婚姻均为此类，如表中的严贡生、严监生、张师陆、周三爷等等，在《儒林外史》的士绅婚姻中占了大多数。严监生所娶的老婆王氏，其兄弟也都是秀才，可谓门当户对。但是，在王氏病死后，他续娶的却是原来的妾赵氏，赵氏出身低下，家员无父母，与严监生并不门当户对，但因她为严监生生了个儿子，母凭子贵，最终得以扶正，但在严监生死后，还受到了严贡生的欺负。举人张师陆曾担任过知县，他的老婆也是曾做过知县的周三爷的姐妹；而周三爷的老婆，恰恰也是张师陆的姐妹。也就是说，张、周二人互为舅爷。而周三爷的二女儿，就许配给跑到省城逃避官司的严贡生的二儿子。

另外，王三胖、季萑、彭老二、虞感祁、高翰林等各自的婚姻基本上都是门当户对，家境殷实，是典型的士绅家庭的婚姻配置。而士绅家庭，套用一句资本主义的话来说，代表了当时的中产阶级。

第二，家庭比较穷困的一般士绅，经济生活比较拮据，原来的婚配一般。

这些士绅后来经过努力，参加科举考试得以中秀才、中举人甚至中进士的，从而改变生活状况，身份和财富得到根本提升。典型的是周进和范进，两人原是赤贫之家，周进在未中举前主要靠开馆教书，每年收取十几两银子维持生计，最后连馆也坐丢了，只得跟随做生意的姐夫去做生意记账。因此，当时娶的老婆也出身于贫困人家。但是，当他连着中举人中进士后，接着升了御史，钦点广东学道，身份地位完全不同了。范进也一样，在未中举之前，衣衫褴褛，食不果腹，娶的老婆是屠夫的女儿，嫁进家门十几年，被老丈人数落“不知猪油可曾吃过两三回哩！”。在中举当天，家里已断炊，母亲饿得两眼都看不见了，让他捉了只母鸡到街上去卖，想换点米回来。而一旦中举，马上有人送田产送店房送银子，也有两口子投身为仆图荫庇的。“两三个月，范进家奴仆、丫鬟都有了，钱、米是不消说了。”他的老婆胡氏好不体面起来，正所谓“一人得道，鸡犬升天”，中举后范进摇身一变成大户人家，跻身于士绅阶层。同样情形的还有匡超人，家境一般时，所娶的是在衙门做头役的郑老爹的女儿郑氏，在考取教习后，身份不一样了，当其恩师李给谏说要将自己的外甥女许配给他时，他不顾已婚的事实，与辛小姐成婚，攀上高枝，摇身一变成为士绅。

第三，《儒林外史》记载一定比例的世家望族的婚姻，但总的来说，占比不大，说明真正的世家望族毕竟是少数。

而所谓的世家望族的世婚，就是两姓之间的相对固定的世代互为婚配。如《红楼梦》中的贾、王、史、薛四大家族，就是互为婚配，特别是贾、王两家，更是亲上加亲。如不仅王夫人嫁给贾政，王夫人哥哥的女儿王熙凤嫁给贾政的侄子贾琏。世家大族的联姻，可以相互扶持和提携，“一荣俱荣”，但也相互影响，“一损俱损”。但是，世家望族的婚姻随着家庭的兴衰，也会发生重大变化。尤其是在科举制的时代，世家望族的形成与保持是一件十分不易的事情，除了因为宗族和战功等原因而形成的之外，大部分都是历经科举考试，一步步往上爬，才使整个家族慢慢地走向世家望族的地位。但根据中国古代的官制，对一般经科举取得功名和地位的官员不实行世袭制，所以少有一直是世家望族的人家。如《儒林外史》作者吴敬梓，虽然他家原是“一门三鼎甲，四代六尚书”，可以说是典型的世家望族了，但功名到吴敬梓时就止步于秀才，家道开始中落，到最后，吴敬梓只好变卖家产，远走南京。说明世家望族的形成不容易，而“富不过三代”是实际情况。没有了功名，世家望族就会衰落。如《儒林外史》中的蘧府，蘧佑中进士做了南昌太守，仅此一任，他的儿子和孙子都是“名落孙山”，家道远不如还继续中进士的娄府。即使娄府是三鼎甲，但到娄三、四公子就没有了功名，接下来的命运就是慢慢衰落。在小说第四十四回，写到五河县，“初时，这余家巷的余家还和一个老乡绅的虞家是世世为婚姻的”，这两家的举人、进士“车载斗量，也不是甚么出奇东西”。（《儒林外史》第478页）但后来两家家道中落，同时，发了一个彭家，举人进士都出在彭家，知县知府等都争相相与，后来来了一个冒籍的方家，是做盐商发家的，财力雄厚，而破落后的余虞两家，贪图陪嫁，都争着娶方家的女儿，或争着与方家结亲，这余虞两家的世婚就结束了。

第四，《儒林外史》主要是说儒林士人，作为一部写实的现实主义小说，百姓当然也是其中不可缺少的主体，百姓婚姻也占有一定比例。

在《儒林外史》中的婚姻阶层中，中下层家庭或者比较贫穷的家庭占了一半以上，尽管吴敬梓身处康乾盛世，但从《儒林外史》中反映出来的社会状况，赤贫家庭占了大多数。小说中这一比例从侧面说明贫困家庭在社会中占了一半以上，这应该比较真实地反映了那个时代的社会生活现状。

小说开始的第一回，就写到了山东兖州府汶上县有个叫作薛家集的村庄，村民申祥甫的儿子申文卿，娶的乃是同集的一位姓夏的总甲[①]的女儿，后来，申文卿还袭了夏总甲的缺，女婿承丈人业。文中的牛浦父母双亡，跟随开小蜡店的祖父生活，娶的第一个老婆是在祖父小蜡店旁开米店的卜崇礼的外孙女。俩人结婚时，双方互不争彩礼不争嫁妆。牛浦娶的第二个老婆是在安东做戏子行头经纪生意的黄姓客人的第四个女儿，牛浦的祖父也是小本生意人，牛浦后来在安东打着牛布衣的招牌，与知县相与，顺便“撞木钟骗钱”，骗得黄家的信任，最终入赘，可算是门当户对。类似的还有鲍廷玺，原名倪廷玺，其生父是一个穷秀才，因为家计艰难，流落到以修补乐器并卖儿为生。后将倪廷玺过继给没有儿子的开戏班鲍文卿为儿子，因此，倪廷玺从一个破落的书香门第不得不成为一个戏子家的一员。在清代，戏子的社会地位与娼、隶、卒的地位一样，属于下贱阶层，不能参加科举考试。鲍廷玺的第一任妻子是向知府介绍的他管家王总管的女儿，都是同一阶层，属于门当户对。另外，还有一例相对特殊，是私奔成婚的，就是宦成和双红，宦成原来是娄府管家晋爵的儿子，而双红则是鲁府家

① 总甲，是指明清时当地县衙选派民人充当的照管城里乡下一定地面的职役。

鲁小姐的丫鬟，因娄鲁两府是世交，两家还因为鲁蘧两家的婚事而频繁往来，俩人因此认识而私订终身。后来，宦成私下去蘧府将双红拐走，差点引发一场大官司。

从上述各阶层的婚姻状况中，我们可以更广泛地得知清代初期社会婚姻生活的一般情况，有世家望族奢华的婚姻；有一般士绅家族严谨但又不失灵活的婚姻；同样也有更为丰富的其他阶层的婚姻如赤贫之家牛浦的婚姻，有倡优之家的婚姻，有隶卒之间的婚姻等等，无不体现了那个时代不同阶层不同身份婚姻的差异。婚姻虽然有一定差别，但是都体现相同的礼法程序、内容和特点。

第二节 婚姻纠纷的处理

婚姻缔结本身并不是一件简单而容易的事情，想要“合两姓之好”，让儿子娶个好妻子，让女儿嫁个好女婿，从而让自己家庭和家族受益，过程中的百般掂量与斟酌，利益中的百般博弈与冲突，总会伴随着各种各样的矛盾、冲突与纠纷。清代的婚姻纠纷主要在双方当事人的家长和家族之间产生的，一般并非在当事人之间产生。产生的原因多种多样，有经济方面的原因，有行为表现方面的原因，有个人方面的原因，有人身或财产方面的隐瞒与欺诈，有些甚至是十分小的问题与事情，最后导致婚姻无法缔结甚至对簿公堂。大体上说，这些纠纷主要集中在婚姻缔结过程中产生的。《儒林外史》中的一些描写揭示清代的婚姻纠纷和处理。

一、婚姻缔结时的纠纷

在清代，婚姻的缔结固然讲究“父母之命，媒妁之言”，并且基本上是按照“六礼”，但婚姻缔结的标志是定婚。“一旦定了婚，就可以认为有强制力来保证其履行即成婚，这有力地约束着男女双方尤其是女方。它有着不能与近代社会的婚约相比较的重要性。”①在定婚过程中，订立婚书和收受聘礼即纳征则是定婚的主要要件。婚书相对是比较正式的仪式，一般是大户人家或诗礼之家比较重视，是定婚最主要的书面证据。而收受聘礼为一般百姓所采用，是一种广为使用的民间习俗。在拟定婚书或收受了聘礼后，婚姻就告确立，完成了定婚程序，清律也确认定婚的效力，如无法定条件或经双方协商同意，双方均要履行婚约。定婚后，双方的身份地位都发生了变化，受到相应的约束和限制，即法律地位显著不同，尤其女方。如古代小说《今古奇观》里，为了让身患重病的儿子早日结婚冲喜，不顾亲家反对的刘老太说：“他受了我家的聘，就是我家的人了。”②婚姻与继承、不动产并列的，被算作代表性的民事案件之一，围绕不履行婚约的纠纷很多。③在《儒林外史》中，我们就看到不少此类纠纷。

先看看《儒林外史》第十九回写到的故事，有人找书吏

---

① ［日］滋贺秀三著，张建国、李力译：《中国家族法原理》，北京：法律出版社2003年版，第381页。

② ［明］抱瓮老人：《今古奇观》，上海：上海古籍出版社1992年版，第354页。

③ ［日］滋贺秀三：《中国家族法原理》，北京：法律出版社2003年版，第381页。

潘三说事。

那人道："这离城四十里外，有个乡里人施美卿卖弟媳妇与黄祥甫，银子都兑了，弟媳妇要守节，不肯嫁。施美卿同媒人商议着要抢。媒人说：'我不认得你家弟媳妇，你须是说出个记认。'施美卿说：'每日清早上是我弟媳妇出来屋后抱柴，你明日众人伏在那里，遇着就抢罢了。'众人依计而行，到第二日抢了家去。不想那一日早，弟媳妇不曾出来，是他乃眷抱柴，众人就抢了去。隔着三四十里路，已是睡了一晚。施美卿来要讨他的老婆，这里不肯。施美卿告了状。如今那边要诉，却因讲亲的时节不曾写个婚书，没有凭据，而今要写一个，乡里人不在行，来同老爹商议。还有这衙门里事，都托老爹料理，有几两银子送作使费。"

…… ……

潘三看着赌完了，送了众人出去，留下匡超人来道："二相公，你住在此，我和你说话。"当下留在后面楼上，起了一个婚书稿，叫匡超人写了，把与郝老二看，叫他明日拿银子来取。打发郝二去了。（《儒林外史》第204-205页）

这样的事情并非吴敬梓杜撰，现实曾有不少类似情况真实上演。严格说来，这不是婚姻缔结的纠纷，对施家来说，是私卖弟媳妇纠纷，对黄家来说，是强抢良家妇女纠纷。上述纠纷产生的主要原因有四点，一是施美卿的弟媳妇在其夫死后不愿改嫁并要求守节，但施美卿为了得到聘财而擅自将其弟媳妇改嫁（涉及主婚人不同意改嫁的问题，也是违反律例的问题）；二是在弟媳妇不同意时，施美卿擅自与媒人商议采取抢亲的方式；三是在抢亲时出现了意外，竟然错抢了施美卿的老婆，这简直就是对施美卿的报应和讽刺；四是在错抢后，黄祥甫不同意退回更换，可能黄祥甫担心到时更换不成人财两空。因此，无奈之下，施美卿为了讨回老婆，只能报官了。

本案例中包含了很多法律意识和法律规定等内容，下面逐一分析。

（一）关于遗孀再嫁与守节的问题

丈夫死后守志或殉节不另嫁，是明清时期所倡导和鼓励的行为，《儒林外史》中有类似的案例。除了本案例中施美卿弟媳想坚持守节外，还有《儒林外史》第四十八回“徽州府烈妇殉夫”的事例。徽州秀才王玉辉的女儿在丈夫死后，因大姐也是在夫死后回娘家守志，但父亲是一介寒士，担心父亲养活不了自己，便想辞别公婆和父母，寻一条死路，跟随丈夫去。公婆听后惊得泪下如雨，认为是气疯了，自古蝼蚁尚且贪生，何况公婆可以养活她，让她不要如此。谁知读了圣贤书的王秀才，反倒鼓励，认为“心去意难留”，由着她行吧。尽管她妈妈也过来一起劝，但哪里劝得动。每日茶饭不吃，饿了八天，活活绝食而殉。为此，徽州学政马上备办文书请旌烈妇。并制主入祠，门首建坊。

> “到了入祠那日，余大先生邀请知县，摆齐了执事，送烈女入祠。阖县绅衿，都穿着公服，步行了送。当日入祠安了位，知县祭，本学祭，余大先生祭，阖县乡绅祭，通学朋友祭，两家亲戚祭，两家本族祭，祭了

一天，在明伦堂摆席。”（《儒林外史》第498页）

官方如此隆重地设立烈妇的贞节牌坊，自然社会上大都以此为荣。虽然此举扼杀人性，但是在那个时代是一个无限的荣耀，普通人由此成为光耀门楣之人。不少人争相仿效。但是，在拜祭的最后，有一个细节，原是请王秀才上明伦堂就座接受众人祝贺的，他此时才觉得伤心，辞了不肯来。而其他人在明伦堂上饮酒作乐。由此可见，人心都是肉长的，违背人伦的事情，伤心的都是至亲，而其他人也仅以此为一个乐子的由来而已，没有谁真的把此类事情当真。

为了巩固社会秩序树立一种典范，朝廷不但用这种隆重的方式鼓励这种行为，而且从律例上加以保障。根据《大清律例》，孀妇自愿改嫁，翁姑人等主婚受财，而母家统众强抢者，杖八十。其孀妇自愿守志，而母家、夫家抢夺强嫁者，各按服制，照律加三等治罪。其娶主不知情不坐，知情同抢照强娶律加三等。未成婚妇女听回守志，已成婚而妇女不愿合者，听。如孀妇不甘心失节因而自尽者，照威逼例充发。其有因抢夺而取去财物及杀伤人者，各照本律从重论。①本案中施美卿的弟媳妇守节行为受到官府的肯定，对本案的处理似乎不难，黄祥甫应将施美卿的老婆交回，但施美卿不但要将礼金充公，还要和黄祥甫一起另受刑罚。但是，由于当事人伪造了证据，并且又找了头役潘三从中帮忙，判决结果还是难以预料。不过，从潘三最后因种种犯案事发，本案结果或许得到公正处理。

① 参见《大清律例·户律·婚姻·居丧嫁娶条》的规定。

（二）抢亲或抢婚引起的纠纷

古代，抢夺婚也是一种婚姻缔结的方式，只是作为民间一种习俗，在一定条件下实施，但并不被官方律例所承认。清人的祖先是游牧民族，抢夺婚是其婚姻形式之一，而且为了鼓励出征，在侵占明朝时，同样允许八旗官兵抢夺妇女。但是，这毕竟与汉民族的真正婚姻习俗不一致。清朝立国并建立稳固政权后，开始立法禁止抢夺婚。《大清律例·强占良家妻女条》规定，对强夺良家妻女，奸占为妻、妾者，处以绞刑。[①]这里的抢夺是指不管情由的抢夺或不分对象的强抢。而实际上，民间的抢夺婚还是有一定的前提条件的。主要情形有男女双方聘定后，女家悔婚不愿嫁，男家不得不出此下策；或者在定亲后，双方或单方无力筹办婚事，经媒人商定后，予以抢夺成亲，这个时候有点像“周瑜打黄盖，一个愿打，一个愿挨”，做戏给人看；有些是男方原定婚约入赘女方家，但由于种种原因不想入赘了，就明为入赘实为抢婚，借入赘之名行抢婚之实；另外，抢婚还比较多地出现于对寡妇的抢夺，即婆家的人私下将寡妇许配嫁卖，在寡妇不知情的情况下，抢夺成婚。即使已有婚约，未经同意强行娶的，清律也不予允许。[②]本案例即是在弟弟死后，哥哥自作主张将弟媳妇嫁卖，在弟媳妇不从时，指使他人强抢成婚。

对于抢亲成婚的，如果双方原先契约过，不产生纠纷，

---

① 参见《大清律例·户律·婚姻·强占良家妻女条》。

② 根据《大清律辑注》，虽已纳聘财，期约未至，而男家强娶，（主婚人）笞五十。

一般官府也不干涉，但是对于确属违背意愿强抢的，或者在强抢过程中产生伤害或命案的，双方产生纠纷，当一方为此而告官时，官府的介入就是必然的了。对于有婚姻契约下的抢亲，律例也有规定，凡女家悔盟另许，男家不告官强抢者，照强娶律减二等（按笞三十），其告官断归前夫；而女家及后夫夺回者，照抢夺律杖一百，徒三年。[①]但官府的处理也并不完全是按照律例规定，而是根据案件的具体情况酌情处理。如根据王跃生《清代中期婚姻冲突透析》中的实际案例，有两件原订婚约，其中一件是本应入赘而不入赘抢婚，酿成命案致丈人被砍伤致死，但同时男方在会审前也已死，最后裁决女方由其母亲领回另嫁，其余互不追究。另一件是定婚后因男方无法备齐六礼一直无法迎娶，后来也是抢婚但致女方母亲落河淹死。后官府以抢亲酿成命案为由，废除原订婚约，并允许女方父亲领女回来另行择配，聘礼不予退回。[②]由此可见，虽然《大清律例》有较为明确的规定，但是，官府在处理时，还是会根据案情的不同予以不同处罚，并没有完全按照律例的规定进行处理。

本案中的抢亲，虽然没有酿成命案，但女方明显是不同意的，如果强行其事，女方誓死不从的话，完全有可能酿成命案。而且，由于错抢新娘又不肯送回，不可避免产生纠纷。

---

① 参见《大清律例·户律·婚姻·男女婚姻条》。

② 参见王跃生：《清代中期婚姻冲突透析》，北京：社会科学文献出版社2003年版，第16-17页。

（三）婚书的效力与作用

婚书有时具有决定性的作用，尤其在纠纷中作为证据的效力更强，基本上是唯一的证据了。

上文的案例中，施美卿卖弟媳妇给黄祥甫，“银子都兑了”，也就是说聘财礼都给了，但没有写下收据。而且“讲亲时节，不曾写个婚书，没有凭据”。没有婚书，也没有聘财礼收据，“口讲无凭”，即使给了聘财礼，仍然不算是证实有婚约的证据，如今要见官打官司了，才发现没有婚书就没有证据，只好找人来帮忙补做证据。从本案观之，乡里人嫁娶习惯中，一般都没有写婚书习惯，只是给聘财作为定婚的依据。但是，当引起讼争时，乡里人也知道婚书是重要的书面凭证，所以，要有证据就只好补写婚书。可见，当时乡里人有一定的法律常识，懂得打官司需要证据，而且大概知道要去补充婚书作为证据。至于所补充的婚书，是否需要有关人员的签名，是否能作为证据使用，似乎就不太懂得了。本案例中，因为吴敬梓没有列明婚书的具体表述，无法确定其是否与婚书格式和内容一样，相信应该是大同小异。但是，单方补充出具的婚书，不知审判官是否会确认其效力。

在《儒林外史》中，沈大年想将女儿嫁给盐商宋为富时，谁知宋是想收为妾。为此，沈琼枝道：

> 请你家老爷出来！我常州姓沈的，不是甚么低三下四的人家！他既要娶我，怎的不张灯结彩，择吉过门？把我悄悄的抬了来，当做娶妾的一般光景。我且不问他要别的，只叫他把我父亲亲笔写的婚书拿出来与我看，

我就没的说了！（《儒林外史》第422页）

沈琼枝不愧出生于诗书之家，知道婚书的重要性，一开口就要宋为富拿出婚书来，否则这个婚姻就是无效的婚姻，或者说，这不是一个合法合礼的婚嫁。婚书是决定婚姻的成立与否的关键证据，由此可见婚书的重要性。像本案无法通过媒人进行调解解决的情况，唯一能做的就是打官司了。而且，乡里人也知道打官司需要一定证据，打官司还需要到衙门找关系打通关节。这是否说明，当时社会打官司比较普遍？打官司有不少潜规则？更进一步，打官司的确需花不少使费。

二、悔婚纠纷

在婚姻缔结过程中，由于各种原因，原来订婚甚至定婚后一方仍然解除婚约，这是一般意义上的悔婚。但并非所有悔婚都能够成立。关于悔婚的原因，王跃生曾对相关案件进行过总结，主要原因有：一是迁往外地，将原已许配的女儿另嫁他人；二是没有具体理由将已许人的女儿另嫁；三是因男方的原因不能娶，便将女儿另嫁；四是家人为多得彩礼而另嫁。①但事实上，悔婚的原因是多方面的，并非只是上述几个方面。

《儒林外史》中就有关于悔婚的案例。第四回中说到和尚僧官曾经为周三房家的三姑娘做媒，说了一个有钱的西乡里封大户家。但在魏好古中了秀才以后，作为舅父的张静斋看中了魏好古，横插一脚，毁掉原订婚约，将三姑娘许配给魏好

① 参见王跃生：《清代中期婚姻冲突透析》，北京：社会科学文献出版社2003年版，第8-13页。

古。在参加范进母亲的佛事上，僧官谈到张静斋时说：

> 他没脊骨的事多哩！就像周三房里，做过巢县家的大姑娘，是他的外甥女儿。三房里曾托我说媒，我替他讲西乡里封大户家，好不有钱！张家硬主张着许给方才这穷不了的小魏相公。因他进个学，又说他会作个甚么诗词。前日替这里作了一个荐亡的疏，我拿了给人看；说是倒别了三个字。像这都是作孽！眼见得那二姑娘也要许人家了，又不知撮弄与个甚么人？（《儒林外史》第46-47页）

这种情况并非没有原因，也并非完全贪图钱财，而是看中了魏好古将来可能再中举人、进士，因此不惜毁掉原婚约。像这种朝秦暮楚、另攀高枝的情况，在古代并非罕见，这也是引起纠纷的主因。幸亏周家与封大户家还没有最后定婚，即没有订立婚书和收受聘财，否则，这种毁约行为，会受到封大户家的反对和抵制，严重的话可能引起官司。

《今古奇观》里有《乔太守乱点鸳鸯谱》的故事，宋仁宗景祐年间，杭州人刘秉义之子刘璞病重，欲娶所定孙寡妇之女珠姨过门冲喜。孙寡妇担心刘璞病亡但又无法退婚，只好“狸猫换太子”，命其子孙玉郎男扮女装，冒充姐姐过门。而孙玉郎与杭州城中徐家之女徐雅，早订有婚约。花烛之夜，刘璞仍卧床不起，刘秉义夫妇只得让自己的女儿刘慧娘（已与裴家公子裴政订婚）代行亲礼，晚上陪伴新婚“嫂子”在洞房过夜。谁知孙玉郎与刘慧娘一夜生情，干柴烈火成了好事。后事情败露，裴家、刘家和孙家等扭打到官。尤其裴家，提出要求退婚并要慧娘发配他人。乔太守审案，问明原委后，知道孙玉郎与刘慧娘事属意外，况生米已煮成熟饭，心生恻隐，便将刘慧娘判给孙玉郎为妻。而把孙玉郎的未婚妻徐家女儿徐雅，判给裴公子裴政，意即你孙玉郎事实已夺人之妻，我亦判人亦夺你之妻。乔太守命这三对小夫妻当堂完婚。①这里就出现了因女方不守节而男方要求退婚的情形，裴家所提要求符合有关律例，只不过乔太守乱点鸳鸯不依法处理罢了。这样的处理最后不失为皆大欢喜。②

《儒林外史》中有一个特别的悔婚案例，在第四十回中，秀才沈大年想将小女沈琼枝许嫁给扬州盐商宋为富。但宋为富却不想娶为正室而只是想收来做妾，叫人将琼枝抬到府里，并没有张灯结彩择吉过门。在沈琼枝入府后，宋叫人兑了五百两银子给沈大年，并让他把姑娘留下自己回去就可以了。沈大年一听，就知道宋为富是把他的女儿当妾了。一径走到江都县喊了一状。想悔婚带女儿回家，但因为知县被盐商收买了，最终反而被当作“刁健讼棍”，被押回老家。

此案还没有完结。

沈琼枝在宋家过了几天，没有收到父亲的消息，猜想父亲被宋为富安排，就不甘为妾，半夜里偷了宋家一些金银珠宝，逃往南京。后被宋为富告官追缉，在被南京当地知县捉拿归案后，知县审问她为何不守闺范，偷窃宋家银两私自出逃？沈琼枝道：

---

① ［明］抱瓮老人编：《今古奇观》，上海：上海古籍出版社 1992 年版，第 352-368 页。

② 相关研究参见徐忠明：《〈乔太守乱点鸳鸯谱〉看中国古代司法文化的特点》，《历史大观园》1994 年第 9 期；杜金：《献疑与商榷：从“乔太守乱点鸳鸯谱”说起——〈文学作品、司法文书与法史学研究〉读后》，《政法论坛》2012 年第 3 期。

> 宋为富强占良人为妾，我父亲和他涉了讼，他买嘱知县，将我父亲断输了，这是我不共戴天之仇。况且我虽然不才，也颇知文墨，怎么肯把一个张耳之妻去事外黄佣奴？故此逃了出来。（《儒林外史》第432页）

知县见她知书识礼，写诗又快又好，并且见她和本地名士唱和。就签了一张批，备了一角关文，吩咐原差押送沈琼枝到江都县，而且因“与江都县同年相好，就密密的写了一封书子，装入关文内，托他开释此女，断还伊父，另行择婿”。

从古代的官官相卫的惯例来看，江都知县应该会“开释此女，断还伊父，另行择婿”。因为受到知县的同情，并且事出有因，对沈氏父女来说，能退婚并不被追究有关责任，这样的判决结果应该是最好的结局了。

在古代，悔婚是一件极其艰难的事情，尤其女方没有特别合法正当的理由，基本上没有悔婚的可能，或者说，女方的悔婚，绝大多数都要经过官府诉讼或调解。而且，对违反婚约而悔婚的，法律往往强制按原婚姻婚配，或者给予更严厉的处罚。如定婚后女方悔婚不嫁的，清律规定：“若再许他人，未成婚者，杖七十；已成婚者，杖八十。后定娶者，知情，与同罪，财礼入官；不知者，不坐，追还财礼，女归前夫。前夫不愿者，倍追财礼给还，其女仍给后夫。”[①]这里的处罚包括了刑事处罚和民事赔偿。如男方违约亦是同样处罚，“男家悔

① ［清］沈之奇：《大清律辑注》（上），怀效锋、李俊点校，北京：法律出版社2000年版。

者，罪亦如之，不追财礼。”[①]当然，清律也非铁板一块，同样有律例规定可以悔婚的条件，如婚前有残疾等情况的，女方不知情的可以悔婚。[②]但如果预先知情或者在订婚后才出现的情况，女方对此提出悔婚的不会得到支持。

三、退婚纠纷

婚姻缔结后，如果婚姻不合适，或者符合“七出”等条件的，可以休妻或出妻，[③]关于中国传统社会的离婚和相关纠纷，不少学者曾进行较深入的研究，比如瞿同祖在《中国法律与中国社会》中就论述了有关婚姻中的“七出”“义绝”和“协议”等三种婚姻解除方式；[④]陈顾远在他的《中国婚姻史》中，将离婚视为婚姻的人为消灭，并从离婚的原因、意义和效力等方面探讨了不同时期婚姻主体、观念和方式的变化。[⑤]事实上，在明清时期，离婚并不是一件简单和容易的事情，“婚姻的解除系以家族为前提，甚少涉及夫妻本人的意志。”“夫妻皆受家族主义或父母意志的支配。”[⑥]

---

① ［清］沈之奇：《大清律辑注》（上），怀效锋、李俊点校，北京：法律出版社2000年版。

② 参见田涛、郑秦点校：《大清律例》“男女婚姻”条，北京：法律出版社1998年版，第203页。

③ 参见田涛、郑秦点校：《大清律例》“出妻”条，北京：法律出版社1998年版，第213-214页。

④ 参见瞿同祖：《中国法律与中国社会》，北京：中华书局2003年版，第137-142页。

⑤ 陈顾远：《中国婚姻史》，北京：商务印书馆1936年版，第223-247页。

⑥ 瞿同祖：《中国法律与中国社会》，北京：中华书局2003年版，第142页。

但在《儒林外史》中有一件特别的纠纷，可以说是离婚纠纷，更确切称之为退妻纠纷或休妻纠纷。其中并没有涉及家族意志，甚至也不属于“七出”或“义绝”之列，更谈不上“协商”。在第五十回里，有个算命先生陈和甫的儿子，在南京招了亲，之后日日同丈人吵架，吵得邻家都不得安生。丈人埋怨他每日在外测字，寻得几十文钱只买了猪头肉、飘汤烧饼自己吃，一个钱也不拿来家，老婆也不养，甚至赊肉的钱也不还。陈和甫的儿子却胡搅蛮缠，在说了一大堆胡话后道：

“老爹，我也没有甚么混帐处，我又不吃酒，又不赌钱，又不嫖老婆。每日在测字的桌子上还拿着一本诗念，有甚么混帐处？”丈人道：“不是别的混帐，你放着一个老婆不养，只是累我，我那里累得起！”陈和甫儿子道：“老爹，你不喜女儿给我做老婆，你退了回去罢了。”丈人骂道：“该死的畜生！我女儿退了做甚么事哩？”陈和甫儿子道：“听凭老爹再嫁一个女婿罢了。”丈人大怒道：“瘟奴！除非是你死了，或是做了和尚，这事才行得！”陈和甫儿子道：“死是一时死不来，我明日就做和尚去。”丈人气愤愤的道：“你明日就做和尚！”

…… ……

次早，陈和甫的儿子剃光了头，把瓦楞帽卖掉了，换了一顶和尚帽子戴着，来到丈人面前，合掌打个问讯道：“老爹，贫僧今日告别了。”丈人见了大惊，双双掉下泪来，又着实数说了他一顿。知道事已无可如何，只得叫他写了一张纸，自己带着女儿养活去了。（《儒

林外史》第550-551页）

陈和甫儿子名义上没有出妻，但是，他却提出了退妻的说法，让他的丈人大为光火，而丈人在气头上，也说出了律例不曾规定的退妻情形，就是丈夫死了或者去做和尚。如果按照律例，丈夫死了妻子就变成寡妇或孀妇，就可参照前面讨论过的丈夫死后的守节与改嫁处理。但是，现实生活中，事实的变化确实层出不穷，这里陈和甫的儿子却按照他丈人的气话，真的去做了和尚。做了和尚就不能再娶妻，已有妻子的也要脱离夫妻关系。最后只好让陈和甫的儿子写了一张休妻书，还妻子一个自由身。

还有一个事例，夫妻一场却不了了之。《儒林外史》第二十二回里，说到牛浦娶了卜老的外甥女为妻后，因与二位舅父产生矛盾，舅父说他二句时，他竟然回家拿了一床被，一个人跑去庵里住，后来，话也不留一句，一个人就跑安东府找董知县去了。也就是说，一纸休书也没有，她的娘子要留在芜湖为他守活寡了。

悔婚不易，女方退婚更休想，相对来说，休妻或者说离婚，相对男方来说，会容易一些。但是，事实上，明清时期的离婚诉讼仍然是极少数。即使有那么多男人可以休妻的理由，但是真正休妻的，所占比例极小。“在古代中国社会，关于实际生活中离婚率达到何种程度的问题，进行统计学上的论述几乎是不可能的，但是作为一般的印象来看，离婚率远比近代社会低。这是学者们几乎一致的见解。”[①]除非是“义绝”，否则，大多数夫妻，即使不和谐，也不至于走到离婚道

① ［日］滋贺秀三：《中国家族法原理》，北京：法律出版社2003年版，第388页。

路上来。除了人丁兴旺等传统观念影响的原因外，还有离婚并不是一件体面和经济的事情，富人并不认为离婚是一种荣誉反而认为是一件很没面子的事情，穷人已经为娶亲穷尽大半生积蓄。因此，尽管有律例的规定，也有现实的理由，但是，离婚仍然是较为罕见的事情。正如有学者指出的："在18世纪的中国社会中，人们并没有完全按照'七出'的原则来处理夫妻关系，从整体看，即使在包办婚姻这种质量较低的状态下，夫妻关系一旦建立，人们更倾向于将其维持下去，而不是寻机使其解体以便从中摆脱出来。'七出'中不少规定只具有象征意义，或者只是引导意义。"①

第三节　婚姻生活所体现的礼法文化特点

从上述婚姻基本情况来看，《儒林外史》的婚姻生活主要体现了以下礼法文化特点：

一、充分体现"门当户对"

在中国的婚姻历史上，门当户对有着极其久远的历史渊源。门当，建筑学上为"门枕石"的一部分，俗称门墩，又称门座、门台、门鼓，抱鼓石用石鼓，是因为鼓声宏阔威严、厉如雷霆，人们以为其能避鬼推祟，百姓信其能避邪，故民间广泛用石鼓代"门当"。户对，是用于中国传统民居，特别是

① 王跃生：《清代中期婚姻行为分析——立足于1781—1791年的考察》，《历史研究》2000年第6期。

四合院的大门底部，起到支撑门框门轴作用的一个石质的构件。门墩主要以箱形和抱鼓形居多，但还有狮子形，多角柱形，水瓶形门墩等等。“门当”，形状有圆形与方形之分，圆形为武官，象征战鼓；方形为文官，形为砚台。“户对”大小与官品大小成正比。有“门当”的宅院，必须有“户对”，这是建筑学上的和谐美学原理。由此，“门当”“户对”常常同呼并称。后成了社会观念中男女婚嫁衡量条件的常用语。民间也有“竹门对竹门，木门对木门”的说法，也就是说，缔结婚姻男女双方在财富、地位、出身、生活水平和习惯等方面相对较为接近。清代官员于成龙的家训中谈到婚姻问题时，要求“结亲惟取门当户对，不可高攀”，但同时告诫子孙牢记司马光训言“嫁女胜吾家，娶妇不若吾家”。①

这在《儒林外史》中也有相同的看法和做法。如第八回蘧太守说起蘧公孙的姻事：“这里大户人家，也有央着来说的；我是穷官，怕他们争行财下礼，所以耽迟着。贤侄在湖州，若是老亲旧戚人家，为我留意。贫穷些也不妨。”这里蘧太守就不想高攀，也不想收太多的嫁妆，反而觉得“贫穷些也不妨”，一方面仍然是要求门当户对，另一方面，也有“娶妇不若吾家”的思想和要求。第十七回匡太公临终前告诫儿子匡超人：“我死之后，你一满了服，就急急的要寻一头亲事，总要穷人家的儿女，万不可贪图富贵，攀高结贵。”第二十七回当鲍廷玺听说继母为了贪图陪嫁妆，要为自己娶王夫人为妻时，就赶紧对继母说：“我们小户人家，只是娶个穷人家女儿做媳妇好。”匡太公和鲍廷玺都清楚和了解高攀的不良后果，所

① 余治：《得一录》卷1《于清端公治家规范》，上海：人文印书馆1934年版。

以，都想找一个门当户对的。但是，结果有时却事与愿违。

从《儒林外史》中婚姻情况看来，大部分都是门当户对的。

“门当户对，郎才女貌”的典型非蘧公孙与鲁小姐莫属了，两人都是世家望族，蘧公孙的祖父做过南昌太守，鲁小姐的父亲是翰林编修，可谓门当户对。至于蘧公孙，被牛布衣称之为“英英玉立”，也被娄氏兄弟称为“少年美才”。而鲁小姐在蘧公孙眼中“沉鱼落雁之容，羞花闭月之貌”。正如《儒林外史》第十一回中说的，

> “此番招赘进蘧公孙来，门户又相称，才貌又相当，真个是‘才子佳人，一双两好。’”（《儒林外史》第123页）

有些表面看来不般配，而在当时娶亲的时候却是般配的。如范进的妻子是胡屠户的女儿，一个小生意人家的女儿，

> “一双红镶边的眼睛，一窝子黄头发，那日在这里住，鞋也没有一双，夏天靸着个蒲窝子，歪腿烂脚的”。（《儒林外史》第45页）

《儒林外史》对女方很少描述，这里就借了何美之浑家的口，将范进老婆形象而具体地描述出来。按理说，这样的形象与中举的范进并不般配。但是，中举前的范进家里也是赤贫的，父亲早死，只有一个老母亲。说到范进考试归来时，

> “他家离城还有四十五里路，……家里住着一间草屋，一厦披子，门外是个茅草棚。正屋是母亲住着，妻子住在披房里。”（《儒林外史》第33页）

因此，即使胡屠户也不一定看得上赤贫的范进，但在明清时期，女子普遍十几岁就嫁人为妻，胡氏三十多岁才嫁人，是极为少见的，说明胡氏的身世和条件都不怎么样。但也说明了范进家境确实也很差。

《儒林外史》里面最为不门当户对的夫妻是戏人鲍廷玺娶的第二任老婆。鲍廷玺刚开始不愿意，自认为门不当户不对，怕要了家来“淘气”。正因为门不当户不对，性格不合，以致娶入家门后家无宁日，不但婆媳关系不和，在知道鲍廷玺戏子行头身份后，气成一个失心疯，后来整天在家“哭泣咒骂，非止一日”，正所谓家无宁日，这就是门不当户不对的下场。

“门当户对”不仅是一种礼法文化，更是中国古代的一种传统观念和习俗，不但是世家望族如此，士绅阶层如此，连下层的民众也都如此，有所谓“竹门对竹门，木门对木门”的朴素观念。一般要求男女双方地位身份相若，或者男方比女方的地位身份略高，如果女方比男方条件好，往往被认为婚姻双方并不般配。

二、赘婚在婚姻状态中是变态而不是常态[①]

《儒林外史》记录的赘婚现象比较多，共有四对。《儒林外史》的作者吴敬梓对入赘并没有什么歧视或成见。

---

① 正如贺滋秀三所言，女性因结婚而入丈夫之宗。如果以宗之理念秩序而论，那么这是铁的规则，不会有例外。但是，日常生活中事实上可能存在将丈夫招入女家形式的婚姻。招婿就是为初婚的女儿招女婿，所招之婿即为赘婿。

第十一回中，鲁编修看上了蘧公孙，通过娄氏兄弟说想将女儿嫁给他，蘧公孙的祖父蘧太守回答说，

“……央媒拜允，一是二位老爷拣择。或娶过去，或招在这里，也是二位老爷斟酌。……大相公也不必回家，住在这里办这喜事。”（《儒林外史》第117-118页）

蘧太守早年丧子，只余孙子蘧公孙，仍然如此开明，这体现了吴敬梓没有夫家婚姻为重的思想观念，或者说明当时社会的宽容性比较大。

入赘的原因很多，结合《儒林外史》，我们发现主要有如下几种。

一是女方家没有男丁，或者女方家往往只有一女舍不得出嫁。如蘧公孙入赘鲁府，鲁府托付陈和甫来做媒时说，

鲁老先生有一个令爱，……德性温良，才貌出众。鲁老先生和夫人，因无子息，爱如掌上之珠。（《儒林外史》第117页）

道出了鲁编修没有儿子，只有一个女儿，极为珍爱，为下文招赘蘧公孙埋下伏笔。因此，在择过吉期后，鲁编修提出，只得一个女儿，舍不得嫁出门，要蘧公孙入赘。因为有蘧太守的话在先，娄府也应允了。从这里可以看出，蘧公孙入赘的主要原因是鲁编修没有儿子，只有一个女儿，因极其喜爱舍不得外嫁，就想招蘧公孙上门。入赘后因为种种原因，有些又回归夫家的，被称为“回门儿”。如蘧公孙入赘后，不久蘧太守病重，传命接鲁小姐回家，鲁小姐才收拾了嫁妆一起回门。

二是由于男方在外经商和做官的原因，无法在原籍成家。匡超人原籍浙江乐清，因他分别在杭州和京师谋生，他的两次入赘，一次是在杭州入赘郑老爹家，一次入赘恩师李给谏家。季苇萧原籍在安徽安庆，原已娶了一房妻子，在扬州游历做名士时入赘尤家。还有牛浦郎，原籍在芜湖，后来假冒牛布衣认识了安东县的县令向知县，去了安东，被招赘于黄氏家。在《儒林外史》中，所提及的赘婚基本上都是不在原籍生活的情况下发生的，例外的蘧公孙，但最后也回门了。所以，不在原籍工作生活是入赘的主要原因之一。这些人长期游历在外，自己也有一定的才名，见识稍多，不再固守承嗣的传统，也不受家族的管制，对入赘并不太在乎。

三是因为男方经济上不宽裕，出不起聘金和婚嫁的费用。加上女方也需要这样的劳动力或人物撑门面等，因此，入赘女家也是自然而然的事情。匡超人第一次入赘，就是因为穷，出不起聘金和结婚费用。他第一次结婚，一切行财下礼都由潘三支持。匡超人的第二次入赘，诚如李给谏的管家所说“一切恭喜费用俱是家老爷备办，不消匡爷费心。”（《儒林外史》第213页）到了吉日，“张灯结彩，倒赔数百金装奁，把外甥女嫁与匡超人。”（《儒林外史》第214页）匡超人每次都是做现成女婿。又如牛浦郎，他假冒牛布衣之名与安东知县相与，这做生意的黄姓客人，见牛浦郎果然与老爷相好，就将女儿许他，招了一个上门女婿。还有一种情况，就是招养老女婿上门。[①]因为年老无子只有一女的情况下，有些地方的

① 参见滋贺秀三著：《中国家族法原理》，北京：法律出版社2003年版，第493-496页。

做法就是招养老女婿，做养老女婿就是“承受财产，承继户名”，还要为丈人养老送终。

对男方而言，入赘并不是一件光彩的事情，除非做皇帝的驸马。民谚就有“男不入赘，女不招婿”，“入赘女婿不是人，倒栽杨柳不生根”的说法，说明入赘在民间特别不受欢迎。《儒林外史》所写的入赘例子都是比较愉快的。究其原因，可能因为主要是士子们的入赘，双方地位基本上平等，也不存在改换门庭姓名归宗的问题，也不涉及过多的身份地位问题，而且大都不在原籍，家庭家族的因素干预较少。入赘得以较好地存在。同时说明当时社会的经济发展，人们对入赘比较宽容了。

三、娶妾现象比较普遍

虽然《大清律例》规定，男子年满四十岁无子可纳妾，是法律在特定条件下的纳妾制，但实际生活中，士人的纳妾却不受到什么限制，也不会受到什么处罚。在现实中，对于违反纳妾规定追究责任和处罚的并不多见。

《儒林外史》中有不少关于妾方面的描述或提及有妾的人家，说明清朝纳妾是普遍的现象。第六回说到严大育是个监生，家财万贯，因无嗣子，便纳妾赵氏。第六回知县在审理赵氏的继嗣案时，说知县是妾生的，而知府也是有妾的。第十九回说乐清县一个使女荷花逃出来后，被乐清县一个财主看中，让潘三帮忙，给抢了回来做妾。第二十六回，布政使司书吏胡偏头因家道中落，其女儿被哥们“从十七岁就卖与北门桥来家做小”。(《儒林外史》第279页)第二十九回说杜慎卿江郡纳姬，说他也是因为无子，纳妾王氏；还有盐商宋为富，想纳秀才沈大年的女儿沈琼枝为妾，听到沈琼枝向他要婚书，在外人面前也红着脸道：“我们总商人家，一年至少也娶七八个妾，都像这般淘气起来，这日子还过得！”(《儒林外史》第422页)另外，盐商万雪斋至少也有七个妾(他找人看他第七个小妾的病)。

因为做妾的社会地位低，一般平民，只要生活过得去，一般都不会将自己的子女卖为妾，以免被人看不起，使家庭蒙羞。所以，当沈大年知道自己的女儿被盐商要纳为妾后，便到衙门告状。江都知县接了沈大年的呈子后张口就说：“沈大年既是常州贡生，也是衣冠中人物，怎么肯把女儿与人做妾？”(《儒林外史》第422-423页)说明一般人家都不会将自己的女儿与人做妾，何况是贡生家庭。士绅阶层及其后代，如果不幸沦落为做人妾婢，等于是高门第而充赋役，是非常不光彩和难堪的事情。

明清之际的读书人，除了因为续嗣的需要而纳妾外，对于科举出身的官吏而言，则不无更偏重于“第一风流自爱名”。在清朝，就流传着这样一个“段子”，讲究入仕后“坐乘轿，改个号，刻部稿，讨个小(妾)”，又称之为“一官一集一姬人”，绍兴也有谚语“做一任教，刻一册稿，娶一个小”。[①]在那个时代，或者这些就是士人的理想。

① 平步青：《霞外捃屑》卷3“刻稿娶小”条，上海：上海古籍出版社1982年版。转引自顾鸣塘：《〈儒林外史〉与江南士绅生活》，北京：商务印书馆2005年版，第47页。

在印刷业并不发达的年代，刻一部稿并不是件容易的事。相反，只要有钱，纳一个妾还是相对容易的。当然，前提是不能造成“河东狮吼”，否则，就像《儒林外史》中的鲁编修一样，在遭到夫人反对后“着了气”中风。

对此，身体力行的季苇萧，也用半开玩笑半认真的口吻劝说杜少卿要娶个“如君”，“才子佳人，及时行乐”，却被杜少卿一口回绝了，并认为朝廷需立法规定，人生须四十无子才可娶妾，如果妾不生子可另遣别嫁。以减少天下无妻之人。这当然只是杜一时之气的见解。

四、重婚比较突出

传统中国实行一夫一妻制，如果已经有一妻再娶就构成重婚，律例予以处罚。[①]法律上只承认原配，除非妻死或离异，否则不能重婚另娶。从上表可以看出，重婚的情况还是比较突出的，在《儒林外史》中分别有匡超人、季萑和牛浦，他们三人也是因为入赘而重婚的。重婚的情况比较突出的原因有以下几点。

一是观念上的原因，虽然妻妾有着重要差别，但在清代之后，其差别逐渐缩小。既然允许纳妾，重婚就不算是完全禁止的事情。正如季苇萧在扬州入赘时，他的原配的姑爷鲍廷

① 《唐律疏义》一三，“户婚”，“有妻更娶”，对重婚的处罚是徒刑一年，后娶之妻离异。若欺妄冒娶，有妻诡言无妻，则加徒半年，女家不坐，仍离异。明清处罚较轻，《大清律例·户婚·婚姻》妻妾失序条：“若有妻更娶妻者，亦杖九十，（后娶之妻）离异”。

玺刚好看到，悄悄问季苇萧为何有妻更娶，季说我们风流人物，只要才子佳人会合，一房两房何足为奇！清代虽不足为奇，但重婚还是为律例所不容许的。

二是法律上虽然禁止重婚，但处罚较轻，以致一般人并不认为是犯罪。如匡超人在听到李大人想把外甥女嫁给他时，他思量：

> “要回他说已经娶过的，前日却说过不曾。但要允他，又恐理上有碍。”又转一念道：“戏文上说的蔡状元招赘牛相府，传为佳话，这有何妨！”（《儒林外史》第213-214页）

即便应允了。所以，完全意识不到这是违反律例，而只是想当然认为“理上有碍”。

三是因为是招赘入户，被原配和家庭发现的机会不大。所谓民不告官不究。上述几桩重婚的事例，都是由于赘婚而导致重婚的。

四是重婚比纳妾给男方带来更大的经济和政治利益，男方经权衡利弊，选择了重婚而不是纳妾。纳妾不仅要花一大笔钱，而且一般人家是不会让女儿做妾的。相反，重婚还给男方带来较大的经济利益，如匡超人不仅平白得了“数百金装奁”，而且还攀上李大人这一高枝，以后升官发财自然不在话下。即使是平民牛浦郎，入赘后也是“在安东快活过日子”，想当年牛浦郎第一次结婚时是多么的拮据与艰难。但是，如果是纳妾的话，匡超人和牛浦的第二次婚都是结不成的，女方家不会让女儿或外甥女给人做小的。

五、财婚盛行

帝制时代的门第婚特别突出，但明清以降，随着商品经济的发展，富裕家庭增多，而不少名门望族衰落，也导致门第家庭与巨商贾富联姻，门第婚受到极大冲击而日益式微。《儒林外史》中，原来门第婚的蘧氏与娄氏，后来的蘧氏与鲁氏再到财婚的彭氏与方氏等。另外在第四十四回中也有士人攀慕财婚的现象。

> 又有一家，是徽州人，姓方，在五河开典当行盐，就冒了籍，要同本地人作姻亲。初时，这余家巷的余家还和一个老乡绅的虞家是世世为婚姻的，这两家不肯同方家做亲。后来，这两家出了几个没廉耻不才的人，贪图方家赔赠，娶了他家女儿，彼此做起亲来。（《儒林外史》第457页）

虞余两家原来世代为婚，但开始受到了财婚的猛烈冲击，久而久之，财婚竟然也形成了一种新风俗，在五河县流行起来。吴敬梓还写了另外财婚的典型，就是一个小书童出身的大盐商万雪斋，为了提高自己的身份，花了几千两银子娶了一位翰林的女儿。而这位翰林也贪图他几千两的礼金，不惜与一个贱民出身的盐商成为亲家，反映了财婚对门第婚的极大冲击。

六、婚姻纠纷更多体现在身份的争议

《儒林外史》中婚姻纠纷的处理基本上有法可依，以传统习惯礼法为主。由于婚姻律例规定比较完备，对于婚姻中出现的种种纠纷，都有相应的律例调整。从《儒林外史》中反映的情况来看，大部分都是能够依律例律法处理，而且，大部分闹到官府的，大都得到比较公正的处理。

而其中主要是以身份争议居多，财产争议则较少。这与女方的社会地位密切相关，在一个女人本身就是商品的时代，女人无疑一般不能拥有独立的财产权的，所谓“在家从父，出嫁从夫，夫死从子”，女人一生，都要依附于男人，基本上不可能有独立的财产权，因此，就不会有财产上的争议。唯一有例外的是，《儒林外史》第六、七回中，明代的高要县乡绅严致和，是文学史上一个有名的吝啬鬼，临死前因为多点了一根灯芯而死不瞑目。他死后，只留下一个由妾扶正的妻子赵氏。如果按现代法律，赵氏应当可以继承严监生的全部财产。但在清代，赵氏要为严家继嗣。最终，名义上过继了严监生的二儿子，由于二儿子已结婚，他们过不到一起，只能分家另过。最后，二儿子作为继子，分得了七成财产，而赵氏只分得了三成的财产。这里，就是以礼法作为处理主要的依据。

清代婚姻的多元化特征十分明显，不仅有入赘婚，还有重婚，纳妾就更不在话下。重婚的情况突出表明律例规定没有得到严格的贯彻执行，法律规定成为一纸空文。具体到老百姓的实际生活，因各地风俗不同，各家经济状况不同，婚姻存在很大的不同，但是却有一个共同的特点，不管是什么婚，婚姻的结构大体上比较稳定，离婚的情况极为罕见，起码《儒林外史》中就没有关于离婚的有关描述。当然，这并不能说明真实情况，但起码从一个侧面反映了当时婚姻结构相对稳定。另外，不再单一重视门第而开始重视财婚。这不仅是社会观念开放的反映，也是经济发展的结果。

重婚、再婚、入赘和纳妾的盛行，无不与经济的发展、人员的迁徙和自由的流动有关。而人员迁徙和自由的流动，又促进了经济的发展，也促进了婚姻形态的多样化，导致人们的经济观念得到改变，从而使得财婚盛行。因此，婚姻是个人的，是家族的，但也是社会的，不仅从属于传统社会礼法文化，也是属于社会文化的一部分。

小结

当然，有些方面并不一定都通过律例进行明确规定，而是通过礼义廉耻等道德观念进行引导，官方通过表彰或贬低进行指引和管理，如在《儒林外史》中，就有关于“烈妇殉夫”的故事，在烈女死后，政府官员立刻前去拜奠，并办备文书请旌烈妇并入祠。官方就通过这种方式，引导和指引一般民众的思想和行为。它符合当时社会价值观，符合传统文化观念，符合统治阶层所引导的观念。因此，在当时是正当和合法的。婚姻生活是社会生活一种，同样要遵循种种律例和习惯，其纠纷的处理小而化之，大部分都是家族或家庭内部处理，官府一般不加以干涉，当然，实在解决不了才求之于官府。我们注意到，即使官府介入，并不一定都是按律例规定执行，仍然是调解为主，化解当事人之间的矛盾和纠纷。《儒林外史》为此也给我们展示了18世纪婚姻生活的方方面面，尤其是婚姻缔结中的纠纷，悔婚纠纷和退婚纠纷等，较为真实地反映了清代婚姻纠纷和处理，也反映了当时百姓的律法意识较强，在遇到婚姻方面的纠纷时，能够相互之间或者经过第三者调解解决，如果不能解决的，也懂得通过搜集有关证据甚至伪造证据来告官，由官府裁决。

第二章 《儒林外史》中的家庭关系法文化

自古以来，就认为“有夫有妇，然后为家”。[①]婚姻与家庭紧密相连，婚姻是建立家庭的必要前提，家庭则是缔结婚姻之后的产物。也就是说，有婚姻，有家庭。[②]中国古代社会的礼法极为重视家庭的作用，中国的家庭制度也是世界上颇为独特的制度，家庭里面实行家长制，等级森严，代表着君臣和上下级间的等级森严，家庭俨然是国家和社会的缩影和象征。有社会学家把婚姻、家庭和性，认为是人类初级社会圈。[③]中国的家庭制度一直是社会稳定、历史连续和个人安全的根源。[④]根据瞿同祖的解释，“家应指同居的共同生活的亲属团体而言，范围较小，通常只包括二个或三个世代的人口。”[⑤]而根据滋贺秀三的引用的理解，“所谓的家是指，由同一个祖先

① 《周礼·小司徒》：上地家七人。“有夫有妇，然后为家。”

② 尽管这种看法也可能是“鸡和蛋”的关系问题，因为一些当代人类学者认为，人类起源时就存在家庭，作为性关系文明产物的婚姻，则是人类文明发展到一定阶段出现的，即最早的婚姻产生于家庭出现之后。从此，家庭才是婚姻的产物。

③ 郑杭生:《社会学概论新修》,北京: 中国人民大学出版社 1994 年版，第 215 页。

④ ［美］德克·布迪、莫里斯著，朱勇译：《中华帝国的法律》，南京：江苏人民出版社 2008 年版，第 177 页。

⑤ 瞿同祖：《中国法律与中国社会》，北京：中华书局 2003 年版，第 3 页。

分家而来的总称为一族的叫一家，因而亦称为同宗，又叫一家子”，“在狭义上，将共同维持家计的生活共同体称之为家”。[①]这里，滋贺强调了家不仅是共同生活，而且还必须是共财的。

家或家庭，作为中国文化的出发点，正如徐忠明所言：“家或家族，确实成了理解传统中国的社会文化和政法法律的不能忽略的关键问题。与此同时，家或家族更是传统中国法律思想得以产生和发展的肥沃土壤。”[②]并且还认为：“在传统中国社会，家庭或家族乃是一切社会关系的核心与基础，其他社会关系可以说都是家庭关系的拟制与扩展。”[③]家和家族是中国传统文化中不可或缺的部分。[④]研究中国传统法文化，家庭和家族自然是其中重要的内容。在《礼记》丧服的传中云：“父子一体也，夫妻一体也，昆弟一体也，故父子首足

① ［日］滋贺秀三著，张建国、李力译：《中国家族法原理》，北京：法律出版社 2003 年版，第 41-42 页。

② 徐忠明：《情感、循吏与明清时期司法实践》，上海：三联书店 2009 年版，第 10 页。

③ 徐忠明：《众声喧哗：明清法律文化的复调叙事》，北京：清华大学出版社 2007 年版，第 24 页。

④ 如梁漱溟《中国文化要义》在“绪论”后即有“从中国人的家说起”的专章研究；瞿同祖的《中国法律与中国社会》开宗明义，第一章就是“家族”，专门研究家庭与家族的法律和社会关系问题；费孝通的《乡土中国》也有关于“家族”的专门讨论，探讨了有关家族的社会意义；现代的法史研究名家中如梁治平，在其《寻求自然秩序中的和谐》也在第一章中专门讨论“家与国”的关系和意义；张中秋的《中西法律文化比较研究》中，也同样对中国的家庭与氏族，家庭与国家等关系进行比较研究分析。由此可见，无论是法律文化史家还是社会史学家，在研究中国传统文化时，都绕不开对中国传统的家、家庭和家族的研究。

也，夫妻牉合也，昆弟四体也。故昆弟之义无分，然而有分者，则辟子之私也。”[①]这里用比喻手法说明家庭关系，如父子是首足关系，夫妻合起来各是一体的关系，兄弟是四肢的关系。这就构成了家庭中最重要的三种关系即夫妻关系、父子关系和兄弟关系。在中国传统礼法文化中，作为礼法文化基础的“家”，即所谓“宗法家族”“家国同构”，均反映了家的独特文化意义。《儒林外史》所描述的家庭关系，有夫妻关系，有夫妻和妾的关系，有父子和兄弟关系。这在中国古典小说里，包含这么多关系的确不多见，《儒林外史》不仅有助于研究当时的家庭关系，也有助于了解那个时代的家庭礼法制度，进一步了解那个社会的日常生活和礼法制度的实践。

第一节 夫妻和妾的关系

在传统中国，夫妻关系并不是独立的。夫妻是作为一体纳入家庭和家族关系中，夫妻的同居财产都家族化。女子出嫁便脱离父宗加入夫宗，加入了夫家的宗族活动和经济活动，夫妻关系从属于家庭和家族关系，并没有自己独立的意志体现，夫妻关系不如说是家庭关系或家族关系。

夫妻名义上平等，所谓“妻与己齐者也”（《说文》），又曰：“夫妻匹敌之义也。”（《释名》）但是，传统中国夫妻的地位有明显的区分。夫妻等级差别不但是礼仪上的要求，更是社会伦理的支持和要求。认为男女有别，男尊女

① ［日］滋贺秀三著，张建国、李力译：《中国家族法原理》，北京：法律出版社2003年版，第31页。

卑，以男为贵。“夫者扶也，以道扶接也。妇者服也，以礼屈服也”（《白虎通》）。古代中国不是一个等级平等的社会，相反，是一个等级森严的社会，在“三纲五常”[①]中就明确要求为臣、为子、为妻的必须绝对服从于君、父、夫，同时也要求君、父、夫为臣、子、妻做出表率。在家族的分工负责中，“夫为妻纲”便是最高指导原则，使男尊女卑或女从于男成为习惯或惯例，也导致分工就是男主外女主内。在“天无二日，国无二君，家无二尊”[②]的思想指导下，一国之尊，一家之主，都是不可侵犯的。而且，根据男尊女卑的传统思想，女子还要有“三从四德”之行。[③]所以，妻的行为能力，从家庭主妇地位而言，主要是家事的管理权和财产的使用权，从母的地位而言，主要是子女的教养权和主婚权，即使这些权利，都是受到相当程度的限制，主要是受丈夫主导。中国传统家庭的

① “三纲五常”来源于西汉董仲舒的《春秋繁露》一书，但最早渊源于孔子。何晏在《论语·为政》：“殷因于夏礼，所损益可知也”中集解：“马融曰：所因，谓三纲五常也。”“三纲”是指“君为臣纲，父为子纲，夫为妻纲”，要求为臣、为子、为妻的必须绝对服从于君、父、夫，同时也要求君、父、夫为臣、子、妻做出表率。“五常”即仁、义、礼、智、信，是用以调整、规范君臣、父子、兄弟、夫妇、朋友等人伦关系的行为准则。

② 《家语·本命解》云：“天无二日，国无二君，家无二尊。”《荀子·致士篇》曰：“父者家之隆也，隆一而治，二而乱，自古及今未有二隆争重而能长久者。”

③ 《礼记·郊特牲》记载：“妇人从人者也，幼从父兄，嫁从夫，夫死从子。”又《孔子家语·本命解》云：“女子者，顺男子之教而长其礼者也。是故无专制之义，有三从之道，幼从父兄，既嫁从夫，夫死从子”。“四德”一词见于《周礼·天官·内宰》，内宰是教导后宫妇女的官职，负责逐级教导后宫妇女“阴礼”、“妇职，其中较高职位的“九嫔”“掌妇学之法，以教九御妇德、妇言、妇容、妇功。”本来是宫廷妇女教育门类，后来与“三从”连称，成为对妇女道德、行为、能力和修养的标准，即“三从四德”。

稳定，与这些尊卑有序的格局不无关系。

正是由于这些道德准则和律例规范的作用，正是这种“在家则为贤女，既嫁则为贤妻，嫁而生子则为贤母”的观念的潜移默化，一方面对于道德上的要求是正面的，是积极的，可以树立有效的典范作用；另一方面，遵循了这种道德准则的要求，夫唱妇随，夫妻与家庭关系得到了很好的维持，也使其变得和谐与稳定，实现了“家和万事兴”。所以，虽然没有现代意义上的“爱情”，传统中国的家庭还是比较稳定的。

传统中国虽然自始至终都是一夫一妻制，但是，律例却允许男人纳妾。[①]而且在数量上没有限制。《诗经》上甚至是把夫与妻就好比日与月，相对于此，夫与妾就好比是日与众星。[②]

妻妾的地位相差极大，主要区别在于夫与妻或妾结合的方式、身份、地位和权利义务不同。聘则为妻，奔则为妾。[③]妾一般都是贫穷人家出卖的，既然是买来的，不能与妻一样

① “妾”者，接也。《白虎通》“妾者接也，以时接见也”。《释名》亦云：“妾，接也。以贱见接幸也”。妾的含义即指示非偶，所以妾以夫为君，为家长。妾字为会意字。从辛，从女。甲骨文字形上面是古代刑刀，表示有罪，受刑；下面是“女”字。合而表示有罪的女子。本义是女奴。“妾”在先秦和秦汉时是指女奴，由于在奴隶制度下，男性主人往往和女奴发生性关系，甚至使女奴的专属于男主人的性行为对象，于是妾的词义开始改变。周代贵族女子出嫁，需要同族姐妹或姑侄陪嫁，称为媵，媵会成为侧室，地位比妾高。后世媵和妾渐渐不分。

② 《诗经·召南·小星》。

③ 《礼记·内则》。

行“六礼”，不能举行婚姻仪式。[①]买妾不知其姓则卜之。更重要的是，妾在家长制的家庭里并非家庭中的成员，与家长的亲属没有亲属关系。她既不能上事宗庙——这是婚姻的主要功能之一，也不能参加家族的祭祀，也不能被祀（有子则为例外，但只能别祭，不能入庙）。[②]另外，在妾与家长或家庭的其他人的斗殴中，妾如伤人则罪加一等以上，被伤或至死，致害人减二等以上。[③]妾的地位的低下，还与她的地位极不稳定相关。夫妻离婚，妻须有“七出”之一，才可能被离，但如果有“三不去”之理由，即不得强制离婚。但是，对于妾，“七出”和“三不去”却不适用，妾可以说是“若夫爱之则留之，若夫厌之则遣之”。[④]说明夫的自由度相当大，妾的留下与被遣，完全凭夫的好恶。

妾的社会地位极低，在地位上通常与奴婢相仿，事实上不少妾就是从奴婢收过来的。妾在妻与丈夫的关系中，除了冠冕堂皇的“承嗣”理由外，其中也扮演了在性关系上成为丈

---

① 《礼记·曲礼》：“买妾不知其姓则卜之”。《唐律疏义》一三，户婚，以妻为妾条：“妾能买卖”。正如前述，婚姻仪式是婚姻成立的形式要件，正所谓“明媒正娶”是也。而妾是不需要任何正式的仪式的，而且也不能举行任何正式的仪式。比如，娶妻要用花轿，要有迎亲，要有吹鼓，要祭告天地和祖先等等。而娶妾就不需要这些仪式。

② 瞿同祖：《中国法律与中国社会》，北京：中华书局2003年版，第147页。

③ 《大清律例·斗殴·妻妾殴夫》条：“若妾殴夫及正妻者，又各加（妻殴夫罪）一等。加者，加入于死。”

④ ［日］滋贺秀三著，张建国、李力译：《中国家庭法原理》，北京：法律出版社2003年版，第447页。另参见，《大清律例·斗殴·妻妾殴夫条》辑注：“夫妻有愿离不愿离之文，而妾与夫无者。盖夫妇乃敌体之亲，非犯七出不得擅离，而妾则微且贱矣，夫爱则留之，恶则遣之，无关轻重，自不得与正妻同论也。”

夫补充的角色，个别也成为丈夫在琴棋书画上的“共鸣”。在家庭生活中，礼法上妾必须被安排住在正房的旁边较小的房间，称之为侧室，因此，妾又有侧室、偏房、小房以及二奶、小老婆等称谓，同时还有新娘、姨娘、姨太太等称呼，正如《儒林外史》说的，如果妾没有被扶正，不仅刚娶时被叫作“新娘”，到死也还是以“新娘”称呼。不管称呼如何，妾都不是妻或老婆，即使位列第二，其实与发妻有天渊之别。钱锺书先生在《围城》里讲，讲师比通房丫头，教授比夫人，副教授等于如夫人。丫头收房做姨太太，是很普通的事，姨太太要扶正做大太太，那是干犯纲常名教，做不得的。前清有付对子，“为如夫人洗足，赐同进士出身”。[①]说明妻妾的鸿沟何等巨大。

妾的地位虽然低下，但还是有机会改变的。最可能的是，在原配死后，得到公婆和长辈的同意以及家族的容许而被扶正。第五回，写严监生的原配王氏，因病卧床不起。生了儿子的妾赵氏在旁侍奉汤药，极其殷勤。看到病势不好时，还抱着孩子坐在床头哭泣，还边哭边道：“我死了值得甚么，大娘若有些长短，他爷少不得又娶个大娘。他爷四十多岁，只得这点骨血，再娶个大娘来，各养的各疼。自古说：‘晚娘的拳头，云里的日头。’这孩子料想不能长大，我也是个死数，不如早些替了大娘去，还保得这孩子一命。”这位赵新娘所作所为，包含了很多清代法律、礼教和习俗在里面。

一是说明赵氏作为妾的地位极低，仅比奴婢高一点点而已，从她称呼王氏为“大娘”，显示辈分的差别；而且，在旁

① 参见钱锺书：《围城》，成都：四川文艺出版社1992年版，第310页。

侍奉汤药，极其殷勤，奴婢也不过如此。二是在原配死后，重新娶一个回来的是正途，把妾扶正是例外。因为，清代以前的婚姻都讲究门当户对，而妾肯定不是门当户对的，不符合封建礼教，也不一定容于家族。三是引用“晚娘的拳头，云里的日头”说明后妈的恶毒，这是一种普遍的社会现象，如果王氏不死，这个庶出的儿子也算是她的儿子，肯定比后妈对小孩更好。四是母以子贵，尤其是妾生了儿子，她在家庭中才会有地位，儿子长大后能够有所出息的话，她才能有出头之日，从“事宗庙”的角度来说，才有人为她服丧。有人认为，赵新娘是装出来博取王氏的同情并争取被扶正，[①]事实上，不管是装的还是精诚的，赵新娘的行为从现实和未来出发，应该还是发自内心的。

后王氏病重，见赵氏总是日逐煨药煨粥，并且哭求天地替代王氏见阎王，就说若其死了，可做填房。经过俩舅爷的同意，严监生又报请族人肯定，才举行结婚仪式，严监生与赵氏在全族面前同拜天地祖宗，最终扶正为正室。

《儒林外史》给我们展示了一幅由妾扶正的正面画卷。如果不是因为赵氏生了儿子，相信扶正的机会很小。如果没有王氏的同意，没有王氏兄弟的协助与帮忙，赵氏的扶正是不可想象的。还要让“寒族”不要多话——没有不同意见。有时，有些族长或长老的权力强大，其干涉的力度会更大。正如前述，婚姻不是两个人的事情，而是两个家庭和家族的事情，婚姻大事当然得由家庭父母同意家族长辈首肯。由此可

---

① 温宝麟：《一个伪装成弱者的女杀手——评〈儒林外史〉中的赵新娘》，《甘肃社会科学》2009 年第 1 期。

见，这由妾扶正的路程是多么的艰难和遥远。

妾改变地位的另一途径就是生儿子，儿子长大后能够中举做官并且得到朝廷的封赠。这样，作为儿子的亲生母亲，也会得到朝廷的诰封，只有这样，作为做妾的母亲才可能有扬眉吐气出头之日。第五十三回徐咏与陈木南饮酒谈天说地，说到杜慎卿莫愁湖大会梨园子弟时，陈木南道：

> 论起这件事，却也是杜先生作俑。自古妇人无贵贱。任凭他是青楼婢妾，到得收他做了侧室，后来生出儿子来，做了官，就可算的母以子贵。（《儒林外史》第539-540页）

前述赵氏被扶正后，严监生和赵氏儿子都先后病死，无奈之下，赵氏要找大伯严贡生的儿子过继立嗣，但因双方对过继的儿子有不同意见，打起官司来。结果，审案的汤知县的亲生母亲是做妾的，上诉审的府尊是有妾的。说明那个时代娶妾的情况比较常见，虽然小说里没有交代县令的母亲如何，但可以肯定的是，他们被封诰是必然的，母以子贵也是必然的。

法律规定的一夫一妻制，但在现实生活中，存在比较多的一夫多妻的现象；法律规定丈夫在家庭中绝对的地位，但实际上存在妻子地位比较高，在家里由妻子说了算的情况。比如常说的“河东狮吼”即为一例。而作为妾，地位都比较低，但也可能由于受到丈夫的宠爱，其实际地位可能并不比作为原配的妻子低。当然，就社会地位而言，妻子的地位是妾无法比拟和改变的。另外，妾在一定的条件下，也有可能被扶正为夫人，但这确实需要天时地利人和，大多数的妾终其一生都是地位卑微，无名无分。

纳妾的现象，一般是在有一定经济基础的士绅阶层才有可能。而一般社会下层，纳妾的就比较少。还有一个比较有趣的现象是，一般妻子都反对丈夫纳妾，但也有妻子在自己没有儿子的时候，反而热心帮丈夫纳妾，希望能够通过妾生儿子来续嗣，这是一种比较独特的现象，说明“无后为大”的观念不但存在于男人中，也存在女人中，她们并不介意甚至希望自己的丈夫纳妾承嗣，并且通过自己的努力能够纳到更好的妾，一方面使后代的质量有保障，另一方面，也能与自己和平共处。①

第二节 父子关系

有人认为，家庭关系中最为重要的当属父子关系。②正如前面说过，婚姻的目的是“上以事宗庙，下以继后嗣”。婚姻是姻亲关系，而婚姻的结合就是为了生儿育女，父子是血亲关系。传统观念认为，血缘关系比姻亲关系更加神圣和稳定，只有血缘关系，只有“后代”儿子，才能“上以事宗庙，下以继后嗣”。因此，父子关系无疑是家庭关系中最重要的。正如许烺光所说的“构成中国的亲属关系的中心里面最重要的

① 具体参见童汉明：《〈儒林外史〉中的清代妻妾关系》，《中山大学法律评论》2012 年第 2 期。

② ［美］德克·布迪、莫里斯著，朱勇译：《中华帝国的法律》，南京：江苏人民出版社 2008 年版，第 177 页。其进一步论述涉及父子关系以及类似的尊卑关系（如祖孙关系、叔侄关系等等）时，某些在正常情况下能有效发挥作用的法律原则看起来不再完全有效。一个最常见的例子，就是法律允许犯罪人在特定的情况下存留养亲。这个规定，在《刑案汇览》中有相当多的案例涉及这项规定。该项规定的实质内容是停止法律的正常实施，以利于“孝”原则的履行。因此，“以孝为大”的文化是法治文化所不能理解与能够实施的。

关系，就是这个父与子的关系，其他一切关系被放在或是其扩大、补充或作为从属于这种关系的位置。男系血统（farther-son line）的继续这件事具有胜过一切的基本性的价值，亲属关系完全以此为中心来组织”。[①]“父为子纲”“父者子之天也”。[②]

《儒林外史》着力塑造了一个感人的孝子形象，用了六回的篇幅即从十五回到二十回，把一个孝子形象刻画得栩栩如生，但最后又把他如何成为一个忘恩负义的势利小人写得入木三分活灵活现，这个儒生就是匡超人。匡超人原是一个淳朴善良的农民子弟，他因家贫跟人出来做生意，后来生意失败便流落杭州街头，以拆字为生。后来与心地善良仁厚的科举文章选家马二先生相遇。说起遭遇：

> 只是父亲在家患病，我为人子的，不能回去奉侍，禽兽也不如，所以几回自心里恨极，不如早寻一个死处！（《儒林外史》第169页）

马二是一个老实人，听见如此，也深感叹道：“只你一点孝思，就是天地也感格的动了”并马上请匡超人吃饭，见匡超人会做全篇的八股文，就有心鼓励他上进。不仅给他棉袄和鞋穿，不仅“细细检了几部文章”塞在他棉袄里卷着，不仅资助路资让他回家，还给了他十两本钱回家做些生意以便能医治和奉养父母。

在匡超人回家的船上，一位差人郑老爹说了一桩父亲告

① 转引自［日］滋贺秀三著，张建国、李力译：《中国家族法原理》，北京：法律出版社2003年版，第106页。

② 《仪礼·丧服传》云：“父至尊也。”又，“父子手足也。”“父者子之天也。”

儿子反被儿子告假哀怜的案件，直让人感叹人情浇薄，从而更衬托出匡超人的孝思。“儿行千里母担忧”，匡超人回家后，他娘第一眼见到他，马上捏了捏他的棉袄，发现他穿着马二给他的极厚的棉袄，这才放心。

匡超人回来后，确实孝顺，不但没日没夜地养猪卖猪做豆腐赚钱来为太公（父亲）增加营养延医用药，而且在服侍太公时极具用心和耐心。想方设法不怕熏臭地让太公更好地出恭，赚了的钱每日放在太公床底下，为父亲解闷搜出西湖景致以及各处笑话细说与太公听。每晚陪侍并拿文章来念，正如马二教导他说一样：

> 那害病的父亲，睡在床上，没有东西吃，果然听见你念文章的声气，他心花开了，分明难过也好过，分明那里疼也不疼了，这便是曾子的“养志”。（《儒林外史》第170-171页）

匡超人身体力行，太公睡不着，夜里要吐痰吃茶，一直到四更天，他就读到四更鼓。太公从前没有人服侍，出恭要忍到天亮，今番有儿子在旁伺候，夜里要出就出，晚饭也放心多吃几口，病渐渐也好了许多。村里失火时，匡超人什么也不顾，奋力先抢救父亲，再背出母亲，并为此庆幸：“好了，父母都救出来了”。

突出了匡超人孝，却也反衬出匡超人大哥的不孝。太公说大儿子不争气，把居住的屋私下吐退了，银子零散收上来，都花费了，见不是事，就两口子分开另吃，自挣自吃，也就是别籍异财。而他哥见他回来，就说他爹害发了，带累他受气等等。从集里买回一个小鸡子要替兄弟接风，说这事不必告诉老爹，匡超人执意不肯，先把鸡盛了一碗给父母。村里失火时只顾得他一副上集的担子。不但不救人，反而第二天下午才现身并怪兄弟不帮他抢东西。在匡太公死后，匡大照常开店，匡超人逢七便去坟上哭奠，充分体现了一个孝子形象。

《儒林外史》中还有不少孝子的典型，如国子监监生武书少孤而“事母至孝”，侍奉母亲起居饮食，殚精竭虑，在母亲过世后才再去应试进学，被誉为“克敦孝行，又有大才”。还有，虞博士在船上见人投河自尽，救了上来，了解到这个人是因为父亲死后无钱下葬而寻短见，将仅有十二两银子赠银四两让他葬父。这与上面说到的匡超人因父亲病不能回去侍奉，因此“心里恨极”，不如“早寻一个死处”有同工之处。说明如果不能尽孝，毋宁死，或者说以死尽孝。当然，这种逃避的方法并不足取，正如虞博士说的“这也不是寻死的事”，死了反而更无法尽孝了，变成更大的不孝。

《儒林外史》还写了一个有名的孝子，他就是曾做过南昌太守后来投降了宁王被朝廷通缉的王惠的儿子，化名姓郭。在父亲“更姓改名，削发披缁”后，二十年走遍天下，三下江南寻找父亲尽孝。在明清的小说或戏曲中，孝子寻找离散的父亲是一个不断出现的题目，而王原的故事为这类叙述提供了基本母题。[①]在有关小说或戏曲中，王原尽孝寻父的过程，充满了险阻，遭遇了猛兽、强盗、异域和战争，历尽艰险最后在寺庙里找到父亲，家人得以团聚，自已从而得以尽孝。吴敬梓据此塑造了郭孝子的形象，但结局却出人意料。郭孝子“二十年寻遍天下，寻访父亲”的故事被江南一批刚参加完泰

① 《明史》第297卷，北京：中华书局1974年版，第7604页。

伯祠的儒生知道后，杜少卿和武书都出资相助，虞育德和庄绍光则为他写推荐信，让沿途的官员给他方便或帮助。对郭孝子的支持以及郭孝子的尽孝行动，就是对祭泰伯祠的具体实践行为。这郭孝子风餐露宿，遇虎遇盗，化险为夷，历尽磨难找到了做和尚的父亲，但父子相见却不敢相认，作为一个曾参与反叛朝廷的钦犯，犯下一个夷九族的叛逆罪，为免给儿子给家庭带来杀身之祸，只能说自己没有儿子。作为一个真正的孝子，对一个法律上有罪，社会上不容，道德上不齿的父亲，表示了无条件的孝敬和尊重，是需要勇气、决心和敢于牺牲的精神。父亲的"罪行"为郭孝子逃避他的礼仪义务提供了足够的理由，但是，孝子却没有这样做，相反，他坚持不懈地行孝，从来没有发生动摇。做到了儿子应该做到的一切，他买通了一个道士，日日搬柴运米养活父亲，钱用完了，就替人家做佣工，挑土打柴每日寻几分银子赡养父亲。并且一直赡养到父亲去世，再把父亲的骸骨背回故乡下葬（第37-38回）。郭孝子的故事所展示的正是这样一个承担：不管父亲如何对自己，他都心无二念地履行了自己的礼仪义务，他做到了作为儿子应该做到的。在这个意义上，他的行为可以解释为儒家礼仪的延伸。[①]儒礼由一系列行为构成，要求个人都是通过行动而不是选择来遵从它。这表明孝是一种神圣的礼仪义务，在付诸行动的时候，没有协商和妥协的余地。郭孝子的行为就像是在履行一种礼仪，按部就班，重要的是行动本身。

从《儒林外史》中我们发现，对孝子的尊重和帮助，

① 商伟著，严蓓雯译：《礼与十八世纪的文化转折——〈儒林外史〉研究》，北京：生活·读书·新知三联书店2012年版，第80页。

也是一种传统，“君子成人之美”。前面所说的马二、虞博士、杜少卿、庄征君、武书等等，都乐于助人行孝。为人以忠孝为本，其余都是末事，吴敬梓借用萧昊轩的口，说出了他的观点和看法。而不论是他本人，还是萧昊轩和他儿子萧云仙，都一样忠孝两全。在萧昊轩病逝前，萧云仙认为被革职查办是“塞翁失马”，能最后在父亲身边尽孝，“呼天抢地，尽哀尽礼，治办丧事，十分尽力。”

可以说，《儒林外史》描写的父子关系主要表现为父慈子孝。它在颂扬子孝的方面不遗余力，树立了不少典型，这或者可能是那个时代之前确实比较普遍存在的现象。但从另一方面来说，是否在吴敬梓时代已开始世风日下，故吴敬梓才比较多地加以提倡和大力弘扬呢?

总之，父子关系，主要强调了“万事孝为先”，强调对上一辈的尊重和孝敬。虽然并不是一种平等的关系，但如果对所有人都这样，其实也是另一种意义上的平等，对所有人适用上的平等。这也是法律面前人人平等的真义，不是每个人都平等，而是在法律的适用上人人平等。有人认为，因为孝是封建残余，是遗毒，是愚忠的另一种表现，这在阶级论里可以说是通说，但我们的世界并不完全是阶级的世界，如果说出现不平等，那也只是阶层上的不平等而不是阶级的级差。在所有礼法面前，皇帝和贵族都要遵守。而孝作为礼法制度核心内容，更是所有人都要遵守的，不是说孝只是属于平民而不属于贵族。因此，谈不上孝的所谓的阶级性问题。“孝”是儒家礼仪秩序的核心，而将孝行变成仪式行为，也就是把它转化成心灵习惯和行动常规，不再问需不需要行孝，或为什么行孝，只需径直去做。这正是仪式化实践的好处：它通过行动建立起一套不容置疑的生活秩序，而道德意义就蕴涵在日常实践之中，无须别的什么解释或说明。①

尽管父亲在儿子的问题上有极大的权威，而且法律上也强调儿子对父亲的义务，但是，他的权威是受部分制约的，正如滋贺秀三所强调说的“父子一体”。②父亲就像不能伤害自身一样不能滥用他的权利，父亲同样对儿子有教育和抚养的义务，所谓“养不教，父之过”。父亲既对祖先尽孝的义务，有“上以事宗庙”的义务，在他的位置上，也有“承前启后，承上启下”的义务与责任，因此，他应该尽可能照顾好家族，照顾好儿子的婚姻，尽量让儿子娶到一个合适的媳妇，以尽可能延续香火以继宗祠。当然，可能的情况下，还要提供更好的生活和教育条件给儿子，让儿子能够光大门楣从而光宗耀祖。还要尽可能建好房舍，并留传可供子孙后代歇息。而且，由于“父子一体”，父和子相互是另一方的部分，一方所有的东西也为另一方所有；一方所得到的东西也为另一方得到。对于这种关系，有人认为是“father-son identification”。③也就是说，儿子以后可能会很有出息，取得比父亲大得多的成就，其地位远在父亲之上。但是，父子一体的纽带，让父子的功绩一

① 商伟：《礼与十八世纪的文化转折——〈儒林外史〉研究》，北京：生活·读书·新知三联书店2012年版，第80页。

② 参见［日］滋贺秀三著，张建国、李力译：《中国家族法原理》，北京：法律出版社2003年版，104-105页。该文中滋贺详细论述了“父子一体和夫妻一体”的问题。

③ ［日］滋贺秀三著，张建国、李力译：《中国家族法原理》，北京：法律出版社2003年版，第107页。

体化，儿子的成绩不仅让父亲倍感骄傲和自豪，某方面也等同于父亲的成就。所谓“光宗耀祖”就是这种状况的真实写照，晚辈的成绩，儿孙的功名，不仅光耀门楣，让祖宗都觉得荣耀，更何况父母。

第三节 兄弟关系

帝制时代，不仅夫妻，父子之间等级分明，同辈的兄弟之间也有差别。在中国父系家长制和父系家庭中，兄弟关系仅次于父子关系。与父子关系一样，兄弟关系属于天合关系，这种关系甚至重于人合的夫妻关系，有俗语称“兄弟如手足”。长幼有序的教条同“父为子纲”的伦常一样，明显而重要。嫡长子继承制是宗法制度的核心，俗话说：“长兄当父”，说明兄在宗的地位很高，尤其是最年长的儿子，父与兄常常被人尊称为尊长——“父兄”。长子是家长的当然接班人，父死后律定长兄为家长，连母亲也要服从，所谓三从之一的“父死从子”。正如皇族中一般立嫡长子为皇储即太子做接班人一样，太子就是皇帝的嫡长子。万一皇帝的接班人不是长子，就往往可能发生宫廷政变，导致争权夺位生灵涂炭。从某种意义上来说，嫡长子继承制也是避免发生继承争夺甚至战争的制度设计。清代的经学家程瑶田也云：“宗之道，兄道也，大夫、士之家之兄统弟而弟事兄之道也”。[①]弟弟要尊敬

① 程瑶田：《通艺录》卷二《宗法小记·宗法表》，嘉庆年刊本。另外，关于宗道方面的详细说明，可参见瞿同祖：《中国法律与中国社会》，北京：中华书局 2003 年版，第 19-23 页。

兄长，但兄长也要照顾好弟弟，正所谓“兄之爱弟宜如子，弟之敬兄宜如父”。兄弟不和不仅让人笑话，也是不孝的表现。

《儒林外史》中描写的兄弟形象很多，在文中描写或提到了21对兄弟（详见附表2），这在古代小说中实为罕见。其中，匡超人不但孝顺父母，而且，他也是尊敬兄长的典型之一。从杭州回到家，一见哥哥，他就马上“作揖下跪”。家里遭了火灾，他因抢救父母没有帮他哥的忙被埋怨，他也不还口。匡太公临死前嘱托他：“你哥是个混帐人，你要到底敬重他，和奉事我的一样才是！”（《儒林外史》第185页）这一点，匡超人一直记在心里。在外赚了些钱，“遇便人也带些家去与哥添本钱”。（《儒林外史》第206页）匡超人刚好因考取教习要回本省地方取结回到杭州，见到大哥就说，

> 哥将来在家，也要叫人称呼“老爷”，凡事立起体统来，不可自己倒了架子。我将来有了地方，少不得连哥嫂都接到任上同享荣华的。（《儒林外史》第215页）

这里的兄弟之情虽然因匡超人的地位不同有所变化，但他尊敬兄长的情并没有改变，还想着共享荣华。相比之下，匡超人对妻子感情就是不同，听到妻子的死并没有表现过多的悲伤，反而把更多的精力放在兄弟之情上来。正印证了前说的，兄弟之情有时更甚夫妇之情。

还有一对受人尊敬的兄弟就是余氏兄弟。两兄弟在父母亲死后，相依为命，互敬互爱，都结婚后久不见面，一见面还是像小时候一样“老弟兄两个一床睡了”。（《儒林外史》第458页）细说一年有余的话。说到父母因无钱久未下葬，大哥余特说要去无为州打秋风，为一件案说了一个情，得了

一百三十两银子。却因私和人命被通缉。二先生余持“代兄受过”，百般为兄弟遮挡，最后才把这件事了结，并花了不少衙门使费。后来，余大先生被朝廷选了徽州府学训导。邀弟弟一齐到任上去。二先生怕刚到任日用不足，大先生却说：

> 我们老弟兄相聚得一日是一日。从前我两个人各处坐馆，动不动两年不得见面，而今老了，只要弟兄两个多聚几时，那有饭吃没饭吃，也且再商量。（《儒林外史》第494页）

同样的兄弟之情，还表现在倪氏兄弟身上。他的大哥倪廷珠早就被卖了，但一回到故乡就寻找失散的兄弟，后来找到鲍廷玺。两兄弟一见，分别道：“你便是我六兄弟了！”“你便是我大哥哥！”（《儒林外史》第288页）抱头大哭，说起各自遭遇，说起父母，说起离散的兄弟，哭了又说，说了又哭。去廷玺家看过，将随身带的七十两银子交给了弟弟，让他去买二三百两的房，并准备把预收的束脩一千两都拿来给弟弟到南京做个本钱或买房过日。即使多年不见甚至可能从没有见过，还能表现出这样的情怀，说明兄弟之情之深重。还有汤氏兄弟，两人读书虽然如扶不起的阿斗，但他们互相帮助扶持。在老二被人抓住打醮水时，老大单枪匹马前往，雄赳赳气昂昂地把那些喇子打跑，救了老二出来。“打虎亲兄弟”，确实如此。

从附表2中可以看出，《儒林外史》中超过70%的兄弟关系都是友好融洽你敬我爱的。但是，也有一些兄弟并不是完全如此。其中严氏兄弟便是典型。严氏兄弟，大哥严致中是一个贡生，所以称为严贡生，弟弟严致和，因是个监生，又称严监生。父亲死后分家另住。严贡生虽然是个贡生，但像个乡里无赖一样，谎话连篇，到处惹是生非，横行霸道，欺辱弱小，无恶不作，在惹下数起官司后因汤知县要捉拿他而远避省城。弟弟严监生是个有钱吝惜又胆小怕事的人。见差人来找，不敢轻慢，留人吃饭拿钱打发差人。并请两位舅爷王氏兄弟来商量，后来在他们的协助下，在衙门花费了十几两银子，才把哥哥惹下的官司摆平了。严监生病死前他才说出心声：

> 我死之后，两位老舅照顾你外甥长大，教他读读书，挣着进个学，免得像我一生，终日受大房里的气。（《儒林外史》第64页）

严贡生回来送葬，收到严监生后续的妻子赵氏送来的“簇新的两套缎子衣服，齐臻臻的二百两银子”，“满心欢喜”，完全看不到半点哀思。最后只是到柩前叫声“老二”，干号了几声，下了两拜。在谈到他弟弟花钱帮他摆平官司时，他不但没有感谢，反而埋怨“这是亡弟不济。……由得百姓如此放肆！”（《儒林外史》第68页）在弟媳问严监生可以几时开丧？祖茔可否葬得等时，他则一口回绝说祖茔葬不得。这其实并不符合当时的丧葬礼仪制度，严监生不能葬在祖茔中，就如同从家族中剔除出去一样。严贡生如此这般，并没有顾及兄弟手足之情，违反了葬礼制度。但是，纵观《儒林外史》中的兄弟，虽然不和的也有一部分，但真正有冲突和纠纷的并不多，看到的是匡太公与其弟弟匡二公，就关于房屋买卖问题产生直接的纠纷，差点可能就要动手了。另有一对兄弟关系不太好的就是胡氏兄弟，一个喜欢做诌诗，自称名士，一个喜欢养马和武艺，因此性格不合，分开另过。

由于纳妾的存在，儿子就出现了嫡庶之分。所谓嫡，就是妻（正妻）所生子女；所谓庶，就是妾、婢所生的子女。由于嫡庶之母的地位、角色殊异，所以嫡庶从出生之日起就不平等，某种角度来说，是母亲的尊卑贵贱直接传递给了子女。

关于长幼、嫡庶之间的区别，嫡庶差别与长幼差别的价值不同：嫡庶之别是一种与宗法制紧密相关的尊卑贵贱关系，是等级制度中第一位的分别，长幼关系则是一种日常的人伦秩序，主要是年龄差异带来的，它不及嫡庶差别那样隔着一道似乎无法逾越的鸿沟。因此，长幼有序首先以嫡庶有别为前提，先区分嫡庶，然后才讲究长幼，这是宗法制度的一条基本原则。在世系关系中，嫡庶长幼关系是相互结合作用的，“立嫡以长不以贤，立子以贵不以长”。[①]嫡长制是中国古代继承制度的基本原则，嫡是最根本的，立嗣必立嫡，然后区分嫡中之长幼，宁立嫡孙，也不立庶子。

但是，兄弟毕竟还是兄弟，不管是嫡庶还是长幼，正所谓“兄弟如手足”“打虎亲兄弟”，等等，说明兄弟应当和睦相处，兄弟不和便是不孝。如“本是同根生，相煎何太急”是让人不齿的。另外，兄弟之间大体上还是平等的，比如继承，大体上对于家族财产，兄弟之间基本上还是平均分配的，即使是长子，也不能多分一份。

第四节 《儒林外史》中家庭的主要礼法特点

古代中国的家庭生活，要孝敬父母，不能主动与父母分

① 邵伏先：《中国的婚姻与家庭》，北京：人民出版社 1989 年版，第 128 页。

居，更不能与父母争夺财产或藏有私财。家庭的一切都属于父母所有，并不仅仅是指财产。家庭的最主要的表现形式就是“同居共财”，中国历史上也就出现了所谓的“义门”。[①]但是，天下事，“合久必分，分久必合”，对一个家庭而言，由于儿子的长大成人伴随而来的是婚姻的建立，孙子的出生和上一辈的死亡等等，不可避免地要建立新的家庭，新的家庭需要生产资料和生活资料，也就存在别籍异财的要求。对家庭财产的处理的最主要方式就是财产的分割与继承，中国古代的继承带有鲜明的家族特征。自汉代董仲舒“罢黜百家，独尊儒术”以来，儒家思想一直居于正统地位。其中，家长制等级强调尊卑长幼、同居共财，以及独特的继承制度等等，都是古代中国家庭最重要的特点。本节主要是结合《儒林外史》，谈谈传统家庭的礼法特点。

一、家长制

中国的家族是父权家长制的，家族是以男性为中心，由父系血缘关系联结起来的，家长就是父系父权的代表，在家庭中握有至高无上的绝对权力。《礼记·坊记》上讲：“家无二主，尊无二上。”所以，家长只能有一位，不可能有二位，

① 在中国历史上，由于儒家伦理的影响，许多大家族累世同居，被朝廷奉为社会楷模，赐为“义门”。著名的有义门陈、郑义门、蒲城义门王氏等。如江西德安县车桥镇的陈氏家族，唐宋年间历经十五代，和谐生活332年未分家，聚族而居多达3900余人，史称“江州义门陈，天下第一家”。还有浙江浦江县郑宅镇郑宅村的郑氏自南宋至明代，合食义居15世计330余年，历代屡受旌表，明太祖朱元璋赐称“江南第一家”，人称“郑义门”。

否则，就无法体现了家长的权威了。如《礼记·丧服传》上也谈到，“父，至尊也。”这个至尊的父，就是家长，是家族中的主宰，“凡诸卑幼，事无大小，毋得专行，必咨禀于家长。”（《朱子家礼》）封建家长制在家庭中的专制，主要表现在经济上，家庭财产，不论房产、地产，都属于家长名下，家长享有对这些财产的占有、使用、收益、处分的权利，家庭的全部收入，均归为家长。思想上，家长就是一言堂，家庭成员必须服从家长，以家长的意志为主，家长的意志就是全家的意志。家庭的其他成员均没有独立人格，没有独立的思想和意志。即使家长的话错了，也要“事父母几谏，见志不从，又敬不违，劳而不怨。”（《论语·里仁篇》）司马光在其《家范》中引述封建礼教经典说：“父母有过，谏而不逆。……三谏而不听则号泣而不随之。”另外，家长制还讲究严格的尊卑等级，以及还有严格的家规家法。

帝制时代的家族是父权家长制的，父祖在家庭中具有绝对权威，父祖在家庭中地位是至高无上的。家庭中所有人口，包括他的妻妾子孙，未婚的女儿孙女，同住的旁系卑亲属，家庭的奴婢，以及经济权，宗教权，支配权，一切都在他手中。[①]根据《说文》：“矩也，家长率教者，从又举杖”，父的本身含义就包括了统治和权力的意义，子孙违反父亲的意志，不遵管教或约束，父亲可自行惩责，社会上和法律上都承认这种权力。父亲这种威权，不仅来源于律例，还来源于传统礼制和观念，并且受社会普遍承认和接受。

在《儒林外史》中，除了个别情况外，家庭中基本上都

① 瞿同祖：《中国法律与中国社会》，北京：中华书局2003年版，第5-6页。

是家长制。如严贡生，几个儿子虽然“如狼似虎一般”，但也绝对服从严贡生，其老婆也没有发言权。

二、万事孝为先

中国传统社会的观念是“父慈子孝”，其中孝是最主要的，“百行德为首，万事孝为先”。典型的孝子，舜和曾子受杖的传说，[①]一直影响着古代中国，影响着一心只读圣贤书的读书人，影响着中国所有人，这就是传统的力量。因此，在父子的关系上，最主要的是子对父的孝顺，对父母的服从。为了尊重父亲的权威，尊重长辈的尊严，就要强调卑幼的遵守和服从，因此，孝便被提倡了。“孝”被视为一切道德的基础，所谓“百行之本，要道惟孝”[②]，“元恶大憝，矧惟不孝不友”，[③]都体现出帝制时代从上到下对孝道的推崇，同时也表现了对不孝行为的羞耻感。随着这种道德教化的深入人心，百姓已经将其作为日常生活的道德规范和生活准则，自觉予以遵守。即使封建王朝几经更迭，这种孝文化和孝悌思想始终为王侯将相、麻衣布丁所共同尊崇和奉行。因此，“家和万事兴”，有助于维护家庭的尊卑老幼关系，维护家庭生活秩序的稳定和和谐，是孝的根本表现之一。

在《儒林外史》开宗明义的第一回中，吴敬梓首先给我们树立了一个孝子王冕的典型，母亲让干什么就干什么，画花

---

① 见《孔子家语》。

② 《全唐文·赐孝义高年粟帛诏》。

③ 《尚书·康诰》。

赚了一些钱衣食无忧后，

> 遇着花明柳媚的时节，把一乘牛车载了母亲，他便戴了高帽，穿了阔衣，执着鞭子，口里唱着歌曲，在乡村镇上，以及湖边，到处顽耍。（《儒林外史》第5页）

表面看起来简单，可实际上有几个人能做到？！还有杜少卿，“但凡说是见过他家太老爷的，就是一条狗也是敬重的。”（《儒林外史》第323页）

由狗及人，爱屋及乌，尊爱孝敬老人家之情，由此可见一斑。还有文中所说的著名的孝子匡超人、郭孝子，无不体现了对父母亲的尊敬和尊重，无不体现了他们的孝心和敬意。一般来说，讲究孝道的、尊卑长幼有序的家庭是和睦和稳定的。即使匡超人的大哥不顾孝道与父亲分家另过，但由于匡超人的孝行，尊敬大哥如同侍奉父亲一样，所以，家庭还是比较和睦的。律例为了保护尊卑关系，除了礼法上进行明确规定外，在律例上也维护这种长尊幼卑等级差别。①

正因为强调孝，不但在礼上强调长尊幼卑，而且也从律例上加以明文规定，对于任何子孙违反教令的行为，祖父母和父母都有权加以斥责甚至扑打，无心致死者，据明清律例，“依法决罚，邂逅致死，及过失杀者”是无罪的，即使非理殴杀，罪亦甚轻。明清的法律皆只杖一百。反过来，如果子孙

① 见《大清律例·刑律·斗殴下》，“骂尊长条和殴期亲尊长条”。简言之，凡骂缌麻兄姊，笞五十；小功兄姊，杖六十；大功兄姊，杖七十；尊属，各加一等。若骂兄姊者，杖一百。等等。凡弟妹殴兄姊者，杖九十，徒二年半；伤者，杖一百，徒三年；折伤者，杖一百，流三千里。刃伤及折肢，若瞎其一目者，绞。死者，皆斩。

殴或杀祖父母、父母，皆斩或凌迟处死。[1]子孙不孝，法律除了承认父母的惩罚权并自行责罚外，法律还给予父母的送惩权，可以请求地方政府代为处罚。[2]从某种意义上来说，父亲掌握了对儿子的生杀予夺大权。

三、同居共财为主，别籍异财为例外

中国古代家庭与财产的主要特征是“同居共财”。[3]即家庭的所有人员都住在同一住所里（外出打工经商做官等的除外），所有家庭成员同住同食，每个人都没有独立的个人财产（个人嫁妆在某种情况下除外），所有家庭的工作由家长安排成员去做，分工合作，所有的收入都放在一起，由家长掌握，根据实际情况统一支配，所有支出都要经家长同意。对于“同居共财”，滋贺秀三先生曾经给出这样的定义，“同居共财，是收入、消费以及保有资产等等涉及各方面的共同计算关系，即以每个人的勤劳所得和由共同资产所得的收益为收

---

① 见《大清律例·刑律·斗殴下·殴祖父母父母》条。

② 见《大清律例·刑律·诉讼·子孙违反教令》条。

③ 将“同居共财”这个词语作为家庭共产制从法学的角度最先予以注意的是日本的中田薰博士。在题为《唐宋时代的家族共产制》的论述中，中田博士首先指出在中国的史书中有不少维持共产型家族生活的实例情况，进而论证道：在这一时期常常出现的“同居”一词从原则上来说无非是“同居共财”的意思是：刑法上的盗窃罪在同居的亲族之间不成立，亲属相盗的条文规定，只适用于别居的亲属的那种含义，惟有在卑幼没有得到尊长的许可而私自拿走或使用家里的财物时，问作“私擅用财”（具体可参见《大清律例·户律·户役·卑幼私擅用财》条）。如果同居卑幼引他人盗或抢劫己家财物，才构成依私用财或强盗罪论（具体可参见《大清律例·刑律·贼盗下·亲属相盗》条）。

入、支出每个人的生活万端，死者的葬祭也作为重要的一项包括在内的费用。若有剩余则作为共同的资产加以贮存，如果出现不足则坐吃资产以保全生命的那样一种维持共同生计的关系。”①

在《儒林外史》中一出场的人物王冕，因家贫母亲无法独立抚养他，就要他去帮隔壁秦老家放牛，“每月可以得他几钱银子”。这些打工赚的银子，即使是王冕自己赚的，也就是王冕母子俩人的共同生活来源之一，是他们共同的财产了，无论是谁，都不得为个人目的擅自支用。还有匡超人流落杭州街头为人测字为生时，遇到马二先生，马二先生同情他，送了他十多两银子回家，这些钱，也就是匡家的共同财产了，所以，匡超人回到后，用这些钱除了帮匡太公看病外，就是用他作为本钱磨豆腐养猪，等等。还有余氏兄弟，他们在父母双亡后，并没有分居，仍然是同居共住，所以，他们的财产也是共同的。大哥余特因私和人命案被追查，二弟余持一手帮他处理完毕，在衙门也使用了不少银子。大哥回来后问，

> “衙门使费一总用了多少银子？”二先生道：“这个话，哥还问他怎的？哥带来的银子，料理下葬为是。”（《儒林外史》第468页）

后来，他们兄弟俩用大哥带回的一百多两银子，体面地安葬了父母。不久，余大先生被选了徽州府学训导，就要求二弟与他一同赴任。二弟担心费用不足，不想去，大哥坚持道。

---

① ［日］滋贺秀三著，张建国、李力译：《中国家族法原理》，北京：法律出版社2003年版，第57-63页。

"我们老弟兄相聚得一日是一日。从前我两个人各处坐馆，动不动两年不得见面，而今老了，只要弟兄两个多聚几时，那有饭吃没饭吃，也且再商量。料想做官自然好似坐馆，二弟，你同我去。"（《儒林外史》第494页）

这就是同居共财的典型了。在《儒林外史》中，很多兄弟还是一起居住一起生活的，比如王氏兄弟、娄氏兄弟等等。

"同居共财"，其根本核心就是"同居"和"共财"。上述滋贺先生的定义中，主要是说了"共财"的一面，但还应包含"同居"的内容。为此，"同居共财"应主要包括以下几方面的内容：

第一，同居共财的核心是家庭中所有成员共同生活在一起，构成一个居住和生活的整体。同居是个明显的法律化的一个概念，而不仅仅是包括同一个家屋中居住的事实，同居并不一定是事实上的同住，因为家里房子狭小而在主居屋附近的地方另外居住也同样属于法律上的"同居"。[①]除了外出求官经商打工的家庭成员以外，其他人都是生活在一起。这种共同生活，主要表现在"同灶"即同食上。灶是家的中心，也是家

① 在滋贺先生的论述里面，其中就有关于中国近代农民惯行调查的问题。在问到关于不在一起居住是否属于同居问题是："因为房子显得狭小而在另外的地方建设一个新家，将家庭的一部分人转移到那边（还没有制作分家单）的时候，这叫作分家吗？＝不叫分家。""叫作分居吗？＝不叫作。""那叫作什么？＝叫作同居隔宅居住。"

的象征。[①]即使如前述外出的人，其实也不属于分居或者说别籍，而是同样属于同居的一部分。《儒林外史》中，匡大与匡太公分家后，他与妻子两人就与老父母分灶另吃。在为匡超人接风时，不打算请太公一起吃。因为匡大与匡太公分开了，他们不在一起搭伙吃饭，就不是同居共财了。

第二，每个人的劳动所得全部由家庭所有，并作为全体家庭成员利益的共同财产。任何人都不可能离开财产而存在和生活，当财产被要求绑定在一起的时候，家庭成员自然构成生活共同体，否则，个体是无法继续存在的。对于在外打工经商等等，其在外所取得的财产，一样要交回家庭中统一管理。即使现在，家庭中的富余劳力在外打工，其打工所得，仍然有相当一部分交回给父母。而且完全属于共财的一部分，其所得的收入均作为家庭收入的一部分，并不因为在外面了就认为别籍异财了。前述王冕和匡超人就是这样，在外面打工也好，受赠也好，反正所有的钱都属于家庭的共同财产，除了自己的饮食等必要的日常生活开支外，并不能擅自处理。

第三，同居共财的每个家庭成员的生活中必要的消费都全部由家庭来承担，并由家长统一分配。因为每个人的劳动所得都交由家庭统一管理，个人就不再享有单独的可供支配的财产，自然在生活消费方面要由家庭来承担。每个家庭都会有一名家长，这个角色一般由父亲或者祖父担任。在父亲或祖父不在时，一般由长子担当，个别情况下，这个角色可由祖母或母亲担当。由其作为一家之主，负责家庭的收入的管理和费用的

① ［日］滋贺秀三著，张建国、李力译：《中国家族法原理》，北京：法律出版社2003年版，第73页。

支配。如王冕打工赚的钱，就交由母亲支配。

第四，在家庭的所有消费支出之后的其余财产，作为家的共同财产而用于积蓄。为了防止天灾人祸，家庭必要的积蓄是必须的，除了入不敷出的情形外，所谓“积谷防饥”。而且到了“男大当婚，女大当嫁”的时候，小孩成长以后的娶妻或出嫁，都需要一大笔费用。还有一大笔费用就是丧葬的费用，这些都是不能省的。

对于同居共财，典型的莫过于《红楼梦》里的四大家族了。如《红楼梦》里第二回，借冷子兴的口，介绍的宁、荣两大家族。

即使显赫如贾家宁、荣国府，其真正的家庭结构与一般家庭无异。所有家庭成员除了外出为官参商之外，都是同居在一起，对家庭财产享有共有权（女子除外）。所有的家庭财产的收入，当然，主要是当官的俸禄、馈赠、历年的积蓄和放债的利息等等都是家庭的共同财产，家庭所有的支出都是从收入的节余中统一支出，除了每个人的衣食住行，其他佣工的工资和各种各样的支出，每个月每个人还有一定的例钱发放。再大的家庭，都有一个当家的，就是家长，家长代表全体成员行使对家庭财产的使用和支配权。家长一般就是辈分最高的男性，但在贾家，在丈夫死后，贾母就是名义上的家长了，她的家长地位并不是她实际拥有的，而是基于丈夫的身份和地位，她是代丈夫行使对财产的处分权和对子孙的监护权。但实际上，我们知道上，在贾家，不是贾母在负责管家，而是上文说到的“模样又极标致，言谈又爽利，心机又极深细，竟是个男人万不及一的”王熙凤在管家，受贾母之托管家，由王熙凤行使对家庭财产的使用和分配以及管理家庭秩序，对一些违反规定的行为进行处罚。对于以父权为中心的帝制时代来说，这未免有点不合习俗，但这就是事实。

不难看出，所谓同居共财，最重要的两个元素即人和财，就是说所有家庭成员共同组成一个家庭，并共同生活在一起，不仅一起生活也一起劳动，所有人将劳动所得全部汇入到家庭账户中，所有的家庭财产属于家庭，由一家之长统一管理和支配，共同消费和使用。除了家长，任何其他个人不区分、不享有个人财产。这样一来就把无数极为分散的社会个体相对组织起来，作为一个家庭的形式存在，并且赋予家庭家长权即所有权和管理权，这种家长权不仅包括对家庭成员独立人格方面的管理和控制，也包括对家庭财产的绝对控制。单个的个体因家庭而被固定于一个家庭组织中，不再是游离、松散、难于管理的单个个体，从而分化和减轻了国家的管理内容。并且家庭对每个家庭个体的生老病死负责，从一定程度上有助于统治秩序的建立和维护。从某种意义上来说，这个家庭也相当于国家中的联邦，在这个联邦中，家长独立行使国家赋予的权力。有一种“百姓纳了粮，好比自在王”的快乐与独立。①

与同居共财相对应的是“别籍异财”。从现有资料来看，“别籍异财”最早是由商鞅在秦国变法时提出来的。《史记·商君列传》记载，商鞅变法规定，“民有二男以上不分异者，倍其赋。”关于父母在禁止别籍异财的规定大概是从

① 参见徐忠明著：《众声喧哗：明清法律文化的复调叙事》，北京：清华大学出版社 2007 年版，第 5 页。

隋唐才开始入律的。[①]宋朝处罚更重，最重可以论死。从元朝开始允许别籍异财，对其处罚相应减轻，只要祖父母、父母同意，允许分家析产。明朝规定别籍异财只杖一百，而且须祖父母、父母亲告乃坐。清代沿用明律，而且对父母允许分立财产的，并不追究。[②]为什么别籍异财这一促进社会发展的措施，从一开始的严格实施，而随着社会的发展，这一规定却被有关当局规定为犯罪，到后来又变成自诉案件，告诉才处理呢？

由于这一规定与传统文化思想的“孝”不相契合，[③]秦之后，不仅被逐渐废除，甚至被认为是“十恶”之“不孝”大罪而被鞭之以刑，这大概是商鞅所始料未及的了。清代，对子孙“别籍异财”的处罚已大大减轻，并附带了不告不理的条件，甚至对父母允许的“分财异居”，不再以犯罪论之。这反映了“别籍异财”事实上是促进社会的发展与进步的。任何以不孝不合不和的罪名加诸其上，最终还是会被还其历史本来的面目和作用的。

可以说，在中国历史上，传统的“同居共财”只有在儿子未成年未成家的时候存在，而在儿子成年后，大部分家庭尤其是比较贫困的家庭都是会“别籍异财”。“同居共财”是特

---

① 《唐律·户婚》中规定：“诸祖父母、父母在，而子孙别籍异财者，徒三年”。

② 《大清律例·户律·户役》，中规定“别籍异财”条：“凡祖父母、父母在，子孙别立户籍分异财产者，杖一百。若居父母丧，而兄弟别立户籍分异财产者，杖八十。祖父母、父母在者，子孙不许分财异居。其父母许令分析者，听。”

③ 《唐律疏议》规定：凡属别籍异财，即是“情无至孝之心，名义以之俱沦，情节于兹并弃。稽之典礼，罪恶难容。”可见，官方对属于私人范畴的东西也是严格控制，其主要目的是建立一套儒家思想的秩序，以建立和更好地维护民间的秩序，从而维护政权的稳定。

例，是理想类型，而“别籍异财”才是常态，是社会现实。[①]主要原因是，在笔者看来，“同居共财”在初期，总是让人觉得无限美好，但是，长此以往，其固有的弊端就暴露无遗了。人性总是自私和利己的，没有真正的大公无私，作为一家之长，当然可以大公无私，但是，作为家庭成员，尤其在成立了小家庭后，其大家与小家总是有抑制不住的只想其个人或小家好的想法。这是人之常情，也是人性的体现，即使在认为“别籍异财”是大不孝的时期，也无法完全遏止这种人性的再现。不管当局如何提倡，或者是采取严厉的措施加以禁止，但人性最终是无法压制和遏止的。比如，在一个大家庭里，必然会出现有人懒惰有人勤快的情形，对财产的处理上常常存在纷争，另外，在兄弟尤其是妯娌之间、婆媳之间等等，出现一些生活上习惯的不同或摩擦，甚至出现感情的对立，这都是必然的。虽然说如果能维护大家庭的同居共财不仅为当局所称许和赞扬，也符合道德家的道德标准。但是，事实上，除了人性的原因外，家庭生活的贫富也是一个主要原因，正如商鞅所采取的强迫分居的理由一样，分居大部分情况下会促进家庭生活的发展和改善。因此，能真正维持同居共财的绝大部分是世代的大家族，他们有足够的财力维持家族的共同生活。如《红楼梦》里的四大家族一样，但是，我们看到了，家族越大，矛盾越多，纷争越多，最后，即使四世或五世同堂，还是不得不走到分崩离析的地步。而且，正由于长久以来的积重难返，最后的结局可能更麻烦更悲惨。所以，《红楼梦》的结局总是让人

① 费孝通等也持有相同的观点。具体参见费孝通的《乡土中国》和《江村经济》等著作。

黯然神伤。

正如谚语所言，“树大哪有不分枝”，“人口繁多，势难伙度，树大分枝，自古皆然”一样。因此，对于这类家族事务，就像是社会的自然现象，国家应当尽可能地少加以干涉，让家庭的事情家庭内部自己解决。

对于违反“同居共财”而“别籍异财”的，律例要求予以严惩，来维护家庭的正常秩序。比如对于子孙擅自动用或处分家财的，唐宋元明清都根据动用私财的数额或价值规定了不同的处罚，主要实行笞刑或杖刑。[①]对于父母在而另外分立门户，分异财产，不仅有忘恩负义亏待侍养之道，且大伤慈亲之心，较擅用私财而言，罪恶更大，唐宋元明清的律例都将其列为“十恶”罪名之一即不孝。[②]而处分亦较私擅用财为重。唐宋时处徒刑三年，[③]明清则改为杖刑一百。[④]即使在祖父母或父母死后，但丧服未满前仍不得别籍异财，否则，律例仍予以处罚。立法的原意是恶其有忘亲之心，同时说明，父祖对于家庭财产拥有绝对的所有权和支配权，并且及于其死后。子孙在他未死之前，即使已成年已成亲已有子女以及另有职业，仍然无法独立拥有个人的财产。

① 如明清律例每二十贯笞二十，每二十贯加一等，罪止杖一百（《大清律例·户律·户役·卑幼私擅用财》条，明律亦同）。

② 如在《唐律疏议·名例律》“十恶”条中：祖父母父母在，别籍异财。疏议曰：祖父母父母在，子孙就养无方，出告反面，无自专之道。而有异财别籍，情无至孝之心，名义以之俱沦，情节与兹并弃，稽之典礼，罪恶难容。二事既不相须，违者并当十恶。

③ 《唐律疏义》卷一二《户婚》上，“子孙不得别籍”；《宋刑统》一二，《户婚律》，“父母在及居丧别籍异财”。

④ 《大清律例》卷八《户律·户役》“卑幼私擅用财”条，明律亦同。

四、独特的身份继承制度

一般认为，在中国古代的同居共财的生活中，是不应存在继承的。因为所有财产都是共同所有，即使父母亲都过世后，所有财产都属全体家庭成员共同所有，无所谓继承或不继承。[①]但是，正如前述，同居共财是特殊形态，在父母亲都过世后，绝大部分的家庭都发生分家析产别籍异财的继承问题（只有一个儿子的家庭除外）。

清代的继承，主要包括身份继承、宗祧继承和财产继承。

身份的继承，主要是指对世袭身份的继承，如《红楼梦》中的贾家的世袭身份的继承。这是社会的特例，这里不予赘述。

宗祧的继承，[②]就是指祭祀继承，是指为了延续宗族和血统，并承继宗庙的世系，其一般都是以祭祖和祭祀、收养和奉养、立嗣和兼祧、祭奠和居丧为主要内容。宗祧继承就是对祖先血统的继承，同时，继承父祖在宗族中的地位，并使家族和

---

① 滋贺秀三就认为，只要同居共财的家一直存续，人的死亡是不产生在普通意义上所称的遗产即离开旧主之手等待确定的某种新的归属的那类财产。但是，尽管看起来似乎不存在那样的继承的事件，却不可以直接说继承这样的关系也不存在。详细请参见［日］滋贺秀三著，张建国、李力译：《中国家族法原理》，北京：法律出版社 2003 年版，第 88-89 页。

② 从宗族的形成开始，古代又有宗祧继承。“（臧）纥不佞，失守宗祧。”“宗”字的意思是祖先、祖庙；“祧”字特指远祖之庙。合而言之，“宗祧”就是祖先和宗庙，是祭祀祖先的场所，也是宗族的象征。

宗族得以延续和光大。宗祧继承的原则也就是嫡长制原则，嫡长子继承制作为宗法制的原则和基础，不仅由法律加以明确的规定，如《大清律辑注》就规定：“承继之法，由亲而疏，自近而远”。而且也是社会公众习惯和准则，表现了宗法传统的重要性。但对于由于自然的原因没有亲生儿子作为承继人的家庭而言，宗祧继承便面临着困难。解决这一问题的方法就是通过拟制来设立承继人，这个承继人往往被称作“嗣子”或“继子”。

《儒林外史》中，严监生的妾赵氏，曾生有一个儿子，在严氏的原配死后，被扶正为妻。后来，严监生和他儿子相继死去，这就面临着为严监生立嗣立继的问题了。

吴敬梓用他丰富的律礼见识，为我们展现了一出活生生的图画给我们，其中，对案件的说明不仅程序明晰，断处合法，而且，合情合理，正如汤知县说的“律设大法，理顺人情”，法律设立各种重要条例规定，那道理却是顺应人情的。这是多么值得让人品味的原则啊，即使现在，也让我们重新检视我们的一些立法和司法解释制度的制定中出现的问题。

五、儒家的“亲亲得相首匿”制度

中国古代还有一种礼法规定值得肯定的，就是“亲亲得相首匿”，该条源于孔子的“父为子隐，子为父隐，直在其中矣”。[①]就是说，亲属间相互隐瞒罪行可以不被追究刑事责

---

① 孔子：《论语·子路》。“亲亲得相首匿”，是指亲属间相互隐瞒罪行可以不负刑事责任。

任，这就是中国传统的儒家思想法律化最典型的体现。该项历经“春秋决狱”后，作为律令制度被统治者所采纳并加以发扬。清律规定：“凡子孙告祖父母、父母，妻、妾告夫之祖父母、父母者（虽得实亦坐），杖一百，徒三年（祖父母等同，自首者免罪）。但诬者（不必全诬，但一事诬），即绞。”[①]“举告犯罪即使属实仍处罚举告人，实行这种刑事政策的，在世界范围内，中国恐怕是惟一的国家。”[②]在《儒林外史》中，就有郭孝子不仅不畏艰险和朝廷通缉寻找父亲，还冒着几乎是诛九族的危险找到父亲并赡养他。虽然，谋反的罪不适用这种“亲亲得相首匿”制度，但是，孝行总是让人称扬。

这种制度设计，经过几千年的文化传承和演变，已成为中华民族文化文明进步过程中创造和发展的法律思想，并已成为一种传统的民族法律文化心理。这种思想所隐含的意义在于，在忠孝面前，以孝为先，在家国面前，以家为先，体现了尊重人伦人性的思想。由此，而体现了中华法系当时的先进性和人道主义思想，与古罗马的法律规定有异曲同工之妙，并为世界法律体系的完善提供了良好的范式，为不少西方国家所吸收使用。时至今日，仍然具有重要的意义。《儒林外史》中的余持为兄余特的“私和人命”案百般维护，虽然不是典型的“亲亲得相首匿”，但也体现了亲情，体现了对亲属犯事的维

① 《大清律例辑注》：《刑律·诉讼·干名犯义》。

② ［美］德克·布迪，莫里斯著，朱勇译：《中华帝国的法律》，南京：江苏人民出版社2008年版，第36页。

护的人之常情。[①]

第五节 家庭生活纠纷和处理

中国传统思想上追求“家和万事兴”，追求家庭生活和谐幸福。“中国的家庭制度一直是社会稳定、历史延续和个人安全的根源。同时它也是导致紧张、挫折和痛苦的原因。”[②]因此，设计了长幼尊卑，男尊女卑，实行家长制等等，确保家庭生活的稳定与和谐。但是，家庭毕竟是人最集中的地方，加上传统中国一般实行同居共财，同在屋檐下，抬头不见低头见，夫妻原来素昧平生萍水相逢，其中存在不少个性冲突和观念相左，家庭成员之间欲说还休的关系，家长也不可能永远一碗水端平，还有树大哪有不分叉的原因，因此，家庭生活不可能永远是一团和气，同样，就有“清官难断家务事”的说法。中国古代的家庭纠纷是一个不小的数字，和其他民事纠纷以及刑事纠纷，成为主要纠纷和构成。在《儒林外史》中，我们看到各种各样的矛盾与纠纷，有夫妻之间的纠纷，有父子或婆媳之间的矛盾，有兄弟之争，还有家族的矛盾与冲突等等，对这些矛盾的处理与解决，就是当时所追求的社会和谐的主要部分。家庭日常生活的矛盾与纠纷，体现了中国传统社会的矛盾和纠纷，如何解决和处理这些纠纷，反映中国传统社会

---

① 详细的介绍与说明可另参见瞿同祖的“容隐”。瞿同祖：《中国法律与中国社会》，北京，中华书局2003年版，第62-67页。

② ［美］德克·布迪，莫里斯著，朱勇译：《中华帝国的法律》，南京：江苏人民出版社2008年版，第177页。

中一般百姓遇到的纠纷和一般的处理问题的方式，以及包含了对律例的认识，对法律的理解，对诉讼的态度。

一、夫妻矛盾纠纷和协调

一般来说，中国传统的夫妻并不是平等主体，对于妻子，一是有“三从四德”的要求，二是男尊女卑，三是“夫为妻纲”，这一切都说明丈夫处于家长地位。这不但表现在关系上，更表现在财产权上，正如前述，妻子一般都没有独立的财产权，既没有处分权更没有所有权，而最多只有有限的使用权。另外，从夫妻相殴的律例规定中，我们看出夫尊妻卑的严重不平等，同样的犯罪，却是相差甚远的处罚。[①]而且，还有夫妻一体的说法。因此，理论上说，夫妻不应该有矛盾的，或者说，妻子不应该对丈夫有意见的。但是，夫妻毕竟是两个活生生的人，相互之间有自己的意志和观念，对家庭财产的处理，对子女的哺育与教养，对外关系，意见不一致甚至矛盾与冲突也是正常的。在《儒林外史》中，我们虽然没有看到激烈冲突的案例，但是，夫妻的矛盾与纠纷还是存在的。

在《儒林外史》第二十回里，就说到匡超人因为其与书役潘三做讼棍枪手的事情东窗事发，潘三还因此而被送入大牢。为此，

匡超人到家，踌躇了一夜，不曾睡觉。娘子问他怎的，他不好真说，只说：“我如今贡了，要到京里去做官，你独自在这里住着不便，只好把你送到乐清家里

① 《大清律例·斗殴下·妻妾殴夫》条。

去。……”娘子道：“你去做官罢了，我自在这里，接了我妈来做伴。你叫我到乡里去，我那里住得惯？这是不能的！”匡超人道：“你有所不知，我在家里，日逐有几个活钱；我去之后，你日食从何而来？老爹那边也是艰难日子，他那有闲钱养活女儿？待要把你送在娘家住，那里房子窄，我而今是要做官的，你就是诰命夫人，住在那地方不成体面，不如还是家去好。现今这房子转的出四十两银子，我拿几两添着进京，剩下的你带去，放在我哥店里，你每日支用。我家那里东西又贱，鸡、鱼、肉、鸭，日日有的，有甚么不快活？”娘子再三再四不肯下乡，他终日来逼，逼的急了，哭喊吵闹了几次。他不管娘子肯与不肯，竟托书店里人把房子转了，拿了银子回来，娘子到底不肯去，他请了丈人、丈母来劝。丈母也不肯。那丈人郑老爹见女婿就要做官，责备女儿不知好歹，着实教训了一顿。女儿拗不过，方才允了。叫一只船，把些家伙什物都搬在上。匡超人托阿舅送妹子到家，写字与他哥，说将本钱添在店里，逐日支销。择个日子动身，娘子哭哭啼啼，拜别父母，上船去了。（《儒林外史》第212-213页）

匡超人原是招赘在郑家的，后来有了一点积蓄，才典了二间房搬出去住。即使属于入赘，他仍然居于强势地位，连丈人丈母也奈何不了他。他决定为了避免受到祸连而打算远走，想把娘子和孩子送回老家。在娘子再三再四地不肯的时候，他竟然不管三七二十一，以一家之主的身份先把房子转典了，逼娘儿俩回老家。娘子到底不肯时，他就请了丈人丈母来劝，丈母也不肯。丈人见女婿快要做官了，就只好以父亲的权威着实教训了一顿，娘子没有办法了，只好哭哭啼啼拜别父母上船下乡去了。这里的夫妻矛盾就表现在是不是一定要回乡下，在娘子到底不肯时，匡超人最终还是想尽办法逼使她回去，表现了夫权的权威与作用。同样，丈人郑老爹也是发挥了他作为丈夫和作为父亲的作用，达到匡超人的目的。在中国古代，夫权一般来说是不可挑战的。

当然，事情不总是绝对的。我们在《儒林外史》第十二回，说到鲁翰林因招赘的女婿蘧公孙不肯做举业，年纪又大了，没有儿子，想娶一个“如君”，早养出一个儿子来接进士的书香。夫人不同意，说年纪大了，不必如此。为此，他就着了重气，晚上跌了一跤，半身麻木。根据清代律例，男人年过四十无子嗣的，可以纳妾。鲁翰林的想法其实在那个时代既合律例也合时宜，但就因为夫人不同意而被气得着了重气。虽然贵为翰林，但看来，他在家里并没有一家之长的权威，很多事情都并非他说了算。这样的事情在中国古代也并非罕见。

二、父子、婆媳的矛盾和纠纷

这类家庭纠纷往往与财产继承、人身损害和日常生活矛盾纠纷一起引发的。

《儒林外史》第十五回就描述了一桩父子相争的案件，温州有位姓张的，弟兄三个都是秀才，两弟兄疑惑老子把家私偏了小儿子，在家打吵，吵得父亲急了，出首到官。他两弟兄在府、县都用了钱，倒替他父亲做了假哀怜的呈子，把这事销了案。

子孙对父母或祖父母不管是道义上还是律例上，都应当孝顺恭敬，所有子孙对长辈的不逊与不敬，都为社会所不容，为律例所不容。不孝在古代是极严重的罪行，是否处罚，如何处罚，除了根据律例，还根据长辈的意志，处罚一般都相当重。《孝经》云："五刑之属三千，罪莫大于不孝。"《周礼》中不孝为乡八刑之一。传统中国历代对不孝罪的处罚，都是加重主义原则。如骂人在常人间并不当一回事，或者处罚很轻，如清律是笞一十，但骂祖父母、父母便是绞罪，且列入不孝重罪，在十恶之内。[①]骂尚如此，何况殴打。基本上凡是卑幼让尊长不安不高兴的事情，都属不孝之列，尊长都可以出首到官，要求治罪。正如瞿同祖所言："清代的法律与父母有呈送发遣的权利，只要子孙不服教诲且有触犯情节便可依例请求。忤逆不孝的子孙因父母的呈送，常由内地发配到云贵、两广，这一类的犯人向例是不准援赦的。"[②]当然，如果父母最后向朝廷求情即哀怜的话，则另当别论。这种不问缘由交给父母极大的处罚权的来源在于，父母是最疼爱自己的子女的，俗话说"虎毒不吃子"，"天下无不是的父母"，统治者正是从这种朴素的自然理论中得到启迪，因而适应这种理论而制定了"父母控子，即照所控办理，不必审讯"的律例，应当说，有一定的正当性和合理性。

从程序上来说，律例明确规定："父母控子，即照所控办理，不必审讯。"父母对子女的管教惩戒权是绝对的，按照

① 《大清律例·刑律·骂詈·骂人及骂祖父母父母》条。

② 瞿同祖：《中国法律与中国社会》，北京：中华书局1981年版，第11页。

伦理，子当“有顺无违”，这不是“是非”问题，而是“伦常”问题。对于“伦常”问题，是不需要证据甚至是不需要理由的。本案中，父亲出首儿子，就应当按照父亲的意愿去处罚，但是，本案因为儿子用钱收买了府县的审判官员，所以，审判官员就假冒父亲的名义宽恕俩儿子，并且因此而销案。但实际上，宽恕并不是张父的本意，这件案实际上是不能销的。果然，后来因为还是有学政发现问题。

> “亏得学里一位老师爷持正不依，详了我们大人衙门，大人准了，差了我到温州提这一干人犯去。”那客人道：“这一提了来审实，府、县的老爷不都有碍？”郑老爹道：“审出真情，一总都是要参的！”（《儒林外史》第166页）

虽然张氏兄弟收买了府县官员，但瞒得了一时，瞒不了一世，公正自在人心。一位学政将这事告发了，告到抚院大人处，抚院大人差郑差役去温州提一干犯人去。最后的处理结果就是，如果查证属实，不仅要处理不孝的张氏兄弟，连那做了假哀怜案子的府县老爷，都要被撤职处分。由此可见，这不孝的罪名说大不大，说小不小。

这些案件可能刚开始时处理不公，但最后，大都会得到公正的处理。当然，抚院大人也有可能被收买，但是，如果事情真的闹大了，就有可能得到相对公正的处理。因此，把事情闹大，也是一种诉讼策略。①

另有一个案例，是关于儿子与继母之间的纠纷。《儒林

① 参见徐忠明：《众声喧哗：明清法律文化的复调叙事》，北京：清华大学出版社2007年版，第203-225。

外史》第二十六回。说到鲍廷玺要娶的王太太时，

因他有几分颜色，从十七岁上就卖与北门桥来家做小。他做小不安本分，人叫他“新娘”，他就要骂，要人称呼他是“太太”，被大娘子知道，一顿嘴巴子，赶了出来。复后嫁了王三胖。王三胖是一个候选州同，他真正是太太了，他做太太又做的过了：把大呆的儿子、媳妇，一天要骂三场；家人、婆娘，两天要打八顿。这些人都恨如头醋。不想不到一年，三胖死了。儿子疑惑三胖的东西都在他手里，那日进房来搜；家人婆娘又帮着，图出气。这堂客有见识，预先把一匣子金珠首饰，一总倒在马桶里，那些人在房里搜了一遍，搜不出来；又搜太太身上，也搜不出银钱来。他借此就大哭大喊，喊到上元县堂上去了，出首儿子。上元县传齐了审，把儿子责罚了一顿，又劝他道：‘你也是嫁过了两个丈夫的了，还守甚么节？看这光景，儿子也不能和你一处同住，不如叫他分个产业给你，另在一处。你守着，也由你；你再嫁，也由你。’当下处断出来，他另分几间房子在胭脂巷住。就为这胡七喇子的名声，没有人敢惹他。（《儒林外史》第268页）

在这里，我们首先看到了“新娘”与“太太”的巨大差别。正如前面说过的严监生的太太王氏与“新娘”赵氏的差别一样。王太太在做小时，只是一个“新娘”，但他却要别人称呼他“太太”，却被真正的太太掌嘴并马上休了。这休了还好，要不，还可以另外卖掉，这是律例所允许的。等他真正做了王太太时，却威风凛凛变本加厉起来。但好景不长，她的丈

夫竟然早死。按照前述的父子关系和清代的继承有关律例，财产应由儿子继承。因此，他儿子才大胆地搜屋搜身。但是，正如吴敬梓所言，“这堂客有见识”，把财物藏得巧妙，在儿子搜不到财物后就大吵大闹，并借机出首儿子到上元县。作为那个时代的女性，这真的不是一般的见识了。一般来说，古代要求女性“三从四德”，从“夫死从子”的要求来说，王太太根本就没有做到，但是，作为母亲，不管生母也好继母也好，起码也是长辈，对尊长的尊重也是官方所要求的，当两者产生冲突时，还是孝行为先，即卑幼要尊重长辈。因此，上元县传齐来审理的时候，首先把儿子责罚了一顿。之后，就进行调解。我们注意到，知县调解时说的一番话，包含了传统中国的几个礼法内容。

首先是“你也是嫁过了两个丈夫的了，还守甚么节？”前文曾说过，官方鼓励女人要守妇道，讲节气，在丈夫死后或殉节或守寡。传统礼教讲究“一女不事二夫”。一般来说，事二夫的女人会被人瞧不起的。但是，在清代，既有为丈夫而殉节的，同样也有生活所逼而改嫁的，王太太的二嫁就不错，还做了真正的太太。但王太太作为已经嫁过两任丈夫的女人，当然不能说他有气节了，因此，也谈不上守节了。

其二是“看这光景，儿子也不能和你一处同住，不如叫他分个产业给你，另在一处。”从知县的话来看，在丈夫死后，儿子就是父亲遗产的当然继承人，因此，儿子去搜继母的住房和身，还是有一定理由。但不管怎么说，这还算是犯上的事情。为此，两人闹上了公堂，上了公堂，相当于撕破了脸皮了。尤其是在中国古代，“生不入衙门，死不下地狱”的观念还是挺重的。既然儿子与继母之间已经对簿公堂了，虽然可以调解和好，但也不太可能同在一个屋檐下了。因此，县官就想让儿子分一部分产业给继母分开另住。这在清朝的律例中也有相关的规定。在清代的《例案全集》中的案例中，就规定了："嗣后，凡遇父死之后，继母与前子不合，其族长户长邻佑人，当豫为劝解，使之相安。如遇凶悍不可化解之继母，即量其家产，为之分析另居，免生事端。如继母图占家资，不容分居者，许族长等禀官剖断……"[①]可见，县官的调解有例在先。

其三，"你守着，也由你；你再嫁，也由你。"这里又涉及寡妇再嫁的问题。在清代，寡妻的主要权利就是"只限于不使之再婚而留在婆家（'守志''守节'）的范围之内"，若再婚（改嫁），则须放弃这一切。[②]总之，律例保护寡妇守志或守节，任何人强逼其改嫁都要受到刑罚处罚。[③]当然，自愿改嫁的，律例没有禁止，正如谚语所说"先嫁由爹娘，后嫁由自己"。但是，一般不得带走夫家的财产。但是，本案中，如果是儿子分给了王太太家产，那就属于王太太本人的家产了，可由其自行处分。与前述严监生的后妻赵氏类似，被严贡生逼得要过继其第二个儿子继嗣后，因为没有办法共同生活，只好分了三分家产另过。

王太太的事还没有完。在接下来的《儒林外史》第二十七回里，王太太被巧舌如簧的媒婆沈大脚说动，嫁给了门

① [日]滋贺秀三：《中国家族法原理》，北京：法律出版社2003年版，第352页。
② [日]滋贺秀三：《中国家族法原理》，北京：法律出版社2003年版，第340页。
③ 《大清律例·户律·婚姻·居丧嫁娶》条。

不当户不对而且是做戏子行头的鲍廷玺。王太太开出的条件是做官，有钱，人物齐整，上无公婆，下无小叔姑子。而鲍廷玺没有一个条件符合。但沈媒婆为了一点谢媒钱，把身无分文的鲍廷玺说成是个举人，不日就要做官，家里开着字号店，广有田地。等到把王太太骗嫁过来后，结果发现货不对版，不仅与家婆闹矛盾，而且自己也气成一个失心疯。最后还被鲍老太分家赶了出去。

这两个案例相映成趣，两个都是在家长死后，前一个是继母与儿子的纠纷，后一个是继子与母亲的纠纷；前一个儿子作为正式的继承人，取得了家里主要财产，后一个是母亲取得主要财产，继子只被分了一点银子就分开另过，这是什么原因使然？吴敬梓为什么安排了两个截然不同的案例？体现了什么意识？或者，是身份决定地位？其实，吴敬梓心里很清楚，前者的儿子是真正的财产继承人，因而可以继承全部财产，而后者，只是继子或者说是养子，而不是嗣子，原则上并不一定有财产继承权，随时可以让他归宗，如果真的归宗的话，还不得带走原来的家产。因此，吴敬梓用故事清晰地阐释了二人不同身份地位不同待遇的差别。

但是，在前一个案例中，王太太的法律意识和胆识让人印象深刻。而她在被骗嫁给了鲍廷玺后，作为儿媳妇，她没有办法再扩张和行使自己的权利，最后只好屈服于礼法制度的等级中，被动接受命运的安排。

三、继嗣纠纷

立嗣是中国传统文化里面最核心的问题之一，婚姻的目的是“上以事宗庙，下以继后世”，要达到“下以继后世”，并使祖宗得到永远的祭祀，就需要有儿子来承前启后，只有儿子才有资格完成这种使命，因此就存在“不孝有三，无后为大”的说法，所谓“孝”，孔子答曰：“生事之以礼，死葬之以礼，祭之以礼。”（《论语·为政》）也就是说，养、葬、祭是子的三个重要义务，就体现了孝。对于那些死后没有儿子留下的男性而言，相当于“户绝”了，为他立嗣设立名义上的继承人以便行使丧葬和祭祀便是必不可少的事。因为，传统观念来说，人死并不是万事的终结，而是另外一种开始，即被保护好并葬在祖坟里，不管是由自己亲生的还是通过亲属设立的拟制的子孙永远地祭奠，这才是人生不可或缺的部分，这样的人生才会圆满。[①]如果死后没有人祭祀就会变成“不祀之鬼”，这是人生最悲惨的命运了。因此，立嗣就是必须的事，也是家族的大事。但是，围绕立嗣，涉及资格问题，涉及继承和祭祀问题，涉及财产处理分配问题，涉及宗族问题，因此，择嗣本身就是一件经常引起纠纷的事。如果在相同亲疏的同一序列上有一个以上侄子，应该选谁？例如几个兄弟，或他们的成年儿子，会为谁去继承无嗣兄弟的土地而吵起来。而如果无嗣夫妇发现他们对那些合法的侄子一个也不

① 参见［日］滋贺秀三著，张建国、李力译：《中国家族法原理》，北京：法律出版社 2003 年版，第 113 页。

喜欢，那该怎么办？[①]《儒林外史》中就有关于立嗣的典型案例，我们看看吴敬梓如何为我们展现立嗣的纠纷与处理。

《儒林外史》第六回，说到严监生的第二任老婆赵氏在儿子死后，就面临要继嗣的问题。

刚开始赵氏想立大房即严贡生的第五个最小的12岁的儿子承嗣，征求二位舅爷的意见时，他们都说宗嗣大事，外姓人做不得主。只有请严贡生回来再说。严贡生回来后，不同意赵氏立他第五个儿子为嗣，而是想立那刚成婚的二儿子为嗣。并且，他俨然以严家的主人自居，将赵氏再次称为“赵新娘”，并要求赵氏搬离正屋，让给承嗣的二儿子居住。赵氏无奈之下，只好去县衙门喊冤。

在《儒林外史》中，吴敬梓给我们展示了一幅家族立嗣及其争议过程的不无真实的画面。这次立嗣，所涉及的问题主要有，一是由谁来立嗣？二是立谁为嗣即谁有资格被立为嗣？三是立嗣的程序是怎么样的？四是立嗣纠纷如何解决？

第一个问题，立嗣权的归属。一般来说，最有资格立嗣的当然是被承继人（嗣父）本人了。也就是说，当事人认为自己或感到没有希望和可能得到亲生儿子的时候，就可以选定嗣子作为自己老了以后的生活和死了以后的葬祭的继承人，同时，在承担了相应义务之后，也继承他的全部财产。这是一般正常的立嗣途径。但像严监生的情形也不少，即在当事人生前有儿子，其死后儿子才死或者说当事人死前没有立嗣的情况下，立嗣权该属于谁呢？一般认为，在当事人生前没有选定嗣

① 黄宗智：《法典、习俗与司法实践：清代与民国的比较》，上海：上海书店出版社 2007 年版，第 125 页。

子便死亡了的情况下，如果有妻子并且在当事人死后守节而没有再婚，那么嗣子的选定权一般属于该寡妇。如明清律都有类似规定："妇人夫亡无子守志者，合承夫分。须凭族长择昭穆相当之人继嗣。"[①]这里，就规定了妻子在丈夫死后，可承夫分，承继丈夫。但是，寡妻的权利的行使还是受到一定的限制，如她不能改嫁或招夫，她应当尊重亡夫或公婆的意愿，在她所选的嗣子受到质疑时还要受到族长等长老的干预。

因此，在严监生的立嗣纠纷中，赵氏的立嗣权是明确的，但前提是，她的妻子的地位应当是正当的，不受质疑的。但显然，严贡生原先也确认了她的"二奶奶"身份，认为是弟媳妇，但当严监生死后，他想霸占弟弟一家的财产时，他就翻脸不认人，认为赵氏只是亡弟的妾，他立嗣就与妾无关了。所以，赵氏的立嗣权就不被严贡生认同，加上严贡生的无恶不作，连族长都怕他，故他就我行我素，违背赵氏的意愿强行要立他的二儿子做弟弟的嗣子，从而引起赵的不满和起诉。

另外，寡妻的立嗣权还受到一定的限制如直系亲属、族中族长和长老的作证限制，所以，赵氏立嗣后来在司法的干预下，还出现由严振先族长议的问题。在夫妻均死亡后包括成年后未婚时便死亡的情况下的立嗣权问题，一般都是由直系亲属依他们活着时的意思来选定，如果没有意向的，只能由直系亲属决定。如果直系亲属也不在世时，嗣子的选择就要根据族中

① ［日］滋贺秀三著，张建国、李力译：《中国家族法原理》，北京：法律出版社2003年版，第271页。

长老们的会议决定了。[①]

第二，谁有资格被立为嗣呢？根据“父子一体”的传统，父子必须同气，而一般认为异姓不能使气脉相连续，如果是用异姓为嗣子，则实际上等于是绝了后，所谓“同姓不婚，异姓不养”。因此，在历代律例中，都规定了嗣子须从同宗昭穆相当者之中来选择。[②]如明清规定了：“无子者，许令同宗昭穆相当之侄承继，先尽同父周亲，次及大功小功缌麻，如俱无，方许择立远房及同姓为嗣，若立嗣之后却生子，其家产与原立子均分。”[③]如果违反了这一规定，经告官后，会裁判让违法的嗣子归宗，改为应该立的适格者。为严监生立嗣，最适格的当然是其大哥严贡生的儿子，而且严贡生有五个儿子，其任何一个儿子作为嗣子都是没有问题的，其与赵氏争议的主要点是在于谁有立嗣权以及立哪一个儿子为嗣的问题。从赵氏的角度来讲，立一个小儿子，可以更好地培养感情和相处，而且基本上她是代理家长，可以掌握家里的一切事

① 转引自［日］滋贺秀三著，张建国、李力译：《中国家族法原理》，北京：法律出版社 2003 年版，第 337 页。

② 所谓昭穆相当，说的是在由共同祖先延续下来的世代数上，嗣父的下一世代即和没有生出的儿子属于同一世代的。昭穆原本是从古代的庙制而来的词语，如《周礼.春官》小宗伯“辩庙祧之昭穆”的郑玄注说的“自始祖之后，父曰昭，子曰穆”那样，以始祖为起点，二世曰昭，三世曰穆，四世还曰昭的表达方式，通过世代将历代的祖先交互放在昭或穆的位置。在合在一起祭祀远祖的祫祭上，将始祖的牌位安置在中心，二世以下的牌位按昭在左、穆在右地对面安置成二列。为父祖等离自己最近的几个世代的祖先的牌位所设立的各自独立的庙也是被建成以始祖庙为中心、左为昭、右为穆的两列。后世将这种昭穆相排列的方法假定为父亲为昭、儿子就是穆这样相对性的意义上，昭穆这种熟语被惯用到后来。

③ 参见《大清律例·户律·户役·立嫡子违法》条。

情，而立了严贡生刚结婚的二儿子，赵氏就得交出家里的管理权，甚至如严贡生所说的，连正屋也要搬出来让嗣子住，所有的财政家政管理权都要交给二儿子，这显然不是赵氏想要的结果。

第三，立嗣的程序和嗣子的地位。清代对立嗣的程序主要有书面的立嗣和实行行为的立嗣两种，书写立嗣文书即立嗣单是以契约文书的形式宣告立嗣开始具有法律上的意义，这种立嗣单不管是民间的还是官方的，都有相同的意义与作用。在清代，立嗣单都有相对固定的格式，它主要包括立嗣的主持人、立嗣的原因、被立嗣人以及参加立约的主持人、参与者等的画押证明落款等。①

嗣子选定以后，他就失去了作为亲父的儿子的身份而取得作为嗣父的儿子的身份，从而将对亲父的生死养葬转变为对嗣父的生死养葬的义务，在各种方面，都全面从亲父那里转到嗣父这面，连称呼也作了改变，对亲父母改称伯父母，对嗣父母称为父母。当然，在承担相应的义务的同时，也继受取得了嗣父的一切财产。

第四，立嗣发生纠纷后如何处理。在严监生立嗣案中，在严贡生与赵氏因立谁为嗣子上意见不一致发生冲突时，赵氏没有办法，只好告官。知县受理后，首先尊重本家庭本族的意愿，由他们内部商讨决定，先批示“仰族亲处覆”，由族长召集齐族人和亲朋戚友，一起来商讨立嗣事宜。为此，赵氏备了一席酒，请族长人来家里商讨。

① 参见吕宽庆：《清代的立嗣文书研究》，《郑州航空工业管理学院学报（社会科学版）》2011 年第 2 期。

我们看到，这个族亲处覆的会议上，素日赵氏所倚重和依靠的王氏兄弟"泥塑木雕一般"，由此可见，宗嗣大事，确不是外姓可以参与并做得了主的。所以，当时赵氏想请两位舅爷决定继嗣大事时，王氏兄弟商量后也不敢出头做主，只是帮忙写纸条去请严贡生回来商量决定。从这个选嗣会上，我们看到，族长虽然也是立嗣的主要决策者，但因为族长最怕的就是这位严大官人，故而将责任和权利顺水推舟给严贡生。而赵氏的堂兄弟也害怕严贡生，才要说话让严贡生一瞪就不敢言语了，赵氏见没有人为自己说话，急得像热锅上蚂蚁一般，最后，只好自己像泼妇一样跳出来哭诉！最后，差点还与严贡生厮打起来。这个立嗣会只好不了了之。

但族长还得找人商议如何写覆呈，王氏兄弟不愿列名入公门，族长只好"混帐"回了几句，"赵氏本是妾扶正，也是有的；据严贡生说与律例不合，不肯叫儿子认做母亲，也是有的。总候太老爷天断"。将立嗣难题又交给了知县。谁知，汤知县也是妾生的，觉得贡生多事，而且"律设大法，理顺人情"，律法与人情相通，就批示：

> 赵氏既扶过正，不应只管说是妾。如严贡生不愿将儿子承继，听赵氏自行拣择，立贤立爱可也。（《儒林外史》第75页）

如果严贡生不愿意将其儿子过继作嗣子，或者回应前面的问题，如果赵氏与侄子都有矛盾，律例会赋予赵氏自行选择立嗣的权利。根据清律的规定，知县的处理基本合乎情理与律例。

因此，继嗣纠纷，一般都是先由家庭或家族来处理，即使是告到官府，知县一般也是要求首先由家族调解解决，实在无法解决的，才由官府根据实际情况和律例规定作出裁决。

有趣的是，吴敬梓不仅为我们展现了立嗣的过程，还为我们展示了一起过继义子的故事以及过继文书的民间范本。

倪霜峰将自己的儿子倪廷玺过继给鲍文卿。在《儒林外史》第二十五回，因为秀才倪霜峰家道清贫，无法养活六儿子，便将儿子过继给鲍文卿。

过继时，备了酒席，写立了过继文书，并请了中人，同时，还付了过继款。应该讲，这是一份比较清楚明确要素齐全的过继文书。如果说还要补充的话，可考虑写上收继人应支付立过继人的金额。吴敬梓清楚地书写了过继文书，正说明了那个时代此类文书的普遍性。我们在《今古奇观》中看到过，第十卷“看财奴刁买冤家主”中，贾员外要立穷极卖儿的周秀才儿子为继子，贾员外虽是穷苦人家出身，但写起立文书来，却是张口就来，“立文书人某人，因口食不敷，情愿将自己的亲生儿某，过继与财主贾老员外为儿。”同时，还要求写上违约条款。[①]虽然是小说中语，但张口就来，无不说明这类事情的普遍性，这些文书的普遍性，说明这类文书一般人都可以说是耳熟能详。

本次过继与一般的立嗣其实还是有一定的区别，虽然本文书说明可“立嗣承祧”，但在文书的开端，已明确是“情愿出继与鲍文卿为义子”。义子，一般有两种，一种是作为继承性的法律上之养子，另一种是具有恩养性的事实上之养子。称

① ［明］抱瓮老人：《今古奇观》，上海：上海古籍出版社 1992 年版，第 123 页。

前者为“嗣子”，称后者为“义子”是比较新的时代——及宋代以降——的一般性的措辞方法。[①]

在《儒林外史》中，吴敬梓所安排的鲍廷玺一角，主要表现在于，一是在廷玺的亲生父亲死时，鲍文卿依旧让他回去披麻戴孝，行使作为亲生儿子的服丧义务；二是鲍文卿认为他是正经人家儿女，比亲生的还疼些，但他娘却认为是“螟蛉之子”[②]，不疼他，只疼女儿和女婿。三是在鲍文卿死时，吩咐不等服满，娶一房媳妇进来要紧。果然，在鲍文卿死后半年，他娘硬主张娶了王太太。四是娶了王太太后，他娘怕王太太吃药用钱连累了自己，就要赶他们出去。五是中人过来说明是抱养的，又帮鲍文卿做了这么多年生意，是不能随便赶的。最后，鲍老太给了二十两银子让他们搬出去住了。也就是说，鲍家以后与鲍廷玺没有关系了。从这些具体表现看来，鲍廷玺应该是作为养子而不是嗣子。而且，如果是立嗣的话，一般有一句相似的说法是“立此存照，生死听命，永不归宗”，这里的“永不归宗”，就是去做了嗣子，不再回来承担原来对亲生父亲的生老病死的义务，当然，也不得回来享受有关权利。另外，最重要的一点，立嗣子一般是在同宗昭穆相当之侄或远房或同姓。而本案中廷玺并不同宗，也不同姓。所以，廷玺只能说是乞养义子，并不是嗣子。

---

① [日]滋贺秀三：《中国家族法原理》，北京：法律出版社2003年版，第463页。

② “螟蛉之子”就是指义子，即俗语所谓之干儿子、干女儿，与收养人无血亲的后嗣。最早见于《诗经·小雅·小苑》一文中，文中写道“螟蛉有子，蜾蠃负之”。古人以为蜾蠃有雄无雌，无法进行交配生产，没有后代，于是捕捉螟蛉来当作义子喂养。据此，后人将被人收养的义子称为螟蛉之子。

四、其他家庭纠纷和处理

《儒林外史》中的家庭纠纷不少，这里只选两起较为典型的案件来作为分析。

（一）亲属间房屋典卖纠纷

《儒林外史》第十六回。说到匡超人父亲匡太公与其弟弟的房屋纠纷。太公告诉匡超人道：

> 自你去后，你三房里叔子就想着我这个屋。我心里算计，也要卖给他，除另寻屋，再剩几两房价，等你回来，做个小本生意。傍人向我说："你这屋是他屋边屋，他谋买你的，须要他多出几两银子。"那知他有钱的人只想便宜，岂但不肯多出钱，照时值估价，还要少几两，分明知道我等米下锅，要杀我的巧。我赌气不卖给他，他就下一个毒，串出上手业主拿原价来赎我的。业主你晓得的，还是我的叔辈，他倚恃尊长，开口就说："本家的产业是卖不断的。"我说："就是卖不断，这数年的修理也是要认我的，"他一个钱不认，只要原价回赎，那日在祠堂里彼此争论，他竟把我打起来。族间这些有钱的，受了三房里嘱托，都偏为着他，倒说我不看祖宗面上，你哥又没中用，说了几句"道三不着两"的话。我着了这口气，回来就病倒了。（《儒林外史》第173-174页）

这是兄弟争屋的纠纷。本来，"想不想由他，卖不卖由你”，买卖自愿。但是，由于涉及本房产业问题，就变得复杂起来了。三房不但要买，而且要少给钱，太公不卖也得卖，但想多卖几两银子。纠纷因此而起。

三房的行为有点类似强买强卖。按照长幼尊卑，三房应当尊重太公，不应对太公如此苦苦相逼。但是，三房之所以能够如此，还是因为串通了房屋的原业主，太公的叔辈来说要赎回，这是匡太公不得不听从的。正因为太公不服，与叔辈论起理来，却被叔辈打了。如前所述，对长辈骂都是大罪，如果打更是严重的不孝之罪，因此，被长辈打骂了，往往是打了白打骂了白骂。所以，匡太公只好打掉牙往肚子里吞，最后着气病倒在床。

本纠纷中有一个主要问题值得探讨，其中叔辈说，“本家的产业是卖不断的”，而匡太公似乎也表示认同，说“就是卖不断，这数年的修理也是要认我的”。而且“他一个钱不认，只要原价赎回”。到底本家的产业是否真的卖不断？卖不断的产业有所增值或者经过修理该如何处理？这个产业是绝卖还是出典或者说绝卖与出典有什么不同吗？

要了解本案的原本意义，我们有必要首先来了解中国古代一个独特的民事制度——典。典是典型的中国式民事制度，在舶来品的西方法律体系中，并没有典的概念和实践。一般来说，所谓典是指保留所有权而出让一年限使用权的一种交易方式。[①]在一定年限届满前，任何时候出典人均有权将田宅赎

---

① 黄宗智：《法典、习俗与司法实践：清代与民国的比较》，上海：上海书店出版社 2003 年版。一般认为，政府之所以在成文法律上正式认可这个制度是为了照顾农村被迫出卖土地的弱势群体，他们在不得已的情况下出卖了土地，但是，保留田宅是每个人毕生的愿望，没有田宅就认为没有根，因此，要最大限度地给他们以保留赎回土地的机会，典权符合儒家思想和仁政的要求。

回。明清时期，出于对乡土社会秩序的稳定，对于农民田宅的保护还是比较重视的，田宅的买卖还是比较慎重的。因此，一般来说，对于田宅的买卖，其所有权除非特别注明，否则，都认为是保留所有权的典卖。那么，何为特别注明呢？在此，有一个契约上的词要明确，那就是“绝卖”。何为绝卖，按字面解释，是指田宅的买卖为永久的绝对的不可回赎的。一般的田宅买卖，如果不注意是绝卖的话，都视为可赎回的买卖，即典。或者，如果完全不区分典卖关系，对于维护田宅的买卖稳定的关系也有不利，因此，雍正八年（1730年），清法典明加了一条例：“卖产立有绝卖文契，并未注有找贴字样者，概不准贴赎。如约未载绝卖字样，或注定年限回赎者，并听回赎。”[①]进一步明确了典卖的界限如何确定。我们注意到，1730年吴敬梓年约29岁，在1733年时，他移居南京，并准备开始了《儒林外史》的写作。因此，相信吴敬梓会知道农村田宅买卖的现状，以及也了解清代的相关律例。因此，才在本案例中如此清晰地表达了“产业是卖不断的”的观点。确实，如果不注明是绝卖字样的契约文书，将视为是可以无限回赎的契约。本案例中的产业，应当就是不属于绝卖的典卖。因此，也有了要求原价回赎的要求。

但在相关物业增加了如维修或加建等附加值甚至价值升值的情况如何处理呢？一般来说，维修或加建等的升值，如果是经原业主同意的，而且没有经过一定的年限，在赎回时应当有所考虑，这是公平的。但是，对于因时间和市场的原因而导致的升值，却有商榷之处。对此，清律也有一些规定，“若卖

① 《大清律例·户律·田宅·典卖田宅》条。

主无力回赎，许凭中公估，找贴一次，另立绝卖契纸。”[①]从这条规定延伸开来的意思，就是一般是原价赎回，但如果要绝卖的话，就要评估价后给原卖主一定的补偿，方能绝卖。此举保护了原卖主的利益。由此观之，本案例中叔辈要求原价赎回并无不当，匡太公的要求也有道理。

对于典卖的期限如果没有一个明确的时间限定，这对于权利的保护和所有权的稳定是非常不利的，曾经发生过在经过了几代人后仍然要求回赎的案例，那时的典权人及其后代已经理所当然地视土地为他们自己的财产。争端因而不可避免。[②]为此，清代法典在乾隆十八年（1753年）对那些没有明确是典卖还是绝卖的契约制定了30年的时间限制。[③]

应当说，这种田宅典卖较好地保护了出典人的权利，是保护农民以及保护暂时走投无路的农民的保护性措施，给出典人最大限度的机会可以回赎田宅产业，以避免完全丧失田宅的可能。而作为吴敬梓所描述的案例中，在一个不无偏远的山村，在一些老农朴素的观念中，都有如此明确的概念，是否说明这种典卖是一种普遍的现象，即使在没有律例明确的规定的时候，也是约定俗成？

---

① 同上注。

② 黄宗智：《法典、习俗与司法实践：清代与民国的比较》，上海：上海书店出版社2007年版，第63页。

③ 民间置买产业，如系典契，务于契内注明“回赎”字样。如系卖契，亦于契内注明“绝卖永不回赎”字样。其自乾隆十八年定例以前，典卖契载不明之产，如在三十年以内，契无“绝卖”字样者，听其照例分别找赎。若远在三十年以外，契内虽无“绝卖”字样，但未注明“回赎”者，即以绝产论，概不许找赎。如有混行争告者，均照不应重律治罪。参见《大清律例·户律·田宅》例。

匡超人回来后，阿叔又过来催收房。匡超人说了一番又“中听，又婉委，又爽”的话，阿叔暂时也没话说了。[①]后来，三房里催出房子，一日紧似一日，匡超人支吾不过，只得同他硬撑了几句，那里急了，发狠说：“过三日再不出，叫人来摘门下瓦！”过了三日的晚上村里失火，一村人的房子都烧成空地。这下子，大家一了百了，纷争解决了。也就是说，当纷争的标的物因为意外的原因没有了的时候，纷争就没有意义，自然就解决了。但是，如果没有这场火灾，我们可能见到的另一面就是，

> 忽然听得门外一声响亮，有几十人声一齐吆喝起来。他心里疑惑是三房里叫多少人来下瓦摘门。（《儒林外史》第178页）

这是匡超人在火灾发生时的感觉。这也可以说是农村往往以私了方式来处理一些个人纠纷。由此造成的争斗或后果是不堪设想的。这也是农村里有时要么没有什么纠纷，要么就是比较大的命案纠纷的原因。

（二）亲戚同居纠纷

家庭日常纠纷如何处理和解决，可以从一个侧面反映清代民众的法律意识和心态。

《儒林外史》中有一起不大的家庭纠纷。在二十二回中

---

① “阿叔莫要性急。放着弟兄两人在此，怎敢白赖阿叔的房子住？就是没钱典房子，租也租两间出去住了，把房子让阿叔，只是而今我父亲病着，人家说，病人移了床，不得就好。如今我弟兄着急请先生替父亲医，若是父亲好了，作速的让房子与阿叔。就算父亲是长病，不得就好，我们也说不得料理寻房子搬去。只管占着阿叔的，不但阿叔要催，就是我父母两个老人家，住的也不安。”（《儒林外史》第170页）。

刚结了婚的牛浦，与两个舅父一起住。有位做诗文的名士牛布衣在江湖上颇有名气，但客死在牛浦住所附近的甘露寺里。牛浦在窃取了牛布衣的诗文集后，就假冒了牛布衣之名作诗文。一天，一位候任知县董瑛路过芜湖时特意过来拜访。牛浦让两位舅父参与接待。但在接待过程中，牛浦嫌舅父送茶礼数不周全，当面说了舅父，颇让舅父下不了台，双方为此吵了起来。

牛浦道："不是我说一个大胆的话，若不是我在你家，你家就一二百年也不得有个老爷走进这屋里来。"卜诚道："没的扯淡！就算你相与老爷，你到底不是个老爷！"牛浦道："凭你向那个说去！还是坐着同老爷打躬作揖的好，还是捧茶给老爷吃，走错路，惹老爷笑的好？"卜信道："不要恶心！我家也不希罕这样老爷！"牛浦道："不希罕么？明日向董老爷说：拿帖子送到芜湖县，先打一顿板子！"两个人一齐叫道："反了！反了！外甥女婿要送舅丈人去打板子！是我家养活你这年把的不是了！就和他到县里去讲讲，看是打那个的板子！"牛浦道："那个怕你！就和你去！"当下两人把牛浦扯着，扯到县门口。知县才发二梆，不曾坐堂。三人站在影壁前，恰好遇着郭铁笔走来，问其所以，卜诚道："郭先生，自古'一斗米养个恩人，一石米养个仇人'，这是我们养他的不是了！"郭铁笔也着实说牛浦的不是，道："尊卑长幼，自然之理。这话却行不得！但至亲间见官，也不雅相。"当下扯到茶馆里，叫牛浦斟了杯茶坐下。卜诚道："牛姑爷，倒也不是这样说，如今我家老爹去世，家里人口多，我弟兄两个，招揽不来，难得当着郭先生在此，我们把这话说一说；外甥女少不的是我们养着，牛姑爷也该自己做出一个主意来，只管不尴不尬住着，也不是事。”牛浦道：“你为这话么？这话倒容易，我从今日就搬了行李出来，自己过日，不缠扰你们就是了。”（《儒林外史》第235页）

卜家与牛浦的纠纷表面看是由于董老爷过来拜访，对于礼数不够的争执所引起的，实质上是牛浦在其祖父死后，夫妻俩一直在卜家住着又不干活，而且又不尊重两位舅父引起的。因为古代中国强调尊卑长幼，正如孟子所言，“老吾老，以及人之老；幼吾幼，以及人之幼。”（《孟子·梁惠王上》）如果不尊老爱幼，纠纷往往容易发生。虽然，牛浦与卜家兄弟不是亲属关系，但是，因为姻亲，两家成为亲家，因此也有了长幼之分，尊卑之别。但牛浦竟然脱口说出送舅丈人去见官打板子的话，确实有违尊卑长幼，违反了纲常名教。而且，动不动就说要去见官。那边厢的兄弟俩，在气头上，也不甘示弱，相扯着就去了县衙门。虽然有邻居说“至亲间见官，也不雅相”，但是，他们毕竟是到了衙门，等着知县开门收诉了。最后，在邻居的调停下，双方终于放弃了打官司的想法，但最后的结果是分开另过，牛浦连老婆也不要了，两家基本上是恩断义绝。

小 结

家庭生活，对于世界各国而言，大都是生活的重心。而作为古代中国的家族，其独特的礼法特点如家长制，强调尊卑长幼，以及独特的家庭结构，包括容许纳妾和继嗣，形成了独特的中国传统家族礼法文化。因此，我们看到，即使父子兄弟妻妾关系，大多数都是稳定与和谐的，但也免不了会有各种矛盾和纠纷的产生。一方面，官方强调孝和同居共财，另一方面，家庭人口的增多，家庭矛盾和纠纷难免时时发生，而且，由于经济的发展和家庭人口的膨胀，也要求别籍异财。这些矛盾有时甚至不可调和，并不是强调等级制度，强调孝就能解决的。本章根据《儒林外史》的相关描述，梳理了有关家庭关系的各方面，包括夫妻父子和兄弟关系，并且梳理了相互之间的纠纷，从一个侧面反映了礼法制度有其促进社会稳定的一方面，但同时，因为与社会经济发展人口增多的矛盾无法解决，也会逐渐产生矛盾和纠纷，这些纠纷有经济上的，也有人身关系上的，但是，归根结底，最终都可以说是由于经济原因所造成的。这种家庭中的纠纷，不少是至亲间见官的情形，如严监生的立嗣纠纷，正因为严监生死后有十多万贯家财，才会围绕为他的立嗣产生分歧和纠纷，并为此不惜上了公堂。如果严监生一贫如洗，相信就不会有人愿意为他承嗣了。匡太公与其弟弟的房屋买卖纠纷案，也是因为房屋的原因造成的。又如父亲出首儿子纠纷，也是因为说父亲经济上偏私造成其他儿子有意见而引起的。所以，经济是社会发展的最主要因素，但同时又是纠纷产生的主要原因。即使是实行家长制、要求尊尊卑卑的等级制，但仍然抵挡不住经济争夺的因素。

第三章　《儒林外史》中的民间纠纷与契约实践

随着清代初期社会的稳定和生产的恢复，经济得到较好的发展，人口也有较大的增长。但是，从《儒林外史》的描写来看，清代初期的中国农民甚至一些士人的生活还是比较清苦的。而在江南一些商业城市，由于商业的发展，商品经济的流通，租赁与酒肆茶楼的生意兴旺，反映出资本主义商品经济的发展比小农经济的发展为好。当时社会矛盾和纠纷主要是反映出经济方面的矛盾和纠纷，一方面，因为经济落后，生活水平低下，可能会导致寸土必争寸利不让，以致产生落后的生产生活水平与对物质生活追求甚至是基于温饱问题解决的矛盾和纠纷；另一方面，城市商品经济的发展，同样会产生大量的经济纠纷，这是经济不断增长与需求不平衡之间的社会矛盾的体现，也是社会经济发展的必然。

日常生活的矛盾与纠纷除了存在于民众与民众之间外，还存在于民众与士绅之间，民众与官员之间。他们相互之间的依存与相互之间的关系、态度和纠纷，构成了社会文化的一个方面，他们对纠纷的认识和处理，对纠纷解决过程的看法和观念，成为中国传统法律文化的主要内容。在《儒林外史》

中，我们看到了大量的纠纷，这些纠纷是如何产生的，又是如何解决的，反映了明清时期百姓和士绅的基本生活态度和法律意识。除了日常纠纷，我们还看到大量的契约实践，包括借贷、婚姻、承继、租赁和田土方面的契约，他们在民众日常生活中发挥了重要作用，通过契约来明确相互间的权利和约束义务，通过契约来规范相互之间的行为从而定纷止争，有效地维持了社会的运转和生活的秩序。另外，通过这些纠纷和契约实践，反映出当时民众的律例意识，甚至还反映了诉讼风气的具体形态。本章试图对《儒林外史》中的一些民间纠纷进行分析，从民众对纠纷的认识，对纠纷的解决，对纠纷的态度以及当时社会的风气，以及用契约实践来解决社会现实问题，来解读民众法文化意识。

第一节　民间纠纷

在《儒林外史》中，吴敬梓通过自己亲身观察和实践，为我们展现了丰富多彩的社会生活画卷，除了科举士人的活动外，其中也有丰富的民间纠纷和契约实践。据初步统计，在《儒林外史》中约有三十多例民间纠纷，包括了民众与民众之间，民众与士绅之间的纠纷和契约实践，对这些纠纷和契约进行分析和总结，有助于我们理解18世纪初期清代民众的基本生活形态和律例意识。

一、涉及乡绅的纠纷

乡绅是乡土中国中一个重要的群体。与普通民众不同，乡绅大部分是有功名的特权阶层，这种功名赋予他们高于平民的身份和地位。[①]在明清时期，作为特权阶层，乡绅是如何影响当地社会秩序的呢？主要行为有二，一是在乡土中推行教化。“朝廷法纪不能尽谕于民，惟士与民亲，易于取信，如有读书敦品之士，正赖其转相劝戒。”[②]乡绅在当地拥有一定的荣誉感和本土归属感，热心本土社会事务，扮演着教化重要的角色。二是有些乡绅“或强买田宅，或凌逼债息，或嘱托官府，或把持市行，或纵子弟仆隶，横于乡邻，或恃知书衙门，快心仇敌，或阻抗钱粮，或滥希优免，或多役人夫，或讨占便宜。”[③]据此，乡绅给我们两种截然不同的印象。或者以德育行，谆谆教化，成为乡村社会秩序的维护者；或者横行乡

---

① 瞿同祖对于士绅及特权问题做过详细的论述，参见瞿同祖著：《清代地方政府》，范忠信等译，北京：法律出版社 2003 年版，第 293-297 页。本文的乡绅主要指生活在乡村的有功名的士人。

② （清）徐栋《牧令书辑要》卷六《绅士》（清同治十年刻本）；刚毅《居官镜》（清光绪十八年刊本）等也有类似说法。转引自吴欣：《清代民事为诉讼与社会秩序》，北京：中华书局 2007 年版，第 62 页。

③ （清）郑端《学政录》卷二《科甲》，畿辅丛书本，民国二年刻本。另外，田文镜《钦颁州县事宜》（清道光八年刻本）；丁日昌《抚吴公牍》卷三五（清光绪三年刻本）；王景贤《牧民赘语》（义停山馆集本，同治十三年刻本）；文海《自历言》卷二（清光绪十八排印本）等书中也有类似的论述。转引自吴欣：《清代民事为诉讼与社会秩序》，北京：中华书局 2007 年版，第 62 页。

里，破坏乡规民约，成为社会的扰乱因素而非安定因素。[①]上述都是大而化之的理论，我们将结合《儒林外史》中的有关描述，从实际表现来认识乡绅在乡土社会是如何发挥作用以及发挥何等作用的。

（一）一般的乡绅或生员

《儒林外史》里面，有不少士绅能够作为乡里表率的，其个人的品行和学识都堪称楷模，虽然有一些并不为众人或当地人所认同。比较有名的如虞博士，他作为《儒林外史》中楷模之一，被吴敬梓称之为“真儒”（第357页说到“常熟县真儒降生”）。他不但掌握诗歌词赋，熟读四书五经，还学会了风水地理算命卜卦，帮附近村里的人看。得到的酬金，又赠送了一部分给因无钱葬父欲寻死的村人，为乡里人做了不少好事，少有纠纷。又比如他之前分毫不要地将家里的使女配了管家，管家嫌在虞博士的衙门清淡，没有钱寻，就辞了要去，虞博士仍然支持，并说：

> “你两口子出去也好，只是出去，房钱、饭钱都没有。”又给了他十两银子，打发出去，随即把他荐在一个知县衙门里做长随。（《儒林外史》第393页）

所以，在旁人看来虞博士的行为可笑，但是，杜少卿惺惺相惜，说做奴才的虽然没有什么良心，但虞博士两次赏银给下人，并不是有心要人说好，所以难得。表现出真儒的胸怀。所以，这样的士绅和民众之间肯定不会有什么纠纷。类似

---

① 具体可参见瞿同祖著：《清代地方政府》，范忠信等译，北京：法律出版社2003年版，第297-301页。里面关于“士绅发挥影响力的渠道”一文。

的还包括庄绍光、杜少卿。另外，有真儒生风范的还有余氏兄弟，但他俩过于清高，看不起一般人，所以，其乡里关系处理得并不好。

《儒林外史》作为专门描写和揭露一些儒林中人的假道学真面目的写实小说，其中对一些士绅生员的虚伪的揭露入木三分，其中最为突出的虚伪典型以及为非作歹的乡绅典型非严贡生莫属了。我们看到严贡生等乡绅或者说生员只凭自己的权势欺压他人，或者侵害公共利益和他人利益，或者该乡绅在被告到衙门时，会利用个人与县官的私人关系或个人影响力寻求对自己有利的结果。严贡生作为科举中的落榜者，有最基本的功名，但科举基本无望，没有什么官职，但在乡里，往往成为惹是生非群体之一员。对于作为生员的乡绅，顾炎武描述了明代的生员，事实上，这些描述也适用于清朝的生员。“今天下之出入公门以挠官府之政者，生员也；倚势以武断于乡里者，生员也；与胥史为缘，甚有身自为胥史者，生员也；官府一拂其意，则群起而哄者，生员也……上之人欲治之而不可治也，欲锄之而不可锄也。小有所加，则曰是杀士也，坑儒也。”①

上述简直是严贡生的写照。

因为本章说到严贡生的案例最多，所以，有必要把严贡生稍做介绍。

严贡生第一次出场时，是在范进中举后，被同乡的前知县张静斋拉去高要县汤知县处打秋风，两人到高要后知县下乡

① 《亭林文集》卷一，19页q_b。转引自瞿同祖著：《清代地方政府》，范忠信等译，北京：法律出版社2003年版，第301页。

相验去了，不好进衙门，只好暂在关帝庙里等候。严贡生不知哪里打听来的风声，主动过来搭讪并请他们吃饭。先是自我炫耀其实是诈称与知县“是极好的相与”，然后继续吹嘘与知县有缘，假以辞色地描绘知县上任当天如何对待自己就像相与几十年的一般，再进一步吹嘘自己

> 实不相瞒，小弟只是一个为人率真，在乡里之间，从不晓得占人寸丝半粟的便宜。（《儒林外史》第49页）

牛皮还没有吹完，他家的小厮就来报告说他家关了别人的小猪，被人讨上门来了。这就是王小二与严贡生关于猪所有权纠纷案。这在下文再作讨论。先看看严贡生的真面目。在《儒林外史》中为严监生立嗣进行讨论时，我们可以看到生员严贡生所表现出来的无所顾忌和横行霸道。

> 族长严振先，乃城中十二都的乡约，平日最怕的是严大老官，今虽坐在这里，只说道：“我虽是族长，但这事以亲房为主，老爷批处，我也只好拿这话回老爷。”那两位舅爷王德、王仁，坐着就像泥塑木雕的一般，总不置一个可否；那开米店的赵老二、扯银炉的赵老汉，本来上不得台盘；才要开口说话，被严贡生睁开眼睛，喝了一声，又不敢言语了。两个人自心里也裁划道：“姑奶奶平日只敬重的王家哥儿两个，把我们不偢不采；我们没来由，今日为他得罪严老大，‘老虎头上扑苍蝇’怎的？落得做好好先生。”把个赵氏在屏风后急得像热锅上蚂蚁一般。见众人都不说话，自己隔着屏风请教大爷，数说这些从前已往的话。数了又哭，哭了

> 又数；捶胸跌脚，号做一片。严贡生听著，不耐烦道：“像这泼妇，真是小家子出身！我们乡绅人家，那有这样规矩？不要犯恼了我的性子，揪着头发，臭打一顿，登时叫媒人来领出发嫁！”赵氏越发哭喊起来，喊得半天云里都听见，要奔出来揪他、撕他，是几个家人媳妇劝住了。众人见不是事，也把严贡生扯了回去。当下各自散了。（《儒林外史》第75页）

严贡生的飞扬跋扈横行乡里的形象呼之欲出。当其不服汤知县最后的处理时，同样也会利用自己的人脉关系，一级一级地往上找关系，企图通过上级的介入取得对自己有利的结果。所以，从小说的情况来看，乡绅确实存在明显的两面性。

（二）做被告的乡绅

前面说过的严贡生，接二连三地做被告。上面说到他强占邻居的猪，这件案的来龙去脉后来经王小二告状便变得一清二楚了。

> 见两个人进来喊冤，知县叫带上来问。一个叫做王小二，是贡生严大位的紧邻，去年三月内严贡生家一口才生下来的小猪，走到他家去，他慌忙送回严家。严家说，猪到人家，再寻回来，最不利市，押着出了八钱银子，把小猪就卖给他。这一口猪，在王家已养到一百多斤，不想错走到严家去，严家把猪关了。小二的哥哥王大走到严家讨猪，严贡生说，猪本来是他的，“你要讨猪，照时值估价，拿几两银子来领了猪去”。王大是个

穷人，那有银子，就同严家争吵了几句，被严贡生的几个儿子，拿拴门的闩，赶面的杖，打了一个臭死，腿都打折了，睡在家里，所以小二来喊冤。（《儒林外史》第55页）

从这件案中，包括接着来喊冤的就是前面说过的黄梦统向严贡生“不曾借本，何得有利”纠纷案，真实反映了严贡生“从不晓得占人寸丝半粟的便宜”的真面目，正如汤知县所斥的：

“一个做贡生的人，忝列衣冠，不在乡里间做些好事，只管如此骗人，其实可恶！”（《儒林外史》第56页）

知县随即准了状子，发房出了差去传严贡生。而严贡生一听，心里自想：“这两件事都是实的，倘若审断起来，体面上须不好看。”便一溜烟急走到省城去了。

王小二与严贡生关于猪所有权纠纷案，是乡土中国比较常见的邻里纠纷案。但让人诧异的是，似乎所有道理都在严贡生自认的一边，当猪错走到别人家的时候，说寻回来不利市，押着出了八钱银子，把小猪就卖了，这等于王小二家被迫买了一头小猪。等猪长大了后跑到严贡生家时，严贡生把脸一翻，竟然又说猪本来是他的，要讨的话，就按时值估价拿钱来才能领猪回来。这可以说是强盗的逻辑，是严贡生利用他的乡绅身份地位，利用他一贯野蛮横行，鱼肉乡民。怪不得连知县也“着实恼怒”。

本案包括黄梦统借贷案，在严贡生逃跑到省城后，差人找到他弟弟严监生，他弟弟偏偏是一个胆小有钱的人，差人办事也“只拣有头发的抓”。因此，严监生出了差钱打发了差人后，连忙请他两位做生员的舅父王德和王仁过来商议。俩兄弟提出了解决办法：

“如今有个道理，是‘釜底抽薪’之法；只消央个人去把告状的安抚住了，众人递个拦词，便歇了。谅这也没有多大的事。”王仁道：“不必又去央人，就是我们愚兄弟两个去寻了王小二、黄梦统，到家替他分说开；把猪也还给王家，再折些须银子，给他养那打坏了的腿；黄家那借约，查了还他。一天的事，都没有了。”

严致和道；“老舅怕不说的是！只是我家嫂也是个糊涂的人，几个舍侄，就像生狼一般，总不听教训。他怎肯把这猪和借约拿出来？”王德道：“妹丈，这话也说不得了。假如你令嫂令侄拗着，你认晦气，再拿出几两银子，折个猪价，给了姓王的；黄家的借约，我们中间人立个字据给他，说寻出作废纸无用。这事才得解决，才得耳根清净。”当下商议已定，一切办的停妥。严二老官连在衙门使费，共用去了十几两银子，官司已了。（《儒林外史》第57页）

这起案件的解决，吴敬梓已经说得很清楚了，就是想办法安抚好原告。要安抚好原告，这样冤屈的事情，只能理直其事，该赔钱该退款该还东西的，都还都赔了，实在无法归还的，也要另外赔钱。最后，是严监生全部出了十几两银子才摆平了这两件案。严贡生才敢从省城回来，他不但不感激弟弟为他平息了这两场官司，反而厚颜无耻地说：

这是亡弟不济。若是我在家，和汤父母说了，把

王小二、黄梦统这两个奴才，腿也砍折了！一个乡绅人家，由得百姓如此放肆！（《儒林外史》第68页）

严贡生不但无耻到了极点，也把乡绅与百姓紧张的关系说得比较清楚明白。与汤知县所期许的“在乡间里做些好事”的形象形成鲜明反差。

严贡生因为带结了婚的儿子和媳妇回家，租用了一条船，为了赖掉船费，严贡生精心演出了一出戏，先是假装头晕有病，吃了几片用米粉、瓜仁、核桃和糖做的云片糕，把剩下的故意放在掌舵驾长的旁边，让那掌舵的害馋痨，将那云片糕一片片吃完了。而严贡生只装作不看见。等下船后船家、水手来讨喜钱时，他装模作样地四处寻找他的云片糕，当听说是掌舵的吃了后，马上小题大做，说云片糕是上等人参、黄连做的好药，值好几百银子，要掌舵的赔偿，否则要拉去见汤老爷云云，把船家和掌舵的都吓得不敢再要船钱了，而且还要向严贡生磕头认不是。最后，只好眼睁睁地看着严贡生一家老小扬长而去。这严贡生真是多事，其劣行一件接着一件，全是费尽心机地尽可能为个人谋取利益，其手段恶劣卑鄙下流，甚至无中生有，无所不用其极，完全不顾及其作为当地士绅所应树立的典范与责任。

而另一个士绅张静斋，因为田地问题同样与他人发生纠纷。张静斋表面看起来很大方，在范进中举时，一出手就是五十两作为贺仪，看见范进住着茅屋，就将自己在大街上的房屋三进三间送给范进。但是，他在看中了僧官屋后的一块田后，千方百计想算计到手。便趁僧官到其佃户何美之家喝酒时，找了一班“光棍”，实际上是他的佃户，敲门进去，见和尚僧官与何美之的老婆都在一块坐着喝酒，齐声说："好快活，和尚妇人大青天白日调情！好僧官老爷，知法犯法。"不由分说，拿条草绳，把僧官和尚精赤条条，同妇人一绳捆了，将个杠子穿心抬着，连何美之也带了，来到南海县前一个关帝庙前戏台底下，并将和尚同妇人拴做一处，候知县出堂报状。后来由于范进举人因为母亲的丧事等不得，随即拿帖子向知县说了，知县马上就差班头将僧官和尚解放了，反而将那班光棍带着准备上堂发落。他们慌了，连忙求张乡绅帖子在知县处说情。知县也准了，早堂带进，骂了几句，扯了一个淡，赶了出去。这里，不仅是乡绅与佃农之间的矛盾，差点酿成乡绅与乡绅的矛盾，最后，因为是乡绅与官员之间的关系，才最终将这起纠纷解决了。但是，和尚和众人在衙门里却都花了几十两银子。纠纷的解决，不仅依赖于人际关系，更需要金钱方面的打点与支出。

（三）做原告的乡绅

沈大年告宋为富娶良家妇女为妾案。前面在悔婚纠纷中已经提及过这个案例。沈大年的女儿被宋为富强收为妾后，不服盐商豪横，想悔婚带女儿回来，因而向官府告状，

> 那知县看了呈子说道："沈大年既是常州贡生，也是衣冠中人物，怎么肯把女儿与人做妾？盐商豪横一至于此！"将呈词收了。宋家晓得这事，慌忙叫小司客具了一个诉呈，打通了关节。次日，呈子批出来，批道：
>
> 沈大年既系将女琼枝许配宋为富为正室，何至自行私送上门？显系做妾可知。架词混渎，不准。

那诉呈上批道：

已批示沈大年词内矣。

沈大年又补了一张呈子。知县大怒，说他是个刁健讼棍，一张批，两个差人，押解他回常州去了。（《儒林外史》第423页）

在当时，像这种纠纷，即使如秀才沈大年，在其女儿被收为妾后，除非向官府提起诉讼，否则基本上不可能用自力能够达到悔婚的目的。说明悔婚之艰难，更说明，即使作为秀才，虽然有时强调的是"身在黉宫，片纸不入公门"[①]，一般作为读书人都不会随便进行诉讼，尤其作为沈大年，原来在青枫城做个先生，有较高的地位，也饱读圣贤书，显然，是因为此事确实无法再忍受，才在万不得已的情况下，入禀公门。

确实，衙门是非之地，除了与知县相与之外，士绅一直以远离衙门为荣，而不是经常以上衙门为幸。按传统的教育观点，士绅当远离诉讼，即使有时受到冤枉，或者吃小亏当占大便宜，或者通过其他代理诉讼的方式来维护自己的权利。直接诉之于官府的，毕竟是少数，尤其是功名越高其进衙门的比例越少。极少有举人进士到衙门打官司的。当然，也有一种可能，古时代都是官官相卫，他们或者都不用打官司，就解决了问题。但不管怎么说，直接到衙门打官司的确实占极小的比例。

① 《儒林外史》第六回在讨论了为严监生立嗣的事后，要写覆呈给知县，参加讨论的秀才王德、王仁不愿列名和写回复，就说"身在黉宫，片纸不入公门。"意思是说，自己是个秀才，是有身份的读书人，不能参与诉讼的事。黉宫，古代学校，这里指当时的府学、县学、公门、衙门。

类似的乡绅与民众之间的田土纠纷还有不少，比如书的第四十七回，说到乡绅虞华轩每年苦积几两银子，便叫兴贩田地的人家来，说要买田，买房子；讲得差不多了，又臭骂那些人一顿，不买，以此开心。这部分将放在契约里面再做分析。由此可见，乡绅中，不管有无道理，做原告的也不少，当然，更多的是因为受到了冤屈或冤枉，才会提出诉讼。

二、民众日常纠纷

民众之间的纠纷，是最普遍的社会纠纷和矛盾了。我们梳理了一下《儒林外史》中民众与民众之间的纠纷，除了经官动府的纠纷外（详见附表4审理案件列表），还有其他相当一部分是没有告到官府的邻里田土钱债纠纷，这是因为在乡土社会里，邻里之间，抬头不见低头见，相互之间的生活，总会产生房屋田土纠纷、钱债口角之争。下面结合《儒林外史》，就清代初期普通民众日常生活的有关纠纷进行讨论。有关婚姻家庭方面的纠纷已在前面做过分析的，本书不再重复，而作为案件进行审理的其他纠纷在后面的司法官员理讼中另做分析的，本部分主要就上述两者讨论以外的民众日常纠纷和处理作以解读，以期能够对当时社会普通民众法律文化意识有一定的认识与了解。

（一）私奔纠纷

在本书的第一章中，先后分析了婚姻缔结时的纠纷，悔婚纠纷和退婚纠纷，这里就不再重复。有一件原来娄府管家儿子宦成偷拐蘧府丫鬟双红的私奔纠纷案。

> 不想宦成这奴才小时同他有约，竟大胆走到嘉兴，把这丫头拐了去。公孙知道大怒，报了秀水县，出批文拿了回来。两口子看守在差人家，央人来求公孙，情愿出几十两银子与公孙做丫头的身价，求赏与他做老婆。公孙断然不依。差人要带着宦成回官，少不得打一顿板子，把丫头断了回来，一回两回诈他的银子。（《儒林外史》第149页）

这在案件列表中虽然也列了，但主要是为了表现衙役吃了原告吃被告的行为，而对私奔本身的案件并没有做以分析。本案是在《儒林外史》中唯一一对可以说“自由恋爱”而私奔的婚姻，过程虽然颇具戏剧性但最终修成正果。

前面说过，古代的婚姻应当是“父母之命，媒妁之言”，否则便是不合法不合礼的婚姻，一般不为社会、民众和官府所认同。而本案中，双红已卖身为奴，其“父母之命”即应当是蘧公孙和鲁小姐，不能自己私定终身，“私下有约”。即使私下有约，也必须经过“明媒正娶”方为合法。但本案中，宦成作为娄府的奴才，与作为鲁府的奴婢双红，因为两亲家频繁来往，作为奴才的两人也有了充分而密切接触的机会。因此，才会有“小时同他有约”的约定，两人从小就私定终身了。本来，有这么好的机会能够“自由恋爱”，同样可以明媒正娶的，宦成可以通过他的主人娄氏公子向双红的主人蘧公孙或鲁小姐提出，并支付一定的赎身银，又或者因为有感情甚至可能不需要赎身银，宦成就可以成其好事。但他却采取了一种非法的手段，“大胆走到嘉兴，把这丫头拐了去”，对宦成而言，这就属于奸拐的罪，对双红而言，这就是婢背家长在逃，都应当受到处罚的。[①]因此，难怪差人都知道结果，带着宦成回官，少不得打一顿板子，把丫头断了回来。

宦成的大胆因此激怒了蘧公孙，虽然宦成求情说情愿出几十两银子作为丫头的身价银，求赏给他做老婆，而公孙断然不依。但在《儒林外史》中，也有过相反的案例，在第三十六回里，

> 虞博士要替公子毕姻。这公子所聘就是祁太公的孙女，本是虞博士的弟子，后来连为亲家，以报祁太公相爱之意。祁府送了女儿到署完姻，又赔了一个丫头来，自此孺人才得有使女听用。喜事已毕，虞博士把这使女就配了姓严的管家，管家拿出十两银子来交使女的身价。虞博士道："你也要备些床帐衣服。这十两银子，就算我与你的，你拿去备办罢。"（《儒林外史》第380页）

虽然蘧公孙不是虞博士，虞博士的管家也没有像宦成那样私自上门拐人。但是，他们属于由主人作主婚人，属于明媒正娶。即使是贱人，其婚姻也是需要遵循一定的仪式，才能为社会所认同。显然，宦成的行为在古代，毕竟属于非法行为，不为律例所容许。但他同样知道这样拐人的后果，所以，他情愿出几十两银子来作为双红的身价银。但因为公孙先生咽不下这口气而被拒绝了。最后能够修成正果，是因为抓住了蘧公孙的把柄，让蘧公孙无法拒绝他们，只好不予追究放任他们走了，因而结果颇具戏剧性。但即使如此，也需要马二写了一纸婚书给他们，他们才有成立婚姻的依据。

① 《大清律例·户律·婚姻·出妻》条。

由此可见，中国古代的婚姻的形式，不管是对于官宦或世家望族，还是下里巴人，甚至倡优隶卒，其关于婚姻的成立与否，都是遵循共同的一套仪式，只不过有简有繁而已。而且有时更重于形式，没有一定的形式，即使是事实婚了，这婚姻严格来说仍然是不成立的，是不被社会和国家所认可的。

（二）钱债纠纷

“天下熙熙，皆为利来；天下攘攘，皆为利往。”天下事，大多因利而起，大多因利而争。在物质比较匮缺的年代，物质利益生活资料无疑是人生主要的生活内容，表现在对利益的确定与争夺上，甚至有点寸利不让。表现在《儒林外史》中，大多数纠纷都是因为利益的原因而引起的，即使一些所谓的婚姻家庭纠纷，多数因利而起，核心都是为了利。比如该书中著名的严贡生与弟媳妇赵氏为严监生立嗣纠纷案，其核心并不是立嗣，而是因为严监生死后，有十多万家财，正因为利益巨大，立谁为嗣关系到立嗣人的切身利益，因此，才会为立嗣权争得你死我活，不亦乐乎。假如严监生没有遗产，有没有人愿意为他立嗣或者是否有人愿意去继嗣都是不确定的。据统计，《儒林外史》中的案件和纠纷，大部分都与利益有关或因利益而起。

1. 一般的钱债纠纷

《儒林外史》开庭审理的第一案，就是一件偷鸡案。在古代，鸡作为六畜之一，是人们改善生活的最基本的生活资料，虽然价值不大，但是，对于一年到头只有自己饲养的鸡才能在逢年过节时，稍稍为家庭改善一下生活的人家来说，其作用与意义自不待言。如在《儒林外史》中的范进，到放榜那一天早上，他家已经没有早餐米，母亲已饿得两眼都看不见，让他拿生蛋的母鸡去卖了，买几升米来煮粥吃。一个鸡就可以顶几升米，虽然价值不大，但作用可大了。将自己生蛋的母鸡拿出去卖，在那个时代，这确实是万不得已的事了。偷鸡事小，但是，即使只有行动尚未既遂的盗窃行为，都会受到《大清律例》有关规定的处罚。[①]本案中汤知县面对这名积贼，差点束手无策，虽然规定了很多处罚的措施，如刺字、杖、枷刑，但是，汤知县并没有引用，而是独辟蹊径，别出心裁地将小偷枷起来，同时将其所偷的鸡一同绑在头上，游街示众。

除了偷鸡这么小的纠纷案外，比较小的纠纷还有匡大与人占摊纠纷案，匡大因为摆摊时占用了邻人的摊位，两人因此而吵闹甚至打了起来，匡大自恃弟弟匡超人与县老爷相熟，有点仗势欺人，竟然要扯着对方要去见官。相类似的还有，牛浦因不愿给钱，与其说借不如说给点钱前来乞讨（类似打秋风）的石老鼠，吵闹起来，牛浦也是自恃与县官相熟，相扯着要去见县官。这都反映了当时经济困乏拮据，每个人都斤斤计较。而且也反映了一种好讼风气，这在后面的诉讼风气里再详细讨论。

《儒林外史》中有非常典型的钱债纠纷——借贷，如黄梦统央中向严贡生借贷纠纷案。

知县喝过一边，带那另一个上来问道："你叫做甚么名字？"那人是个五六十岁老者，禀道："小人叫

① 参见《大清律例·刑律·盗窃中·窃盗》条。

做黄梦统，在乡下住。因去年九月上县来交钱粮，一时短少，央中人向严乡绅借二十两银子，每月三分钱，写借约，送在严府。小的却不曾拿他的银子。走上街来，遇着个乡里的亲眷，他说有几两银子借与小的交个几分数，再下乡去设法，劝小的不要借严家的银子。小的交完钱粮，就同亲戚回家去了。至今已是大半年，想起这事来，问严府取回借约，严乡绅向小的要这几个月的利息钱。小的说：'并不曾借本，何得有利？'严乡绅说，小的当时拿回借约，好让他把银子借与别人生利；因不曾取约，他将二十两银子也不能动，误了大半年的利钱，该是小的出。小的自知不是，向中人说，情愿买个蹄酒上门去取约；严乡绅执意不肯，把小的驴儿和米同稍（捎）袋，都叫人短了家去，还不发出纸来。这样含冤负屈的事，求太老爷做主！"（《儒林外史》第55-56页）

上述借贷案中，黄梦统说"不曾借本，何得有利？"黄梦统话说得高明，母子一体，本利相生，没有母那有子，没有本何来利？一句话马上就取得汤父母的同情，认为严贡生"如此骗人，其实可恶"。同时，这句话也是人们普遍同情黄梦统的原因。没有本就没有利，这个简单常识不需要法律知识。

稍事深入一点进行分析，黄梦统央中人向严贡生借款，约定了借20两银子，月息3分，并写立借约，送到严府。本借条约定的条款清楚明确，并经双方签名确认，而且还有中人，在当时，即使在现代，也是一个成立并且是一个有效的借约。[1]黄梦统可以随时去拿借款。民间借贷是实践合同，都是直接出具借条，并当场交付款项，借约即告成立并生效，不会像现在向银行借款的要式合同，先签一份借款合同，最后再另外借款。所以，借约一般在发生实际的借贷关系时出具。另外，古代的借约并不单纯是借贷双方当事人的事，还涉及中人，实际交付借款与否，一般由中人作见证，所以，是否发生借款，还是有一定证据效力的。这在本书关于中人的作用中我们再作讨论。

在黄梦统的叙述中，我们发现有一段有趣的话语：

> “严乡绅说小的当时拿回借约，好让他把银子借与别人生利；因不曾取约，他将二十两银子也不能动，误了大半年的利钱，该是小的出。小的自知不是，向中人说，情愿买个蹄酒上门去取约”。（《儒林外史》第56页）

黄梦统既然认为不曾借本何曾有利时，却为什么又自认不是呢?

他在提出向严贡生借款，同时还出具借约但没有实际借款，却也没有及时取回借约（当然也有可能他已口头向严贡生说过），但从理论上说，在借约一直发生效力时，但由于黄梦

---

① 苏亦工：《发现中国的普通法——清代借贷契约的成立》，《法学研究》1997年第4期。该文认为借约不成立，笔者认为这种理解是错误的，合约经双方合意并签署，条款清楚明确，借约已经成立。但是，因为该借约没有实际履行，也就是说黄梦统实际没有向严贡生借款，那么本借约是一个已经成立待履行的借约。根据目前合同法的有关规定，如果一方违约不履行已成立的合同约定，可以追究违约责任或缔约过失责任。所以，本案中，黄梦统也自知不是，这将在文中再作阐述。

统没有履行借约约定，不去取借款，确实有耽误严贡生将钱借给别人生利的可能性。姑且不论严贡生所说是否属实，就黄梦统的行为而言，如果从契约的角度来说，确实是属于违约，即没有按借约的约定去借取款项，也没有尽快解除或取回借约，所以，就存在黄梦统违约的问题，要承担一定的违约责任。这个责任用现代法律的术语来说，属于缔约过失责任。如果借约约定有违约责任或交付了定金，那么，就可以按违约责任或定金条款来执行。

所以，严贡生所言并非全无道理，黄梦统确有理屈之处，据此心甘情愿买个蹄酒上门道歉取约。这种行为，也是中国传统特有的一种文化，理屈者买蹄酒等上门道歉，[①]表示请求和解的意思。表示感谢的也有采用这种方式的。因为严贡生不接受他的道歉，而是要求按本付息，从实际情形来说确实存在“不曾借本何曾有利”的情形，黄梦统即使不去借款，其违约行为所造成的损失也不至于等于按借约约定的利息。其提出的要求明显过高，更为过分的是，私下就“把小的驴和米同稍（捎）袋都叫人短了家去，还不发出纸来”。不但把东西拿去

① 令理屈者出钱若干，买羊一只，以一人牵之；沽酒一坛，用二人抬之，由第三者督率送至理直者家宅伏礼，寝息其事，名曰牵羊扛酒礼，此系触犯乡约或违反族亲事体较大者。若细微之事，用肉一块，酒一壶，亦可寝息，名曰斤肉壶酒礼。……此种习惯，汉寿…各县视之甚重，与民事和解方式生同一之效力。这是湖南省汉寿、益阳、安化、湘阴等县有一种习惯。分见《日华对照中华民国习惯调查录》，中华法令编印馆编译，1943 年日本东京行政学会印刷所印刷，分见第 1107、1448 及 1168 页。该书虽为日伪时期出版物，但系依前中华民国政府司法行政部 1930 年编印之《民商事习惯调查录》为标准编译之。参见苏亦工：《发现中国的普通法——清代借贷契约的成立》，《法学研究》1997 年第 4 期。

了，而且借约还不归还，严贡生的行为近乎强盗，这属于清代的律例不允许的私下执法行为，[①]这种行为与凤四老爹私力救济取回被偷的钱的行为性质根本不同。因此，这才导致黄梦统觉得这样“含冤负屈的事”，不得不告到衙门求老爷做主。

2. 高利贷纠纷

日常生活中，最为常见的非借贷莫属了。《儒林外史》描写了众多借贷故事，有货币上正常形式的借贷，有些是亲属或朋友间互助式的甚至是可能不用归还的借贷，也有利息比较高甚至是高利贷式的借贷，借贷的形式除了亲属朋友间无偿帮忙的没有一定的格式外，其他借贷都有一定的格式，一般都有中人并写有借据，借贷的归还也是各不相同，除了主动归还外，有些要当事人自己主动追还，有些还要通过官府的告诉或者诉诸武林强人强行追讨。这些故事里面，既有讲究信用的一面，也有一些近似无赖的行为，反映出一种人无信不立的一种观念。无论如何，欠债还钱，天经地义，欠债不还，不仁不义，不管是古代还是现代，都是不仁不义的事情。

清代的民间利息标准是二分左右的月息，超过三分的，多为高利贷了。银钱借贷，在直隶无极县，乾隆间，“山西富户挟资而来，……放债盘利，每月行息，少者四五分，多者六七分”。光绪时的记载说，“放债者取息以一二分为率，无过二分者，前（县）志所云盘剥害民，则绝迹无有矣”。又如在湖南长沙县，乾隆初年，“民间私逋，……银两行息，常利

① 《大清律例·户律·钱债·违禁取利》条。“若豪势之人，不告官司，以私债强夺去人孳畜产业者，杖八十。若估价过本利者，计多余之物，坐赃论，依数追还。”

加三，再重者加五，然皆照月扣算”。到道光间，“农民春间力作，借银粜谷，……银息不过二分”。[①]

在书中第五十二回中，其中做丝生意的陈正公对毛二胡子说：

> 我这银子，你拿去倒了他家货来，我也不要你的大利钱，你只每月给我一个二分行息，多的利钱都是你的，将来陆续还我。（《儒林外史》第533页）

这里的二分行息，指在市场上流行的月息二分。

据《乾隆长兴县志》卷十二《杂志》记载：“湖州府高利贷者规定：借银十两以上者，每月一分五厘起息；一两以上者，每月二分起息；一两以下，每月三分起息。”也是说人越穷，借债的额度越少，利息率就越高。

实际上清代的利息比较高。《儒林外史》中的第一件借贷纠纷案，就是黄梦统向严贡生借二十两银子，每月三分钱，并写立借约交给严贡生。这里的三分钱，就是指月息三分。由此可见，月息三分是一个普遍的但同时也是较高利息标准。就是因为这借约，虽然黄梦统没有实际借到银子，但因为利息问题而对簿公堂。

《儒林外史》第五十二回中的秦中书因要上北京补官，攒凑盘程，一时不得应手，就向陈正公和毛二胡子借款，约定自愿七扣的短票，借一千两银子。毛二胡子让陈正公秤出二百一十两借给他，三个月就拿回三百两。这里所谓的“七扣的短票”是指“向人借款，照几折实收而承认照足数归还的一

① 参见方行：《清代商人对农民产品的预买》，《中国农史》1998年第4期。

种借约，名为短票。”[①]“七扣的短票”就是“七折实收的短票”。名义上借三百两银子，但是预扣利息，实际只需按七折即二百一十两出借，三个月到期还本。借银子二百一十两，却要借债人“契约仍写足数”三百两银子，包含利息九十两银子。这就是一笔很暴利的高利贷了。

小说第五十二回还有这样一段叙述：

> 又一日，毛二胡子向陈正公道：“我昨日会见一个朋友，是个卖人参的客人，他说国公府里徐九老爷有个表兄陈四老爷，拿了他斤把人参，而今他要回苏州去，陈四老爷一时银子不凑手，就托他情愿对扣借一百银子还他，限两个月拿二百银子取回纸笔，也是一宗极稳的道路。”陈正公又拿出一百银子交与毛二胡子借出去。两个月讨回足足二百两，兑一兑还余了三钱，把个陈正公欢喜的要不得。（《儒林外史》第532页）

这里的“对扣”与前面提到的“七扣”，其实都是预扣利息，前面“七扣”是按七折出借本金，对扣即“对半扣”的意思，顾名思义即按对半即50%出借本金，实际上出贷人只需付给借款人100两银子，两个月后，连本带利要归还200两银子。比如陈正公借一百两银子给客人，但名义上按二百两银子出借，按表面上的计算方法，本金是按照二百两计算的，二个月利息为一百两，月利率为25%。但是如果按实际出借的数额计算，本金一百两，二个月利息一百两，实际月利率高达50%。这种借贷方式往往是在债务人无钱归还前欠货款时，不得不做出如此举债还债的行为，这种借贷竟然两月之内利等于

① 参见《儒林外史》第五十回中的解释。

本。据《清朝经世文编》卷三十六，李兆洛《凤台县志·论食货》记载："称贷者其息恒一岁而子如其母，故多并兼之家。"[①]说明利息非常之高，与本金相等。从上述毛二胡子作中介让陈正公贷出的一百两银子的借贷中，二个月就收回本息二百两，名义月利率为25%，实际月利率则高达50%，二个月的高利贷的利息就跟本金相等。

当然前文中的按"七扣短票"借一千两银子的中书秦老爷，并不是因为贫穷，而是因为"要上北京补官，攒凑盘程，一时不得应手"，"做官后马上可以有大笔的银子进项"，所以"这是极稳的主子，三个月内必还"，而做官的银子来得容易，显然高利息也给得起，自然"比做丝的利钱还大些"了。所以明清时有专门放官吏债的，专门借高利贷给那些准备赴任却又暂时没有盘缠的官员，利率高，回收风险小，《金瓶梅》中的西门庆就以放官吏债为主要营生。在《金瓶梅》中还有类似的描述，书中有两个商人李三、黄四，承揽了朝廷的香蜡生意，却因缺乏本钱，来向西门庆借贷。说好借一千五百两，"每月五分行利"，即每月利率5%，这相当于年息60%。我们今天向银行贷款，年息差不多5%。两个月后，李三、黄四来还钱，本钱还了一千两，利息二个月是$1500 \times 5\% \times 2 = 150$两，应交一百五十两银子。用了四只共重30两的金镯子来顶替。还差五百两本钱一直未还，对此，西门庆临死时还念念不忘。[②]

① 戴逸主编：《简明清史》第一册，北京：人民出版社1984年版，第364-365页。
② 周志兴、刘玉梅：《〈金瓶梅〉中西门庆的金钱享乐观》，《文学教育（下）》2009年第9期。

正因为清代的借款利息较高，根据《大清律例・户律钱债・违禁取利条》[1]规定，利息不得超过月息3分的规定。清代对利息率规定了一个相对合理的上限水平。过高不利于社会的借贷稳定，过低不利于社会经济的发展。除了限定极高利率外，还对超出极高利率的行为进行处罚，并规定，不管年月多久，限定利息不得超过本金，最多不过一本一利。对于违反上述规定的，笞四十。对于超过重利部分，可以以坐赃罪论处。这就避免了目前包括银行借贷在内的利远高于本金的情形，导致欠债者更加无法偿还。

《大清律例》对于借款还有比较多的规定，如对于欠债不还的，或不按时归还的，同样有相应的处罚。根据欠款的金额和时间，规定了一定的处罚，同时，也规定了一定的处罚上

① 《大清律例・户律・钱债・违禁取利》条："凡私放钱债及典当财物，每月取利，并不得过三分。年月虽多，不过一本一利。违者，笞四十。以余利计赃重（于笞四十）者，坐赃论。罪止杖一百。若监临官吏，于所部内举放钱债、典当财物者，（不必多取余利，有犯即）杖八十；违禁取利，以余利计赃重（于杖八十）者，依不枉法论（各主者，通算折半科罪。有禄人三十两，无禄人四十两，并杖九十。每十两加一等，罪止杖一百、流三千里。罢职，追夺除名）。并追余利给主。（兼庶民官吏）其负欠私债，违约不还者，五两以上，违三月，笞一十；每一月，加一等；罪止笞四十。五十两，违三月，笞二十；每一月，加一等；罪止笞五十。百两以上，违三月，笞三十；每一月，加一等；罪止杖六十。并追本利给主。若豪势之人，（于违约负债者）不告官司，以私债强夺去人孳畜产业者，杖八十（无多取余利，听赎，不追）。若估（所夺畜产之）价过本利者，计多余之物，（罪有重于杖八十者）坐赃论（罪止杖一百、徒三年）。依（多余之）数追还主。若准折人之妻妾子女者，杖一百。（奸占加一等论）。强夺者，加二等。（杖七十、徒一年半）。因（强夺）而奸占妇女者，绞，（监候，所准折强夺之）人口给亲，私债免追。"另有条例若干，主要是对豪举放私债、有关官员放官债以及官吏借债与债主同赴任所等方面做了细致的规定和限制。

限，避免将欠款的简单的民事行为变为严重的刑事行为，避免轻微的违法行为与较重罪责的不相适应。

另外，对于放债人的身份也有一定的限制。有趣的是，清代并不是所有人都可以放债或公开放债。《大清律例》规定“若监临官吏，于所部内举放钱债、典当财物者，（不必多取余利，有犯即）杖八十；违禁取利，以余利计赃重（于杖八十）者，依不枉法论（各主者，通算折半科罪。有禄人三十两，无禄人四十两，并杖九十。每十两加一等，罪止杖一百、流三千里。罢职，追夺除名）。并追余利给主。”这应当是一条相当有针对性的规定。官员尤其是监临官员，手上掌握了比较大的权力，如果其用权力来寻租或变相受贿，将是轻而易举的事情，对此予以严格限制，即使在今天，该条规定仍然具有意义。当然，事实上是否会能够得到很好的遵守，或者阳奉阴违，那是法律的实施问题了。[①]

总的看来，清代关于“违禁取利”条的规定，用今天的眼光来看，其内容的完备性和科学性都是较为全面和具体的，比当前的借贷规定无论从条文的具体性和可操作性，以及符合社会的实际方面，都有过之而无不及。尤其是对月息三分的规定，既照顾了出借人的利益，也限制了出借人的过高的要求，同时，都规定有相应的罚则，尤其是对欠债人过期及不还的行为予以处罚的规定，对欠债人有一定的限制和约束作用。

---

① 柏桦：《论清代的“违禁取利”罪》，载《政法论丛》2007年第4期。该文说到很多官员包括皇帝也放官债的情形，但并不完全属于监临官放债的情形。而且，皇帝作为一国之君，天下都是他的，放官债似理所当然。

3. 欠债的追还

清代对欠债的追还有明确的规定，对于欠债不还的，应当通过告官来解决，不得私自采取强硬的手段进行追讨。对于因为私债强夺人孽畜产业的，杖八十，如果超出利息范围的，对超过部分另外以坐赃论罪，并依数追还给原主。如果用欠债人的妻妾或女儿抵押或抵换的，同样杖一百。强行夺取的，加二等（即杖七十，徒一年半）。如果强抢后强占妇女的，处绞刑，追回人后，债务全免。但是，实际并不一定如此。我们来看看《儒林外史》中的描述。

《儒林外史》第五十二回记载一个欠债不还而用暴力追还的案件。第五十二回说过毛二胡了因为二次帮陈正公放贷，及时要回了放贷款，赢得了陈正公的信任。毛二胡子知道陈正公手上满打满算有一千两银子，就设了一个圈套，假借家中来信说有当铺折本倒货，而他掣不出本钱来。如果与人合伙，利息不高不如不做。但因为陈正公过于相信他了，就说借钱给他，但毛二胡子欲擒故纵，说如果将来亏折了，面都见不成。陈正公见他说得实在，就一心一意要将银子借与他，并且只要二分息，多的归他。毛二胡子又假借说要中人要写约，但陈正公好像中了邪一样，什么都不用写。这样，毛二胡子就拿了陈正公一千银子，扬长而去。

后来，毛二胡子果然躲着陈正公不见，而陈正公因为这次借款并没有写纸笔（欠条）凭证，也没有中人，无法通过告官来解决。幸好，刚好有个武林强人凤四老爹也是来找陈正公讨债，得知这一实情后，便上门帮忙追讨。凤四老爹用武力将毛二胡子的当铺拆了半边，这才把毛二胡子逼了出来，无奈之下将欠陈正公的银子连本带利归还了。陈正公和凤四老爹的追债不符合《大清律例》的有关规定。但是，对于没有任何证据的陈正公来说，这是没有办法的办法了，也是最有效的办法。有些时候，完全根据律例来执行，有些事情根本行不通。所以，对律例的违反，有时是律例的规定不够切合实际，有时，也是因为与情况变化导致不得不违反。而更多时候，可能是律例根本解决不了问题，只能依靠私力救济。有时候，私力救济合情合理却不合法。正如文中“不怕该债的精穷，只怕讨债的英雄”所说的一样，如果不是因为凤四老爹的英雄，对这件打不了官司的纠纷，根本不可能要回欠款了。

借贷行为，是历史上任何一个时期都实际存在的，这是一个社会发展的需要，是人们日常生活和经营活动的需要，更是社会经济发展的需要，任何一个朝代都没有对此进行限制，只是进行一些合理的规范。《儒林外史》中描写的借贷民事纠纷比较活跃，反映了吴敬梓生活时代的经济繁荣。清政府对一般的民间融资借贷并无禁止，但政府也有规定常规的利率。但民间有人因急用，往往超出规定的利率。这些不同类型的借贷中，既有熟人之间的借贷，也有商人（互相并不一定很熟悉的借贷），既有通常利率的借贷，也有不少是高利贷的借贷。但《大清律例》对此进行了比较好的规范，涉及的相关案件基本上都能够依情理依法理进行解决。有时，高利贷之所以存在，主要是因为可供借贷的资源缺乏，正所谓“物以稀为贵”，那当然“贷以稀为贵”了，因此，要想解决高利贷的问题，单纯的限制是没有办法遏制的，唯一的办法就是放开贷款主体的限制，让有关资本能够没有太多限制和障碍地进入借贷市场，让市场来决定。从清代的有关司法实践来看，一般要求有比较完备的相关手续，如有中人，有借约，从借贷的格式和有关要求来看，这就是中国式的法律规范，正是这种行之有效的格式规范，才有效解决有关纠纷，才促进了中华法系的发展与成熟。而且从另一种意义上来说，也说明当时人们的守约意识和保护意识比较高，为了避免以后发生争执，为了有据可凭，所谓“口讲无凭，立字为据”，也包括了“亲兄弟，明算账”的道理。正是由于这些做法，促进了契约意识的形成和发展。

（三）其他纠纷

民众生活纠纷虽然是以钱债为主，但具体来说，其种类却是多种多样的，这在《儒林外史》中可见一斑。除了上述讨论过的婚嫁家庭钱债以及即将要另文讨论的田土纠纷外，其他民间纠纷可谓无奇不有。

最为奇葩的案件当属向鼎知县所审理的“为活杀父命案”“为毒杀兄事案”“为谋杀夫命案”了。这几件堪称无头公案，从标题看特别的吸人眼球，可最后发现都是言过其实，经过向知县开庭审理，基本上都驳回了原告的诉讼请求，结果就不了了之。有关这几件案在司法官员的理讼中再另行讨论。

颇具特色的案件还有施美卿错卖老婆案、强行买妾案、娶良为妾案。这些案件在婚姻纠纷中已做了分析，这里就不再重复。

既然《儒林外史》以写儒林中人为主，关于儒林人士的纠纷也同样不少。对于士绅与士绅之间的纠纷另有专文论述，但也有一些还未入仕的或者所谓名士的纠纷。如牛浦与石老鼠争吵纠纷案，两个他乡遇故人，却为了一点钱财，差点对簿公堂。还有陈思阮和丁言志的口角之争。两人本来都是以测字为生，却也想写起诗来做名士，并提起几十年前娄氏兄弟曾举办的一个莺脰湖大会，就谁参加这次盛会发生了争执甚至相互打斗了起来。刚好被经过的陈木南看见，做和事佬，把他们俩拉到一个茶馆吃杯茶，和和事，才把他们劝妥当。

民间纠纷的多样性还表现在一些纠纷上，颇具民间特色的是一件风月盗窃案。在《儒林外史》第五十一回中，凤四老爹与差人押解万中书去台州途中，同船的一位做丝生意的客人，因为贪图女色而被偷去了二百两银子。这位客人感觉是“哑叭梦见妈，说不出的苦”。连水手也说“这话打不得官司，告不得状，有甚方法？”（第521页）。同行的凤四老爹见状，得知水手认得水上娼的小船，就让船家开船回去找。找到那小船，凤四老爹以治其人之道，还治其人之身，引诱那位水上娼并将其抱过船来，等那女的钻进被窝脱了衣服后，就让船家直接把船开走。到了一个没人烟的地方，问清了那女的住址和她汉子的姓名。叫那丝客人拿了女人全身衣服，走回十多里路找着女人的汉子，将女人的衣服抖给他看，这汉子才慌了，跪着磕头请求还他女人。丝客人要他还了被偷的钱才答应带他去找老婆。这汉子慌忙上船取出银子，一厘也不少的还给了丝客人。最后才找回他老婆。一个差点无头的冤案就这样顺利解决了。

案件中，连水手都会说这事“打不得官司，告不得状”，表明了一个普通的水手都具有较强的法律知识，认识到这件事没有一点书面证据，也没有相应的人证，连告状都不会受理，更不用说胜诉了。凤四老爹在《儒林外史》中虽然是一介武夫，但其表现出有勇有谋，以其个人的智慧，对待一起无法告状打官司的案件，轻轻松松地解决了，而且，这并非他在《儒林外史》中唯一表现，后面他还表现出智勇双全的另一面。江南水系发达，船作为主要交通工具，在《儒林外史》中比比皆是，江南大部分人出行基本上都靠乘船，因此，这样的案件应该不会是个案，吴敬梓以他的乐闻喜见的方式，将他所听到看到的事情，信手拈来地表达出来，细节刻画入微，不但可信，其实表现出民众对有些官府无法受理无法处理的案件，以民间个人的聪明才智与计谋，轻松地予以解决。

上面的案件，纠纷虽然很多都是普通的纠纷，但也有不少相对比较特别的，表明社会发展到清代，社会生活的多面性和复杂性，商品经济的发展也产生了大量的多样性的纠纷。有些纠纷，虽然有些当事人口口声声要去见官，要求官府解决，但在被劝解之后和解。另外，还有不少田土房屋租赁买卖和借贷中放高利贷的案件，为便于研究这类案件，我们将另行分析。

第二节 契约实践

说到契约，有必要首先对清代所使用的契约用语稍做介绍。《儒林外史》作为一部主要描写儒林人士的小说，当然也就涉及了儒林人士的婚嫁娶嗣、金钱借贷和田土买卖行为，而这些行为又当然离不开“写个纸条”之类，所谓“口讲无凭，立字为据”，这个“据”，一般而言，就是现在所说的“契约”。而且，由于人员的流动，也出现不少带有商品经济性质的典当、租赁，其中，还涉及传统中国的中人问题。

虽然契约具有现代意义，但是，契约还是具有极为久远的历史。中国人也极为讲究信用，孔子说“自古皆有死，民无信不立”，民间则有“君子一言，驷马难追”。信义是人的立身之本，背信弃义则受到唾弃。这是一种社会上的道德上的道义要求，成为人们生活的一项准则。因此，中国古代社会缺少西方现代意义上的法律契约精神，但在乡土社会中，这种信用与道义基本能维持了社会的和谐与秩序。但是，如果作为一种凭据的话，契约仍然有不可替代的作用。尤其是随着商品经济的发展，在婚姻嫁娶立嗣立继等家庭生活当中，在社会上的房屋田土租赁与买卖事务中，契约都是不可或缺的。因此，我们在《儒林外史》中也看到了大量的契约实践。事实上，所有这些，都是与民众社会生活密切相关，是人们日常生活和社会交往中不可缺少的一部分。反映了清代社会民众的法律意识。

一、关于契约

关于传统中国的契约，许慎的《说文解字》中的《大部》将“契”释作“大约也”；而《系部》则将“约”释为“缠束也”。[①]而在《周礼·秋官·司约》郑玄注曰：“约，

① （汉）许慎撰，（清）段玉裁注：《说文解字注》，上海：上海古籍出版社1981年影印版，第493页和第647页。

言语之约束。”[①]由此，所谓“契”和“约”，字义相近，都是缠束或者进一步引申为约束之义。这大概是“契约”的来源。那么，传统中国运用“契约”作用意义何在？按照徐忠明的考证，“交易两造签订契约的意图乃是为了‘结信’，而契约的功能不外乎‘止讼’。”[②]也就是说，契约的功能无疑一是结信，二是止讼。而所谓信，其实就是儒家经典五常中的“仁义礼智信”中的“信”，所谓“言必信，行必果”，“一言既出，驷马难追”，讲究诚实信用。这种信不但体现在战国时代诸侯之间的盟约，也表现在政府与百姓之间的约束，如汉高祖与老百姓的“约法三章”，而且，更多地表现在社会日常生活中的协商签契和婚约。所有这些，都要求缔结契约双方以诚信为本，同时，以双方合意为基。并对作出的承诺“信守诺言”。

随着生产力和商品经济的发展，商品交换和流转以及货币关系的复杂，使以前乡土社会的单一的血缘、宗族和地缘的关系日益复杂，熟人之间由于社会观念的变迁，在涉及身份、经济的转变或交换时，也需要“先小人后君子”，使权利义务得以明确。

因此，契约主要作为社会日常生活中社会身份和财物关系发生变动时的凭证和依据，供签订双方遵守，甚至还作为行使相关权利的依据。在人们日常生活中发挥了重要而不可或缺

---

① （清）孙诒让：《周礼正义》，陈玉霞、王文锦点校，北京：中华书局 1987 年版，第 2715 页。

② 徐忠明：《〈老乞大〉与〈朴通事〉——蒙元时期庶民的日常法律生活》，上海：上海三联书店 2012 年版，第 45 页。

的作用。正所谓“控争业产必凭印契”。[①]下面，结合《儒林外史》，谈谈清代初期的契约实践。

二、婚姻、立嗣立继契约

婚姻是最重要的家庭和家族制度，婚姻成立与否，与其契约文书——婚书密切相关。前面说过，婚书有时具有决定性的作用，尤其是在引起纠纷时，有作为“结信止讼”的效力。

《儒林外史》中并没有关于婚书的格式或样本，但是，却有多处提及婚书的情形。如第十三回马二代蘧公孙为私奔的宦成和双红写了婚书。第十九回匡超人为潘三代黄祥甫代写婚书，第四十回沈琼枝向宋为富要婚书。说明在《儒林外史》中，婚书的使用也是十分普遍的，同时，作为婚姻的证明，它的重要性也是不可替代的。但是，婚书的格式是怎么样的？陈鹏在他的《中国婚姻史稿》里面，为我们展示了婚书的样式。婚书分男方与女方的婚书，两者用语上略有不同。下面的“纳聘书式”是男方家庭所用，是男方出具给女方家庭的聘书。

> 纳聘书式　某州某县处姓某，今凭某人为媒，某人为保亲，以某长男名某，见年几岁，与某处某人第几令爱，名某姐，见年几岁，缔亲，备到纳聘财礼若干。自聘定后，择日成亲，所愿夫妻偕老，琴瑟和谐，今立婚

① （清）董沛《汝东判语》卷一《谢启祥等呈词判》。转引自吴欣：《清代民事诉讼与社会秩序》，北京：中华书局2007年版，第55页。

书为用者。

年 月 日　　　　　　　　婚主姓 某押 启

女婿姓 某押

合同婚书　　　　　　　　保亲姓 某押

媒人姓 某押

下面的“回聘书式”是女方家庭根据“纳聘书式”而回复给男方家庭的回帖婚书。

回聘书式 具乡贯姓某，今凭某人为媒，某人为保亲，以某第几女名某姐，见年几岁，与某处某人□（儿）男名某，见年几岁，结亲，领讫财礼若干，自受聘后，一任择日成亲，所愿夫妻保守□（永）续繁昌，今立婚书为用者。

年 月 日　　　　　　　　婚主姓 某押 启

女 姓 某押

合同婚书　　　　　　　　保亲姓 某押

媒人姓 某押①

因为清代并没有专门的婚姻登记机构，也没有专门的登记人员，婚姻成立与否，当然依靠“六礼”，但是，作为婚姻成立的依据，“六礼”均无法作为婚姻成立或存在的依据，而只有婚书才是证明婚姻成立的唯一证据。因此，婚书对于缔结婚姻的双方来说，就具有法律上的证据的确定性，在法律上，具有特别重要的作用与意义。上述案例中，如果没有婚书，就没有了婚姻合法性的证明，婚姻最终会被确认是不成立

① 原载《新编事文类聚启札青钱》，元刻本，转引自陈鹏：《中国婚姻史稿》，北京：中华书局1990年版，第338-339页。

的或无效的。

除了婚书，清代的家庭在立嗣立继时，都同样会制作相应的文书，来证明相关事实。

《儒林外史》中就有关过继的契约文书。第二十五回中，穷秀才倪霜峰因为家贫，无法养活小孩，先后把几个小孩都卖了，连最后一个也养不成要卖掉。倪霜峰因为修乐器刚好认识了鲍文卿，后来就把小儿子过继给鲍文卿。

> 鲍家备了一席酒请倪老爹，倪老爹带了儿子来写立过继文书，凭着左邻开绒线店张国重，右邻开香蜡店王羽秋。两个邻居都到了。那文书上写道：
>
> 立过继文书倪霜峰，今将第六子倪廷玺，年方一十六岁，因日食无措，夫妻商议，情愿出继与鲍文卿名下为义子，改名鲍廷玺。此后成人婚娶，俱系鲍文卿抚养，立嗣承祧，两无异说。如有天年不测，各听天命。今欲有凭，立此过继文书，永远存照。
>
> 嘉靖十六年十月初一日。
>
> 立过继文书：倪霜峰。
>
> 凭中邻：张国重、王羽秋。
>
> 都画了押。鲍文卿拿出二十两银子来付与倪老爹去了。鲍文卿又谢了众人。（《儒林外史》第267页）

上述简单的文书，实际上包括了一般过继文书的主要内容。一是明确当事人，立过继人倪霜峰，受继人鲍文卿，过继人倪廷玺；二是过继人倪廷玺的基本情况包括年方一十六岁；三是过继原因，是因为“日食无措”。四是过继意愿，是双方情愿；五是过继后的名字改为鲍廷玺；六是过继后的一切由鲍文卿负责，包括抚养、成婚和立嗣承祧；七是确定生死由命，各听天命；八是本文书是作为过继的证据，永远有效。另外，各方当事人包括中人都签名或画押。如本文书上写上“凭中邻：张国重，王羽秋。都画了押”。这里的凭中邻，除了作为中人见证的作用外（有关中人的作用，容本书另作论述），还有一个很重要的职能，就是发生纠纷时的中间人调解人的角色。后来，在鲍文卿死后，鲍老太想把鲍廷玺赶出去另住时，鲍廷玺没有办法，只好请来两位中邻，让他们从中调停，说好说歹，最后，老太才愿意给二十两的安家费，搬了出去另住。两位中邻就起到了调停的作用。

应该讲，这是一份比较清楚明确、要素齐全的过继文书。如果说还要补充的话，可考虑写上收继人应支付立过继人的金额。吴敬梓清楚地书写了过继文书，正说明了那个时代此类文书的普遍性。我们在《今古奇观》中也看到过，第十卷“看财奴刁买冤家主”中，贾员外要立穷极卖儿的周秀才儿子为继子，贾员外虽是穷苦人家出身，但写起立文书来，却是张口就来，“立文书人某人，因口食不敷，情愿将自己的亲生儿某，过继与财主贾老员外为儿。”同时，还要求写上违约条款。[①]虽然是小说中语，但信手拈来，无不说明这类事情的普遍性，也说明这些文书的流行性，表明这类文书一般人都可以说是耳熟能详。

本次过继与一般的立嗣有一定的区别，虽然本文书说明可“立嗣承祧”，但在文书的开端，已明确是“情愿出继与鲍文卿为义子”。作为义子一般有两种，一种是作为继承性的法

① ［明］抱瓮老人：《今古奇观》，上海：上海古籍出版社1992年版，第123页。

律上之养子，另一种是具有恩养性的事实上之养子。称前者为“嗣子”，称后者为“义子”是比较新的时代——及宋代以降——的一般性的措辞方法。[①]

《儒林外史》中关于立嗣的情节也不少，最为典型的就是严贡生与其弟媳赵氏为立嗣事争得不可开交并闹上公堂。另有鲁翰林死后无子，也是族人在本族亲房立了一个儿子过来。而他的上门女婿蘧公孙就回门去了。虽然《儒林外史》中没有立嗣的文书样式，但立嗣和继子一样，文书样式都是差不多的。另外，还有分家析产契约、入赘文书、休书契约。但基本要素还是一样的，这里就不再一一列举。

三、其他契约实践

中国古代的契约实践事实上进入清朝后已相当成熟与完善。除了上述婚约家庭类外，还包括租赁、典当、买卖。其中有动产的典当，不动产的买卖和出典，动产不动产的抵押担保。现结合《儒林外史》的具体描述，我们分析这类契约实践。

（一）房屋租赁

《儒林外史》里面，介绍了很多儒生、名士、客商的流动情况，在吴敬梓笔下，南京就是当时的国际大都会，游人如过江之鲫，城市繁华昌盛，如在描写南京当时的盛况时，吴敬梓写道：

① ［日］滋贺秀三：《中国家族法原理》，北京：法律出版社2003年版，第463页。

这南京乃是太祖皇帝建都的所在，里城门十三，外城门十八，穿城四十里，沿城一转足有一百二十多里。城里几十条大街，几百条小巷，都是人烟凑集，金粉楼台。城里一道河，东水关到西水关足有十里，便是秦淮河。水满的时候，画船箫鼓，昼夜不绝。城里城外，琳宫梵宇，碧瓦朱甍，在六朝时是四百八十寺；到如今，何止四千八百寺！大街小巷，合共起来，大小酒楼有六七百座，茶社有一千余处。不论你走到一个僻巷里面，总有一个地方悬着灯笼卖茶，插着时鲜花朵，烹着上好的雨水，茶社里坐满了吃茶的人。到晚来，两边酒楼上明角灯，每条街上足有数千盏，照耀如同白日，走路人并不带灯笼。（《儒林外史》第260页）

南京作为明初都城，以及方便的交通地利，商贾之繁华自不待言，“六朝金粉地，金陵帝王州”，多少文人墨客流连忘返。由于人员流动频繁，房屋租赁自然发达。从《儒林外史》中我们可以看到，租住的地方很多，除了寄住亲戚朋友家外，比较常见的是短期的有饭店或旅店，长期一点的有寺院、书坊、民房。如鲍廷玺寻他哥哥时，因为是暂住一二天，都是住在饭店。选书家马二、匡超人，到杭州后一般都是寓在文翰楼选书店或文海楼选书店；名士牛布衣就寓在甘露寺，最后还客死甘露寺；名士牛玉圃也是一到京，就住在承恩寺里；季恬逸因缺少盘缠，没处寻寓所住，每日里拿着八个钱买四个“吊桶底”（炕饼）吃，最后因有人出钱选书，才有钱找地方住，先找了报恩寺，三间房子要价一月三两银子，少一钱都不行，众人嫌贵，后来又找到一位僧官家里，谈好每月二两银子。而杜少卿刚到南京，迟衡山推荐他去租秦淮河边上的房子。

> 当下走过淮清桥，迟衡山路熟，找着房牙子，一路看了几处河房，多不中意，一直看到东水关。这年是乡试年，河房最贵，这房子每月要八两银子的租钱。杜少卿道："这也罢了，先租了住着，再买他的。"南京的风俗是要付一个进房，一个押月。当下房牙子同房主人跟到仓巷卢家写定租约，付了十六两银子。（《儒林外史》第344页）

从上述介绍中，我们清楚地看到当时的房屋租赁习惯或规矩。

一是一般都要经过中介即牙房子来介绍，说明当时的租赁市场相当成熟也相当的繁荣，只有有需要且繁荣的行业，才会有更多辅助从业人员，从随时随地可找牙房子这一点来看，说明当时房屋租赁和买卖市场是相当兴盛和成熟的；

二是地段决定价格。前面我们看到，季恬逸等人租了三间僧官的房，每月才二两银子，而杜少卿只有一间，每月却要八两银子。虽然说是乡试年，很多举人来备考应考，但秦淮河风景在当时的南京乃至全国来说，都是屈指可数的。正如《儒林外史》中描述：

> 那秦淮到了有月色的时候，越是夜色已深，更有那细吹细唱的船来，凄清委婉，动人心魄。两边河房里住家的女郎，穿了轻纱衣服，头上簪了茉莉花，一齐卷起湘帘，凭栏静听。所以灯船鼓声一响，两边帘卷窗开，河房里焚的龙涎、沉、速，香雾一齐喷出来，和河里的

月色烟光合成一片，望着如阆苑仙人，瑶宫仙女。还有那十六楼官妓，新妆袨服，招接四方游客。真乃朝朝寒食，夜夜元宵！（《儒林外史》第260页）

由此可见，贵有贵的价值和理由。

三是说到南京的租房风俗是，要付一个进房，一个押月。所谓进房，就是多付一个月的租金，作为押租，也叫“进房”；一个押月，是指要预付一个月的租金，作为先付后住，所以叫“押月”。两者合起来，现在一般叫按金。可见当时租赁市场成熟程度。

四是签订租约。签订租约时，房主人，租房人和房牙子一同在场，或者是请人写约，或者是由房牙子提供租约协议。总之，不管房租多少，房期多长，签订租约是最重要的，是租客有权居住的主要依据，也是双方确定租金和租期的唯一依据。当然，还包括一些细节，如每月第几日付租金，如何付租金，如迟交租金或不交租金如何承担责任。至此，一个相对完整的租约才算完成。当然，不可缺少的，还要支付房牙子的中介费。

（二）典当

典当是清代最普遍的融资交易手段之一。在《儒林外史》中，典当包括了两种，一种是平常所说的当铺中的典当，一种是典卖房屋的典当，其实应该说是房屋的典卖。

先说第一类典当。《儒林外史》第五回就说到，严监生有十多万家财，每年腊月二十七八的时候，典铺就送利钱来，每年都有三百来两。还有一时穷急的人也会将衣物饰品拿去当了以解燃眉之急。如鲍廷玺去苏州找他哥哥时新做了一件见抚院的体面的绸直裰，到了苏州后听到第一个消息竟然是哥哥重病死了，在饭店住了几天后，盘缠用尽，只好将这件衣服当了两把银子急用。在典押时，要出具相应的契约文书，就是当票。当票一般由典当行出具，也称为“收据”。当票上载明典当人姓名，所当物品、当款及应收利息，当铺同时在上面签名或盖印章确认。被当物品就作为质押物放在当铺里，期限自六个月到十八个月不等，一般按月计息，月息三分左右。过期不赎回的，典当行就无条件没收质押物品。典当放款的数额，一般都在实物价值的一半以下。所以，鲍廷玺的一件市价五两左右的衣服，最多也只能当两把银子，如果在规定的时间内赎回的话，可按照月息三分左右付赎回款。如果过了时间不赎回的话，就是绝当，当铺可以随时处理这件衣服而无须再通知典当人。

清代当铺是历代最鼎盛时期，曾经有“要想富，开当铺”的说法。在《儒林外史》中，说到五河县，出了一个徽州来的盐商方家，在五河开了仁昌、仁大两家当铺。因为所闻当地的当铺的戥子太重，厉大尊差季苇萧下来查访。虞华轩告诉季苇萧说：

> 敝县别的当铺，原也不敢如此，只有仁昌、仁大方家这两个典铺。他又是乡绅，又是盐商，又同府县官相与的极好，所以无所不为，百姓敢怒而不敢言。如今要除这个弊，只要除这两家。（《儒林外史》第480页）

由此可见，当铺利息之高之弊，清代对当铺进行一定的管理，对个别利息太高的查处。这可以说明，清代的当铺生意特别红火，虽然当铺众多，但仍然是暴利行业，二是也说明清代当铺利息太高的现象并非绝无仅有，官府已经注意到了，并采取相应的措施进行查处。[①]同时，证明了清代官府对当铺市场的管理并非毫无作为，任其自由发展。而是在其过分唯利是图，百姓怨声载道时，也会出手管理。虽然有不少当铺都是有背景的人开的，如上述的方家，又是乡绅又是盐商，而且与地方官极好的相与。但当民愤极大时，还是会受到上级的查处。

再说第二类典当，严格来说，这种典当其实是一种不动产的活卖。有典当的性质，也有买卖的性质。这在匡超人父亲匡太公与其弟弟争房产案中，我们对此问题进行了专门的阐述。现只就这种房屋典当的契约问题再做分析。

在《儒林外史》第十九回匡超人回杭州后来入赘郑家结婚后，因郑家屋小，不便居住，就在其选书的书店左近典了四间屋，价银四十。后因潘三事发，怕有牵连，想远走京城避难，就不顾妻子反对，将房转典给别人，同样得银四十两。

又有一例就是鲍廷玺又叫倪廷玺了。自从倪氏兄弟相认以后，大哥让弟弟在南京买一所房子，价银或二三百两，然后再到苏州去找他拿钱。

鲍廷玺次日同王羽秋商议，叫了房牙子来，要当

① 参见刘秋根:《清代典当业的法律调整》,《中国经济史研究》2012年第3期。该文认为，清政府从立法方面对与小生产者联系非常紧密的典当进行了多方面的调整。一是规定典当的利息高低及取利总量。是对典当业务如满当期限、减利时限、货币行使等方面加以规范。三是对典当经营者的限制。如禁止军流配犯开典，禁非法小当、私押的开设。四是对典当的保护，处理典当误典贼赃，处理典当失火、失窃，等等。

房。……。又过了半个月，房牙子看定了一所房子，在下浮桥施家巷，三间门面，一路四进，是施御史家的。施御史不在家，着典与人住，价银二百二十两。成了议约，付押议银二十两，择了日子搬进去再兑银子。……施御史又来催他兑房价，他没银子兑，只得把房子退还施家，这二十两押议的银子做了干罚。没处存身，太太只得在内桥娘家胡姓借了一间房子，搬进去住着。（《儒林外史》第290页）

与上面匡超人所典的房子相比，差不多大小的房子，后者比前者贵了五倍多，再次说明了南京的重要地位和在江南无市可敌的商业地位。匡超人典房的具体情况并不特别具体，而在鲍廷玺典房中，有关典房的手续就很清楚了。作为南京大都会，与租赁房屋差不多的是，典卖房屋一般都是通过房地产中介牙房子来进行的，鲍廷玺的房子就是由牙房子先看好房子，再由鲍廷玺去最后拍板。而牙房子在短短的半个月内，在那个时候，半个月应该是很短的时间了，就根据鲍廷玺的要求，提供合适的房子给鲍廷玺选择决定了。说明了商品经济已经十分繁荣，商品流通非常畅顺。看好房子后，就是议约，条款就包括了典价款、押价款、付齐典价款时间、赎典时间、违约责任。我们可以看到，鲍廷玺付的二十两押议银，就相当于现在的定金。在到期鲍廷玺无法付清典价款时，二十两押议银就做了干罚，也即被没收了定金。反过来说，如果到期后施御史无法交付房产或反悔不典卖房产，那他就应双倍返还押议银。

（三）房地产买卖

清代的房地产的买卖是比较特殊的，并不一定是一买一卖定终身，一般区分为活卖还是绝卖，如果不说明是绝卖的话，一般都是活卖或者说典卖。正如前面所说的典卖一样。《儒林外史》中说到买田地的有第四回，张静斋想买僧官屋后的地，但又不愿出大价钱，就找了他的佃户算计僧官，想趁机便宜买了那块田。第四十七回里也说到，虞华轩喜欢叫兴贩田地的人家来，说要买田，买房子，讲得差不多了，又臭骂那些人一顿，不买，以此开心。并举了一例，有一位成老爹是个兴贩行的行头，他对虞华轩说乡下有一分田，每年收六百石稻，要二千两银子。虞华轩让成老爹下乡去说，说成了就买。

成老爹说："那分田的卖主和中人都上县来了，住在宝林寺里。你若要他这田，明日就可以成事。"虞华轩道："我要就是了。"成老爹道："还有一个说法，这分田全然是我来说的，我要在中间打五十两银子的'背公'，要在你这里除给我；我还要到那边要中用钱去。"虞华轩道："这个何消说，老爹是一个元宝。"当下把租头、价银、戥银、银色、鸡、草、小租、酒水、画字、上业主，都讲清了。成老爹把卖主、中人都约了来，大清早坐在虞家厅上。成老爹进来请大爷出来成契。走到书房里，只见有许多木匠、瓦匠在那里领银子。虞华轩捧着多少五十两一锭的大银子散人，一个时辰就散掉了几百两。成老爹看着他散完了，叫他出去成田契。虞华轩睁着眼道："那田贵了！我不要！"成老爹吓了一个痴。虞华轩道："老爹，我当真不要了。"便吩咐小厮："到厅上把那乡里的几个泥腿替我赶掉！"成老爹气的愁眉苦脸，只得自己走出去回那几个乡里人去了。（《儒林外史》第492页）

案中可以清楚地看到田地买卖契约的内容，包括了租头、价银、戥银、银色、鸡、草、小租、酒水、画字、上业主，还有"背公"即成事酬谢，中人费。

"背公"是清代俗语，做贬义词时指贪污公款，做中性词时指好处费，成某说的是指后者———他进城下乡两头奔忙，替虞华轩谈成了买卖，要点儿好处费也是应该的。地价两千，他要五十，不到3%的佣金比率，按过去不动产交易中成三破二的规矩，要的还不算多。[①]

成某说，他除了向买方虞华轩要"背公"，还向卖方要"中用钱"。"中用钱"跟"背公"一样，都属于中间人应得的佣金。按成三破二惯例，买方付给中间人3%的佣金，卖方付给中间人2%的佣金，既然虞华轩答应给成某50两，那么卖方至少得给成某30两。

不过在清朝的不动产交易中，赚钱赚得容易并不是中间人，而是卖方的亲戚和邻居。

---

① 施沛生等编：《中国民事习惯大全》，广益书局1924年版，第27–31页。按当时安徽等地的习惯，买卖田房时中人的报酬为田房价值的百分之三，由买主给付。二是买卖双方分担，分担比例常是"买三卖二"，或俗称为"兴三败二""成三破二"（"成"指置产之家，"破"指弃产之家，"成三破二"即买主支付佣金的五分之三，卖主支付五分之二）。而吴敬梓在这里说到的成老爹，也间接说明了这种约定俗成的规矩存在。

这就涉及比较难懂的“画字”。宋元时期卖房必须先问亲邻，如果族人和四邻不同意你出售，你卖房就是违法的，因为这个缘故，卖房人不得不向族人和四邻行贿，以便得到他们的同意。到了清朝，卖房人用不着再行贿了，因为暗箱操作已经演变成透明交易，过去遮遮掩掩的礼金和低声下气的哀求统一转化成货币形式，人们卖房卖地前，直接就把红包发给了族人和四邻，而族人和四邻拿到红包之后，也要各自打个收条，证明自己收了钱，绝不会找后账。这种红包叫作“画字礼”，这种收条叫作“亲房帖”。

回头再看《儒林外史》，虞华轩和中间人讲定了佣金，“当下把租头、价银、戥银、银色、鸡、草、小租、酒水、画字、上业主，都讲清了。”这段文字中的“画字”，就是“画字礼”。

附《亲房帖实例》：

立收亲房卢胜瓘、张玉堂，凭契中王士远，今收到王名下所有亲房钱文，当日一并收讫，倘有外人争论，俱在收者一面承管，今欲有凭，此照。

嘉庆二十二年十一月 立收亲房卢胜瓘（押）、张玉堂（押），凭契中王士远（押）。

本帖所写事由清楚明晰，基本上不会再引起争议。与上面所有契约文书一样，后面都需要当事人画押，画押的方式有多种，由于当时识字的人不多，大部分都是文盲，连自己的名字也不一定会写，因此，就有画押来代替，画押包括打指模，捺手印，踩脚印，写花押——一种具有符号特色的草书，不一而足。[①]画押主要在于证明当事人承认这是他真实意思表示，有无法反悔之意。而虞华轩为什么能够轻易反悔，就是在于他谈妥后，并没有签订合约，没有说明违约责任，如果他签订了合约，相信不会轻易地违约。当然，他这种与人谈妥后，最后又反悔不要的行为，用现代的法律用语来说，他就属于缔约过失，应当承担相应的责任。不能在合约谈成后不签合约并且还恶意地将人赶走。

一份完整的土地房屋买卖契约文本，一般包括以下几项：

（1）当事人姓名；（2）立契理由即出卖土地的原因；（3）标的的具体情况：土地的数量、坐落、编号、四至；（4）田地上附属物，如房屋、木植、树苗、水滩、鱼塘是否一同转移；（5）税额起割入册；（6）防止和注意事项，如不能重复交易、来脚不明，及一切不明之事；（7）价款和交付方式；（8）标的权属转移时间；（9）契约责任；（10）立契时间；（11）中人姓名。[②]

正式文本一般如此：

> 立卖田契人某都某图某人同某等，今因缺少钱粮，无从辨纳，是以父子兄弟商议，情愿凭中将受分祖父田地一段，坐落土名某处，共计几十几亩，四至明白（东至某处，西至某处，南至某处，北至某处）尽行出卖与某名下为业。当日三面言议，时值价银若干，随契

① 张传玺：《契约史买地券研究》，北京：中华书局2008年版，第55-60页。

② 毛永俊：《古代契约“中人”现象的法文化背景——以清代土地买卖契约为例》，《社会科学家》2012年第9期。

交足，俱系一色细丝，不欠分毫。其田请问亲房族内人等，不愿成交，亦无重复交易，并无债负准折。所买所卖，系是二比情愿，原非逼勒。如有不明，俱在卖主一任承管，不干业主之事。自买以后，照契管业。所有田上税粮，悉依丈量方口，包与卖主输纳。俟过大造黄册，过割人户当差，再无异说。今恐人信难凭，立此卖田文契，子孙永远为照。①

后面是出卖人、买受人，中人或牙人，还有四邻等的签名画押。

（四）其他

另外，还有形形色色不同的契约，全因现实生活的需要而定。《儒林外史》第十五回，说到洪憨仙以煤炭经烧化成金的骗术，骗得做选书的马二先生认同后，便想由马二作居间，骗取前宰相的公子胡三公子的信任，约定，

三五日再请到家写立合同，央马二先生居间，然后

① 这是明代陈继儒《尺牍双鱼》卷十《关约·契贴》中所录的“卖田契”。其后同时附有一份“卖屋契”，并录如下：立卖房屋基地人某同某等，今因饥寒无措，情愿将自己受分房屋并基地几间，东至某，西至某，南至某，北至某，已上四至明白，上连瓦盖，下连地基托中某人，尽行出卖与某为业，当日三面言议，时值价银若干整，银、契两相交讫，并无分毫悬欠。先时尽过亲房族内人等。凡包套重叠、典卖不明人等，一切俱无。如有不明，出卖人自管明白，不干买主之事。所作交易，系自二比情愿，故无逼勒，债负准折等情。自卖已后，听从买主管业，无得别生异说。如有悔者，甘罚契内价银一半与不悔人用。恐后无凭，立此卖契为照。参见［明］陈继儒《尺牍双鱼》卷十《关约·契贴》，第59页。转引自李琳：《中国古代土地典当买卖中的牙人研究》，吉林大学硕士论文，2004年。

打扫家里花园，以为丹室，先兑出一万两银子，托憨仙修制药物，请到丹室内住下。（《儒林外史》第166页）

这种烧炭为金或以炼丹为名的骗术，是一种古老的骗术，不但在中国，在欧洲中世纪时代就开始出现了。因此，在中国古代是比较普遍的。

通常骗子为了取得当事人的相信，会请一个公众人物或相对信得过的作为中间人，让当事人放下防备之心，以便骗到更多的银子。本案中，洪憨仙之所以选中了马二为中间人，主要是因为马二是一个知名的选家，到处都有他编选的时文。因此，要马二作为中间人，首先要取得马二的信任。为此，洪憨仙将自己打造成仙人一般，马二头一次见到洪憨仙时：

左手自理着腰里丝绦，右手拄着龙头拐杖，一部大白须，直垂过脐，飘飘有神仙之表。（《儒林外史》第162页）

认识之后，洪憨仙就给他一些抹了黑煤的金块，让马二回去烧起一炉火来，取个罐子将“黑煤”盛在里面，倒出来看是什么再说。马二依言回去如法炮制，结果倒出来的是一锭细丝银子。马二喜出望外，一连倒了六七罐，次日清早，找人看了，都说是十足纹银。马二赶忙去道谢，洪憨仙又给了他几次回去依法炮制，马二共得银子八九十两，对洪憨仙五体投地。见时机成熟，

憨仙道：“先生，你是处州，我是台州，相近，原要算桑里。今日有个客来拜我，我和你要认作中表弟兄，将来自有一番交际，断不可误。”马二先生道：“请问这位尊客是谁？”憨仙道：“便是这城里胡尚书

家三公子，名缜，字密之。尚书公遗下宦囊不少，这位公子却有钱癖，思量多多益善，要学我这‘烧银’之法；眼下可以拿出万金来，以为炉火药物之费。但此事须一居间之人，先生大名他是知道的，况在书坊操选，是有踪迹可寻的人，他更可以放心。如今相会过，订了此事，到七七四十九日之后，成了‘银母’，凡一切铜锡之物，点着即成黄金，岂止数十百万。我是用他不着，那时告别还山，先生得这‘银母’，家道自此可小康了，”马二先生见他这般神术，有甚么不信，坐在下处，等了胡三公子来。三公子同憨仙施礼，便请问马二先生：“贵乡贵姓？”憨仙道：“这是舍弟，各书坊所贴处州马纯上先生选《三科程墨》的便是。”胡三公子改容相接，施礼坐下。三公子举眼一看，见憨仙人物轩昂，行李华丽，四个长随轮流献茶，又有选家马先生是至戚，欢喜放心之极。坐了一会，去了。（《儒林外史》第165-166页）

自此，便有了上面拟订合同一幕。当然，自有憨仙三寸不烂之舌之功，但是，马二作为居间人，作为一个有名有姓有一定江湖地位有踪迹可寻的人，是让胡三公子放心拟签订合同的主要原因之一。关于中人的作用，下文另作讨论。作为诈骗，以签订合同的方式，更会取得当事人的信任，认为万无一失，这变成骗子利用人们对契约的“结信”方式的认同来骗取信任的主要手段了。这或者是契约所未曾料到的作用了。

第三节 契约中的中人

"无中不契约"，"中人"在签订契约中的作用与地位似无可替代。"明清时期契约的第三方参加者的称谓一般多为见人、见中人、凭中人、同中人、中证人、中见人、保人、中保人、居间、中间人、见立契人、见立合同人、中人等等，其中尤以直书中人者最为常见。"[①]中人是订立契约时除双方当事人外参与到契约中来的第三人。到底先有中人才有契约还是先有契约才有中人，这是无从考究的问题了。但是，在中国作为传统熟人社会来说，中人应该是比契约更早的一种交易或人身和物权变动等习惯。关于中人的历史，因研究的人较多，相关成果丰富，[②]这里不再赘述。明清时期，城市的经济发展商业氛围已相当成熟，我们看到在吴敬梓笔下，一般人在经济和社会交往中都有强烈的契约意识，而在"无中人不成契约"中，中人成为契约成立的必要"要件"。那么，中人在清代民间社会经济交往中起到什么作用？又具有怎样的法律意义？

---

① 李祝环：《中国传统民事契约中的中人现象》，《法学研究》1997 年第 6 期，第 140 页。

② 参见杨其民：《买卖中间商牙人、牙行的历史演变——兼释新发现的〈嘉靖牙帖〉》，《史林》1994 年第 4 期；吴少珉：《我国历史上的经纪人及行业组织考略》，《史学月刊》1997 年第 5 期。李祝环：《中国传统民事契约中的中人现象》，《法学研究》1997 年第 6 期；高大敏：《中国古代契约中的中保人制度探析——从大觉寺契约文书说起》，《法制与社会》2007 年第 5 期；吴欣：《明清时期的"中人"及其法律作用与意义——以明清徽州地方契约为例》，《南京大学法律评论》2004 年第 21 期。

一、中人的身份

每个人都可以担任中人，但又不是每个人都能担任得了中人。中人虽然没有严格的身份限制，但是，担任中人还是需要具备一定的条件。

第一，中人本身，必然要取得双方当事人的认可和接受。双方当事人的认可和接受，是可以担任中人的首要条件。如《儒林外史》中的黄梦统央中人向严贡生借银子，这里虽然没有说明谁是中人，但是，根据族长都怕严贡生的情况来看，这个中人并不是一般的人可以担任得了的，必定是严贡生认可和接受的。

第二，在乡村之中，中人一般由族长或村中德高望重的长辈担任。因为这些人长期以来得到同村同族人的信任，有很高的威望，值得信赖，如果是重大的买卖事项，或者是族中如立嗣立继大事，一般都会请他们做中人，以确保相关事项的效力。

第三，乡村其他事项，有请村长、里长、甲长甚至地保或保甲作为中人。由村长保甲长做中人的，有两种情形，一种，这类村庄公职人员是当地的有头有脸面的人物，担任着维护乡村治安和社会秩序管理职能，见多识广，承担着村社保护管理人的作用，一般都会免费做中人，并尽力维护本村本地人员的利益。一般的事项就请他们做中人。

第四，由邻居或亲戚担任。邻居或亲戚对双方的情况比较了解，俗话说，"旁观者清"，而且一般都了解彼此的实际情况，由他们担任中人，双方当事人都比较放心。当然，也有亲戚偏帮一方的情况。《儒林外史》中倪秀才过继儿子给鲍文卿，请的中人就是鲍文卿的邻居——“凭着左邻开绒钱店的张国重，右邻开香蜡店的王羽秋”。在文书的最后面写上“凭中邻：张国重，王羽秋”。

第五，由社会上所谓的专业人士如牙人担任中人。这种情况下，一般牙人都是这次交易的经纪人，为双方提供方便促成了这次交易，就由他们做中人。但这个中人一般是有报酬的。如在《儒林外史》中，就有众多的牙人，如杜少卿租房住时的房牙子，鲍廷玺在与其哥哥重逢准备买房子时，与王羽秋商议，叫了房牙子要当房子。另外，牙人还包括一些做媒的叫牙婆，拉皮条的叫虔婆，《儒林外史》中最有名的牙婆就是沈大脚，却因做媒不当，被王太太灌了满口满脸的屎尿。

最后，是双方认可和接受的其他人。

二、中人的作用

中国传统民事契约中各种交易与财产买卖与分割的民事活动，虽然属于私人之间的民事行为，但并不能完全脱离当时的社会条件和状况而孤立进行，事实上，为了保证交易的安全与有效，许多双方就可以私下完成的交易行为，却必须有中人的参加。不仅是借贷、土地房产买卖及其他财产交易，甚至于合伙、分家、析产、继承或过继等各种民事活动，都少不了中人的参与，以保证这种民事行为的合法性有效性，这在长达数千年的发展过程中成为一种习惯法则，即要有中人参与书面签订契约的过程，而且要在契约上签字画押并可能负有连带责任。“纵观目前所发现的不同时期的民事契约，中人参与契约的签订已成为一种普遍存在，几乎所有的书面契约均有中人的参与。因此可以推论，没有中人参与的书面契约，会在习惯上被认为是缺少必要条件而不能成立。”①

一般来说，中人的主要作用是起到介绍、见证的作用。本案中黄梦统的借款，就是央中人向严乡绅借款。在《儒林外史》中这样的情况还不少。如第五十二回，毛二胡子介绍陈正公借款给胭脂巷一位中书秦老爷，说“老哥如不见信，我另外写一张包管给你。他那中间人我都熟识，丝毫不得走作的。”这里就说到借款有一个中间人也就是中人。后来，陈正公如约收回了三百两子，从此，毛二胡子赢得了陈正公的信任。因此，在后面毛二胡子想骗陈正公借款时，毛二胡子假意说要找个中人写张借券才行，而陈正公道：

> “我知道老哥不是那样人，并无甚不放心处，不但中人不必，连纸笔也不要，总以信行为主罢了”（《儒林外史》第533-534页）

以致后来上当受骗，差点被毛二胡子赖掉了一千两银子。杜少卿初到南京，要租地方落脚，就找到了牙房子，这个牙房子，既是现在的中介，也是当时的中人；虞华轩说想买田，买房子，就委托兴贩田地的成老爹来，讲得差不多，又臭骂那些人一顿。这里的成老爹是田中介和中人（第四十七回）。还有，倪霜峰过继儿子给鲍文卿时，在过继文书上，写

① 李祝环：《中国传统民事契约中的中人现象》，《法学研究》1997年第6期，第142-143页。

完正文后，最后一句是“凭中邻：张国重、王羽秋”。这里所谓的“凭中邻”，就是中人，起到了见证人的作用。不但借款立约要中人，就是还款或者其他缔约也少不了中人。本案中，因为严贡生两脚抹油逃到省城里去了，而差人又不放过严监生，严监生没有办法，请两位舅爷来商议。最后，想出办法是把告状的安抚了，即把黄家那借约查了还他，就没有事了。但因为严贡生家人不愿把这借约拿出来，只好找了几个中间人立个纸笔与他，说寻出作废纸无用。最后“这事才得落台，才得个耳根清净”。这里的中间人，又是起到了见证的作用。

下面谈谈中人的另一个作用。

根据黄梦统为了向严贡生借贷，就是“央中人向严乡绅借二十两银子”。对此，我们稍微仔细分析一下，从吴敬梓的表达“央中人向……”可见，这个中人不仅仅是中间人，不仅仅是起见证作用，而且还是当事人之一了，所以说古代的中人有担保的性质。如果黄梦统借了钱无法归还，严贡生可以向中人追还欠款。

中人参与到契约订立和纠纷解决中，成为重要的保障机制。在清代的买卖契约中，最重要的、参与交易价格议定的中人往往已经和见证标的和价银交付的证人以及保人相互重合了，在契约中直接以中见、中保名称出现。而充当中人的，除了民间一般比较有威望的人外，有一些职业中人，他们被称为“官中”“官经纪”或牙人。不过，我们在现存的清代买卖契约中所看到的主要还是以民间的一般非职业中人为主。中人在民间契约中扮演的角色大致可以划分为以下几种：

一是契约当事人进行交易的介绍人。在这种情况下，中人所从事的活动类似于现在民法中的居间行为，在土地典卖等买卖契约中尤为多见；

二是契约订立的见证人。契约在中人的见证下具有了一种民间的公信力以及由这种公信力所产生的对契约当事人施加的一种无形的压力。这就又类似于今日的公证制度，只是在那时，社会所需要的某种公证的功能并不集中在特定的专家或制度化了的机关手里，而是以极为分散的方式由具体场合下受到邀请委托来作为中介的一般人们所承担。所以这是一种任何人都可能受邀请或邀请别人来承担公证功能的机制。

三是当交易双方发生纠纷或者发生交易变更时，承担调解的责任和劝谕的功能。这种责任和功能都是被动的，是应当事人的要求而承担和发挥的。

四是某种情况下还要担当连带责任人。中人的连带责任是指由于立契当事人违约而出现争执与诉讼时，第三方负有的连带赔偿责任。由于“中保人”在民事契约起保证作用，因而成为传统民事契约中负有连带责任的一方。

唐宋法律中有不少这种规定。如《唐大诏令集》中的“若违法积利，契外掣夺及非出息之债者，官为理……如负债者逃，保人代偿”；《宋刑统·户婚律·典卖指当论竞物业》中载：“应有将物业重叠倚当者，本主、牙人、邻人并契上署名人，各计所欺入己钱数，并准盗论。不分受钱者，减三等，仍征钱还被欺之人。如业主填纳罄尽不足者，勒同署契牙保、邻人，同共陪填，其物业归初倚当之主”；宋《庆元条法事类》中的“诸负债违契不偿，官为理索，欠者逃亡，保人代偿”。此后，元、明、清三代都有类似规定。这些是法律上明确规定的“中保人”的连带责任。[①]这种连带责任的时效可能直至契约过期或中保人死亡为止。

中人的重要性，主要表现在其所应负的连带责任。中人的多种职能的混合，便于在国家处理有关纠纷时起到直接而简便的作用，如果能够强调这种中人的诚信与相关处罚的规定，这对于整个社会的诚信的建立将大有裨益，这将大量减少这类民事纠纷的产生，使得相应的民事行为的实行简便，相应处理的成本将大幅降低。并进一步让契约当事人和参与人在共同形成的一种良性的有意识所形成的社会机制中，对私契的遵守就是普遍而正常的事情了。

三、关于中人与牙人

《儒林外史》里面都出现了中人和牙人。黄梦统的借款契约中有中人，鲍文卿的继嗣契约中有中人，虞华轩的买卖土地中有中人；而在杜少卿租赁房屋时有房牙子，鲍廷玺典房时找了房牙子，另外还有牙婆。中人与牙人都是居中，他们是否同一类人呢？职能都一样吗？有人认为中人和牙人没有什么差别，“在清代，中人在城市和农村都普遍出现，在城市有专门的‘牙行’，参与交易的各个环节，如明清商人手册《商贾便览》中的《江湖必读》就说明在一个人员相对流动的城镇中，中人呈专业化趋势，统称牙人，归属牙行。”[②]在这里，

① 唐红林:《中国传统民事契约格式研究》,华东政法大学博士学位论文,2008年。
② 毛永俊:《古代契约“中人”现象的法文化背景——以清代土地买卖契约为例》,《社会科学家》2012年第9期。

中人就称之为牙人，两者虽有相同之处，但是，如果考察两者的身份、地位、职能和作用，还是有明显不一致的地方。

一是担任的身份不同。正如前述，担任中人的并不是每个人都有资格可以担任，身份还是有一定的不同。但担任牙人并没有这方面的要求和不同。

二是担任的人的地位不同。中人的一般有一定的地位，而担任牙人的，却往往没有什么身份地位。

三是担任的职能不同。担任中人的，除了居间外，还身兼数职，如见证。并且是不收费的，但牙人职能就主要是居间，同时一般都收取居间费，没有其他特别的职能。

四是作用不同。中人除了居间、见证外，还有一定的担保作用，而牙人基本上没有担保的作用。

五是担任的范围不同。担任中人的范围比较广，如婚姻、田土、借贷、人身契约，而牙人一般只是在财产交易方面起到中介功能，其他一般不参与。

六是适用的规定不同。中人一般都是适用习惯法，是一种长久以来的民间日常契约实践。而牙人后来由官府规定进行调整，有成立专门的牙行，有统一的税收。

因此，中人与牙人还是有比较明显的差别的，只是在涉及财产交易方面，才会有相同之处。

四、中人的法律文化意义

中国古代，中人广泛活跃在民间的社会生活和经济往来中，那么，中人在实际生活中具有怎样的法律文化意义呢?

（一）中人的法律文化渊源

“中人”的做法来源于传统习惯。这种传统习惯是长期以来社会日常生活中通过无数次的否定或确认的互动，最终保留下来的有利于社会生活和经济往来的要素。说明它是“集体的，也是累世创造的，并有着令人不得不承认和尊崇的特别权威”。[①]人从一出生起，就会被社会上各种习俗、文化和传统所包围，受到社会一切传统文化和习惯的影响。而中人作为传统习俗，在契约的签订中，有着共同遵守的传统和渊源。中人的法律文化渊源，更重要的，还可能在于它的“中”，作为契约中的第三方，本身就是独立的，因此，除了“居中”的意思外，还有“中间”的意思，引申开来，就有公正和不偏的意义。因此，中人，就代表了公正和公平的一面。这是中人习惯得以流行的主要原因。另外，从中人的充当者角度来看，也有这方面的考量。中人一般由有一定权威或威望的人担任，其本身就表明了契约的合法性和公正性。尤其是在一些由德高望重的族长或村中长老担任中人的契约上，成为遵守和履行契约的主要渊源。仅以族长作中为例，在“徽俗重长上，一家则知有族长、门长”的氛围中，违约就等于违背了族长的意愿。[②]

---

① ［法］E. 迪尔凯姆著，狄玉明译：《社会学方法的准则》，北京：商务印书馆 1995 年版，第 30 页。

② 吴欣：《明清时期的“中人”及其法律作用及其意义——以明清徽州地方契约为例》，《南京大学法律评论》2004 年，第 21 期。

（二）中人是契约里面不可缺少的法律象征

中人作为立契时不可匮缺的要素，其起到了法律上的见证的作用，成为法律的象征。作为既定存在的社会现实和事实，作为一种社会公认而且一直存在的习惯，有时，并不会因为改朝换代就被完全摒弃的，只要社会生活没有发生根本的变化，只要没有更好的代替，传统的习惯一定会发生作用并将继续发生作用。“行契立中”的习惯是由民间社会所掌握的一种力量，经过人们的口耳相传和广泛的实践，这种力量已经成为人们内心不可改变的一种固化了的习惯，这种习惯就表现在日常生活的契约中，中人是不可缺少和替代的因素。从这个角度来说，说中人已经成为民间重要的法律象征是毫无疑问的。这就是说，我们在《儒林外史》中，凡是涉及契约的地方，都毫无例外地发现有中人活跃在其中。如曾经说过的黄梦统借款纠纷案，黄梦统向严贡生借款，是“央中”向严贡生借的。陈正公借款给毛二胡子时，以为俩人像兄弟一样了，不但中人不必，连借券也不用写一张，总以信行为主，结果，就是一千两银子差点无法追回。可见，中人与契约，在明清时期，基本上是不可缺少的法律因素。

（三）中人是促成契约的民间要素

虽然，契约的准确要义一直众说纷纭莫衷一是，但是，按照阿狄亚的理解，其要义有二：一是缔约两造的合意。说明契约的自由观念和正义价值；二是契约的诚信基础。意味着契约的道德基础与秩序要求。如果契约没有诚信作为支撑，交易秩序的稳定就会分崩离析。[①]契约所涉及的主要是双方当事人，所约束的是双方当事人，契约具有合同相对性的原理。但是，传统中国的契约，却更多地相信熟人，相信有人作为介绍，相信直接或间接的保证，所以，因此，除了双方当事人外，还一定要加一个中人，才会觉得契约本身让人踏实、真实和可靠。所以，往往因为有了中人，双方当事人才会更相信契约成立的公平性，契约的订立就会更简单容易，更能促进契约的成立。如黄梦统向严贡生借款，就有"央中"的表述，就是请求中人去达成借款协议。如果没有这个中人，黄梦统应该无法向严贡生借款的，严贡生也不会随便答应黄梦统的借款要求。

（四）中人是契约履行的必要保障

有人认为，中国人从来不缺乏私权的意识，缺乏的是对私权的有效保障。[②]这句话并不完全确切。如果说官府缺乏对私权的有效保障，就会更贴切更符合现实。事实上，民众不但不缺乏私权的意识，并且往往把私权看得比公权还重。更重要的是，"官从政法，民从私约"，虽然官府不太重视私权，但是，民间对私权的自我保护还是十分重视和到位的。比如契约中的中人设计。本来，契约是两个人之间的事情，只要两个人经过合意，明确双方的权利义务，条款清晰明确，往往足以定

---

① 参见阿狄亚：《合同法导论》，赵旭东、何帅领、邓晓霞译，北京：法律出版社 2002 版，第 1-14 页。

② 苏亦工：《发现中国的普通法——清代借贷契约的成立》，《法学研究》1997 年第 4 期。

纷止争。但是，传统的契约中，往往还是要增加一个中人，作为双方履行契约的保障，这在外国人看来，往往是多此一举，但是，民众认为，恰恰是这个中人，才能有效促进和保障契约的履行。正是由于立法上的不足，或者保护得不够，民间才会有更多的自我保护的做法，来更好地维护和保障交易安全和交易进行。

（五）“信人比信规则更重要”的意识

有学者认为：“清代社会也并不是一个单纯的未开化社会，在日常社会生活上远远超过面对面的范围，而是一个大规模的社会。而且在那里有相当程度分化了的民事契约诸多类型同时并存，并在起作用。这样一个社会用这样一种方式得以运行，至少大体上还能维持民事秩序，这本身是应该由法制史研究解决的一个谜。”[①]当然，社会的发展，并不是简单一个方面的原因。但是，从民事契约方面来说，中国古代独有的中人制度，有别于西方国家的契约制度，确实是具有一定的独特性和合理性。这与传统中国社会中更重视人治，更重视人与人的关系，更相信熟人的传统观念无法区分的。具体表现在当契约履行存在问题或纠纷时，契约的主体第一个先找的肯定不是告官，而是求助于中人，先由中人进行调解，这基本成为规则。正如鲍廷玺夫妻俩被继母赶走，要其分开另过时，第一时间求助的就是当年在过继文书上做中的中人，后来在中人的劝

① ［日］寺田浩明:《关于清代土地法秩序“惯例”的结构》，参见刘俊文主编:《日本青年学者论中国史》（宋元明清卷），上海：上海古籍出版社 1995 年版，第 673 页。

解下，鲍老太才从分文不给到给了二十两银子，由鲍廷玺夫妻俩分开另过。

但是，中人的调解，并不一定总是代表了公正和公平。虽然，中人参与当时契约订立的全过程，最为了解当时契约的实际情形，对契约的问题最有发言权。但是，中人毕竟也是一个人，他同样有自己的想法，有自己的认识和是非观，尽管中人可能是想公平公正地处理好事情，但是，由于自己认识的偏差，或出发点的不同，或者对契约的理解不同，或者出于偏帮原因，有可能出现不能公平公正处理契约纠纷的情形。从这个角度来说，中人的处理，实际上等同于“人治”，由人的意识、认识、态度、情感和价值取向决定契约的履行方式或违约责任的承担。如果从相信人的角度来说，中人当然是不二的选择；如果是相信规则的角度来说，中人制度就显得多余。

总之，中人作为存在于民间日常生活中重要的契约特征，在明清时期，自有其存在的价值和特别意义，不能一概而论其优劣，既不能简单肯定也不能随便完全否定。“存在就是合理的”，中人广泛地存在着，同时发挥了重要作用，其合理性是毋庸置疑的。

第四节 民间诉讼风气

从所附的案件列表中，原告的身份为一般的民众的有11件，占全部案件的44%；朝廷或官府主动追究的有6件，占24%；和尚或僧人作为原告的有3件，占12%；士绅作为原告的有3件，占12%；盐商作为原告的有2件，占8%。被告的身份为一般民众的有12件，士绅作为被告的有近10件，其中官府追究士绅的案件有4件；其他的有3件。上述数字反映了，原被告作为一般民众的占了大部分，这是因为，纠纷绝大部分是发生在一般人之间，事实上，普通民众在绝对总人数中也是绝对多数，所以，这是一个正常的反映。但是，我们同时发现，普通民众存在动辄起诉的现象，并不是我们平常所认为的“怕讼”或“厌讼”，除了下列的案例中起诉和尚的一班光棍外，还有王小二、黄梦统、赵氏，他们虽然是受到了被告的欺凌，起诉是维护自己权益的最主要手段，请求大老爷为民做主。但之前，他们并没有通过其他手段来进行过和解（赵氏除外），没有通过宗族或当地的德高望重的长辈、士绅进行过协调，就径直向知县喊冤了。

除了上述这些形成案件的外，我们发现在《儒林外史》中，还存在很多动辄就要送官现象。如严贡生坐船从省城回到家，为了赖掉船资，就故意引诱舵工吃了他的云片糕，说是用人参、黄连等配的名贵药，要舵工和船家赔，不赔就写帖子送官，先打几十板再说。唬得船家反过来赔礼道歉，一个船资也不敢收，眼睁睁看着严贡生扬长而去。又如匡超人的大哥，因为在集上摆摊时占了别人的摊位，双方为此而又吵又闹，匡大不服气与那人争辩乱叫，那人一把匡大担子夺了下来，那些零零碎碎东西，撒了一地，筐子都踢坏了。匡大就要拉他见官，口里说道：

> 县主老爷现同我家老二相与，我怕你么！我同你回老爷去！（《儒林外史》第183页）

牛浦郎在结婚后，与两位舅舅住在一起，嫌两位舅舅不懂礼貌，在董老爷来拜访时不懂端茶送水，就与两位舅舅吵起架来，借与老爷相与，有恃无恐，不知尊卑贵贱，说要送帖子给芜湖知县，让知县先把两位舅舅打一顿板子再说。两位舅舅立马义愤填膺，认为牛浦反了反了，气愤得要一起去衙门讲理。到衙门后因邻居相劝才作罢。为此，牛浦郎就出走了。

有趣的是，无独有偶，同样的情景牛浦后来又雷同了一次，是他到了安东县找到董知县后借讲诗为名撞木钟。后来停妻娶妻，被招赘在黄姓人家过快乐日子，当有一个乡人石老鼠来找他要“借”点钱时，牛浦郎不乐意，一个要揭短，一个要扬丑，相扯着石老鼠威胁说：

> 你停妻娶妻，在那里骗了卜家女儿，在这里又骗了黄家女儿，该当何罪？你不乖乖的拿出几两银子来，我就同你到安东县去讲！（《儒林外史》第254-255页）

谁知牛浦就不是一省油的灯，而且仗着与安东知县相好，马上跳起来道，

> 那个怕你！就同你到安东县去！（《儒林外史》第255页）

两人揪扭着到了县门口。在县门口遇到了两个头役，在他们调停下，并自掏腰包给了几百文石老鼠，才没有闹上公堂。这里，不管是石老鼠还是牛浦郎，都是动不动就说要去见官，表现出他们都不怕见官甚至有去见官让对方出丑的想法，或者认为自己有理所以气壮。反映了清代诉讼风气比较强盛，连一个小小的乞丐都想着要去见官——并不是遇到什么不平事，而是因敲诈不成就想让人见官出丑甚至受罚。

还有前面向知县审理的和尚起诉的“为活杀父命事”，

和尚是在没有什么证据和理由的情况下，就贸然起诉。同样，还有那位所谓的“为毒杀兄命事”的原告胡赖，也是将哥哥自己跳河而死的责任归咎于医生陈安，不管三七二十一就起诉了医生。可见，那时的人确有动辄就见官的情况，说明有些地方有些人确实有动辄“好讼”的习性。①

作为原告中有不少是朝廷或县官的主动追究所形成的案件，说明清代政府在加强社会管理和控制方面不遗余力，其中有不少是追究自己官员犯罪或责任方面的案件。还有一件没有作为案件列入的是朝廷将虽然打败了苗人的汤镇台予以降三级使用，原因是他轻率冒进，靡费钱粮，并以为好事者戒。有趣的是，这位汤奏镇台就是前面高要县知县汤奉的弟弟。

值得注意的是，士绅作为原被告的案件所占比例不算小，尤其是民众与士绅直接冲突的案件有近7件，其中严贡生就占了3件，一般都是秀才或监生、贡生与民众发生冲突会多一点，毕竟他们都基本生活在一起，相互之间的接触和利害关系的冲突会比较多，如严贡生与他的两位邻居王小二一家以及黄梦统，就是在日常生活中产生的矛盾与纠纷。在这里，我们发现这些贡生、秀才一类的人物，往往功名不高，更容易惹是生非。除了上述所说的严贡生外，还有杨执中贡生、权勿用秀才、蘧公孙监生。他们大多被动地成了案件的当事人，或主动成为原告当事人如蘧公孙。对于这些生员以上级别的人，即使没有被选任为官，也有了种种绅士可以独有的特权。正如明末

① 关于清代的诉讼风气，可参见徐忠明：《清代诉讼风气的实证分析与文化解释》，《众声喧哗：明清法律文化的复调叙事》，北京：清华大学出版社2007年版，第114-177页。

清初的思想家顾炎武在其《生员论》所言："一得为此（生员），则免于编氓之役，不受侵于里胥，齿于衣冠，得以礼见官长，而无笞捶之辱。故今之愿为生员者，非必其慕功名也，保身家而已"。秀才不仅可以免除本人的差役和丁银，见了长官可以"分庭抗礼"——平身而见。见了长官也可称呼为老师而不是老爷，自称为学生。在民事纠纷中，可以不必亲自出庭应诉和作证，在其功名被省学政褫夺前，可以不受刑拷，对于犯一般的笞杖罪名，也可以用钱财赎免。正如清朝的州县长官的教科书《牧令书》所言，"为政不得罪于巨室，交以道，接以礼，固不可以权势相加"。[①]如果州县官对秀才不尊敬或者体罚，可能会引起秀才士绅们的反弹，得罪了一个，就是得罪全部。如清嘉庆二十五年（1820）浙江有一个知县对两个生员进行体罚，一个抽手心四十下，一个扭耳朵，结果该县所有生员罢考。道光元年（1821）河南的一个知县打了一个生员二十下手心，更是导致秀才大闹公堂，把知县的顶戴都打掉了。[②]当然，国家对生员的管理是严格的，有明确的规定。明清两代都是由皇帝发布圣谕，刻写在每个州县学宫的明伦堂东侧的"卧碑"上。明朝在刻的是明太祖朱元璋的圣谕学规，总共有十三条。其中后六条主要谈诉讼的注意事项。其中第九条规定："民间凡有冤抑干于自己，及官吏卖富差贫、重科厚敛，巧取民财事，许受害之人将实情自下而上陈告，毋得越诉。非干己事不许，及假建言为由，坐家实封者。前件如已

① 参见徐栋辑：《牧令书辑要》，清同治七年江苏书局刻本。

② 郭建：《帝国缩影——中国历史上的衙门》，上海：学林出版社1999年版，第271页。

依法陈告，当该府、州、县、布政司、按察司不为受理、听断不公，仍前冤枉者，然后许赴京申诉。”第十条规定：“江西、两浙、江东人民，多有不干己事代人陈告者，今后如有此等之人，治以重罪。若果近邻亲戚、全家被人残害、无人申诉者，方许。”清朝建立后，顺治帝将这十三条重作修改，重整为八条，按明朝一样刻碑。其中第五条规定了，“生员当爱身忍性，凡有司衙门不可轻入。即有切己之事，只许家人代告。不许干与他人词讼，他人亦不许牵连生员作证。”正如严贡生与赵氏的立嗣案中，其中的王氏兄弟所言，“身在黉宫，片纸不入公门。”①

让人惊异的是，作为出家人的和尚僧人竟然作为案件的当事人，这与一般印象中出家人与世无争的形象大相径庭，吴敬梓笔下的出家人不但积极参与社会事务，而且还积极与民众争利，确实出乎意料，考察吴敬梓的《儒林外史》，虽然是以士人为主要描写对象，但是，我们发现其中穿插了不少和尚僧人形象，而且绝大部分的和尚僧人的形象并不好，大部分都是贪婪势利无耻的世俗的形象。如第一件案中的僧官，不仅做着和尚平常做斋做法事收钱，还收施舍，所以，他有田土物业，还不包括他可能有放债。他在收到范进要请和尚僧人为他母亲做斋的消息后，收了银子就去通知其他僧人时，路过他的佃户何美之的庄上，他被佃户称呼为“慧老爷”，并邀请他上门喝酒吃饭，我们看到和尚的形象与平时我们想象的形象差别太大了，听见有酒肉吃就“口里流涎”，而且从其“挺着个肚

① 意思是说，自己是个生员，有身份，丝毫不能参与诉讼的事。黉宫，古代学校，这里指当时的府学、县学。公门，衙门。

子”，“黑津津一头一脸的肥油”可以看出，这和尚肚大腰圆，浑身是肉。不但没有斋戒，而且是长期酒肉不离。还大胆到与妇人一桌吃饭，简直酒色财气俱全，如果不是因为一个秃头，没有人认为他是一个和尚，怪不得被一班光棍破门而入，绑了抬去衙门。另外，有一名作为原告的和尚就是前面向知县审理的“为活杀父命事”案，那个和尚就是因为贪婪和无耻的诈骗行径，被向知县斥为“这秃奴可恶极了”而重责二十大板。而另一个作为原告的和尚也一样，本身作为和尚，竟然向县里起诉说尼姑被权勿用奸拐了，这个和尚与尼姑的关系如何就不言自明了。

从上述文中我们发现清代普通人之中，确实存在一种好讼之风，一些家庭琐事或邻里纠纷，动不动就要见官，动不动就要打官司，这当然说明民众的法律意识比较强，懂得通过告官方式来维护自己的合法权益。另一方面，从所要告官的内容来看，有些并非冤屈到非要告官不可，纯属一时之气，这说明当时好讼风气之强盛。

小 结

本章主要就《儒林外史》中所体现的司法纠纷和司法实践的具象做以综合整理和分析。我们看到，随着社会的发展，社会生活和纠纷呈现出种类繁多的局面，与文化和生活类似，但在社会文化与生活并没有发生巨大变化的情况下，社会的纠纷其实也是差别不大的。历史上存在的种种纠纷，矛盾和问题，事实上，在今天看来，与现实的纠纷其实并没有根本的不同，而且，让我们不无惊异的是，纠纷的解决，从本质上来讲，其实并没有多大的不同。当然，如果从解决纠纷的具体手段上来说，现代社会无疑丰富了许多，也规范了许多，程序上更讲究合理性和人性化，但是，从本质上来说，其实并没有多大的改变。诸如“欠债还款，天经地义”，或者“借债还钱，杀人偿命”，一种千年不变的朴素的法律文化意识仍然根植在人们的意识当中，并没有随着社会生活的不同而有根本的变化，也没有因为社会文化价值观念的变化而发生根本的改变。在解决社会纠纷的方式上，除了传统的由中间人进行斡旋外，还有通过有权威的人进行调解，最后解决不了的，才诉诸官府对簿公堂。

在中国古代的日常生活实践中，契约在无时无刻地发挥着极其重要的作用，它活跃和存在于社会日常生活的各个方面，并成为日常交往、身份变更、财产流转不可缺少的存在，我们发现，清代时已经不仅仅是一个身份性的社会，而更是一个契约的社会。在这里，我们发现，传统法律并不是起最主要作用的，有时，民间社会的力量才是解决纠纷的关键。对于上述所有纠纷的处理，对经过官府的案件，还有一个明显的特点，就是没有区分民事与刑事，两者在当时都是一样的程序，区别在于审级不同，处罚不同。但是，对于单纯的婚姻田土钱债案件，有时该进行处罚的，仍然采用刑事的方式进行处罚。当然，所谓的民事刑事的概念，其实是一个舶来品，对于民刑不分的古代中国来说，根本就是多余的一个概念。正是依靠这种民刑不分的体制，中华法系也延续了一二千年，强大的生命力说明了，这种司法体制还是适合的。而这一司法体制，也是与中国传统文化相适应的。也就是说，纠纷的产生，以及纠纷的解决，都是与社会的文化、社会的习惯和社会的传统密不可分的。在社会纠纷解决过程中，社会文化思想也会起到重要的作用，文化的基础不同，文化的背景不同，文化的心理不同，纠纷的解决便会有不同的方式，便会有不同的侧重点，这可以说是法律文化中比较有意思的一个方面。

第四章 《儒林外史》中的科举法律文化

科举制度是传统中国选拔人才担任国家管理职务不可缺少的制度安排，也是世界上最有影响的考试制度。科举制度是中国首创，在世界发展史上也是独一无二的，被称之为“世界第八大奇迹”，足见其素负盛名。科举考试是古代政治、社会、经济与思想、生活之间互动最为频繁的交汇点之一。有利于王朝统治与士人文化的紧密结合，为官僚制度服务。[①]科举考试反映了更为广泛的士人文化，因为这种文化已经通过基于经学的官僚选拔渗透在国家体制之中。[②]虽然科举考试也曾饱受诟病，但并没有影响它在中国历史以及世界考试史上及社会管理史上所发挥的巨大作用。

科举制度经过一千多年的发展，到了清代已臻至成熟。“立法之周，得人之盛，远轶前代”。[③]在清代统治者掌握政权后，如何治理国家，如何开解消除明朝士人对清人的抵抗情绪，成为清初统治者最主要的事情之一。鉴于清代统治者

① ［美］本杰明·艾尔曼：《经学·科举·文化史——艾尔曼自选集》，北京：中华书局2010年版，第139页。

② Benjamin Elman，*A Cultural History of Civil Examinations in Late Imperial China*（Berkeley， CA.2000）.

③ 《清史稿·选举志三》，北京：中华书局1977年版，第3149页。

认识到“中国之所以俯首归诚者，贪图富贵也。社稷虽亡，而若辈之作八股义者苟得富贵，旧君固所不恤，于是前朝科第之人悉令为官”。[①]另一浙江总督张存仁也有相同见解。于是，清廷为笼络读书人，仿行明制，于顺治二年（1645年）秋实行开科取士。科举对于清代的选拔人才，巩固统治，起到了重要的作用。但是，对于科举的评价，同样存在毁誉参半的情形。因此，但凡提到了科举，我们就不能不提《儒林外史》，同样，提到《儒林外史》，我们一定不能不提科举。吴敬梓关于科举的描写，关于科举中士人的形象，关于科举的笑话与痛恨，已经作为历史的经典而存在。我们不能肯定吴敬梓所写的一定是历史，但是，类似的情形并非吴敬梓的首创或想象。因此，本章主要研究清代科举所体现的法律文化包括统治者的科举法律规定、有关官员和民众对科举的态度和意识。

第一节　清代科举考试制度扫描

科举制度成为传统中国的“国考”，作为选拔人才的主要方式，代表了当时统治者的主要意志，围绕科举进行的学习和有关制度的安排，构成了当时最主要的社会手段以及思想潮流。所有读书人基本上都钻进科举堆里，唯科举是瞻。科举是每一个士子的终生追求和梦想。为了科举，蹉跎了多少岁月，因为科举，多少人成为另类，成为假学道和伪君子。在

① 缪荃孙：《艺风堂杂钞》卷一《记国初科举》，北京：中华书局2010年版，第48页。

《儒林外史》中，我们就见识了多少让人难忘的科名，多少荒唐滑稽的举事。当然，也有一些清醒的认识，不愿终身浪费在科举上面，如吴敬梓一样，在科举无望后才幡然醒悟，不知这到底是醒悟还是失望，但科举显然是每个士子毕生都无法回避的事情。而且，吴敬梓的醒悟的结果，在这个社会没有更多的选择面前，就是差不多食不果腹，衣不暖足，基本靠友人接济为生。正是成也科举，失也科举。

一、初级考试：童试

清代初级考试称之为童试，所有参加应试的考生无论年龄大小，统称之为“童生”。《儒林外史》中的周进，年逾六旬了，仍然是个童生；权勿用十七八岁出来应考，但“足足考了三十多年，一回县考的复试也不曾取”，也就是没有通过童试，仍然是一个童生。

童试由连续的三场考试组成，分别是县试、府试、院试。

1. 县试。县试分初试、复试两场（或多场），由本地知县主持。初试是第一场考试，是否有资格参加以后的考试，相当重要。初试考四书文二篇，五言六韵试帖诗一首，黎明关点名进考，当天完成出来。初试通过后用“团案”公布，可以参加府试了。匡超人去应考，发出团案来，取了。复试，又买卷伺候，复试属于排名次的考试。用“长案”公布，第一名称“案首”。匡超人“复试过两次，出了长案，竟取了第一名案首”。在《儒林外史》中，取得案首的还不少，包括老童生周进，也曾在白县令手里考过一次案首；马二先生也曾考过

“七八个案首”。

2. 府试。府试一般都在府治举行，由知府主考。因故未能参加县试的，补考一场合格后也可参加府考。府试一般考三场，第一场为正场，考过后就可以参加院试，等其他场次考完后，取得第一名也称府首。如乐清县匡超人，到温州府参加府试并取得“府案首”。季萑在向鼎知府手中也考了个府案首。

3. 院试。通过了县试和府试的，就可参加院试，院试是初试中最重要的考试，通过后就成为生员，俗称秀才，又称相公，进入士人阶层，具有一定的社会地位和待遇，见官可以不跪，互相作揖致意。梅玖初得秀才，在周进开馆当日，“戴着新方巾，老早就到了”。匡超人通过院试后，去见李知县，“此番知县便和他分庭抗礼”。

院试的考官叫学政（也称学道、学台、宗师等），由学政主考。如周进进士及第后曾钦点广东学道，范进钦点山东学道。学政任期三年，任期内要到各地举行院试。院试是选拔生员的考试，按各府、县规定的名额录取，通过率约1%。院试分岁试和科试，分别从童生中选考生员，再对生员进行甄别考试。周进任广东学道后，

> 到广州上了任。次日，行香挂牌，先考了两场生员。第三场是南海、番禺两县童生。（《儒林外史》第31页）

二、乡试[1]

生员在经过岁考、科考后，选拔出来的生员以及贡生和监生，就可以参加乡试。乡试是清代科举考试的第二级考试，因在每个省举行，又称省试。

乡试是科举考试中最重要的考试，乡试中了之后就是举人，又称孝廉，是科举是否成功的标志，中了举人，就有了做官的机会。各省乡试中额有规定，录科人数则依一定的比例加倍，大抵为三十比一。[2]所以，胡屠户说举人老爷是天上的文曲星，一是说明乡试之难难于上天，二是说明乡试的重要，中举就等于荣华富贵和青云直上。因此，就有了范进中举后喜极而狂的事例。

乡试与童试的其他考试不同，没有特殊情况，考试日期是一般固定不变的，每三年的八月初九日至十七日分别在京城和各省省会的贡院举行，考三场，每场三天。第一场是最重要的，主要考四书三题，五经中选三题，合成七艺。周进就是因为随同妹丈等人去省城做生意记账，刚好看见修理贡院，就进到贡院参观时，触景伤怀，放声大哭，并哭昏过去，得到同行的生意人同情，捐了个监生进场：

> 正值宗师来省录遗，周进就录了个贡监首卷。到

① 乡举二字见于《周礼》之《地官·大司徒》云大司徒之职，“以乡三物教万民，而宾兴之”（兴，犹举也）。“乡大夫举其贤者能者，以饮酒之礼宾客之。”参见商流鎏：《清代科举考试述录及有关著作》，天津：百花文艺出版社 2004 年版，第 49 页。

② 王德昭：《清代科举制度研究》，北京：中华书局 1984 年版，第 22 页。

了八月初八日进头场，见了自己哭的所在，不觉喜出望外，自古道“人逢喜事精神爽”，那七篇文章，做的花团锦簇一般。（《儒林外史》第30页）

所以，周进“巍然中了”。在第四十二回中写到汤镇台的两个儿子汤由、汤实去南京参加乡试，也是初八早上到贡院伺候，一直到晚上，才经检验完毕进了头门。考了头场到初十出来，累倒了，每人吃了一只鸭子，眠了一天。接下去到三场考完，已是十六日。乡试不啻是人生一场最艰苦的战斗，由于录取率过低，多少人饮恨考场。蒲松龄也是在科举上终生不得志，他在《聊斋志异》中对参加乡试的情形作了详细描述。[①]正如上述汤氏兄弟得知揭晓不中后，

坐在下处，足足气了七八天。领出落卷来，汤由三本，汤实三本，都三篇不曾着完。两个人伙着大骂帘官、主考不通。（《儒林外史》第444页）

主持乡试的官员称主考，分别为一正一副的两名主考，除了正副主考，还有同考官，共同进行阅卷评试，又称房官或房师，因为是在帘内进行评卷，所以，同考官又被称为帘

① 秀才入闱，有七似焉。初入时，白足提篮，似丐。唱名时，官呵隶骂，似囚。其归号舍也，孔孔伸头，房房露脚，似秋末之冷蜂。其出场也，神情惝恍，天地异色，似出笼之病鸟。迨望报也，草木皆惊，梦想亦幻，时作一得志想，则顷刻而楼阁俱成；作一失志想，则瞬息而骸骨已朽。此际行坐难安，则似被絷之猱。忽然而飞骑传人，报条无我，此时神色猝变，嗒然若死，则似饵毒之蝇，弄之亦不觉也。初失志，心灰意败，大骂司衡无目，笔墨无灵，势必举案头物而尽炬之；炬之不已，而碎踏之；踏之不已，而投之浊流。从此披发入山，面向石壁，再有以“且夫”、“尝谓”之文进我者，定当操戈逐之。无何，日渐远，气渐平，技又渐痒；遂似破卵鸠，只得衔木营巢，从新另抱矣。参见蒲松龄《聊斋志异》卷十六。

官。乡试为抡才大典，朝廷特别重视，所以用大员进行监临，监临官一员，例由本省巡抚充任，以纠察和总摄考场全体事务。浦墨卿讲了一个因为儿子做了监临而要回避不能参加考试的故事。这是因为为了科举的公平性，儿子做了监临官，父亲等亲属就要回避，不能再参加考试。

三、会试

举人进一级考试，就是会试。清代举人在北京应进士之试者曰会试，乃集中会考之意。[①]“进士”始见于《礼记》之《王制篇》“大乐正论造士之秀者，以告于王，而升诸司马，曰进士。”郑玄注：“进士，言进受爵禄也。”[②]会试也是三年一科，即在乡试的次年，在京师举行。考试的日期也是相对固定，一般是三月初九至十七日，与乡试一样，也是考三场，每场考三天。会试中第，取录者先以礼部名义发表，称为贡士。

会试的考试内容与形式与乡试差不多。以首场为重，主要考四书文也就是八股文。会试后录取的贡士还要参加复试，只考一场，并且只考八股文经义。复试并不淘汰任何人，只是将成绩分一、二、三等，后来的授职就是根据这次等级来决定。

复试之后，还要参加殿试，因为考试的地点在太和殿，

① 商流鎏：《清代科举考试述录及有关著作》，天津：百花文艺出版社2004年版，第125-126页。

② 同上，第125页。

而且由皇帝自己亲自主持，所以称殿试。殿试只考一场，不考八股文只考策问。只有通过殿试的，才能取得进士的称号。殿试分三甲，一甲头三名分别称为状元及第、榜眼及第和探花及第，简称状元、榜眼和探花，合称三鼎甲。这三名就是全国名副其实的前三名了，其中最引人注目的非状元莫属。不要说当时全国的状元，直到现在，各个省的状元其实也是炙手可热的。

从举人到进士，实属不易，更何况状元。《儒林外史》中王惠中举时才三十来岁，直到二十多年后，才与当时中举时才七岁的荀玫同榜中进士。而书中第一圣人虞育德，四十一岁中举，也到五十岁第三次会考时才中进士。杜慎卿也说杜少卿的祖父是中过状元的。郭铁笔也承奉杜慎卿道：

> 郭铁笔走进来作揖，道了许多仰慕的话，说道："尊府是一门三鼎甲，四代六尚书。门生故吏，天下都散满了。督、抚、司、道，在外头做，不计其数。管家们出去，做的是九品杂职官。季先生，我们自小听见说的：天长杜府老太太生这位太老爷，是天下第一个才子，转眼就是一个状元。"（《儒林外史》第314页）

进士是读书人的愿望，状元可望而不可即。只要中了进士，不仅读书到头了，功名就算到头了。第十七回浦墨卿道："读书毕竟中进士是个了局"。马二先生也对匡超人说，

> 人生世上，除了这事，就没有第二件可以出头。不要说算命、拆字是下等，就是教馆、作幕，都不是个了局。只是有本事进了学，中了举人、进士，即刻就荣宗

耀祖。(《儒林外史》第170页)

当然，中进士只是说功名到尽头了，但是，正如启功所言：“拾起一块砖头去敲门，门里的人听见后出来开了门，客人手里的砖头也就扔掉了”。[①]这个功名可以说就是一个敲门砖，从此后，除非做考官，否则就可以不再做“八股”，而可以发展其他才能了。

进士传胪后[②]，一甲第一名即状元授翰林修撰，第二名、第三名即榜眼和探花授翰林编修。其余进士再经朝考，列前者为庶吉士，入翰林院肄业，未膺选者，分别用为部属或知县等职，再分别授职。周进中了进士，殿试三甲，授了部属。荏苒三年，升了御史，钦点广东学道。第七回中范进也是会试已毕，中了进士。授职部属，考选御史。数年之后，钦点山东学道。第七回写到荀玖和王惠，在“传胪那日，荀玖殿在二甲，王惠殿在三甲，都授了工部主事。”

在吴敬梓时代，通过科举扬名立万正当时，功名富贵是每一个士子的终生追求，为此，多少人从少年到白头皓首穷经，多少人倾其一生至死不悔，多少人误入此途终身受困。而吴敬梓却清醒地认识到唯科举一途是人生的悲剧，对某些人而言是误入歧途，是误国害己。事实上，当初舍身追求的，到最后不管得手与否，结果都是一样的，人们却总是看不透，总是到最后“反误了卿卿性命”。吴敬梓在当时科举功名如日中天的时候，有如此清醒的认识，既道出了当时社会风气，同时也劝慰人们“功名富贵无凭据”，富贵功名不

① 启功：《说八股》，北京：中华书局2000年版，第50页。

② 殿试揭晓后，在太和殿举行一次唱名典礼，谓之传胪。

过是人的身外之物，而不是人的本身，也不是人生的全部。为了取得功名富贵，在当时基本上唯科举一途。但这恰恰是人生的悲剧，吴敬梓的这种思想认识是多么的难得和清醒。吴敬梓通过《儒林外史》对众儒的描写，给我们展现了一幅历史的画卷，这里有科举的残酷，有科举的艰难，有科举的腐败，有科举的迷信。这里有士人的成功，有士人的疯狂，有士人的无奈，有士人另谋出路，有士人穷困潦倒，让人感叹着世人皆为科举狂的众生相。

在《儒林外史》中，吴敬梓借王冕之口，批评了明朝科举用八股文的制度，认为礼部议定的取士之法不好，将来读书人把文行出处看轻了。进而认为“一代文人有厄”。果不其然，就有了六十多岁连秀才都不中的周进在进到贡院看到号板后竟然突然呼天抢地哭昏死在地，而且还在做着八十岁中状元的梦；才中了一个秀才就自称天上的日头掉下来压在身上的梅玖；有举人张静斋、进士范进和知县汤奉将赵普与张士诚混为一谈；有范进在中举后竟然喜极而疯成为千古笑谈，最后虽中进士做学道却不知苏轼为何人；才提了优行的贡生匡超人竟然不知天高地厚地自称“先儒”；鲁翰林日夜苦盼升官后却因喜极“中痰”而一命呜呼……，“一代文人有厄”果然不胜枚举。这其实也是古代中国的科举文化的重要组成部分，古代中国的士子，其日常最重要的事情就是通过科举以期金榜题名高官厚禄光宗耀祖，但因为“僧多粥少”，失败的必然是绝大多数，失望的也必然是绝大多数。因此，出现了无数的悲剧和喜剧。

第二节 《儒林外史》所涉各方对科举的态度

一、《儒林外史》作者对科举的态度

《儒林外史》描绘了中国历史上最为让人印象深刻的科举经典画面——“范进中举”，从范进中举后高兴得发了狂可以看到，科举背后的艰难，科举代表了升官发财，范进也由一贫如洗到家财万贯并官至通政。科举中夺魁代表了读书人的最高理想。但是，对于科举制度。吴敬梓并不是十分认同，吴敬梓通过《儒林外史》，表达了自己对科举的基本看法和态度。

吴敬梓在《儒林外史》开篇“敷陈大义”“隐栝全文”的“楔子”为全书总纲，并开宗明义：

> 人生南北多歧路，将相神仙，也要凡人做。百代兴亡朝复暮，江风吹倒前朝树。功名富贵无凭据，费尽心情，总把流光误。浊酒三杯沉醉去，水流花谢知何处？（《儒林外史》第1页）

吴敬梓用这一首词作为该书的篇首，道出了《儒林外史》一书的主旨是：

> 这一首词，也是个老生常谈，不过说人生富贵功名，是身外之物；但世人一见了功名，便舍着性命去求他，及至到手之后，味同嚼蜡。自古及今，那一个是看得破的！（《儒林外史》第1页）

在清朝初期，吴敬梓就认识到功名富贵不过是人生中的

身外之物，是针对当时社会把富贵功名当作唯一衡量人生的价值的现象，指出了人们舍着性命去追求的，到后来仍然难免是失望，即使取得了功名富贵，所有人都会发现，当初舍身拼了命去追求的，到最后，不管得手与否，结果都是一样的，就是“味同嚼蜡”。但是，悲哀的是，世人却总是看不透，还是依然故我前赴后继地去追求，到最后“反误了卿卿性命”。

在《儒林外史》中，他借王冕之口，评论礼部议定取士之法：三年一科，用五经、四书、八股文。王冕指与秦老看道：

> 这个法却定的不好！将来读书人既有此一条荣身之路，把那文行出处都看得轻了。（《儒林外史》第13-14页）

> 王冕左手持杯，右手指着天上的星，向秦老道：“你看贯索犯文昌，一代文人有厄！”话犹未了，忽然起一阵怪风，刮的树木都飕飕的响；水面上的禽鸟格格惊起了许多。王冕同秦老吓的将衣袖蒙了脸。少顷，风声略定，睁眼看时，只见天上纷纷有百十个小星，都坠向东南角上去了。王冕道：“天可怜见，降下这一颗星君去维持文运，我们是不及见了！”

即使是在制定的取士之法之初，我们也看到了就有人对这种规定的质疑，事实上，我们也在《儒林外史》中，就看到了不同文人的命运，有为科举而狂的，有为科举白了少年头仍然是空悲切的，有及第做官后被查处的，有无法中举只好寄情山水诗画甚至落泊飘零的，科举的弊端日渐显露，不可避免地走向衰落，成为历史。

吴敬梓出生于名门望族，根据吴敬梓的《移家赋》所说，他祖上移居安徽全椒。原来务农，后来行医。正如《儒林外史》第三十四回中高老先生说："他家祖上几十代行医，广积阴德"。吴敬梓的曾祖吴国对是清初的探花，官至翰林院侍读，提督顺天学政。曾著《赐书楼集》，在《儒林外史》中虽然说是状元，但其实是探花，在第三十一回写杜少卿的家时，说到"左边一个楼，便是殿元公的赐书楼"。曾祖兄弟五人中，有四人中了进士。祖父吴旦是增监生，考授州同知，祖父的堂兄弟吴晟和吴昺（国对的两个儿子）均中了进士，这样，曾祖和祖父两代人中，就有进士六名，其中榜眼、探花各一人。所以，吴敬梓也认为他的家世"五十年中，家门鼎盛"。他的好友程晋芳也说他们一家"科第仕宦多显者"。《儒林外史》第三十回郭铁笔对杜慎卿说："尊府是一门三鼎甲，四代六尚书"，说明了吴敬梓家道曾如日中天。可惜，到了吴敬梓的父辈，家道开始中落。吴敬梓的父亲吴霖起是个拨贡，做江苏赣榆县的教谕。而在《儒林外史》第三十四回中，借高翰林的口说到杜少卿的父亲"中个进士，做一任太守"，即江西赣州府知府，这里赣州即暗指赣榆了。父亲死后，而吴敬梓只中了个秀才后，再也没有进学，家道开始中落了，全椒只道他是败家子，并不认为他是名士，故他在《儒林外史》中借五河的风俗来影射全椒。吴敬梓把家乡的家产散尽后移居南京。自嘲"传为子弟戒"，也被《儒林外史》中的高翰林说"不可学天长杜仪"。

在这样一个科举世家里，自己却不能挣得半分功名，说吴敬梓见惯了科名而不稀罕，表面似乎说得通，但在那个

“唯有读书高”的科举年代，“那一个是看得破的！”他同样花了无数心血，无奈科举一直不得志，这无疑是吴敬梓永远的心痛，在被荐举参加“博学鸿辞”考试时，因病无法参加，最后一次与科举做官失之交臂之后，他才最终死了科举之心。在《儒林外史》第三十四回中，他借杜少卿的口说：“我做秀才，有了这一场结局，将来乡试也不应，科、岁也不考，逍遥自在，做些自己的事罢！”或者，正是由于有了这些认识，我们才有幸看到不朽名篇《儒林外史》。

二、《儒林外史》中士绅对科举的态度

与官方对科举的态度相适应，社会上官员和一般士人也将科举视为人生的最重要的事情。从科举产生之日起，绝大部分读书人就把科举作为最重要的一条晋身或者说是荣身之路，将毕生精力都放在了追求功名上。正如有人认为，自从科举制诞生后，它与士林阶层便结下了不解之缘，从此便生生死死、祖祖辈辈永世相依。在士人的视野中，“科名”二字便是世界的一切，在士人的心目中，科举得第令人魂牵梦萦，如醉如痴。从此在科场内外，便上演了一幕幕悲喜、惨烈的剧目。科举，对于极少数士子来说却是坠入十八层地狱，永世不见天日。长达1300多年的科举制的实行，如同一块巨大的磁石，把士子终生的注意力都吸引至磁场周围，并在潜移默化中模塑了士林阶层的价值取向，文化心态及性格特征。[①]

① 叶晓川：《清代科举与法律文化研究》，北京：知识产权出版社2008年版，第6页。

（一）皓首穷经为科举

范进从二十岁开始应考，已考了二十余次，都考到了五十四岁，不但面黄肌瘦，而且胡子都花白了，仍然“乞乞缩缩”地去应考。幸亏他遇到的恩师是与他有相同遭遇的周进，对他另眼相看，再三看了他的文章，最后才录取了他。所以，在范进向他丈人胡屠户借钱准备去参加乡试时，就被胡屠户杂七杂八地骂了一顿，说宗师怜悯他年纪大不忍心才给了他。但范进不死心，心里想：

> 宗师说我火候已到，自古无场外的举人，如不进去考他一考，如何甘心？（《儒林外史》第34页）

因向几个同案商议，瞒着丈人，到城里乡试。这里“如何甘心”就代表了绝大多数读书人的想法。每个读书人都想着无论如何一定要参加考试，对任何考试机会，都不要错过或放过，总是要搏过才心甘。当然，每个读书人心目中都心存希望或者说幻想，总想着或者自己运气好，或者自己有能力可能中，总之，不到最终不罢休，所以，就出现了不少五六十岁以上的考生，甚至七八十岁的考生仍然不乏其人。范进就是在这种心理的影响下，冒着被胡屠户大骂的风险，瞒着丈人去应考，而就是这一次应考改变了他一生的命运。我们看到了考中举人后的范进喜极而狂的“光辉和不朽的形象”——范进中举，这基本上成了一个歇后语，形容基本上不可能的事情成了现实。而从范进中举后喜极而疯的表现来看，说明科举的艰辛和艰难，中举无疑是“鲤鱼跃龙门”，简直堪比一步登天。

范进的恩师周进，同样是一个老童生，六十岁了还不曾中过秀才，甚至被一个二十来岁的新中秀才取笑他叫“小友”。后来连馆都坐不成的时候，被他的姊丈要他去帮忙记账。周进对自己几十年追求而不得的功名也有点心灰意冷了，加上在家日食艰难，自己也心里谋算道：“‘瘫子掉在井里，捞起来也是坐。’有甚亏负我？”就答应姊丈了。到了省城，恰好看见修建贡院，周进心有所动，就想进去看看，谁知不看则已，一看“不觉眼睛里一阵酸酸的，长叹一声，一头撞在号板上，直僵僵不醒人事。”被人用水灌醒了后，看着号板，又一头撞将去，不仅放声大哭起来，而且还满地打滚，直哭到口里吐出鲜血来。他想起自己几十年寒窗，秀才也不曾得一个，一次也不曾有机会来贡院考过试，过往的心酸痛苦屈辱全涌心头，因此不觉悲从中来。后来还是这伙生意人有钱讲义气，捐了一个监生让他参考。而周进一听，大喜过望道“若得如此，便是重生父母，我周进变驴变马，也要报效！”爬到地下，当众就向众人磕了几个头。正是这一搏，周进也就中了。一个连秀才也中不了的人，却一下子就中了举人，说明科举有一定的偶然性。而正是周进这种遭遇，使他在担任了广东学道来广州上任监考时，就下决心要把卷子细看，不可听任幕客，屈了真才。这也才有了他连看了三篇范进的稿子，第一次是“这样的文字，都说的是些甚么话！怪不得不进学！”丢在一边不看了。后来看见还没有人交卷，又可怜起范进来，“倘有一线之明，也可怜他苦志”，再看了一遍，才“觉得有些意思”。后来又看了第三遍，才发觉“是天地间之至文！真真乃一字一珠！可见世上糊涂试官，不知屈煞了多少英才！”即填了第一名。这样，范进才得以中了秀才。后来还鼓励范进道："龙头属老成。本道看你的文字，火候到了，即在此科，一定发达。"（第31-33页）这也是范进后来坚持不懈要去考试的原因之一。

科举是每一个读书人的毕生追求，即使范进总是被认为"文字荒谬"，即使是周进已经放弃了科举的打算，但最后却时来运转，不管是五六十岁，最终都偶然中了。这也是众多参考试子的想法，每个人都会想着自己一有机会都要搏一搏，谁也说不准日头掉落下来会压在自己头上。

（二）世上唯有科举高

在古代中国，士绅对科举的态度普遍是将其视为出人头地的梦想，将科举及第视为人生最成功的事。在《儒林外史》中，醉心科举，并大力宣扬科举，将科举作为毕生追求的士人可谓比比皆是。如鲁编修、马二、高翰林、匡超人都是典型代表。

鲁编修因为告假返回家乡，在船上遇见了求贤若渴的娄氏兄弟，问起了家乡是否有名望的人时，娄氏兄弟就举荐了杨执中，鲁编修看了杨执中写的诗，又听娄氏兄弟介绍之后，不以为然，认为盗虚声者多，有实学者少。如果有学问，为什么不中了去？只做两句诗当得甚么。同样，当杜少卿因为皇帝的征辟但没有去应征，也被高翰林讥笑："他果然肚里通，就该中了去！""征辟难道算得正途出身么？"这些话，深深刺痛了无数不能及第的所谓的名士的难言之隐。所以，当他的女婿与娄氏兄弟等人举行所谓的"莺脰湖诗会"时，鲁编修听了后，就评论道：

令表叔在家，只该闭户做些举业，以继家声，怎么只管结交这样一班人？如此招摇豪横，恐怕亦非所宜。（《儒林外史》第141页）

鲁编修不仅自己醉心科举，将科举作为人生头等大事，他也把女儿当作儿子教，让她学会科举上的学问，做科举文章“花团锦簇”，如果是个儿子，几十个进士状元都中来了。鲁编修与女儿可谓是科举上的知音，可惜，其招进门的蘧公孙恰恰对科举不感兴趣，让他们都郁郁不得志。鲁编修虽然五六十岁了，还想娶一个妾生个儿子，接进士的香火；而鲁小姐见蘧公孙无心举业，便认为蘧公孙“岂不误我终身！”整日眉头不展，唉声叹气。后来，生了儿子，就将其全部心血和关于科举的梦想都放在儿子身上，每天晚上

课子到三四更鼓，或一天遇着那小儿子书背不熟，小姐就要督责他念到天亮。（《儒林外史》第149页）

可见他们对科举的重视程度。

与鲁编修有同样看法的还有马二先生。马二先生是吴敬梓笔下最虔诚的科举迷，他一生笃信科举，并一生为之踏踏实实努力。中了秀才后，一直不得再进学，他便做起了时文选家，编辑科举文章，但他也没有放弃科举。他在遇见了蘧公孙后，见蘧公孙没有致力于举业，便直言不讳，说举业是人人要做的。一席话，说得蘧公孙如梦初醒。不仅对蘧公孙如此，他对一个贫困子弟匡超人也同样如此。当他看见匡超人流落街头无法回家，而又颇有文章才气时，他不仅资助匡超人回家，还教导他，要以文章举业为主，中了举人、进士荣宗耀祖，显亲扬名。

马二先生确实古道热肠，他自始至终都坚定着对科举的梦想，不仅自己毕生追求，还对他遇到的人谆谆教导，即使与匡超人素昧平生，也一样热心资助和教导。他不仅从对个人的前途来善诱匡超人，即使生意不好，也不必介意，不能放弃做文章，而且还从孝道的角度来劝导匡超人，要求匡超人“显亲扬名”。并认为科举有着鼓舞人的力量，即使父亲病在床上，听见他念书，即使那里痛也不痛了，即使难过分明变好过了。即使考得再差，一个廪生也可以凭本事挣得来，也可替父母请一道封诰。匡超人确实听从了马二先生的教导，回家后身体力行，着实孝敬父亲，并且在服侍好父亲和做完生意之余，就在父亲床前苦读。

马二先生到最后都没有及第，他做选家做了几十年，最后，由于学道保题了他的优行，走了一个取得功名的捷径。但是，这对科举信徒的马二先生来说，这毕竟是终身的遗憾了，如正途出身的施御史也不以为然道：“这些异路功名，弄来弄去，始终有限。有操守的，到底要从科甲出身。”可见，科举不仅是一种功名，更重要的是，它代表了一种身份，一种能力，一个正道，其他任何方式所取得的功名，都不被认为值得尊重。说明了科举本身在读书人心目中的地位，是其他任何包括捐纳得来的，征辟得来的，保题得来的，荫袭得来的，都不算是正途出身，即使最终都是担任同一级别的职位，都让人觉得低人一等。

（三）占卜算卦为科举

为了及第，不少人还寄希望于一些奇形怪状的梦或特别与众不同的怪行为上，或者又寄希望于风水和鬼神上面。由于科举的巨大魅力，考生甚至其家属都会面临着巨大的精神压力和严重的情感焦虑，这是一种正常的现象，也是一种历史现象，这在那些考生在科举中成功或失败的体验中更为真实强烈。[①]因此，就出现了一些读书人就可能借助所谓的风水迷信或考试梦想来帮助自己在科场的运气，使自己的情绪能够得到合理的释放或缓解。

在《儒林外史》中，我们也看到了类似的情况。首先是梅玖在向周进面前表现自己考中秀才的优越感时，先是问周进这些年考校“可曾得个甚么梦兆”时，得知周进没有做过，就说他：

> 徼幸的这一年，正月初一日，我梦见在一个极高的山上，天上的日头，不差不错，端端正正掉了下来，压在我头上，惊出一身的汗，醒来摸一摸头，就像还有些热。彼时不知甚么原故，如今想来，好不有准！（《儒林外史》第21-22页）

其实这个梦与梅玖中秀才没有什么联系，但在自己中了学后，梅玖就把这两件事情联系起来，认为是上天托梦给自己，预示着自己要中了。正如周进在教馆里即观音庵里碰到来避雨后来又借宿的中了举人的王惠一样。在周进面前，王惠更是趾高气扬目中无人，在周进恭维他的八股文做得好时，他就吹嘘文章不是自己作的，却也不是人作的。说是他那日考试时想不出来，

---

① Benjamin Elman, *A Cultural History of Civil Examinations in Late Imperial China*（Berkeley， CA.2000）.p299-326.

不觉磕睡上来，伏着号板打了一个盹，只见五个青脸的人跳进号来，中间一人，手里拿着一枝大笔，把俺头上点了一点，就跳出去了。随即一个戴纱帽、红袍金带的人，揭帘子进来，把俺拍了一下，说道："王公请起。"那时弟吓了一跳，通身冷汗，醒过来后，拿笔在手，不知不觉写了出来。（第23页）

并因此认为贡院里"鬼神是有的"。王惠把自己能够得中的命运归结于有人托梦和托运于他，扶持他取得了功名，让人觉得不无玄虚，也神化了自己。之后，当他听说梅玖中了一个秀才，就因为是日头就掉下来砸在他头上时，颇觉不屑，笑道："像我这发过的，不该连天都掉下来，是俺顶着的了？"语气透出高人一等和盛气凌人。

王惠还做了一个梦，他在与周进交谈时，一个小学生送仿来批，王惠猛然回头，一眼看见那小学生的仿纸上的名字是荀玫，不觉就吃了一惊；一会儿咂嘴弄唇的，脸上做出许多怪样。周进又不好问他，批完了仿，依旧陪他坐着。原来，他做梦说是与他会试同榜中进士。并认为"梦作不得准。况且功名大事，总以文章为主，那里有甚么鬼神！"这里，说有鬼是他，说没有也是他。

王惠后来果然与荀玖成为同年进士。中榜之时，王惠也已经须发皓白，而荀玖却英雄出少年。所以，王惠还是觉得特别的亲切，对荀玖说：

"年长兄，我同你是'天作之合'，不比寻常同年弟兄。"……说起昔年这一梦，"可见你我都是天榜有名。将来同寅协恭，多少事业都要同做。"（《儒林外史》第

82页）

吴敬梓对梦兆迷信可能半信半疑。但从他在《儒林外史》所刻画的形象来看，无疑还是相信梦兆一类的预示的。当然，也可能他是故意借此来讽刺这些及第的人，即使没有真才实学，年纪又大，只好借助梦兆一类的安排，让其及第有一定的幸运和机遇成分。

不仅是考生相信鬼神的一些说法，像王惠所说的贡院里鬼神是有的，甚至连考官也都相信考场是有鬼神的说法，并且在考场上开始考试前要举行一些祭祀的仪式。如《儒林外史》第四十二回中说到汤氏兄弟准备赴考时：

> 放过了炮，至公堂上摆出香案来，应天府尹大人戴着幞头，穿着蟒袍，行过了礼，立起身来，把两把遮阳遮着脸。布政司书办跪请三界伏魔大帝关圣帝君进场来镇压，请周将军进场来巡场。放开遮阳，大人又行过了礼。布政司书办跪请七曲文昌开化梓潼帝君进场来主试，请魁星老爷进场来放光。……每号门前还有一首红旗，底下还有一首黑旗。那红旗底下是给下场人的恩鬼墩着；黑旗底下是给下场人的怨鬼墩着。到这时候，大人上了公座坐了。书办点道："恩鬼进，怨鬼进"，两边齐烧纸钱。只见一阵阴风，飒飒的响，滚了进来，跟着烧的纸钱滚到红旗、黑旗底下去了。（《儒林外史》第438-439页）

鬼神一说，一是增强科举的神秘性和神圣感，二是让考生心生敬畏，在考场不要胆大妄为，三是给及第和未及第的都有一个借口或理由，认为中与不中都是命中注定的，不要过于执着与计较。鬼神说也有另一种解读，就是因果报应。一个人如果多做善事多积德，就会有好报，否则就有恶报。而在科场里面，也少不了这样的说法。如前述汤由接着说起一个秀才考试时遭到怨鬼报应的事情（第四十二回）。

当然，这种因果报应也是一种迷信的说法。但是，如同相信做好事死后上天堂，做坏事死后下地狱一样，这样，社会上作恶的人就会少一些，而做善事的就会多起来，对社会的和谐与发展还是大有益处的。有些所谓的迷信，其实还是有一定的天伦人理在里面，属于劝人向善，有益于社会和谐。科举是一件严肃的事情，但是，也不妨通过迷信的说法，来解释其中一些事情。事实上，科举确实存在很多偶然的因素，比如前述的周进，考了几十年，一个秀才也中不了，但捐了一个监生进场考举人，却因为他刚好见到在贡院里哭过的号板，因此发挥得相当好，所以，一举考中举人。正因为他与范进有相似的遭遇，才用心看了三遍范进的文章，才最终看中范进并录选了范进。在科举时代，应试的人多，改卷时间紧迫，考官水平有所差异或见解不同，有的还是幕客改卷，改卷的时间都非常短，一个人考中与否，确实有运气的成分。正如范进一样，若不是因为周进对他有一种同情之心，不可能有耐心有时间看三遍，而且刚好范进交卷也交得早，没有更多的人打扰周进阅卷。所以说，科举考试无凭据，因此，就有不少人寄希望于迷信与鬼神，这也不无道理。

对于科举及第，还有一些迷信的做法。如在范进中举之后，胡屠户在听说范进因为喜极而狂，需要去把他打醒时，作难道：

> 虽然是我女婿，如今却做了老爷，就是天上的星宿；天上的星宿是打不得的。我听得斋公们说：打了天上的星宿，阎王就要拿去打一百铁棍，发在十八层地狱，永不得翻身。我却是不敢做这样的事！（《儒林外史》第37页）

由于中举实在是一件无比困难的事情，一般民众与中举相距太远，以至无法想象中举及第的事情。能中举的人都被认为是老爷，就是与天上的星宿对应，自然成为天上其中一颗星宿，所以，就有打了天上的星宿，就会有报应的说法。而且，胡屠户在打了范进一巴掌后，不觉就手疼了起来，而且，巴掌仰着，再也弯不过来。他心里懊恼道，果然天上文曲星打不得，而今菩萨计较起来，越想越疼。吴敬梓这一描写，更说明了科举的神秘和众人对科举的迷信。

明清时代，更有人迷信风水葬地可以中举的说法。第四十五回写到殷氏兄弟也在向余氏兄弟自我吹嘘他们的选地的风水本领："我这地要出个状元。葬下去中了一甲第二（榜眼）也算不得！"其兄弟也帮腔道："就要发，并不等三年五年！"（第440-471页）可见，《儒林外史》所反映的就是当时社会的风气和现实状况。

科举时代，能够中举或中进士，确实是万里挑一，无疑是"鲤鱼跃龙门"。而人在此时，除了喜极而狂的之外，大多数会变得有点不知天高地厚了，让人自以为无所不能，无所不知了。如岑参在《送许子擢第归江宁拜亲，因寄王大昌龄》中云："十年自勤学，一鼓游上京。青春登甲科，动地闻香名。"写的就是这位许姓的少年，在十年寒窗后，一举中的，立即香名动地，平步青云。孟郊在54岁及第后，作了一首《登科后》：“春风得意马蹄疾，一日看尽长安花！”诗人中举后的欣喜、轻狂和得意之情，溢于言表。

在精英文化与大众文化相互整合的过程中，人们自觉不自觉地会将自己的考试命运与共享的文化或宗教联系在一起。科举也就是以此为幌子，掩盖了社会选择的真相。[①]

三、《儒林外史》中百姓对科举的态度

科举作为国考，不仅事关朝廷，更主要的是事关读书人。科举似乎与平民百姓关系不大。尤其由于科举的录取率相当低，能中举的人与一般民众都相距甚远，一般民众也觉得读书中举是挺遥远的事情，远得就像是天上的星星一样，所以，他们往往认为中举的老爷就是天上的文曲星。也因此说明中举的艰难，一般的百姓根本就不敢想象中举的事情，其最高的要求可能就是认识几个字就不错了，根本不敢奢望通过读书中举做官。而且，由于在古代中国，社会的平均生产力水平太低，一般农村家庭根本供不起孩子一直读书，所以，能让孩子启蒙一下，识几个字，不做睁眼瞎，可能就是比较高的要求了。

第二十一回写到一个叫牛浦的青年人，他家只有一个七十多岁的祖父在开着一个小香蜡店，“胡乱度日”。没有钱上学，经过学堂时听见有人念书，就偷点钱出来买本书在一个

---

① ［美］本杰明·艾尔曼：《经学·科举·文化史》，北京：中华书局2010年版，第151页。

寺庙里借着灯光学念。这就有一景：牛浦郎在这边读书，老和尚在那边打坐，每晚要到三更天。一日，老和尚听见他念书，走过来问他是否想应考，牛浦郎说一个经纪人家，哪想什么上进，只是念念诗破破俗而已。如果能懂一点，心中就喜欢了。

由此可见，读书是一般年轻人的梦想之一，但是，读书应考上进并不是一般人都能做得到的事情，主要是因为经济的原因。但是，读书认字却是最基本的要求，如果会念一二句诗，那就让人觉得是一个很有文化的人，会得到当官的尊敬甚至可以作为交往的主要手段了。事实上，牛浦后来就冒名牛布衣，凭此与知县相与起来，并以此作为谋生的手段，而且还借此成了亲。

说到一般人对科举的看法，我们不会忘了《儒林外史》中“范进中举”这喜剧的一幕。其中除了范进的形象让人印象深刻外，我们也不能不提书中另一重要人物，就是范进的丈人胡屠户。其中胡屠户的想法看法，就代表了那个时代一般小市民的看法。范进第一次“进学”回家，胡屠户手里拿着一副大肠和一瓶酒来贺，但是，名义是贺，实质是来骂范进：

> 我自倒运，把个女儿嫁与你这现世宝穷鬼，历年以来，不知累了我多少。如今不知因我积了甚么德，带挈你中了个相公，我所以带个酒来贺你。（《儒林外史》第33页）

到了要乡试的时候，范进因没有盘缠，想向丈人商量借一点时，被胡屠户一口啐在脸上，好一顿杂七杂八的臭骂，骂得范进摸门不着。

等到范进最后中举之后，胡屠户的态度来了一个一百八十度的大转弯，只见他“提着七八斤肉，四五千钱，正来贺喜”。在听说范进因为喜极而狂，需要他来打醒范进时，如果是平时乃举手之劳，但是，现在他已把中了举人的女婿也当作星宿了，打了就要进十八层地狱，这是一般民众对中举老爷的敬畏，也等同于对州县官老爷的敬畏。在范进向胡屠户借钱去参加乡试时，胡屠户把范进骂得体无完肤，但在范进中举后，他完全变成另一副嘴脸：

> 我的这个贤婿，才学又高，品貌又好，就是城里头那张府、周府这些老爷，也没有我女婿这样一个体面的相貌！你们不知道，得罪你们说，我小老这一双眼睛，却是认得人的，想着先年我小女在家里长到三十多岁，多少有钱的富户要和我结亲，我自己觉得女儿像有些福气的，毕竟要嫁与个老爷。今日果然不错！（《儒林外史》第39页）

胡屠户前后说的话，令人简直不敢相信是同一个人说的。在范进回家路上，屠户看见女婿衣裳后襟皱了许多，一路低着头替他扯了几十回。在范进把收到张静斋的贺仪中拿出六两银子给只拿五六千钱来祝贺的胡屠户时，有一个细节让人玩味，胡屠户把银子紧紧抓住，然后将拳头伸回给范进说拿回去。一听说不用，就连忙把拳头缩回来。最后低着头笑眯眯回去。

吴敬梓通过大量的细节描写，给我们展示了一个生动的自私、势利、吝啬、趋炎附势但脑筋却转得极快小市民形象，反映了小市民对中举老爷的敬畏之心。“此虽只是小说中语，但所反映的正是社会的一般心理。”①

① 王德昭：《清代科举制度研究》，北京：中华书局1984年版，第155页。

不仅男人对科举是如此热衷和尊敬，即使是女人同样对科举另眼相看，都以嫁一个科举郎君为荣。第四回里，说到一个僧官他曾为周三房里的外甥女做媒，许给西乡里一个好不有钱的封大户家，但张静斋却硬主张着许与这穷不了的小魏相公，因他进了个学，又说会什么诗词。在《儒林外史》中，还有一个比较有趣的故事，一个离了二次婚的女人王太太，家里金银珠宝锦绣绫罗衣裳，不下千金，因为媒人信口开河夸大其词，把一个穷做戏班子的鲍廷玺说成是武举出身，家有良田广厦又开着字号店有千万家产，但是，等她嫁过来发现鲍廷玺原来是一个管戏班子的，顿时怒气攻心，不省人事。后来气成了一个失心疯。

可以说，传统中国，在实行科举制度以来，科举不仅是国家的主要政治活动，也成了社会士人最关心的事情。但是，处在庙堂之远的一般民众，尤其是边远地区的农民，可能更关心着自己一亩三分地的收获，或者关心着自己饲养的家禽的生死肥瘦。当然，事实也可能是相反的，科举虽然离民众很远，但是，作为一国之大考，并不影响社会民众对他的评价与了解，有些时候，每逢大考之时，街谈巷议，并不绝于耳。尤其是考试结束后，不仅强烈关注着状元、榜眼和探花，对他们的一些逸事或见闻津津乐道，而且口耳相传，成为茶余饭后的主要谈资。即使是对中举的人，也完全是另眼相看，奔走相告，仿佛是自己中举一样。这在大量的文学作品中，我们都可以感受得到这种对科举的狂热。因此，不管男女老幼，对科举和做官的热情都毫不掩饰。

第三节 科举法律文化

在前科举时代，传统士大夫如姜子牙、孔明的“穷则独善其身，达则兼济天下”，以及“处则不失为真儒，出则可以为王佐”，这种中国传统士大夫的情怀与骨气在实行科举制度以后已渐渐消失。整个社会的传统文化已逐渐融合了科举文化，“科举不仅是中国社会政治的核心，也是中国文化的核心”。[①]

一、清初对科举的立法

对于采用科举制度选官，并不是所有统治者都认同。清代，在取得政权之初，对曾经服务于明朝的文人，并不像武将一样愿意效劳的就予以留用。皇太极即位后，才慢慢认识到“自古及今，俱文武并用，以武威克敌，以文教治世”。[②]靠马上进行统治的时代已经过去了，要巩固自己的统治，还得依靠文的方式进行治理国家，才能保证有序和理性的国家治理秩序。科举作为一种选拔方式，具有公开、公平和公正的特点，能够有效地选拔人才。而且，正因为有这么一条规定，“读书人有这样一条荣身之路”，并且与明朝时候的规定差不多，他们就不会随便造反，有利于社会的稳定。正如清代第一

① 叶晓川：《清代科举与法律文化研究》，北京：知识产权出版社 2008 年版，第 2 页

② 王先谦：《东华录》天聪三年。转引自叶晓川：《清代科举法律文化研究》，北京：知识产权出版社 2008 年版，第 19 页。

位汉人名臣范文程曾建议："开科取士，则读书者有出仕之望，而从逆之念自息。"[①]

清朝在统一政权后，一方面加强思想控制，通过"文字狱"来恫吓读书人，另一方面充分重视科举，以科举遴选人才，并切实保障科举考试的公平公正。如雍正认为："乡、会两闱，乃国家抡才大典，必须防范周密，令肃风清，始足以遴选真才，摒除弊窦。"[②]乾隆也表示："科场关系大典，务期甄拔真才。"[③]为此，在科举的立法史上，清代也经历了很多的变化，一方面要为了选拔真正有用和合格的人才，另一方面又要兼顾考试的公正公平，在科举考试的项目上，除了文考后还有武考，还有天文、医药、律例方面的考试，但后来主要保留了文科考试；在考试内容的选择上，原来还不全是儒家经典，还可以有其他内容，但最后却限定为经义，清代更限定为理学经典；在考试形式上，原来还有时论、判书，但最后却限定为"八股文"。科举考试在国家层面上，从选拔真正有用的人才慢慢地屈服于公正公平取士的要求和方向。为此，清代统治者制定了不少科举方面的法律规定，其中除了《大清律例·吏律·职制》中专设"贡举非其人"条。另外，还专设了《钦定科场条例》《钦定礼部则例》，规范考试的方方面面，还制定了《钦定大清会典事例》《钦定学政全书》等，规范了学校教学考核方面的内容。尤其是《钦定科场条例》，对科举考试的方方面面都作了极为详尽的规定，其细密程度极为

① 《清世祖实录》卷十九。

② 《钦定大清会典事例》卷341《礼部·贡举·整肃场规》（1）。

③ 《钦定科场条例》卷29。

罕见，其中对防止舞弊的规定更是煞费苦心。有人认为，未读过《钦定科场条例》的人很难想象清代科举制度之严密程度，读过《钦定科场条例》的人很难忘记清代科举制度之严密程度。[①]朝廷大量颁布有关规定的用意在于规范科举考试，促进科举考试的公平与公正，同时严惩有关科举舞弊的行为，朝廷的用心不可谓不苦，其作为不可谓不努力，其所采取的手段不可谓不严密和严厉，但是，所有的努力与用心，并未完全得到落实和贯彻。下文中可以看到科举的种种乱象。当然，国家的努力也没有白费，国家在努力推动科举的同时，也给广大民众树立了一种“万般皆下品，唯有读书高”的意识，同时，国家也可以借此建立学校和推行教育，尤其是儒家传统教育，如是，全社会都在传播儒家学说，国家的意识形态的控制将是十分成功的。因此，科举考试在国家的层面上，不仅达到了选拔人才的目的，不仅为社会上人才的流动提供了方向和目标，更重要的是，在社会上达到了控制意识、稳定秩序的目的。

二、严惩科举舞弊行为

对科举的重视还表现在严惩各种舞弊行为上。科举作为当时唯一的国考，其公开、公正和公平方面还是极其值得称道的。同时，官府对于科场舞弊行为的打击也是前所未有的重视和严厉。

清代科场最常见的作弊手法是怀挟、传递、枪代、冒籍和通关节。针对种种严重的作弊情况，乾隆皇帝强调：“科场为国家抡才大典，关系綦重，向来外场弊窦多端，士子怀挟文

① 刘海峰、李兵：《中国科举史》，上海：东方出版中心2004年版，第354页。

字入场，希图弋获。此等无耻之习一日不除，则真才何由得出？”在乾隆九年（1744年）乡试之前，乾隆就要求“严饬所司实力稽查”，严行禁止。但是，言犹在耳，当年的顺天乡试时，乾隆派人到场搜查，搜出怀挟21人，第二场同样又搜出21人。这些考生将用于舞弊的文字“或藏于衣帽，或藏于器具，且有藏于亵衣、袢裤中者。”[①]在乾隆之前的吴敬梓时代，已经存在舞弊行为。《儒林外史》第二十六回就写到当时向知府在安庆府进行监考，为了严肃科场纪律，加强监考并杜绝串通舞弊行为的发生，向知府特意请了鲍文卿父子代为监考。

> 父子两个在察院里巡场查号。……见那些童生，也有代笔的，也有传递的，大家丢纸团，掠砖头，挤眉弄眼，无所不为。……有一个童生，推着出恭，走到察院土墙跟前，把土墙挖个洞，伸手要到外头去接文章，被鲍廷玺看见，要采他过来见太爷。（《儒林外史》第274页）

应该说，这就是当时考场的实际情况，也反映了当时科场的考试风气。实际上，正因为普遍存在这种现象，所以，鲍文卿看到这种情况都有点见怪不怪了，当然，他也出于爱护读书人脸面进行考虑。其儿子严格考场纪律，被父亲说成“小儿不知世事”，也难怪世事已如此，小儿确实是不知世事了。第三十七回写到虞博士慈悲为怀，也为读书人保全脸面，并不追究一个作弊士子的事情。

清代前中期，对于怀挟的处罚十分严厉，对于应试举监生儒及官吏人等，但有怀挟文字、银两，当场搜出者，枷号一个月，满日，杖一百，革去职役，其越舍与人换写文字或临时

① 《钦定科场条例》卷30《关防·搜检士子》。

换卷，并用财雇请夹带、传递与夫匠、军役人等，受财代替夹带、传递及知情不举察捉拿者，发近边充军。若计赃重于本罪者，从重科断。凡考试官毫无情弊，下第诸生，不安义命，逞忿混行搅闹者，发附近充军。[①]所以，难怪那人吓了个臭死。由此观之，清代对有怀挟、夹带、传递行为的，不仅处罚考生本人，往往还连坐，规定不仅具体而且处罚颇为严厉。

冒籍应试和虚报年龄也是常见的科场舞弊手法。江南文风炽热，学风热诚，才子众多，然而科举名额有限，如不分配名额，则北地的名额会被江南士子挤占。因此，江南一些士子为博取个人功名，不惜以江南之身冒认北地之籍，减少了竞争的压力，却因此占用了其他地区的名额，影响了录取的公平性。《清代朱卷集成》一书收入的91份四川乡试卷履历，其中有46人祖籍为其他省份，占总数50%以上；收入的29份四川会试朱卷，其中有10人祖籍为外省，占总数30%以上，可见外来移民在当地科举中所占的分量。[②]乾隆二十六年五月初九四川学政陈荃为清理冒籍奏曰："川省幅员广阔，五方杂处，别省流寓者十居八九，冒籍歧考之弊最易潜滋"[③]。《儒林外史》中也有关于冒籍的事例。在第三十二回里，一个江湖郎中张俊民到处招摇撞骗，利用在杜少卿家替其老管家娄老爹看病之机，与另一管家王胡子勾结，用激将法让杜少卿帮其儿子冒籍应考。因为考棚是杜少卿出钱修建的，所以也没有人对这冒籍一事有异议，让张俊民的儿子冒籍应试成功。当然，对于冒籍

① 《钦定大清会典事例》卷341《礼部·贡举·整肃场规一》。

② 张杰：《清代科举家族》，北京：社会科学文献出版社2003年版，第253页。

③ 中国第一历史档案馆，《乾嘉时期科举冒籍史科》，《历史档案》2000年第4期。

应试必然也予以处罚，最主要的处罚就是取消考试资格，情节严重的还将其发烟瘴地区充军。

虚报年龄也是清代比较独特的舞弊现象，这与清代科场中某些对不同年龄有不同要求有关，也与“官年”[①]有关。乾隆二十九年，湖南学政李绶在院试时发现应试童生，多有名册内年岁甚幼，而其人实已四五十岁不等者，遂令各府查报并向上奏报。乾隆帝大为赞许，称“此等情弊，恐各省所在不免，易为枪手顶冒，潜行假托，甚有关系。”乾隆已经认识到，假冒年龄不仅是个人作弊问题，还容易造成枪手顶替。故要求礼部予议准：“童生年岁不符，州、县考试以及府试时，例应逐为查禁。至院考点名时，学政查其年貌大异，或有冒名顶替之弊，即当严为究拟。”[②]第三十六回，虞博士五十岁了中了个进士，殿试在二甲，朝廷要将他选为翰林。但天子看见他五十岁了，就说他年纪大了，就着他去做一个闲官。哪知那些中进士的，也有五十岁的，也有六十多岁的，履历上没有几个是实在的年龄，唯有这虞博士写的是实庚。正所谓老实人吃亏，也由此可见，“官年”[③]泛滥程度之重。

“枪替”和冒考是官府重点打击的又一科举舞弊行为。清代的枪替问题更为严重，尤其在童试等初级考试中严重。乾隆二十三年，顺天学政庄存与，主持满、蒙童生的考试。

① “官年”的出现，由来已久，清代亦盛行，主要是指中试者为日后的铨选、任官能得到实际利益，而在报告时即隐匿年龄，即少报几岁。参见李世愉：《试论清代科场中的谎报年龄现象》，《科举与科举文献国际学术论文研讨会论文集》，上海：上海书店2011年版，第3页。

② 《钦定学政全书》卷53，《童试事例》。

③ 官年，具报官府的年龄。

有个考生海成，用鸽子传递考题，由场外枪手作答后，再传回来。由于此次监考极严，海成无法得手就故意吵闹扰乱考场，以期乱中作弊，后作弊被识破，海成又反诬他人。最后，海成被处死，另有四人被发往荒边种地，四十多人被编入军营，永远不准考试。与此同时，又查出两个做枪手的教师，也被处以重罪。[①]《儒林外史》中，匡超人也被浙江布政司的充吏潘三指使到绍兴替金东崖的儿子金跃做枪手。刚开始，匡超人想最多是“坐在外面做了文章传递，若要进去替考，我竟没有这样的胆子”。但后来，在潘三的鼓动和银子的诱惑下，竟然不顾国法而行。

> 次日，李四带了那童生来会一会。……三更时分，带了匡超人，悄悄同到班房门口。拿出一顶高黑帽，一件青布衣服，一条红搭包来，叫他除了方巾，脱了衣裳，就将这一套行头穿上。……把他送在班房，潘三拿着衣帽去了。交过五鼓，学道三炮升堂，超人手执水火棍，跟了一班军牢夜役，吆喝了进去，排班站在二门口。学道出来点名，点到童生金跃，匡超人递个眼色与他，那童生是照会定了的，便不归号，悄悄站在黑影里。匡超人就退下几步，到那童生跟前，躲在人背后，把帽子除下来与童生戴着，衣服也彼此换过来。那童生执了水火棍，站在那里。匡超人捧卷归号，做了文章，放到三四牌才交卷出去，回到下处，神鬼也不知觉。发案时候，这金跃高高进了。（《儒林外史》第207页）

吴敬梓把这一枪替舞弊过程写得清清楚楚，若事非亲身

① 鲁威：《科举奇闻》，沈阳：辽宁教育出版社1990年版，第141-142页。

经历，也绝无可能写得如此真实可信。为此，潘三和匡超人共收到了五百两银子作为酬金，匡超人分得二百两银子。后来，此案被侦破查办，被定为“勾串提学衙门，买嘱枪手代考案”，抓获了潘三，幸亏潘三义气，没有交代出匡超人。但是，匡超人听见后，“不觉飕的一声，魂从顶门出去了。”面如土色，真是“分开两扇顶门骨，无数凉冰浇下来”。匡超人也知道“根究起来，如何了得！”吴敬梓生动地描绘了匡超人的心情与处境，说明清代对此类事情打击之严厉。

还有很多舞弊行为，如泄题、打通关节（贿赂考官）、换卷。这些都是极严重的舞弊行为。《清史稿》称：“交通关节贿赂，厥辜尤重。”[①]清代严罚此类舞弊行为。顺治十四年的顺天乡试，发现了“爵高者必录，爵高而党羽少者摈之；财丰者必录，财丰而名非夙著者又摈之”的现象，后来查明了大部分同考官参与了关节之弊，收受了贿赂。后来七名考官被斩首，父母、兄弟、妻子儿女俱流徙尚阳堡，家产籍没。[②]这是清代第一次科场大案，影响极大。同年八月，江南乡试也发生类似的舞弊案件，其中有十七名考官被处死，基本上所有考官全被处以绞刑。[③]“血肉狼藉，长流万里”。[④]社会为

① 《清史稿》卷一百八《选举志》，北京：中华书局 1977 年版，第 3155 页。

② 《清稗类钞》第 3 册《狱讼类》。

③ 详细案例可参见刘海峰、李兵：《中国科举史》，上海：东方出版中心 2004 年版，第 396-402 页。该书还介绍了康熙五十年（1711 年）的辛卯江南乡试科场舞弊案、乾隆十七年（1752 年）会试科场舞弊案，嘉庆三年（1798 年）湖南乡试科场舞弊案，咸丰八年（1858 年）顺天乡试科场舞弊案等等，其处罚的严厉让人触目惊心，涉及的高级官员有一品大臣。这里不再重复。

④ 《清稗类钞》第 3 册《狱讼类》。

此出现了“一时人心大震，科场弊端为之廓清者数十年”。[1]第三十二回写到杜少卿的豪举中，也曾说到臧蓼斋因宗师按临，他原来已通了关节，着人买了一个秀才，说是宗师有人在这里揽这个事，并把买通关节的三百两银子兑与了关系人，后来回话说：“上面严紧，秀才不敢卖，倒是把考等第的开个名字来补了廪罢。”后来这买秀才的人家要来退这三百两银子，臧就向杜少卿商议借三百两银子还钱。“我若没有还他，这件事就要破！身家性命关系，我所以和老哥商议。”这里的秀才虽然由于国家严厉打击，而没有买成，但是，正如臧蓼斋所说的“身家性命关系”，说明对此类事情的严厉打击程度，稍有不慎，就有可能脑袋搬家。当然，从臧蓼斋到处宣扬这一个角度来说，说明那个时代秀才买卖关系比较普遍，有些人还不以为耻，到处宣扬。

所有这些，都代表了清代统治者对科举制度的重视。为了维护科举制度，为了统治的稳固，对科场舞弊进行严厉打击，表现了统治者对科场舞弊行为毫不手软。但是，即使采取如此严厉的手段，科场舞弊并不能最终被清除，在科举能够创造“朝为田舍郎，暮登天子堂”的强大诱惑力面前，还是有不少人铤而走险，奋不顾身地进行舞弊。这说明科举在一些人心目中的重要，或者可以说是“若为科举故，二者皆可抛”。

小 结

科举制度是传统中国最重要的考试制度，也是传统中国

① 《清史稿》卷一百八《选举志》，北京：中华书局 1977 年版，第 3155 页。

最主要的选拔官员的制度，也是社会人士据以晋身劳心者阶层的主要制度，其对于帝制中国的重要性是不言而喻的。通过科举制度，可以选拔到一批才智相对较高的人为朝廷效力，而且，它是相对比较公正、公平和公开的选拔机制，为官员的选拔和晋升提供了一个比较客观公正的标准，减少了选任官员的任人唯亲和徇私舞弊的现象。科举制度鼓励个人通过自己的努力，有机会进入到官僚士绅阶层，让人感觉到社会还是公平和有希望的，因而广大民众更是视其为获取荣华富贵的首选途径，而不是通过改朝换代的方式来达到目的，有利于社会秩序的稳定和和谐。

正因为科举制度能够让人“一夜暴富”，才出现了大量铤而走险的科举作弊之举；也正因为如此，才会千军万马过独木桥，十年寒窗无人问，一朝成名天下闻。对科举制度，固然其积极作用不可替代，但对其弊病的指责批评一直不绝于耳。其中最主要的问题是国家本想通过科举取得有用之才，但实际效果可能相反，本想通过“明六经之旨，通当世之务”来取士，但结果却是所录取的所谓才子大部分都是书呆子式的，只知僵化地做“八股”，而不知世事人情练达，不知经史不识时务的迂腐之士。在《儒林外史》中我们就发现不少连苏东坡都不认识的学腐。正如康有为所言：“翰苑清才，而竟有不知司马迁、范仲淹为何代人，汉祖、唐宗为何朝帝者。”①除了所用来考试取士的题目迂腐无当、重复生硬外，其所用的经义时文也同样虚伪空洞、百无一用，所得到的结果可能就是

① 康有为《请废八股试帖楷法试士改用策论折》，转引自翦伯赞《戊戌变法》第二册，上海：上海人民出版社 1957 年版，第 209 页。

产生大量伪君子假学道。

事实上，士子用于考试的圣贤立言的义理只是空谈，与社会现实大相径庭，不但对他们在及第后没有任何裨益，反而更成为一种高尚的幌子，成为一种败坏道德的反向坐标。也由于他们没有实际的实务知识，所以，在任上不得不使用大量幕客书吏，只能任由他们胡作非为。还有一点，科举成为拉帮结派结成朋党的主要途径，由于科举考试所派生的所谓师生和同门同年，结成了一种牢不可破的关系网，因此，就有了“官官相卫”的情形出现。“成也萧何败也萧何”，科举固然是世之创举，但帝制中国没有走向科学主义，没有走向近代化，科举难辞其咎。它禁锢了人的思想自由，限制了人的思维发展，它像孙悟空的紧箍咒，把活生生人的思想与意识和能动性全扼杀在那狭小的空间里，从此，国人的思维只是局限于对“四书五经”进行注解的程朱理学里面。正如有学者指出一样，“科举制度最大的缺点是范围狭窄和欠缺实用性。文才和干才是两码事：精通其中一项并不意味着胜任另一项。对严格的“八股文”模式之适从，使思维僵化，抑制了思想的自由发展。也许最重要的是，这种考试制度只强调儒家价值观，以牺牲科学、技术、商务和工业知识为代价，奖赏在文学和人文领域的成就。”①

① 徐中约著，计秋枫等译：《中国近代史》，香港：香港中文大学出版社 2010 年版，第 72 页。

第五章 《儒林外史》中的吏役与贪赃现实

清代的书吏与衙役（本文合称吏役），在瞿同祖的《清代地方政府》一书中，有比较清晰的阐述与分析，瞿同祖从组织、职能、录用（地位）、升迁（征募）及服务期限、经济待遇、贪赃形式和纪律控制方面全面介绍了书吏与衙役，[①]这是一本对清代吏役进行比较系统全面介绍的著作。近年，周保明也有专著《清代地方吏役制度研究》，对清代吏役的制度进行了专题研究，该书对吏役的研究更为全面和深入。[②]还有完颜绍元著的《天下衙门——公门里的日常世界与隐秘生活》，用比较生动活泼的语言描写了“本朝与胥吏共天下”的胥吏，以及胥吏的“任你官清似水，怎敌吏猾如油”。另外，还有相当的专著和论文对清代吏役进行了充分的研究，研究成果相当丰

① 参见瞿同祖：《清代地方政府》，北京：法律出版社2003年版，第65-123页。
② 参见周保明：《清代地方吏役制度研究》，上海：上海书店出版社2009年版。

富。[①]这些研究都有一种主流的观点，对吏役制度和吏役的表现进行了批评与揭露，对书吏与衙役的评价，基本上是负面的，是一群唯利是图——“公人见钱犹如苍蝇见血”之辈。因此，有人认为，“由于囿于儒家精英话语的表达，几乎所有研究清代地方政府的论著在提到差役和书吏时，都漫画式地将其视为一心只追求一己利益的腐败无能之辈，认为他们远远超出正规官方标准而大量存在的事实，乃是帝国行政失序的一大表现。”[②]但是，也有从吏役不可缺少的角度出发进行研究，如

---

① 分别有王雪华:《清代吏胥制度研究》,武汉大学博士论文,2004年; 苗月宁:《清代州县吏胥研究初探》，山东大学硕士论文，2006年；王友良：《代州县差役研究》，四川大学硕士论文，2006年；李秀荣：《雍乾嘉时期胥吏问题研究》，陕西师范大学硕士论文，2004年；陈小葵：《论明清时期的“胥吏之害”》，《青海师范大学学报》2008年第1期；陆平舟：《官僚、幕友、胥吏：清代地方政府的三维体系》，《南开学报（哲学社会科学版）》2005年第5期；姚剑波：《透过〈儒林外史〉管窥康乾盛世的吏役世界》，《滁州大学学报》2010年第2期；黄真真：《清代后期胥吏衙役权利的私下交易》，《中国社会经济史研究》2001年第3期；郑小春：《从徽州讼费账单看清代基层司法的陋规与潜规则》，《法商研究》2010年第2期；吴莺莺：《论〈水浒传〉与〈儒林外史〉的胥吏形象》，载《水浒争鸣》第十一辑；皋于厚：《明清小说中的吏役形象》，《山东工业大学学报》2000年第3期；陈兆肆：《清代法律：实践超越表达——以衙役群体运作班房为视角》，《安徽史学》2008年第4期；江田祥：《爪牙与叛逆：胥吏与清中期白莲教起义——以乾嘉之际白莲教“当阳教团”为中心》，《历史教学问题》2007年第3期；左平：《清代州县书吏探析》，载《西华师范大学学报（哲学社会科学版）》，2011年第6期。这里只是简单列举了笔者所搜集到的部分资料，可能还有其他研究尚未列入。毫无例外，这些论著都是针对吏役制度及其运作等方面进行研究，当然，个别也有结合了有关文学作品来进行研究，但主要作为故事性进行阐述，旨在揭露书役的黑暗与腐败。

② 尤陈俊:《“新法律史”如何可能——美国的中国法律史研究新动向及其启示》,《开放时代》2008年第6期，第80页。

国外学者白德瑞的专著《爪牙：清代县衙的书吏与差役》，[①]本书虽然名称“爪牙”，正如白德瑞研究表明，衙吏并非只是一种没有组织纪律的衙门“爪牙”或衙门“蠹虫”，其在巴县的档案中所表现出来的却是职业化的，有着相当的职业规范的一种组织，事实上发挥着维护惯例和衙门正常合法运转的作用。

相对来说，这些研究基本上是限于法律制度和吏役运作进行研究，而从法律文化角度和层次对此进行研究的尚未见诸报端。本书鉴于对吏役的相关研究成果比较丰富，本书拟结合《儒林外史》对衙吏的描写和叙述，试图从社会法律文化研究角度来对吏役进行研究。需要说明的是，本书所说的“司法现实”，是指吏役的具体案件或在相关司法程序过程中的实际做法，并非现代意义上的司法。

第一节 《儒林外史》书吏的基本情况

在《儒林外史》里描写到的书吏有十名，分别在八个衙门任职，有吏部书吏、司里书吏、德清县书吏、布政司书吏、安庆府书吏、应天府书办、镇远府书吏和五河县书办（详见附表3）。除了两名是县级衙门的书吏外，其他都是府以上的书吏。按清代官衙公务的传统划分，中央有“吏户礼兵刑工”六部，地方也相对应划分为“六房”。书吏一般工作职责，制度上的规定为“缮写文书，收贮档案”。但在州县具体

---

① Bradley W. Reed，*Talons and Teeth*：*County Clerks and Runners in the Qing Dynasty*，Stanford University press，Stanford California.

的行政实践中，其个人的职责因州县的不同习惯以及知县的个人使用上的不同而有差异。如金东崖就是吏部检查章程办理稿案俗称“掌案”的书吏，而潘三却是府的掌管刑的书吏。按大多数史料记载，各类衙门的书吏都没有薪水，[①]或者最多就有一点“饭食银”，所以，他们收受甚至索要陋规往往是正常现象，只要不过分贪赃枉法。我们在《儒林外史》中也看到书吏处处收受陋规的情形，表现出无吏不贪的现象，甚至有些书吏主动勾结有关人员进行贪赃枉法。

在上述九名书吏中，有贪赃受财的书吏有六名，另三名虽然没有写到他们贪财的情形，但是，结合上下文来看，他们是与其他贪赃的书吏一起赴宴，并且也一同谈起荀玫贪赃被拿问一事，有种兔死狐悲的感觉。可见，他们可能也存在贪赃或受财的行为。因此，可以说，绝大多数的书吏都存在某种程序的贪赃行为。

这些书吏基本上都是读书人出身，在科举无望的情况下，由于熟知律例，进入了衙门从事某种文书工作。从他们的地位和作用来看，还是有较高地位的，在某些情况下，可以起到关键的作用。如两位新科进士王惠和荀玫，因为荀玫母亲死后要守丧三年，他们商量后担心影响仕途，想匿丧不报。他们首先想到的就是在吏部做书吏的金东崖，一大早就把他请来，商量如何匿丧。金东崖熟知律例，马上说：

> 做官的人，匿丧的事是行不得的，只可说是能员，要留部在任守制，这个不妨；但须是大人们保举，我们无从用力。若是发来部议，我自然效劳，是不消说了。

① 瞿同祖著：《清代地方政府》，北京：法律出版社 2003 年版，第 68 页。

（《儒林外史》第86页）

两位重托了金东崖去。两位重托里，就表明了金东崖收受了很重大的贿赂。可见，一个小小的书吏，就可以办一件不小的事情。

同样的还有德清县书吏，在知县收到娄氏兄弟的信帖子要求放人时，娄府的话不能不听，但私下放了人又回不得盐商，心下着慌，忙将书办传进去“细细商酌”，由书办想出办法来处理。事实上，书办早就收受了娄府管家晋爵的二十两银子，熟知律例和如何处分，马上为此而打了个禀帖给知县说：

> 这杨贡生是娄府的人。两位老爷发了帖，现有娄府家人具的保状。况且娄府说：“这项银子，非赃非帑，何以便行监禁？”此事乞老爷上裁。（《儒林外史》第105页）

这就有了知县老爷心下着慌的一幕，我们看到，一个书办，都可以随便就把老爷吓得“心下着慌”。由此可见书吏的本事，甚至连老爷对他们都要言听计从。

还有书中第四十三回，汤镇台要带兵马去打苗人，为了能多带兵马打赢胜仗，就在上级来文要求“带领兵马”去打仗时，就把府里的书办叫来，给了他五十两银子，只为买他一个字，就是从府里行文到镇台时，将“带领兵马”四个字写作“多带兵马”即可，这五十两只是作为笔资。书办虽然说“大老爷有何吩咐处，只管叫书办怎么样办，书办死也不敢受大老爷的赏！”但最后还是收了银子。这里汤镇台称之为笔资，实际上也是平常说的“纸笔钱”，一字之差，千军万马之别。书吏的作用，有时当官的都要求他而不是命令他。所以说，书吏利用各种便利条件贪财受赃，是一件再容易不过或再普通不过的事情了。

七名贪赃受财的书吏中，主动要求收取有关钱财的有潘三，其主动介入有关司法案件中，以及其他任何可以取得钱财的事项，如在科举考试中找枪手替考；还有安庆府两位书办，主动招揽司法案件，要求人去说情并从中收受钱财。另外三名是被动受财。从上述数字来看（可以肯定的是，这些数字不是绝对真实的数字，但是，在吴敬梓无心插柳的描写中，或者从另一个角度证实其相对真实和客观），也印证了这样一个事实，绝大部分的吏役都是贪赃受财的。

第二节 书吏的贪赃现实

在社会的纠纷解决过程中，可能可以缺少知县法官，因为，知县法官谁都可以做，而且，有些案件可能随着时间的推移自己本身就解决了。但是，官司一进门，唯一不能缺的就是书吏了。我们看到了大多书吏如何专权弄钱的例子，在《儒林外史》中也没有例外，在我们面前展现了各种具体与生动的书吏如何去攫取个人利益的场面。我们看到了很多的书吏，不管是主动还是被动，是愿意还是不愿意，他们大部分在去完成公务之余，收取陋规费甚至索取各种费用，有些甚至以此为业。

一、利用工作上的便利收受陋规或酬金——一种正常的现象

前面说过的书中第七回吏部的金东崖，德清县的书吏和镇远府书办，都是利用其自身的便利条件，可以方便地收受陋规或贿金。《儒林外史》第四十五回说到余持替哥哥余特在无为州的风影说情案与衙门的县官、书吏和衙役周旋，他要去写代书的地方写呈子，书办据他的呈子备文书回无为州。“书办来要了许多纸笔钱去，是不消说”。这也说明，这些纸笔钱就是属于陋规费的一部分，支付这些纸笔钱是正常的一种费用。所以，事情办完后，余特回来后问弟弟，“衙门使费一总用了多少银子？”这就是一种很正常的询问了，因为知道一定会产生费用，说明衙门使费是如何的“深入人心”，世人皆知。

可以说，在自己的职权范围内，顺手牵羊般办事并拿点钱，这对于没有固定薪酬的书吏来说，这是最正常不过的事情了，或者说这是属于陋规了。问题是，总会有一些书吏，不管是否违反原则，只要有钱，什么事都办，什么事都敢办，这就是属于贪赃枉法的范围了。本案中，颇值得让人进一步深思的是，即使是军机大事，即使是镇台老爷，为了能多带兵马打赢胜仗，要让书吏办事，并不是以官以权压人，而是以钱利诱，收买书办，说明用钱办事的规矩根深蒂固，深入人心。而且事实上，将“带领兵马”篡改为“多带兵马”，仅是一字之差，书办完全可以以自己看错抄错为借口，这在日常的公文处理中，还是会经常发生的事情，一般来说，如果不是造成严重

后果，不会追究有关责任。而且，这还是日常办公中最常见的错误，也是最常见的“寻租”方式。据清代官员张鉴瀛所列举之“各房通弊”共有七项：停搁之弊；欺瞒之弊；混申文书乱写牌票之弊；盗用印信之弊；各房通同之弊；蒙眬误事之弊；武断乡曲之弊。[①]当然，这些之弊最终的一个目的都是为了钱。

办事要用钱，这应该是一种常识甚至共识了，但是否只要有钱，什么事都可以办呢？其实，最应探讨的是这个问题。如果有钱好办事，但有钱是否什么事都可以办？

对于第二问题，在接下来的一个例子中，我们也可以一见端倪。

二、说情揽事过赃——越界行为

对不属于自己职责范围内的事情，也会包揽下来，找机会寻租或说情捞钱。鲍文卿偶遇故友向鼎后，向鼎邀他去府里做客。他们搭船前往安庆府向府时。舱内也有二位安庆府里的书办，听到鲍家父子二人与向老爷相熟，就一路就奉承鲍家父子两个，买酒买肉请他吃着。晚上候别的客人睡着了，便悄悄向鲍文卿说：

> 有一件事，只求太爷批一个“准”字，就可以送你二百两银子。又有一件事，县里详上来，只求太爷驳下去，这件事竟可以送三百两。你鲍太爷在我们太老爷跟前，恳个情罢！（《儒林外史》第271页）

① 参见周保明著：《清代地方吏役制度研究》，上海：上海书店出版社2009年版，第488-489页。

说情揽事，借事收钱，这是公门里面常见的事情。这里有两件事，一般情况来说，应该不属不可能办的事，如果人情足够或者顺水人情，比如凭鲍文卿有恩于向鼎的交情，比如向鼎或其幕客办案可以睁一只眼闭一只眼，这些案件是可以办得到的，这也是两个书办敢于向鲍文卿要求说情的原因之一。但是，鲍文卿出于一个平民百姓的良心，认为如果他有理，断不肯拿出几百两银来寻人情，如果“准”了这一边的情，就要让那一边受委屈，岂不丧了阴德！并进而劝二位公人，“公门里好修行”，你们服侍老爷，凡事不可坏了太老爷的清名。须是，骨子里挣出来的钱，才做得肉。几句话，说得两个书办毛骨悚然。即使放到今天，鲍文卿的话仍然掷地有声。

这又一次印证了，“公人见钱，犹如苍蝇见血”，两个书办见到有钱可想的事情，就不会放过，想尽机会捞钱到手。这就是说情揽事过赃。从本案中鲍文卿的表现来看，第二个问题就不是问题了，并不是有钱就能办成事情。

三、贪赃枉法乱纪——犯罪行为

上述几种并非仅仅是书吏的贪赃的手段，他们还有更多方式，鉴于《儒林外史》的内容，也鉴于这些内容与手段并非本书的研究重点，本书只是根据这些现象和表现，研究其后面所蕴含的文化内涵和体现的文化特点。[①]

---

① 有关具体的还可参见完颜绍元的《天下衙门——公门里的日常世界与隐秘生活》和郭建的《帝国缩影——中国历史上的衙门》，里面关于衙役是如何的“本朝与胥吏共天下”的具体事实和表现。

这方面最典型的就是《儒林外史》中的书役潘三。潘三出场的形象是：

> 头戴吏巾，身穿元缎直裰，脚下虾蟆头厚底皂靴，黄胡子，高颧骨，黄黑面皮，一双直眼。（《儒林外史》第202页）

一看就知道这是一个精明强干的书吏。潘三见了匡超人，出手阔绰，马上带匡超人上酒楼吃饭。

> 饭店里见是潘三爷，屁滚尿流，鸭和肉都捡上好的极肥的切来；海参杂脍，加味用作料。两人先斟两壶酒。酒罢用饭，剩下的就给了店里人。出来也不算帐，只吩咐得一声："是我的。"那店主人忙拱手道："三爷请便，小店知道。"（《儒林外史》第203页）

从上述描绘中，我们可以看见潘三平日是何等的威风凛凛，一见就说是三爷，简直就是饭店的座上宾和常客。由此我们可以想象出潘三的地位了，虽然只是一个小小的书吏，但是，与一个恶霸的形象差不了多少，当然，还多了一份豪爽与大气。带匡超人回到家里时，正好有一班人在赌钱，说是赢点头钱为潘三爷接风。坐了一会，就有个人请潘三出去说话，原来是开赌场的王老六，在外面一个僻静的茶室，有件事来与潘三商议。乐清大户人家的一个使女荷花逃了出来，在钱塘县被一班光棍轮奸时被快手擒获，县里王大人把这班光棍每人打了几十板放了，并将荷花解回乐清。不想，有一个胡财主看中了荷花，情愿出二百两银子买来做妾。问潘三有什么办法。并说差人就是黄球。潘三就叫约黄球来商议。潘三不愧是一名书吏老手，他对差人黄球谎称他家刚好有一位乐清县的相公，与乐清太爷相好，可以托他去人情上弄张回批来。让黄球相信他有办法，只要说荷花已经解到，交与主人领去了就行。另外，再托人从本县弄个朱签出来，到路上将荷花截回，把与胡家。差人黄球接受了。潘三让他速将二百两银子取来就可以办了。而黄球也借此案分几两银子发点小财。

正在此时，又有一个人慌慌张张地来找潘三，原来是郝老二，他也有事相求，这就是前面说过的错抢老婆纠纷案。

对此案，潘三胸有成竹道，这不是什么要紧事，不用大惊小怪，让郝老二跟我回家就行。当天晚上，他把匡超人留在家里，先是起草了一份婚书稿，让匡超人抄了，交与郝老二看过，说你回去明日拿银子来就行。晚饭后，念着回批，让匡超人照写。家里有的是豆腐干刻的假印，取来用上，又取出朱笔，叫匡超人写了一个赶回文书的朱签。诸事已毕，第二天，相关手续给了他们，事情就顺利办妥。两边的钱都拿来了，潘三收了，随即给了匡超人二十两银子。

在这里，原来，并不是潘三多么的神通广大，真的认识很多官吏可以左右逢源办事，而只是利用自己熟悉公案程序，熟识书吏与衙役的具体操作，我们看到一个熟练的书吏如何炮制假文书假印章，从程序上看，看不出什么破绽来，这只有熟悉公文程序的书吏才能做得如此掩人耳目。看得出来，潘三十分精于此道。而且，我们也看到，就半个下午，就有那么多的事情接二连三来找潘三，说明潘三平时就以此为生，并以此聚场。从来找他的人来看，比如开赌场的王老六，慌慌张张的郝老二，说明潘三平时结交的都是一些“匪类”，物以类聚，这些人遇到事情一就想到他，都来找他解决，不管是衙门里面的还是衙门外面的人。当然，从上述案件来看，潘三办事干净利落，“卓有成效”，不管用什么手段，反正把事情给当事人办妥。正所谓书中引用的谚语一样“火到猪头烂，钱到公事办”。所有这些，都需要一个熟悉相关程序的老手才能做得出来，就算是匡超人，虽然他会写公文，即便没有实际经验，是不会做得成功顺利的，所以，他最多只能做个枪手。当然，假以时日，匡超人也可以变成潘三第二。提到做枪手，潘三还真让匡超人去做了一回枪手，去帮上面提到的书办金东崖的儿子金跃做考秀才的枪手，价码五百两银子。事成后，匡超人得了笔资二百两。上述这些案件，不论从律例上还是人情上，都是说不过去的，比如第一件案，胡财主如果真的想要荷花做妾，就应等荷花被押回给乐清财主后，向乐清财主赎买才是道理，出钱半路把人截走了，与拐卖抢人无异。即使作为荷花本人，也不明不白地到了胡家，虽然有可能从此过上好日子，那只能另当别论。而且，胡氏娶逃走妇女，根据《大清律例·户律·婚姻》娶逃走妇女条，明知是逃走的妇女或犯相应罪行的，应处以相应的处罚。第二件案的处理也是比较草率，施美卿想卖要守寡的弟媳妇本身就不对，根据大清律例的“居丧嫁娶”条，对自愿守志，夫家强嫁者，也要处予相应的处罚。而黄祥甫强抢良家妻女，亦同样触犯“强占良家妻女”条，照例均应处罚。现经潘三这一所谓的婚约，所有非法的行为都合法化了，其扰乱社会正常秩序的行为可见一斑。

不久，潘三案发，访单上列明潘三的主要问题是：

访得潘自业（即潘三）本市井奸棍，借藩司衙门隐占身体，把持官府，包揽词讼，广放私债，毒害良民，无所不为。如此恶棍，岂可一刻容留于光天化日之下！为此，牌仰该县，即将本犯拿获，严审究报，以便按律治罪。毋违！火速！火速！（《儒林外史》第211页）

其主要罪行包括，“包揽欺隐钱粮若干两；私和人命几案；短截本县印文及私动朱笔一案；假雕印信若干颗；拐带人口几案：重利剥民，威逼平人身死几案，勾串提学衙门，买嘱枪手代考几案；……”

我们看到，上面提到的案件就是他“短截本县印文及私动朱笔案；假雕印信若干颗；拐带人口几案和勾串提学衙门，买嘱枪手代考案”。仅从这些罪名来看，潘三的大部分案件都是违法乱纪的，而并非匡扶正义、锄强扶弱的案件。而且，从这些罪名可以看出，潘三不仅仅是个书吏，用访牌上的话来说，就是“借藩司衙门隐占身体，把持官府，包揽词讼”的讼棍了。朝廷最难容忍的就是挑拨词讼的讼棍，所以，访牌才再三强调“火速！火速！”。

潘三是吴敬梓在《儒林外史》中描写书吏中最为突出的一个代表，通过这个典型，吴敬梓让我们认识了书吏可以产生的危害的事实和本质，这样一个典型表明，在衙门里面，书吏瞒上欺下，由于其熟悉衙门的操作程序和具体事实，其所作所为具有表面的合法性和隐秘性，作为知县或知府来说，有时也难于察觉和查处，正所谓“任尔官清似水，怎敌吏猾如油”。虽然，从其上述罪行来看，潘三作奸犯科已久，作恶多端，手段严密，符合律例，不易察觉。但同时，这样一个类似恶霸形象的书吏最终能够被查处，说明清代对书吏的管理还是比较严格的。而且，不管是潘三案，还是上述汤镇台收买书办案，最后都是以东窗事发告终，看来吴敬梓想说明的是，仍然是“法网恢恢，疏而不漏”，说明政府还是积极加强对官吏的监督和管理，整顿公门秩序的行动还是卓有成效。

第三节 《儒林外史》衙役的贪赃形式

《儒林外史》中所描写的衙役，府级以上的衙役八名，县级的十名，乡的总甲和保正各一名；形象比较正面的有三名，其他十六位衙役都有贪赃受财的行为（详见附表4）。衙役大多属于贱民，[①]虽然如此，我们在《儒林外史》中看到，这些“贱民”生活得还是很滋润的，甚至，很有威慑力的。我们看到薛家集的村民，对班头的称呼都是什么李老爹、黄老爹之类的尊称，而且，说起他们的收入与家庭，都带有艳羡的味道。即使一个小小的夏总甲，在村民面前，也是一副大官的气派，派头十足。而且，他亲家申祥甫的儿子还跟他一起学，甚至最后还承了他的职。

《儒林外史》开篇中的秦老，家境已相当不错，需要雇请王冕帮他放牛。但他的儿子秦大汉，就拜在诸暨县的一名姓翟的头役兼买办的门下，还叫他干爷。在书中，时知县还差他去请王冕到衙门来，准备一起拜访危素时，王冕辞了不愿意来，翟买办只好回复说得病来不了，时知县心里就想：“这小

① 《大清会典事例·户部》规定，“凡衙门应役之人，除民壮，库丁、斗级仍列于齐民，其皂隶、马快、步快、小马、禁卒、门子、弓兵、仵作、粮差及巡捕营番役，皆为贱役。”其地位相当于妓女、戏子或奴婢。在社会观念上，衙役是比娼妓戏子更贱的职业。

断那里害甚么病！想是翟家这奴才，走下乡狐假虎威，着实恐吓了他一场。”（《儒林外史》第7页）连父母官都认为衙役可以狐假虎威，随便就可以把人恐吓一场，由此可见，衙役人见人怕，属于一个厉害的角色，其实际地位虽不高不受人尊重，但让人害怕。只是因为礼法规定衙役为贱民，以及礼教上的原因，认为头发肌肤受之父母，不应受人随意斥责和鞭扑之苦，衙役就是这种招之即来挥之即去的人，所以，其社会地位比较低，同时也与他们与盗贼、监犯打交道有关。

对这些衙役，吴敬梓总的来说持否定态度。如他安排在正文里首先出场的是一位乡里的总甲，就是汶上县薛家集的夏总甲，他出场的形象是：

> 两只红眼边，一副锅铁脸，几根黄胡子，歪戴着瓦楞帽，身上青布衣服就如油篓一般。（《儒林外史》第16页）

从形象看，夏总甲一副吊儿郎当的样子，但吴敬梓还对他的行为进一步描述为狐假虎威在村民面前大模大样的形象。上述统计中，只有3名形象稍好的衙役，相对于19名衙役群体来说，占比15%左右，还算是不错的了。因为，在中国人心目中，贪赃的衙役和书吏几乎成了一种刻板印象。①甚至如田文镜所断言，没有一种衙役不从事某种贪赃。②表现在《儒林外史》中，就有许多这样的情形。

---

① 瞿同祖著：《清代地方政府》，北京：法律出版社2003年版，第112页。

② 同上，第118页。

一、一般的收受钱财

从所提到的衙役的收入来源和数额来看，其收入大部分都比较丰厚。如第二回写到的汶上县的班头李老爹和黄老爹，一个年可寻上千把银子，一个家里建得像天宫一般。就算一个小小的总甲，在跟了这些班头后，一年也可寻得不少银子。这在当时，是一个相当丰厚的收入了，当时，周进一年的馆金才十二两银子。

与书吏一样，衙役的收入相当一部分来自陋规。主要还是从自己经手的事情和案件中牟取利益。前面说过的翟买办，时知县给了他二十四两银子去向王冕买二十四幅画，他克扣了十二两，只给王冕十二两。后来受知县差来乡下约王冕去见知县，王冕不愿去时，他就不走，要求他回复说王冕病了，他又说："害病，就要取四邻的甘结！"彼此争论一番，差人以自己所熟知的律例和办案的程序，用来恐吓王冕等人。还是秦老老到有经验，先整治晚饭与他吃了，又暗叫王冕出去问母亲要了三钱二分银子，等给了差人几钱银子做差钱后，差人才允诺以害病为由暂回复知县。可见衙门人的衣食饭碗是何等宽广，也可见衙门的规矩利害。这样的例子在《儒林外史》里面还有很多。最普遍的形象就是"衙门八字朝南开，有理无钱莫进来"。我们看到，在《儒林外史》里，凡是经过衙门的，不管有理无理，无不破掉许多银两，否则，基本无法全身而退。

如第三回中和尚僧官被一班光棍以和尚妇人光天化日调

情为由，抬到南海县前一个关帝庙前候知县出堂报状时，虽然也找人报与范府，并最后被放了出来，但双方都在衙门口用了几十两银子。这些银子就是衙门的书吏与衙役索要去了。在第五回中汤知县派差人去传严贡生到庭，严贡生早已溜到省城里去了。差人来到，会着严贡生的弟弟严监生，说了公事，严监生是个胆小有钱的人，见哥哥不在家，不敢轻慢，随即留差人吃了酒饭，拿两千钱打发了差役。在那个时代，差人最喜欢的就是严监生这种有钱又怕事的人，一回二回来恐吓拿钱。所以，严监生的舅爷王德也说，衙门里的差人做事，“只拣有头发的抓，若说不管，他就更要的人紧了。”一句话就说到了点子上来，差人“只拣有头发的抓”，只找有钱人来索钱。如果不给的话，那就更中差人下怀，可以一回、二回地来诈取银两了。穷人要钱没有，要命只有一条，一般差人就不会随便招惹穷恶之人，除非命盗案件非抓不可。所以，最后，虽然是严监生自已和原告和解结案，但是，严监生在衙门还是花费了十几两银子，官司才了。不用说，这十几两银子都是“孝敬”给衙门众位书吏与衙役了。

二、衙役借差事主动索要钱财

衙役借差事主动索取钱财，是衙役最主要的贪赃形式。因为有差事，就师出有名，可以“名正言顺”地索要钱财。这在《儒林外史》中，几乎所有衙役索要钱财的形式都是如此。

典型的有书中第四十一回押解沈琼枝的差人了，沈琼枝因为不堪做盐商的妾，偷了一些首饰衣服逃走了，被盐商告到江都县。江都县差人来南京捉拿沈琼枝，刚好那天杜少卿邀请沈去谈诗。见到差人来到，杜少卿为了让差人不难为沈姑娘，赏了差人四钱银子，让差人回到沈姑娘的住处等候。沈姑娘回到住处，见到差人，没有给赏面钱，差人忙说道：

> “千差万差，来人不差，我们清早起，就在杜相公家伺候了半日，留你脸面，等你轿子回来。你就是女人，难道是茶也不吃的！”沈琼枝见差人想钱，也只不理；添了二十四个轿钱，一直就抬到县里来。（《儒林外史》第432页）

这事还未完。在押解沈姑娘坐船到扬州的路上，船家来称船钱。两个差人啐了一口，拿出批来道：

> “你看！这是甚么东西！我们办公事的人，不问你要贴钱就够了，还来问我们要钱！”船家不敢言语，向别人称完了，开船。（《儒林外史》第433页）

差人借着公事，不但像严贡生一样坐霸王船，差点还想向船家要“贴钱”，差人的手伸得够长的，真是有点“风过留痕，雁过拔毛”的景象。船到岸后，差人又问沈琼枝要钱，

> 沈琼枝道：“我昨日听得明白，你们办公事不用船钱的。”差人道：“沈姑娘，你也太拿老了！叫我们管山吃山，管水吃水，都像你这一毛不拔，我们喝西北风！”（《儒林外史》第433页）

从这一段押解过程中，我们看到差人公然地多次向当事人而且是理直气壮地勒索腿脚费的生动景象，这就是当时的普遍现实，差人公然向当事人勒索钱财的陋规。当然，正如差人

所说，“都像你这一毛不拔，我们喝西北风”。确实如此，靠山吃山靠海吃海，靠着诉讼吃官司，由于这些差人的薪酬极低，据瞿同祖统计，衙役的年薪平均六两银子。[①]显然不足一年简单的饮食，因此，这些差人就指望着出差的时候索要鞋袜钱、酒钱、饭钱和车船钱。

在《儒林外史》中，还有一件差人出差捉拿疑犯同时想索要钱财的案件，为我们真实地展示了当时差人出差和办事的真实场景。

事情的起因是五河县有两兄弟余特和余持。余特是贡生，到无为州找到州尊打秋风，州尊让他为一桩风影案说情，得到了酬金130多两银子。后来无为州尊被参使余特过赃一案东窗事发。无为州发函来五河县捉拿余特，但关文误将大哥余特写为弟弟余持，刚好余特还没有回到家。差人来找余持，余持对差人说道（因为下面的内容都是差人、县官和犯人之间的互动，可以反映当时公案的部分面貌，故全文照录如下）：

> “他那里来文，说是要提要犯余持。我并不曾到过无为州，我为甚么去？”差人道：“你到过不曾到过，那个看见？我们办公事，只晓得照票子寻人。我们衙门里拿到了强盗、贼，穿着檀木靴还不肯招哩！那个肯说真话！”余二先生没法，只得同差人到县里，在堂上见了知县，跪着禀道：“生员在家，并不曾到过无为州，太父师这所准的事，生员真个一毫不解。”知县道：“你曾到过不曾到过，本县也不得知，现今无为州有关

① 瞿同祖著：《清代地方政府》，北京：法律出版社2003年版，第108页。

提在此，你说不曾到过，你且拿去自己看。”随在公案上，将一张朱印墨标的关文，叫值堂吏递下来看。余持接过一看，只见上写的是：

无为州承审被参知州赃案里，有贡生余持过赃一款，是五河县人。……

余持看了道：“生员的话，太父师可以明白了。这关文上要的是贡生余持，生员离出贡还少十多年哩。”说罢，递上关文来，回身便要走了去。知县道：“余生员，不必大忙，你才所说，却也明白。”随又叫礼房，问：“县里可另有个余持贡生？”礼房值日书办禀道：“他余家就有贡生，却没有个余持。”余持又禀道：“可见这关文是个捕风捉影的了。”起身又要走了去，知县道：“余生员，你且下去，把这些情由具一张清白呈子来，我这里替你回覆去。”

余持应了下来，出衙门同差人坐在一个茶馆里吃了一壶茶，起身又要走。差人扯住道：“余二相，你住那里走？大清早上，水米不沾牙，从你家走到这里，就是办皇差也不能这般寡刺！难道此时又同了你去不成？”余二先生道：“你家老爷叫我出去写呈子。”差人道：“你才在堂上说你是生员，做生员的，一年帮人写到头，倒是自己的要去寻别人。对门这茶馆后头就是你们生员们写状子的行家，你要写就进去写。”余二先生没法，只得同差人走到茶馆后面去。差人望着里边一人道：“这余二相要写个诉呈，你替他写写。他自己做稿子，你替他誊真，用个戳子。他不给你钱，少不得也

是我当灾！昨日那件事，关在饭店里，我去一头来。”（《儒林外史》第464-465页）

因为来文混淆了余特与余持，这样，就给了余持一个为大哥遮挡的好机会。

“差人办公事，只晓得照票子寻人”，这当然是差人的职责，但也是差人的借口。我们前面谈到过的案例，说汤知县准了状子，差人来找严贡生，严贡生已是不在家了，只得去会严二老官。在这里，按道理找不到严贡生，差人就应该回去了，即使来找严监生，因为俩兄弟早已分开另住，也只能是问问而已，但因为严监生有钱怕事，对差人不敢轻慢，请了差人吃饭，还拿了二千钱才打发去了。这说明，差人办公事，并不一定“只晓得照票子寻人”，而是，“差人做事，只拣有头发的抓。”可见，公人见钱，犹如“苍蝇见血”。所以，一家涉讼，可能四邻遭殃。而且不管三七二十一，一定要带余持上堂，余持也没有办法，只得同差人到县里，跪着禀知县。本来，作为秀才，是可以和知县“分庭抗礼”的，但此时，余持却也要跪着。说明所谓的分庭抗礼，可能要看不同的知县是否执行，并非统一如此。余持在解释完后，知县要他写一张清白呈子来，虽然可以走了，差人还是照样跟着他，说了差人的心里话，“大清早上，水米不沾牙，从你家走到这里，就是办皇差也不能这般寡刺！”差人因为一直没有收到余持的出差钱，所以，不想让余持就这样离开，押着他去找代书写。代书都在茶馆里，而且还有专门的戳子印章。说明清代当时代写状纸是成行成市了，而且比较规范，知县对状纸可能认章不认人了。关于清代讼师的工作习惯方式和有关规范，可以另行参阅有关讼师类的文章。还有，差人要去饭店，原来是他将犯人押于彼处，这是最常见的方式了，不但可以方便押解，也可以方便一回两回地讹诈钱财。也有将犯人押在家里的，如秀水县差人捉拿到宦成夫妇后，就是押解在家里的。万中书被差人捉拿准备解送台州府时，也是押在差人家里。押在家里与押在饭店或茶馆一样，可以方便差人自由地处置和勒索钱财。

第四节　衙役贪赃个案解读

在《儒林外史》中，吴敬梓用了差不多两回的篇目，描写了 位颇有特色的差人如何吃了原告吃被告的案例。原来是当年蘧公孙无意中见到接任其爷爷的南昌太守王惠，收了他给的一个枕箱。后来，把收的王观察的个旧枕箱给丫头双红盛花儿针线，又无意中把遇见王观察这一件事向他说了。不想娄府管家的儿子宦成小时与双红有约，竟大胆走到嘉兴，把这丫头拐了去。公孙知道大怒，报了秀水县，县官出批文出差拿了回来。两口子看守在差人家，央人来求公孙，情愿出几十两银子与公孙做丫头的身价，求赏与他做老婆。公孙断然不依。差人要带着宦成回官，少不得打一顿板子，把丫头断了回来，一回两回诈他的银子。宦成的银子使完，衣服都当尽了。我们看到，刚才说的一幕差人“只拣有头发的抓”这一事又成了现实，而且，这一回，差人在捉拿了两人回来后，并不是马上押解到庭，而是看守在自己家里，一回两回恐吓他们诈他们的银子。直到把他们的银子诈完让他们把值钱的衣服当尽。

本案差人吃完宦成的银子后，打算凭着这枕箱的事，准备敲诈蘧公孙，但因为蘧公孙毕竟是太守之后，不好说话，便找到与蘧公孙比较相熟的马二先生。难得马二先生古道热肠，将自己选书的选金如数拿出来，交给差人，把枕箱买了回来，帮蘧公孙躲过一劫。故事过程精彩生动，这里就不一一细数，仅就差人所说的俗语和歇后语来进行法文化方面的分析。事实上，这些俗语也基本上能够反映出本案的原貌，并包含了丰富的法律文化意识。

1.“开弓不放箭”（《儒林外史》第150页）。差人听说枕箱的事后，就去与一个老练的差人商议，告诉他如此这般：“事还是竟弄破了好；还是‘开弓不放箭’，大家弄几个钱有益？”却被老差人一口大啐，“还亏你当了这几十年的门户，利害也不晓得！遇着这样的事还要讲破！破你娘的头！”骂得这差人又羞又喜。

很多事情，其最大的影响有时并不是后果本身，而往往是事情处于一种不确定状态的时候，就是不知会发生什么样的后果的时候。所以，不管是“开弓不放箭”，还是“杯弓蛇影”，都是老百姓现实生活中的总结，用于比喻只有让事情处于不确定状态不知会发生什么的时候，才会让人害怕。从这个角度来说，传统中国早期实行“法不可知，则威不可测”的策略，就是法不示众，法不公开。但是，这种状况最大的问题就是便于人为的操纵了，因为你不知道规则，不知道后果，就既有可能让执法者随意解释和使用，又让大家没有任何预期，不知今天的行为明天是否受到处罚，这样，就让人对未来甚至对当下都不能有任何把握。这是社会不稳定的根源。因此，后来慢慢地改变了这种状况，将所有法律都公之于众，让大家能够有法可依，可以对自己的行为做出合理的预期。政府部门或司法部门，不能做“开弓不放箭”的事情。政府会使用“开弓不放箭”，这些衙门中人也学会了“开弓不放箭”，都用这种方式来恐吓威逼人民，并用来达到自己的目的。这里，差役就以一个钦赃来作为要挟的“弓”，让弓不停地响，但放不放箭，什么时候放箭，就全拿捏在差役自己手中了。因此，我们发现，差役就凭钦赃在手，不停地敲诈马二先生，把一个老实人吓得团团转，直到差不多榨干马二先生的选金为止。

2.“如入宝山空手回”（《儒林外史》第151页）。差人回来后，对宦成说，“只晓得吃酒吃饭，要同女人睡觉！放着这一注大财不会发，岂不是‘如入宝山空手回’？”

按一般人的逻辑，在原被告对垒过程中，如果抓到对手的把柄，一般就是告之于官，由官直接对对方进行处理，自己就可胜诉或者脱身了。但是，差人却不是这样思维的，正如前述，确实，作为钦赃，人命关天，也可以说“罪大滔天”，但如果事情把弄破了，除了皇帝，不见得对谁有好处。将这件案出首到官，就是杀头充军的罪，但出首人不见得有什么利益。但如果以此为饵，让蘧公孙或其朋友出钱赎回这枕箱，这就是一个很大很好的“宝山”了，用官司的话来说，就是一个好“标的”、“好案件”，如果不能做成这个案件，就很可惜，就是所谓的“如入宝山空手回”了。反映了差人通过官司拿钱的敏锐嗅觉和本领。

3.“过了庙不下雨”（《儒林外史》第151页）。其后差人又对宦成说：“我指点你，你却不要‘过了庙不下雨’。”

当然，这有点价值判断了，如果从事实判断来说，差人是希望宦成能够信守承诺，也就是说，答应好的事情，不要过了就变卦。做人要讲信用，纠纷的发生，很多时候，就是因为没有信用或信用不够而导致的。因此，差人在这里，先是和宦成谈好了事情的处理前提条件，以免到时又发生纷争。另外，也反映了一种朴素的观念，忘恩负义和过河拆桥的事是于人所不齿的，更多的应当是“受人滴水之恩，当涌泉相报”。如果能够做到诚实信用，信守诺言，并且知恩图报，社会就会和谐很多。

4.“钱到公事办，火到猪头烂”（《儒林外史》第152页）。差人找到马二先生后，说了蘧公孙枕箱的事，马二也慌了，不知如何办是好？差人就说：

> “先生，你一个‘子曰行’的人，怎这样没主意？自古‘钱到公事办，火到猪头烂。’只要破些银子，把这枕箱买了回来，这事便罢了。”（《儒林外史》第152页）

“人为财死，鸟为食亡”“有钱能使鬼推磨”“千里为官只为财”等谚语和俗语说明了钱财对于国人的吸引力与重要性，只要有钱，没有办不成的事。本来，公事的办理自有人民的纳税钱来承担，不应再由任何人私下承担，但古代中国就是这样，不管办什么事，或者说尤其办公事，如果没有钱，简直寸步难行。以前有句话说“有理走遍天下，无理寸步难行”，如果改为“有钱走遍天下，无钱寸步难行”可能更为合适。但这恰恰是传统中国社会体制和政府处理问题的硬伤。社会的腐败和问题由此而致百弊生。造成有钱就能办事，无钱什么事也办不了。差人用了一个通俗易懂的谚语，告诉了马二先生，这事情必须用钱才能摆平。本案中，如果马二先生没有钱给差人，后果是不堪设想的，蘧公孙无意中为自己的好心行为招来杀身之祸，还祸及妻儿。好在，马二先生可谓为了朋友两肋插刀倾囊相助。随后，他们就枕箱的价钱问题进行了讨价还价。

5.“河水不洗船”“打蛇打七寸”（《儒林外史》第153页）。马二先生在酒店里，同差人商议要替蘧公孙赎枕箱。

> 差人道：“这奴才手里拿着一张首呈，就像拾到了有利的票子。银子少了，他怎肯就把这钦赃放出来？极少也要三二百银子。还要我去拿话吓他：‘这事弄破了，一来，与你无益；二来，钦案官司，过司由院，一路衙门，你都要跟着走。你自己算计，可有这些闲钱陪着打这样的恶官司？’——是这样吓他，他又见了几个冲心的钱，这事才得了。我是一片本心，特地来报信。我也只愿得无事，落得‘河水不洗船’。但做事也要‘打蛇打七寸’才妙，你先生请上裁！”（《儒林外史》第153页）

差人一席话，把事情说得清清楚楚，且也十分在理。尤其是案件的发展过程，钦案官司要层层上报，过司由院，一路衙门，作为原告也可能要一直跟着。一面对马二说他是拿这样的话恐吓了原告，一面又用“河水不洗船”来表白自己的清白与好心。事实上，对差人来说，表面上是“事不关已”，也就是“井水不犯河水”，这个谚语从法律上来理解，双方并没有因果关系或直接联系，也可以说证据上并没有关联。吴敬梓用这种洗练而清晰的语言，清楚地表明了差人的意思，他与本案没有任何关系。并且用“打蛇打七寸”来告诫马二先生，做事就要做在点子上。任何事情，或者说案件，都有一个关键的节点，或最重要的一点，或者致命弱点，比如蛇的七寸位置，比如“阿喀琉斯之踵”，把这点找出来，把握住主要问题，事情就会很容易解决。

6.“瞒天讨价，就地还钱”“戴着斗笠亲嘴，差着一帽子”（《儒林外史》第154页）。差人要二三百两银子，但马二先生还二三十两银子，惹得差人恼了道：

> 正合着古语“瞒天讨价，就地还钱。”我说二三百两银子，你就说二三十两，“戴着斗笠亲嘴，差着一帽子”。（《儒林外史》第154页）

漫天讨价，就地还钱，在日常生活中，尤其买卖中经常遇到的事情。但是，在谈判中，也经常作为博弈的方法来使用。就也有点类似传统中国时代的一些起诉，“无谎不成状”，夸大事实来起诉，实际上并不是这么一回事。在诉讼和解中，这也是非常重要的一方面。对于对方提出的要求，还是要根据自己的实际情况，报一个比合适更保守的方案，否则，在调解过程中，就没有相应的筹码或退步可让。正如本案中，一个开了二三百两，另一个还二三十两，这才有可能以一百两左右的折中的数额成交。当然，马二先生也是倾其所有了，但是，如果他一开始就报八九十两的话，估计这件事情的成功率就不高了。从心理预期上来说，一开始失望到有点希望比一开始就有比较大的希望后来变成失望或者没有希望，在人的心理上还是挺有影响的。在一个信息不对称或者不足以诚信的时候，“就地还钱”绝对是必要的。正因为两者差别太大，才有了“戴着斗笠亲嘴”的歇后语。但是，也因为在

"就地还钱"的慢慢变化过程中，才有可能从戴着斗笠到慢慢掀开斗笠，甚至到最后的拿掉斗笠，当双方都把预期降低，都能够愿意靠近的时候，才有了最后"亲嘴"的可能，双方达成较为接近或一致意见。这个过程既需要双方有诚意，又需要双方互相让步，根据实际情况做出适当而合理的让步，当然也需要有胆识的博弈。如本案中，当马二先生说出二三十两时，差人就起身准备走，不谈了。因为差人认为马二没有诚意，也不肯出价钱。所以，就有了以下的一个歇后语。

7. "老鼠尾巴上害疖子，出脓也不多"（《儒林外史》第154页）。

确实，马二先生只是一个选家，所得选金毕竟有限，他既想帮朋友，但又想自己也要留一点生活费。而且，他也知道蘧公孙不是一个慷慨的人，他出的银子，也不能指望蘧公孙能还给他，从这方面来说，马二先生确实是值得让人尊敬的，对不是至亲至深交的一个认识不久的朋友，能够做到这一点，确实难得。《儒林外史》还有一个歇后语，"不怕该债的精穷，只怕讨债的英雄"，与这句有点呼应。即使没有什么钱可还债，但如果追债的很厉害的时候，再穷也总还是要有的，就算借也要借出来。就像老鼠尾巴的疖子，挤一挤，还是有脓的。当然，先天条件决定了不可能有很多。这也是为什么差人喜欢"拣有头发的抓"一样道理。

8. "打开板壁讲亮话"（《儒林外史》第154页）。当差人起身要走，不准备谈的时候，这对于马二先生来说，也是一个压力。当然，差人这一行为也是一种策略，是一种博弈的手段，也要考虑到一旦走了，马二先生不挽留的话，可能谈判就崩了。当然，他可能根据马二先生的性格，揣测到马二先生不会就这样算了。果然，马二先生一看，就急了，就与差人推心置腹起来，都是旁人，一个出力，一个出钱，共同积下一个莫大的阴功。差人对此也相对实在一些：

> “老实一句，‘打开板壁讲亮话’，这事，一些半些，几十两银子的话，横竖做不来，没有三百，也要二百两银子，才有商议。”（《儒林外史》第154页）

也开始降价了。这时，就可能最需要双方的诚意了。当然，最先亮底牌的往往是输家，但马二着急为朋友着想，就把底牌露了出来，说全部束脩只有九十二两银子时，一厘也不多了。如果行，就全拿去，如果不行，他也没有办法了，蘧公孙也只好认命了。差人见此，知道不可能再要超过这个数额的赎金了，否则，这事情就谈不成了，那结果可能就是双输。“打开板壁讲亮话”，体现了真诚和实在，但在“逢人只说三分话，不可全抛一片心”的古训下，这种诚信是颇为稀有了。以至在诉讼当中，不仅“无谎不成状”，而且架词设讼，无中生有，黑白颠倒，甚至在诉讼中伪证假证，所以，在中国古代就有“打官司”一说。

9.“毡袜裹脚靴”（《儒林外史》第154页）。对于马二先生说他出的这宗银子，蘧公孙不一定认，也不一定还，差人不问谁出，反正你们原是“毡袜裹脚靴”。

差人这一比喻是说马二先生与蘧公孙是一起的，相互之间“同穿一条裤子”，属于利害关系人，从主体上说，不分彼此，相互连带，从证据上来说，两人有利害关系，不能互为证据。差人用一个丰富生活经验的比喻，说明了马二先生与蘧公孙的关系。

10.“秀才人情纸半张”（《儒林外史》第155页）。这是差人最后说的一个谚语。差人在得知马二先生的最高价钱之后，又心生一计，说古语“秀才人情纸半张”，这奴才既已拐走了丫头，现今有这些事，料想要不回来了，不如趁此写一张婚书，说收到他身价银一百两，合着这九十多两，不就将近二百之数？这分明是有名无实，但从道理上讲确实比较在理。马二先生就写了一张婚书，与九十二两银子，尽数给了差人。这个古语中，是古代对秀才的普遍看法和态度，就是秀才只是一介穷酸书生，其所能提供的是诗文一篇或图画一幅，所费不过一纸而已。但是，还有一句话说“口讲无凭，有书为证”，“白纸黑字——明摆着”，从马二这张婚书，到黄梦统向严贡生出具的借条，又到严监生出具给黄梦统立的纸笔，匡超人秀才炮制的施美卿与黄祥甫的婚书，还有倪霜峰过继儿子给鲍文卿的过继文书，无不透露出这半张纸的重要性，正因为如此，陈正公借银子给毛二胡子没有留下半张纸，差点就什么都要不回来了。由此看来，对于重要证据，还是要以书面为准，以免最后口讲无凭，当对方不愿“打开板壁讲亮话”时，就要吃哑巴亏了。

说到这里，本应结束这个差人冗长的谚语俗语表演了，但是，还有一个小插曲。当这个差人站在门口时，有个人从门口经过，

> 叫了差人一声“老爹”，走过去了。差人见那人出神，叫宦成坐着，自己悄悄尾了那人去。只听得那人口里抱怨道：“白白给他打了一顿，却是没有伤，喊不

> 得冤；待要自己做出伤来，官府又会验的出。”差人悄悄的拾了一块砖头，凶神似的走上去把头一打，打了一个大洞，那鲜血直流出来。那人吓了一跳，问差人道：“这是怎的？”差人道：“你方才说没有伤，这不是伤么？又不是自己弄出来的，不怕老爷会验，还不快去喊冤哩！”那人倒着实感激，谢了他，把那血用手一抹，涂成一个血脸，往县前喊冤去了。（《儒林外史》第151页）

吴敬梓的精彩描述，让我们又一次见识了衙门衙役的“风采”。成全了“那人”的愿望，但两人最后都是输家，一个头破血流如注，一人含冤泪赔挨打甚至入狱。唯一的赢家就是这位差人，因为，他们又多了件案，多了一次收陋规索纸笔费的机会，又多了一次发点小财的机会。

上面这个关于衙役“吃了原告吃被告”的典型案例，现实生活中不一定有这么有文化懂俗语的差役，可能是众多差役的一个典型代表或集合体。通过这个差役的所作所为，我们发现那个时代的差役是如何鱼肉百姓，想方设法敛取钱财的。吴敬梓以他丰富的生活阅历，为我们建立了一个典型的衙役形象，让我们管窥了几百年前的不无真实的历史文化。

小　结

在《儒林外史》中，我们没有例外地发现书吏与衙役有什么不同，他们一如既往地收受或索取的陋规，个别甚至会千方百计地另外索取或制造索取钱财机会。吴敬梓所描写的书役潘三、勒索马二先生的差役两个典型，这两桩个案真的让人感觉触目惊心毛骨悚然。虽然书吏与衙役不是吴敬梓写作的重点对象，但是，我们在书中看到如此生动细致的描写，所得到的具体和深入的认识不是一般条文所能理解和认识的。尽管所有人包括清代的统治者，都认识到书吏与衙役存在的种种问题，但是，“书差为官之爪牙，一日不可无，一事不能少”。①正因为无可替代，只能一方面容忍其贪污腐败，一方面割肉补疮，像是一头负病前行的老牛，并没有更好的解决方式。看来，这不是一个现象问题，而是一个深层次的法律体制问题，是意识和文化传统的问题。但是，尽管没有解决，古代中国的纠纷大都能够得到还算顺利的解决。而且，也并非所有书吏与衙役都是为自己的私利而不择手段，在吴敬梓的笔下，也还有“忠厚不过”的郑老爹，也有劝化牛浦郎和石老鼠的争吵并自愿自掏腰包给点“路贫贫杀人”的石老鼠的两位差人。说明，即使存在腐败，仍然还会有一些有良心的人维持社会的公平与正义。

① 何耿绳：《学治一得编》，见《啸园丛书》。转引自瞿同祖著，范忠信等译：《清代地方政府》，北京：法律出版社2003年版，第95-96页。

第六章 《儒林外史》中的司法官员和司法实践

清代延续传统，将科举作为选拔官员的主要途径，如果从科举考试的内容来看，与律例并没有联系，科举考试的主要内容是“四书”“五经”，不涉及专门律例知识。在清代初期，科举考试还有一个内容就是对“判”的考核，判题主要来自当时的律文，针对存在的社会问题或违法事项，要求考生依据有关律例进行试判。对于答题的标准，顺治帝曾经规定：“场中作判，务宜随题剖断，引律明确，不专以骈丽为工。”[①]但实际上，不少判官在后来的审判案件中，对于判词的写作，还是以“骈丽为工”，这是后话。通过这种方式选拔出来的官员，由于受到“八股文”思想和形式的束缚，其知识有较大的局限性，谈不上具有司法专业水平。也有人认为，律经互通，士人精通经学，实际上就把握了礼学与律学的关键所在。[②]应该说，这种结论在清初是成立的，通过对儒家经典的认真阅读和理解，在“引经入法”的时候，确实有比较大的作

① 《钦定大清会典事例》卷二百六十六，《礼部三十四·贡举·试艺体裁》，页1646。

② 杜金:《清代司法官员的法律知识研究》，中山大学博士论文，2010年，第22页。

用，尤其是在“经义决狱”的时候，问题是，对于具体的司法过程与司法引证方面，这种经学对律学的影响还是有待观察的，因此，古代中国的司法官员尤其是知县和知府官员的断案，主要还是依赖于师爷幕客。尤其是在科举考试取消试判后，考生对律例知识的学习和了解，基本上只是局限于自己日常生活的基本认识，以及由于某种机会所接触到的所见所闻，另外，还包括对律例一些基本原则的把握。

关于清代的司法官员及其法律知识问题，已有相关的研究文章。[①]这些作者对清代司法官员的法律知识进行了系统而深入的研究，其研究结论是，清代的司法官员尽管法律知识不充分不完备，但基本上能够胜任日常案件的审理工作。[②]当然，也有对此持不同意见的。[③]在《儒林外史》中，我们对书中所涉及官员进行一个简单的分类，并对其中司法官员的司法活动进行分析研究，解读吴敬梓眼中的官员形象和法律素养，以及相关司法官员在司法实践中的具体表现，以期对这一相关的研究提供不同角度的认识。

① 参见徐忠明、杜金：《清代司法官员知识结构的考察》，《华东政法学院学报》2006 年第 5 期；张小也：《儒者之刑名——清代地方官员与法律教育》，林乾主编：《法律史学研究》第 1 辑，北京：中国法制出版社 2004 年版。等等。

② 杜金：《清代司法官员的法律知识研究》，中山大学博士论文，2010 年，第 148 页。

③ 郑定与杨昂认为，由科举考试出仕的清代司法官员根本不能胜任具体的司法事务。参见氏著：《不可能的任务：清代冤狱之渊薮》，《法学家》2005 年第 2 期。

第一节 司法官员

《儒林外史》所涉及到的主要官员有20多名，其中知县（或曾任知县）12名，分别有诸暨县知县时仁、南海县知县、高要县知县汤奉、德清县知县、安东县知县向鼎、接任的安东县知县董瑛、乐清县知县李本瑛、同官县知县尤扶徕、江都县知县、彭泽县知县、五河县知县以及方县尊。因为有的只是涉及某县的知县，并没有说具体姓名，所以，只列了某县知县。知府（或太守、知知州）有6名，分别有南昌太守蘧佑、南昌太守王惠、贵州知州董瑛、安庆知府向鼎、无为州知州、台州知府，其中董瑛和向鼎均由知县升任。其他官员约10名（个别仅有提及的并不统计在内）的官员（详见附表5）。据不完全统计，这些知县和官员一般为进士出身，个别也有举人或贡生，大都是正途出身，仅有个别是征辟出身的。按照中国传统的儒家教育，以“四书”“五经”为学习的主要内容，这些儒家经典所培养出来的官员应当是一个忠孝两全，精忠报国，廉洁奉公，勤政爱民的“人民公仆”的官吏，但是，事实上，在吴敬梓眼中，是否全都如此呢?

一、循吏：理想还是现实?

“循吏”的使用源于司马迁《史记》中的《循吏列传》，后来为班固的《汉书》以及范晔的《后汉书》所沿用。对于历史上关于循吏的含义与差异，余英时曾做过精细的辨析。[①]同时使用的名称还有“良吏”“能吏”或“良政”。那么，到底什么叫作“循吏”？按司马迁的说法是：“奉法循理之吏，不伐功矜能，百姓无称，亦无过行，作循吏列传。”[②]关于如何理解和具体解释“循吏”，徐忠明在仔细辨析了《史记》与《汉书》关于循吏的具体使用范围时，进一步得出“循吏”的特征：“即是富民、教化和理讼。其中，‘富民’系指兴修水利、耕稼力田；‘教化’即是仕进教育和平民教育（包括移风易俗）；‘理讼’乃指平息盗贼和平决狱讼。”[③]当然，朝代的不同，要求也不同，侧重点不一样，对循吏的理解与解释也有不同，有时，由于其所从事的工作不一样，对循吏的理解与解释也不同。但是，循吏一般都受老百姓的喜欢和爱戴，尽管循吏并不一定是廉洁公正的代表。另外，作为一种参考，我们结合吴敬梓在《儒林外史》中的有关描写，看看当时是否存在循吏或循吏式的官员。

《儒林外史》第二回，吴敬梓首先介绍了一位六十多岁的老童生周进，家道贫穷，先是在县城顾老相公家坐馆，学生进学后，被介绍去山东兖州府汶上县薛家集坐馆。其间饱受其他秀才的奚落和举人的嘲笑，后因被误解，他又不会承奉人，一年后失馆回家，在家日食艰难。其姐夫金有余来请他去省城帮几个大本钱的生意人记账。后来，这几个人听说

① 参见余英时：《士与中国文化》，上海：上海人民出版社 2003 年版，第 134-139 页。

② 参见《史记·太史公自序》，转引自徐忠明：《情感、循吏与明清时期司法实践》，上海：上海三联书店 2009 年版，第 74 页。

③ 徐忠明：《情感、循吏与明清时期司法实践》，上海：上海三联书店 2009 年版，第 82 页。

周进的艰难考试史后，难得他们有钱有情有义，每人借出几十两银子给周进捐监进场考试。幸运的是，周进中了举人，接着又中了进士，殿在三甲，授了部属。三年后升了御史，钦点广东学道。

周学道虽也请了几个看文章的相公，却自己心里想道，自己在这里面吃苦久了，如今自己当权，须要把卷子都细细看过，不可听着幕客，屈了真才。到广州上任的第三场监考的时候，他最后点进一个童生来，面黄肌瘦，花白胡须，头上戴一顶破毡帽。广东虽是气候温暖，这时已是十二月上旬，那童生还穿着麻布直裰，冻得乞乞缩缩，接了卷子，下去归号。出来放头牌的时节，周进坐在上面，只见那穿麻布的童生上来交卷，那衣服可能朽烂了，在号里又扯破了几块。周进因为同情范进，用心用意地看了三遍考卷，才感觉到范进的文章真好像是天地间之至文，真乃一字一珠！立即填了首名，正如他想的不要屈了真才。

吴敬梓把周进的心理活动描写得清清楚楚，一是，他决心为朝廷选取真才；二是，他颇具同情心，不因范进贫穷而瞧不起他，相反，他能将心比心，设身处地，为一个素昧平生的考生着想；最后，他自认为范进文章是至文，将范进取为第一名，还赞扬和勉励他，说他的文字火候到了，即在此科一定发达。果然，范进接连中举人，中进士，后来授职部属，考选御史，数年之后，钦点山东学道。因此，吴敬梓称之为“周学道校士拔真才”。

乐清县知县李本瑛也是一个积极教化的官员。

匡超人回到家后，听从马二先生的教诲，每天在做完生意服侍好父亲睡觉之余，就点灯念书。有一晚念到二更天，本县知县李本瑛刚好经过，听到读书声，后来了解到匡超人是个孝子，是个小本生意人，每天念书到三四更天的情况后，觉得惨然，就让潘保正发了一个帖子给他，上写："侍生李本瑛拜。"让他去参加县考。一个堂堂知县，竟然对一个小小乡村里的小本生意人如此尊重，可见，李本瑛怜才爱才惜才重才之意。二次考试下来，李本瑛取了匡超人为案首。后来又送了二两银子给匡超人去参加府考，府考过，接着院考。院考时，李知县辕门见学道，跪在学道面前说："卑职这取的案首匡迥，是孤寒之士，且是孝子。"（《儒林外史》第182页）然后把他行孝的事细细说了，请学道多关照。学道也认为"士先器识而后辞章"，果然内行克敦，文辞都是末艺。此科，学道也取中了匡超人。数月后，李本瑛行取进京，授了给事中，他又寄书予匡超人，约他进京要照看他，后又帮助匡超人考取了教习，准备进一步做官。

周进从自己的切身遭遇出发，认真阅卷读文章，以免屈了真才，以至提拔了范进。而李本瑛看重匡超人是孤寒之士，也对他照顾有加，把他从一个小本生意人，到帮助他考取秀才，直到最后考取教习，三年期满后便可以照例授职，甚至可以做知县。孝道是传统中国最为重视的，所以，看一个人品行如何，就看他有无孝行。而匡迥在早期的孝行确实感人至深。至于后来的蜕变，一是因为近墨者黑，不但结识了一批假学道假君子，而且还与书役潘三一起做起枪手等不法行当；二是读书并不求学习而只是为了及第，科举的教育起了反作用的效果；三是因为贪图富贵攀高结贵，日渐顺利心生势利，正如他父亲临死前告诫他一样，不幸一一灵验。但不管怎么说，两位官员，对与自己非亲非故的人能青目一二，加以提携，鼎力扶持，其为朝廷选拔人才尽心尽力的心意还是值得让人称道的。

《儒林外史》第八回写到南昌原太守蘧佑，进士出身，以年老告病为由急流勇退。据蘧佑公子蘧景玉介绍，蘧太守在任数年，布衣蔬食，不过仍是儒生行径，历年所积俸余，约有二千余金，后来都交给接任的王惠作为仓谷、马匹、杂项之类短缺的填补。对于地方出产及词讼之事，“准的词讼甚少，若非纲常伦纪大事，其余户婚田土，都批到县里去，务在安辑，与民休息。至于处处利薮，也绝不耐烦去搜剔他。”在主政期间讼简刑清，幕宾在衙门里都吟啸自若。这样的不下乡不扰民，讼简刑清，与民休养生息，就是最大的善政，最好的仁政。

与蘧太守有相似情怀的还有本书作者最为敬佩的虞育德博士和庄绍光。虞育德的出场充满期待，首先是祭泰伯祠需要一个主祭，按迟衡山的说法，这个主祭须得是个圣贤之徒，是个大圣人。吴敬梓在书目中评价：“常熟县真儒降生，泰伯祠名贤主祭”，襟怀冲淡，上而伯夷、柳下惠，下而陶靖节一流人物。虞育德的名字来源于文昌帝手递的《易经》上一句“君子以果行育德”。虞博士后担任南京的国子监博士，做官期间，下属劝他学前任做生日，一年做两次，收些贺礼。虞博士认为这样刮财就让人笑话了。他乐善好施，助人为乐。有一个监生，因为犯赌博来收管，虞博士听说了他的冤枉，就把他留在书房里一桌吃饭，让他睡在书房。后来到府尹那里帮他辩白了。那位监生对博士感激不尽，用他的话来说：

> 辩白固然是老师的大恩，只是门生初来收管时，心中疑惑，不知老师怎样处置，门斗怎样要钱，把门生关到甚么地方受罪。怎想老师把门生待作上客。门生不是来收管，竟是来享了两日的福，这个恩典，叫门生怎么感激的尽！（《儒林外史》第382-383页）

不仅如此，一次，虞博士在考场监考，发现一个考生夹带，忙将文章藏好，随后才还给他。后来该考生考了一个二等，来谢虞博士，虞却推说不认得他，对此，虞博士的解释是“读书人全要养其廉耻，他没奈何来谢我，我若再认这话，他就无容身之地了。”他还把他一个陪嫁过来的丫头，配了姓严的管家。那奴才看见衙门清淡，没有钱寻，前日就辞了要去。虞老师从前并不曾要他一个钱，白白把丫头配了他。还给了他十两银子，又把他荐在一个知县衙门里做长随。

由于他的盛名，他被江南众名儒推荐担任了泰伯祠主祭。主祭当日，围观的众人都说：

> 我们生长在南京，也有活了七八十岁的，从不曾看见这样的礼体，听见这样的吹打！老年人都说这位主祭的老爷是一位神圣临凡，所以都争着出来看。（《儒林外史》第391页）

后来，朝廷知道了虞博士的德行，又授了新职。但他并不以为意，想着能够养活自己夫妻两个就罢了。不求飞黄腾达，不求荣华富贵，不求“十万雪花银”，与蘧太守的想法相似，被称赞为“难进易退，真乃天怀淡定之君子。”（《儒林外史》第477页）

庄绍光在被皇帝征辟后，皇帝本来有大用之意，拟用为辅弼，多少人梦寐以求，但由于庄绍光不肯拜立山头，被近臣进谗。最后向皇帝"恳求恩赐还山"，皇帝也只好同意了，将南京元武湖赐与其著书立说，鼓吹休明。

第三十四回说到杜少卿的父亲，按高翰林的说法：

> 到他父亲，还有本事中个进士，做一任太守，——已经是个呆子了：做官的时候，全不晓得敬重上司，只是一味希图着百姓说好；又逐日讲那些'敦孝弟，劝农桑'的呆话。这些话是教养题目文章里的词藻，他竟拿着当了真，惹的上司不喜欢，把个官弄掉了。（《儒林外史》第356页）

他这番话，正如迟衡山说的，表面是骂少卿，不想倒替少卿添了许多身份。而且也为少卿的父亲杜太守树立了一个循吏的形象，不会为了自己的升迁，一味地讨好上司，而是讲"敦孝弟，劝农桑"，为百姓好，替百姓忙。古代中国的体制是一个自上而下的体制，而不是自下而上的体制，因此，如果要升迁，非得到上司的赏识和认同不可，正所谓"朝中有人好做官"，即使自己再有天大的本事，如果上司不赏识，没有人提携，能够不被贬就已经不错了，升迁基本上是不可能的事。因此，这种体制下，容易造就奴才、走狗、溜须拍马之徒，而有真才实学真正为百姓服务的官员处境艰难。

在《儒林外史》中，吴敬梓还一反常态，写了一个颇为传奇的非儒林士人，就是侠士式的人物萧云仙。他首先是苦练弹子功，用弹子功打败了贼头假和尚赵大，并救了原来在甘露寺做主持的老和尚。后来遇见王惠的儿子——郭孝子，郭孝子赞扬他道，“像你这样事，是而今世上人不肯做的，真是难得。”（《儒林外史》第408页）并进一步劝他趁年轻有为要为朝廷出力，博得一个封妻荫子。

恰好当时四川松潘卫边外生番与内地民人互市，因买卖不公，彼此吵闹起来。那番子持了刀杖器械大打一仗，将青枫城一座强占了去。巡抚将事由奏到京朝，朝廷看了本章后降旨差少保平治前往督师夺回城市。萧云仙前往投军，后被封为千总职衔，领了五百名步兵做先锋开路，萧云仙有勇有谋，就凭这五百人，杀败了番兵，夺回了青枫城，并被授了千总实职。后又被授权留守修城，萧云仙用心用意，足足有三四年，把城筑成功。又出榜招集流民进来居住，并在城外开垦田地，兴修水利，还大种树木保持水土和美化环境。众百姓感激萧云仙的恩德，在城门外盖了一所先农祠，中间供着先农神位，旁边供了萧云仙的长生禄位牌。又在墙画萧云仙纱帽补服，骑在马上，做劝农的光景。百姓家男男女女，到朔望的日子，往这庙里来焚香点烛跪拜。

看着百姓家的小孩子不会读书，就请了一位江南来的沈大年秀才做先生。为了扩大教育范围，萧云仙还将带来驻防的二三千多兵，拣认得字多的兵选了十个，托沈先生每日指授他们。同时开了十个学堂，把百姓家略聪明的孩子都让在学堂里读书，读到两年多，沈先生就教他做些破题、破承、起讲，做起八股文来了。但凡做得来，萧云仙就和他分庭抗礼，以示优待。

我们根据徐忠明归纳的循吏的概念，“富民、教化和理讼”，结合吴敬梓所刻画的上述六位官员的形象，我们发现，周进与李本瑛基本上是属于同一类，他们重视教育，重视发现人才和培养人才。从国家的角度来说，也是为国家选拔真才，当然，限于他们的认识，他们可能所选的人才不一定是社会的精英人才，不一定有真才实学，如范进；也有可能后来成为势利之人，如匡超人。但是，难能可贵的是，他们都是看重人才本身，不管出身，也不求回报，没有借机敛财，这在科举作弊流行之时尤为难得。因此，这两位官员拟可归于循吏之列。

蘧佑、庄绍光、虞育德三位官员，他们有一个相同的特点，都是对做官并不是孜孜以求。蘧佑在任上数年，“所积俸余”只有二千余金，全送给接任太守王惠，回家时仍然儒生一个。而且在任上采用的管理政策主要是无为而治，清刑简讼，让老百姓尽量安居乐业，真正是清官一个。而担任了国子监博士的虞博士，同样对做官没有更大的追求，没有利用他做官的地位和机会去敛财致富，基本上靠俸金生活。在南京做了六七年博士，每年也只是积几两俸金，挣了三十担米的一块田。即使准备另有任用，他也只是想着做几年饿不死就算了，并不求“十万雪花银”。他在任上的时候，常常以身作则，教化读书人。有个考生考试时挟带，他尽力维护其尊严。通过这种方式来教化，比单纯的处罚就更具有重要的作用和意义了。他参加的泰伯祠主祭，不但众望所归，而且也是实至名归。

因此，他们不仅是难得的清廉官员，也是务在安民富民的官员，更重要的是，他们实行的教化，不但是言传，而且更重于身教，富有成效和意义。当然，也许对中国古代官僚体制来说，这样的官本来就不多，但他们仍然急流勇退，让“劣吏驱逐良吏”，这是他们对朝廷的官僚体制的不满，是让自己洁身自爱。对于传统官僚体制而言，一个人的力量是微弱的，也无法挽救“凡官皆贪”的境况。这只能是体制的原因，而不能苛求个人，他们这样的胸怀确实是属于“天怀淡定之君子”了。虽然他们都向往归隐或者后来真的归隐了，但总也抹杀不了他们对朝廷、对社会、对民众所做的努力和贡献，他们树立的形象，他们建立起来的一些制度，以身作则，廉政为民，用上述循吏标准来衡量，也应可归入循吏的范围。

至于萧云仙，他虽然是一介武夫，但我们看到，他不仅为国家立了战功，而且在管理青枫城时，开垦荒地，兴修水利，大办教育，修筑城墙，让民众安居乐业，被读书人比为当年的班超。可就是这样一位能文能武的官员，后来却被朝廷以任意浮开的罪名，被工部核减追赔七千五百二十五两银子，把父亲留给他的家产全部充公了还少三百两银子。但他父亲在临死前仍然要求他“做人以忠孝为本，其余都是末事。”用“富民、教化和理讼”来衡量，萧云仙确实当之无愧，这应该是典型的循吏了。而偶然提到的杜少卿父亲，“敦孝弟，劝农桑”，也同样是富民和教化的典型。

从吴敬梓的笔下我们发现即使在科举时代，物欲横流，贪腐成风，但也不乏一些光明磊落之人，一些品行高尚的士人，一些勤政爱民的文官和尽忠报效国家的武官。虽然王亚南认为一部中国史，实际上就是一部官僚贪污史。[1]尽管吴敬梓基本上对大部分科举士人极尽讽刺和嘲笑，但从他上述所介

① 参见王亚南：《中国官僚政治研究》，北京：中国社会科学出版社 1981 年版，第 112-122 页。

绍的六位人物来看（占本书中26位官员的23%），还是有不少清官和循吏，仍然有值得肯定的人物。从《儒林外史》的篇章结构看出，吴敬梓除了树立王冕的典型，以及文后所添的四客外，并无特别用意为具体那一个官员立传，他所写的人物太多都在他生活中可以找到类似的原型，[①]说明即使在那个如此黑暗的官场，也仍然不乏一些官员“出淤泥而不染”。这在阅读《儒林外史》中，容易让人忽视但实际上十分重要的一点，让人对那时的官员有一种恰当和公平一些的认识和评价。也同样认识到，传统中国其实还有相当一部分官员是廉洁和爱民的。

二、酷吏：现实还是想象

司马迁作了《史记·循吏列传》，还作了《史记·酷吏列传》，酷吏的特征为“其治暴酷”“直法行治”“暴酷骄恣”“其治如狼牧羊”“内深次骨”，等等。

由于朝代的不同，对酷吏的理解和认识也不同，比如两汉对酷吏的理解就不一致。[②]酷吏的诞生，既说是因为汉武帝想通过酷吏打击各地豪强和富商巨贾，严惩权贵奸臣，以巩固统治，同时借机聚敛财富重新分配。汉武帝的愿望或许是良好的，但是酷吏的不择手段的严刑峻法和滥杀无辜，表面上治安暂时出现了太平，实际上造成冤案丛生，坏了规矩，同时，也造成“法令滋章，盗贼滋起”，社会太平的表面下社会秩

① 参见何泽翰：《儒林外史人物本事考略》，上海：古典文学出版社1957年版。

② 参见刘德杰：《两汉酷吏的文化阐释》，《南都学坛（人文社会科学学报）》2008年第6期。

序被严重破坏。汉代酷吏横行，实际上与皇帝的纵容不无关系，正是“上以为能，至太中大夫”“上以为尽力无私，迁为御史大夫”。当然，即使是酷吏，也具备某些品质，如郅都的“伉直”，及其“行法不避贵戚”和“居岁余，郡中不拾遗”等，“其廉者足以为仪表”。据此，酷吏的主要特征是：酷、能、傲、廉。其中“酷”是酷吏的基本特征，包括一是严刑峻法，二是杀伐过滥。“能”一般是指精通律例，而且坚决果断，办案效率高。“傲”是指酷吏不妥协不附和，当然，是指他们不攀附权贵，但并不影响他们对皇帝的“忠”或刻意奉承。“廉”严格来说并不完全是他们的特征，但是，如果能做到廉洁的话，他们就可以理直气壮地用严刑峻法打击权贵和豪强，并且不被抓住问题。但在古代中国，真正的廉意味着差不多要不食人间烟火了。

《儒林外史》第一酷吏非王惠莫属了。王惠早在周进还在薛家集坐馆时就中举了，直到在他中举时才七岁的荀玖也一起参加会试时，他们俩才同榜中了，王惠当年“梦想成真”。此时，王惠已经是须发皓白六十多岁了。不久被任命为南昌太守，接任辞职归故里的蘧佑太守。

王惠在任太守期间，将前任太守衙门的三声“吟诗声，下棋声，唱曲声”变成“是戥子声，算盘声，板子声”，并且自播：“而今你我替朝廷办事，只怕也不得不如此认真。”王在正式上任后：

> 钉了一把头号的库戥，把六房书办都传进来，问明了各项内的余利，不许欺隐，都派入官，三日五日一比。用的是头号板子，把两根板子拿到内衙上秤，较了

一轻一重，都写了暗号在上面。出来坐堂之时，吩咐叫用大板，皂隶若取那轻的，就知他得了钱了，就取那重板子打皂隶。这些衙役百姓，一个个被他打得魂飞魄散。合城的人，无一个不知道太爷的利害，睡梦里也是怕的。因此，各上司访闻，都道是江西第一个能员。做到两年多些，各处荐了。适值江西宁王反乱，各路戒严，朝廷就把他推升了南赣道，催趱军需。（《儒林外史》第91-92页）

从上述描述中，我们发现了王惠的严酷，不仅把满城的百姓，还有衙役，都一个个打得魂飞魄散，连睡梦都是怕的。从严刑峻法、重典施政这个角度来说，王惠毫无疑问可称之为酷吏。但他并没有廉的声名，一到任就问“地方人情，可还有甚么出产？词讼里可也略有些甚么通融？”（《儒林外史》第91页）甚至一直想着当官赚钱荣华富贵。而且他的严刑峻法，也只是针对老百姓和衙役，而不是豪强劣绅或权贵，因此，并不算是典型的酷吏，最多也就是吴敬梓说的“江西第一个能员”。即使这样的一个能员，其主要目的还是升官发财。在江西宁王反乱中，朝廷把他提升为南赣道，催趱军需。但他所在的城被宁王攻破，只好逃窜，被宁王抓获后，随即归顺宁王，被封为江西按察司之职。宁王兵败后，王惠又是只身逃走，最后隐姓埋名遁入空门。

酷吏是君主专制体制下的产物，同时，也可以说是牺牲品，皇帝用酷吏，是为了维护统治和巩固政权的需要。酷吏敢于或勇于与豪强权贵作对，符合皇帝的利益，一定程度上也符合普通老百姓的利益。所以，酷吏的政绩一开始都是相当突出，尤其是社会的治安，表面上一片太平，因为不管是什么人，全都被酷吏的气势压倒了。为此，酷吏也因此得到皇帝的喜欢并因此而得到升迁，这也是有人愿意或喜欢做酷吏的原因之一。但是，酷吏也同样会为社会甚至为皇帝所不容。酷吏严刑峻法，实则是破坏法度，严刑拷打之下，何求不得？因此，酷吏往往使用严刑、酷刑和重刑，为取得自己所需要的供词不择手段，加上自以为懂得律例，自以为是，刚愎自用，践踏法制，把律例玩弄于掌股之间。因此，对社会的法制造成极大的破坏。虽然他们在官场有时常能平步青云，但最终的结局往往很悲惨。皇帝为了平衡关系，为了讨好权贵，更是为了法制的统一，也同样对他们严刑处罚，以平民怨与权贵的憎恨。皇帝杀酷吏，也是为了维护统治政权。因此，酷吏并不是谁想当就能当的，酷吏不好当，也少有人能当，因此，酷吏历代都是比较少的。如果按司马迁的《酷吏列传》解释的特点，从某方面来说，酷吏的典型应该还包括像包公和海瑞这样所谓的清官。①

因此，王惠无疑是《儒林外史》中第一位也是唯一一位酷吏。

三、俗吏：普遍抑或个别

除了以上所说的循吏和酷吏外，还有一种介乎于二者之间的，才能并不如此出众，品格并不如此高尚，业务并不十分

① 参见徐忠明：《包公故事：一个考察中国法律文化的视角》，北京：中国政法大学出版社 2004 年版。

精通，业绩也不会显赫，也没有特别的清正廉洁，当然，也没用心狠手辣的酷刑，不敢得罪任何豪强或豪绅，还谈不上刚正不阿或公正严明。这或者说可以归入第三类，即庸吏或俗吏之列。应该说，在古代中国，数量最多的还应当是俗吏或庸吏。但是，俗吏或庸吏也有种种不同的表现，也有各种类型。《儒林外史》中并不乏这样的官吏。这种官吏又可以分成两种，一种是属于贪官污吏型的，一种基本上是称职或者比较勤政的。

《儒林外史》第一回说到的危素和时仁，吴敬梓借王冕的口说“时知县倚着危素的势要，在这里酷虐小民，无所不为。”并且王冕为避免因不去奉承他们而被“计较起来”，只好远走山东济南逃避。从这句话里，说到两个官吏，互为利用同样作恶。没有更多的资料说明他们是否还具有“能、傲、廉”，所以不能认为他们够得上酷吏的资格。但显然，他们的“无所不为”，就包括了贪赃枉法，无恶不作，胡作非为，鱼肉百姓，可以归入贪官污吏行列了。第七回说到的两淮盐运使司盐运使荀玫，也是因为贪赃被拿问了；还有第四十回说到的江都县知县，本来准了沈大年的状，但收了盐商的贿金后，又“不准”了；第四十四回说到的无为州的知州，让余特去做说客，对一件杀人案私和了事，并以此让余特收取说情费，最后也被参处。《儒林外史》中约有5位关于贪官的描述（约占19%），他们在案件中有明确的贪赃或枉法的行为，这些官员都可以归入贪官污吏的行列。

除此之外，从官员列表中看到，其他官员的表现相对中规中矩，比较特殊一点的有两位县令，分别是高要县令汤奉和彭泽县知县。

小说第四回说到的汤知县，本来奉旨禁宰耕牛，上司行来牌票甚紧，后来有个老师夫代表几个教亲，送来牛肉五十斤，要求知县放宽松些，否则连饭也没有得吃。但汤知县受到张静斋的唆使，第二天带进老师夫后，重责三十板，并把五十斤牛肉堆在枷上示众，枷了三日，把人枷死了。

平心而论，老师父只是送了牛肉过来给知县，按《大清律例》，屠牛属于大罪，但除了送的牛肉外，毕竟还没有再进行屠牛，论罪不至于死。但汤知县却滥用刑律，滥加处罚，为了自己的升迁而草菅人命，将人枷死了，其行径与酷吏的酷刑无异。所以，民众心里不服，曾聚众数百人，鸣锣罢市，闹到县里来，不敢得罪知县，只是声称要将张静斋揪出来打死偿命。后来县里学师、典吏，都出来安民，说了许多好话，民众才渐渐散去。后来，按察司接到汤知县的报告后，也责怪汤知县的草率。但是，汤知县还是有一些善政，审理了不少案，对严贡生并没有因为其是生员而网开一面。

还有一位就是彭泽县县令，他在接到辖区内的盐船被抢的报案后，竟然认为本县法令严明，地方清肃，没有此事。反而认为报案人是自己侵用了，乱报案，希图抵赖，甚至还把他们打了一顿。

明明是被人抢了盐，却告状无门，反而被痛打了一顿，真是“告也无处告，诉也无地诉”，哑巴吃黄连，说不出来的苦。彭泽县县令之所以有案不立，还痛打报案人，这与清代的一些规定有关。根据《吏部则例》《六部处分则例》和《清会典》等有关加级和有资格谒见皇帝的规定，“一个州县官，只要他没有增加税费或滥用刑罚，只要在其辖区没有盗贼大案、赋税拖欠，官帑官粮亏空，只要该地百姓生活安定且在其任期内地方秩序环境有所改善，就能获此荣耀。”[①]由此，我们不难理解彭泽县知县的用心了。

上述几位可归入庸吏或俗吏的行列。从《儒林外史》中的有关官员司法和执政状况可以看出，大约有15位司法官员属于此类，占全部官员的58%左右。可以说，大部分官员都是属于庸吏或俗吏。

我们从《儒林外史》中看到各种各样的官员形象。我们虽然不能特别细致地观察到这些官员尤其是司法官员的历史与心态。但是，通过他们对案件的态度，他们的案件处理前后的表现与行动，可以看出司法官员的思想、认识和观念。我们不无惊喜地看到，尽管在吴敬梓笔下有那么多贪官污吏，但是，仍然也有不少属于循吏式的官吏，他们的公正司法、严肃执法、为民司法的精神还是让人感觉到欣喜的，让我们对清代司法的认识并不总是那么灰暗，并不都是“三年清知府，十万雪花银”。这里的“清知府”，是指“清朝的知府”，还是指“清廉的知府”？也许会有一些不同的解读。但是，这并不是最重要的。不管是清朝的还是清廉的，在做了三年官后，都有十万两银以上。《儒林外史》让我们认识了不同的类型的官员。

① 瞿同祖：《清代地方政府》，北京：法律出版社2003年版，第60页。

第二节 司法官员的理讼

瞿同祖判断过知县“除了维护治安这一首要职责以外，最重要的是征税和司法。”[①]因此，司法是知县的主要职责之一，《儒林外史》中进行过案件审理的有南海县知县，高要县汤知县，德清县知县，安东县知县向鼎，江都县知县，彭泽县知县，五河县知县，统计中审理过案件的占没有审理案件的一半以上。有的知县审理案件比较多，如高要县知县汤奉，在《儒林外史》中，他审理的案件最多，审理了六件案件，其次是继任安东县知县向鼎，审理了三件案件。有的只是简单写什么案件经过某知县的手，并没有写具体的审理过程或结果，有的没有直接写到他们审理案件。实际上，审理案件是这些县令的基本职责之一，这些县令大都有审理过案件的经历，即使原来没有律例方面的知识储备，但在刑名师爷的协助下，经过对具体案件的审理，都或多或少地具有了相应的律例知识，基本上可以胜任有关案件的审理，解决一些实际的纠纷。这些知县在经历了县令的任职后，个别得到了升迁，其中最突出的就是因为被参“相与做诗文的人，放着人命大事都不问”的向鼎知

① 瞿同祖：《清代地方政府》，北京：法律出版社2003年版，第31页。在其著作的引文中说到，《钦颁州县事宜》第42页b提道：“一州县所司不外刑名钱谷。”黄六鸿在其手札《福惠全书·凡例》第3页b说道：“有司以刑名钱谷为重，而刑名较钱谷为尤重。”不过，在同一本书的卷六第1页他又说：“夫有司之职，大要钱谷为重。”这一矛盾似乎表明，两大职能的重要性，取决于一个人处理问题的态度和方法：究竟他是从司法还是从政府税收的角度考虑问题。

县，被上司查访后参报上级，差点就被革职查办了，因为偶然的机会没有被参成，后来还升任安庆知府和福建汀漳道，其前任知县董瑛也官至贵州知州。

除了上述知县审理案件外，也有知府或知州审理较大的案件或上告案件的，如高要知县汤知县审理的严监生遗孀赵氏状告大伯严贡生立嗣案，严贡生不服汤知县的处理，赴府上告，府上令高要县查案，汤知县查案上去批了个“如详缴”，严贡生更急了，到省赴按察司上一状，司批“细故赴府县控理”。可见，一般的民事案件在州县审理，但可以逐级上告，是否受理由上面的机构决定。也由此可以知道，这些知府或知州一般都是由知县升任的，都具有相应的法律知识。除了董瑛、向鼎外，还有无为州知州，台州府知府等，都从事案件审理，具有相应的法律知识，熟悉律例的运用。

《儒林外史》中的案件五花八门（案件列表详见附表6），我们根据列表中的案例来具体考察一下清代司法官员的理讼。希望通过这种考察，能从中窥见清代案件审理的一些端倪，反映清代司法的一些特点，以及反映出清代的一些社会问题和现状，尤其是关于清代法律文化的一些现象与特征。

一、汤知县的案件审理

在《儒林外史》中，汤知县一共处理过六件案件（以下的案件编号主要是按照《儒林外史》一览表的顺序和序号进行排列，方便对照查看）。

［案件2］向张静斋道：“张世兄，你是做过官的，

这件事正该商之于你，就是断牛肉的话——方才有几个教亲，共备了五十斤牛肉，请出一位老师夫来求我，说是要断尽了，他们就没有饭吃，求我略松宽些，叫做‘瞒上不瞒下’，送五十斤牛肉在这里与我，却是受得受不得？”……张静斋道：“依小侄愚见，世叔就在这事上出个大名。今晚叫他伺候，明日早堂，将这老师夫拿进来，打他几十个板子，取一面大枷枷了，把牛肉堆在枷上，出一张告示在傍，申明他大胆之处。上司访知，见世叔一丝不苟，升迁就在指日。”知县点头道：“十分有理。”……第二起叫将老师夫上来，大骂一顿“大胆狗奴”，重责三十板，取一面大枷，把那五十斤牛肉都堆在枷上，脸和颈子箍的紧紧的，只剩得两个眼睛，在县前示众。天气又热，枷到第二日，牛肉生蛆，第三日，呜呼死了。（《儒林外史》第51-53页）

［案件3］次日早堂，头一起带进来是一个偷鸡的积贼，知县怒道：“你这奴才，在我手里犯过几次，总不改业！打也不怕，今日如何是好！”因取过朱笔来，在他脸上写了“偷鸡贼”三个字，取一面枷枷了，把他偷的鸡，头向后，尾向前，捆在他头上，枷了出去。才出得县门，那鸡屁股里哟喇的一声，痾出一抛稀屎来，从额颅上淌到鼻子上，胡子沾成一片，滴到枷上。两边看的人多笑。（《儒林外史》第53页）

［案件4］众回子心里不伏，一时聚众数百人，呜锣罢市，闹到县前来，说道：“我们就是不该送牛肉来，也不该有死罪！这都是南海县的光棍张师陆的主意！我

们闹进衙门去，揪他出来，一顿打死，派出一个人来偿命！”……

汤知县把这情由细细写了个禀帖，禀知按察司。按察司行文书檄了知县去。汤奉见了按察司，摘去纱帽，只管磕头。按察司道：“论起来，这件事你汤老爷也忒孟浪了些，不过枷责就罢了，何必将牛肉堆在枷上！这个成何刑法！但此刁风也不可长。我这里少不得拿几个为头的来尽法处置，你且回衙门去办事，凡事须更斟酌些，不可任性。”汤知县又磕头说道：“这事是卑职不是。蒙大老爷保全，真乃天地父母之恩，此后知过必改。但大老爷审断明白了，这几个为头的人，还求大老爷发下卑县发落，赏卑职一个脸面。”……过了些时，果然把五个为头的回子问成奸民挟制官府，依律枷责，发来本县发落。知县看了来文，挂出牌去。次日早晨，大摇大摆出堂，将回子发落了。（《儒林外史》第53-55页）

［案件5］一个叫做王小二，是贡生严大位的紧邻。去年三月内，严贡生家一口才过下来的小猪，走到他家去，他慌送回严家。严家说：猪到人家，再寻回来，最不利市。押着出了八钱银子，把小猪就卖与他。这一口猪在王家已养到一百多斤，不想错走到严家去，严家把猪关了。小二的哥子王大走到严家讨猪，严贡生说，猪本来是他的，“你要讨猪，照时值估价，拿几两银子来，领了猪去。”王大是个穷人，那有银子，就同严家争吵了几句，被严贡生几个儿子，拿拴门的闩，赶面的

杖，打了一个臭死，腿都打折了，睡在家里。所以小二来喊冤。（《儒林外史》第55页）

［案件6］黄梦统向严贡生借贷纠纷一案，前面已述，这里从略。

［案件7］严贡生送了回来，拉一把椅子坐下，将十几个管事的家人都叫了来吩咐道："我家二相公，明日过来承继了，是你们的新主人，须要小心伺候。赵新娘是没有儿女的，二相公只认得他是父妾，他也没有还占着正屋的，吩咐你们媳妇子把群屋打扫两间，替他搬过东西去；腾出正屋来，好让二相公歇宿。彼此也要避个嫌疑：二相公称呼他'新娘'，他叫二相公、二娘是'二爷'、'二奶奶'。再过几日，二娘来了，是赵新娘先过来拜见，然后二相公过去作揖。我们乡绅人家，这些大礼，都是差错不得的。……

这些家人、媳妇领了大老爹的言语，来催赵氏搬房；被赵氏一顿臭骂，又不敢就搬。平日嫌赵氏装尊作威作福，这时偏要领了一班人来房里说："大老爹吩咐的话，我们怎敢违拗？他到底是个正经主子。他若认真动了气，我们怎样了得？"赵氏号天大哭，哭了又骂，骂了又哭，足足闹了一夜。次日，一乘轿子抬到县门口，正值汤知县做早堂，就喊了冤。知县叫补进词来，次日发出："仰族亲处覆。"……

次日，商议写覆呈，王德、王仁说："身在黉宫，片纸不入公门。"不肯列名。严振先只得混帐覆了几句话，说："赵氏本是妾扶正，也是有的；据严贡生说与律例不合，不肯叫儿子认做母亲，也是有的。总候太老爷天断。” 那汤知县也是妾生的儿子，见了覆呈道：“‘律设大法，理顺人情’，这贡生也忒多事了！”就批了个极长的批语，说：“赵氏既扶过正，不应只管说是妾。如严贡生不愿将儿子承继，听赵氏自行拣择，立贤立爱可也。”严贡生看了这批，那头上的火直冒了有十几丈，随即写呈到府里去告，府尊也是有妾的，看着觉得多事，“仰高要县查案。”知县查上案去，批了个“如详缴”。严贡生更急了，到省赴按察司一状，司批：“细故赴府县控理。”严贡生没法了，回不得头，想道：“周学道是亲家一族，赶到京里，求了周学道在部里告下状来，务必要正名分！”（《儒林外史》第74-76页）

这几件案，吴敬梓让汤知县给我们展示了一幅生动形象的官员审理案件的原貌和相关过程。汤知县所审理的六件案件中，有三件是涉及社会管理和社会秩序方面的案件，分别是偷鸡案、回民老师夫行贿牛肉案以及回民不服处罚被问成挟制官府案。另外三件是民间细故纠纷，分别是伤害纠纷、借贷纠纷和继嗣纠纷。这三件民事纠纷，是当时民间比较典型的州县自理案件。[①]如果以西方国家关于案件分类的标准来看，前面三件没有特别明确的原告，或者说原告是政府，类似于刑事案件和适用刑事诉讼程序，后面三件的原告很明确，是一般的百

① 参见滋贺秀三：《中国法文化的考察——以诉讼的形态为素材》，《明清时期的民事审判与民间契约》，北京：法律出版社1998年版，第12页。根据滋贺的解释，没有必要处徒以上刑罚的案件，全部委任给州县一级进行处理。只要当事者不上诉，上级机关与这类案件就不发生关系。这类案件被称为州县自理案件。

姓，争议的是人身和财产利益，应属民事案件，适用民事诉讼程序。帝制中国虽然没有民刑之分，但是，案件审理方式还是有明显的不同。下面结合上述案例，来分别阐述一下知县如何断案。

一是关于案件的受理。

清代的案件受理，告状人除了官人、妇人、老弱病重的外，都要亲自去衙门告状。黄梦统实际没有向严贡生借款，但由于借据没有拿回来，向严贡生讨要时被要求支付利息，不服就向衙门诉讼。但另外一件王大的腿被严家打伤了，却是王小二去喊冤，这就是因为王大行动不便了，由他的亲属去代为喊冤。在喊冤即告状后，一般都要留在衙门等候审理。这里，还要原告写上书面的状纸交上来，如赵氏到衙门喊冤时“知县叫补进词来”。汤知县听了告状收了状纸，“便将两张状子都批准”，让原告在外伺候。案件就算立了，然后接下来就是差人去传被告来一同审理，原告就要等候，等被告到来后进行开审。这里的王小二和黄梦统都是一般的老百姓，与严贡生不是一个阶层的，而是分属不同的阶层，一般情况下，知县更偏向于照顾和维护士人阶层的利益，而对一般百姓是不会过于重视和理会的，知县对一般百姓状告一个贡生的案件，都能够马上立案，说明汤知县还是颇为勤政的。这里的几件案件都是鸡零狗碎的小案，汤知县都马上立案亲自审理，说明当时告状也并非难事，也说明了当时下层民众在遇到冤屈时，相信衙门能还一个清白，敢于到衙门告状。虽然也有“八字衙门朝南开，有理无钱莫进来”的说法，但是，从这几个小案子，尤其从王小二与黄梦统的起诉看来，他们有理无钱，但最后知县都予以受理。

二是关于案件的处理。

在《儒林外史》全部由司法官员进行过审理的25件案件中，只有7件是由知府或知州主办，其他均为知县办理。可见，帝制中国的审级制度和县级基层作为与民众最为接近的一级行政机构决定了大部分案件都是由基层一级审理，说明“州县官（知州、知县）在地方官系列中虽然品秩较低，但扮演着在地方行政中极其重要的角色”。[①]正如前述，这些州县官大部分是进士或举人出身，他们在长期的知县生涯中，都掌握了一定的司法知识，基本上能够胜任有关案件的审理。不管他们的审理是否合情合理合法，不管是否有人说情无人说情，不管是否收受了贿赂，大部分都有出堂审讯，履行了一个县官最基本的审案职能，有些不需要升堂的案件，最后也都予以处理，当然，其中可能涉及有关系有人情的因素。如上述的汤知县和向知县，他们审理的案件都比较多，基本上是亲民之官，勤政爱民，对案件基本上都是来者即进行审查，能立的当即决定立案，并马上差人传唤被告。对一些滥诉的行为，在查明事实后当即予以驳回，对可以当庭处理的，当庭予以堂断。上述两位知县在审理过程中，并没有发现他们有利用诉讼案件进行勾兑或收受贿赂行为，不存在枉法裁判的情形，能够依情理依有关律例进行审断。在案件的审理中，能够依情理进行裁判的，除了上述两位知县外，还有萧山知县审理的权勿用奸拐尼僧慧远一案，钱塘县知县审理一班光棍轮奸一出逃使女

① 瞿同祖著，范忠信、晏锋译：《清代地方政府》，北京：法律出版社2003年版，第29页。

一案，上元县审理母亲出首儿子不孝一案。这些知县在审理过程中，都比较正常处理了有关案件，没有发现知县在案件处理过程中有枉法裁判收受贿赂情况，也没有受到司法干扰的现象出现。这种情况占了《儒林外史》里案件的知县的近一半，这是一种比较让人不敢相信的一个情况。当然，不能就此否定清代司法官员大部分都是如此公正廉明。但是，这种现象起码也说明，好官在任何时代都存在，只是比例大小的不同而已。当然，吴敬梓的观察和描述并不一定真实地反映了那个时代的真实情况，其所提供的法律文学范本或文学想象并不一定恰当，但是，对于《儒林外史》的现实性，是没有几个人会质疑的。

所以，即使在吴敬梓的笔下，作为讽刺小说的典型代表的《儒林外史》，其中有关官吏的描写，并没有让我们失望，相反，还能给我们一点希望，一种惊喜，循吏并不仅仅是一种文学理想，而是一种现实，是一种存在，也是一种必然。

三是案件的审结。

户婚田土案件每每经调处而和息，州县官得批令亲族，绅耆调处，或亲为调处。州县官调处时，得运用其权力，解决两造之争讼。[①]帝制中国素有“和为贵”的传统，尤其是同乡同族抬头不见低头见，通过乡邻士绅的“动之以情晓之以理”的调解或县官的依职权进行调处，也在一定程度上起到教化的作用。所以，对一般民事案件，基本要先行调解。或者由州县官批示乡中长老士绅调解，或者由州县官亲自调解。对无法调解的，才会进行审讯和堂断。这两案主要是吴敬梓想通过

① 那思陆：《清代州县衙门审判制度》，北京：中国政法大学出版社 2006 年版，第 216 页。

这样的小事，来反映了严贡生的贪骗本性，严贡生做出了一般人都做不出的卑劣行径，不仅让知县听见觉得“可恶”，就算是读者也感到严贡生的无赖与可恶。这两桩案件在严监生舅爷的协助下，严监生花了十几两银子才最终了结。我们看到，就是一头猪，最多也就只值几两银子，而第一次给两位差人的也是二千吊钱，何以后来的官司就要花了十几两银子？这相当于周进一年坐馆的酬金了。可见，除了赔偿原告的有关费用外，其中最大的费用还是在官司过程中的不名花费。

接着，汤知县又审理了一件严贡生与其弟媳关于继嗣的纠纷案。前面已经做过分析，吴敬梓将这件继嗣案的来龙去脉，以及知县和知府的处理，写得十分清楚。这里的立嗣纠纷，主要是立嗣权的问题。结合上述赵氏和严贡生关于立嗣的纠纷问题，就知县的裁决，我们试做如下分析。

赵氏一乘轿子到知县处喊冤，知县按程序要求补了告状子来，汤知县还算是给严贡生面子，或者说是按例先由族亲处覆，没有马上依法（妇人夫亡无子守志者，合承夫分）处断。而是对这些涉及家族事务的细故事情，先批复给家族处理。要求族长和长老进行处理，并将处理结果上报。严贡生想将她作为妾一样“揪着头发臭打一顿，登时叫媒人来领出发嫁”，[①]但赵氏同样不甘示弱，要奔出来揪他撕他。[②]此事无

① 对于夫死后，打算一辈子为亡夫守丧并终身留在夫家的妾，夫的亲属以强制再婚等其他方法将其驱逐出家是被禁止的。即人们认为，妾也有与妻同等的守节的权利。

② 参见清《刑案汇览》卷9，强占良家妻女“逼嫁胞叔之妾至氏仇激自尽”就是因为强制寡妾改嫁而引发的事件。所以，赵氏听见大伯如此口出狂言，不禁想冲出来揪打他。

法解决，仍然要回复知县处理。汤知县的生身之母也是妾，因此，不免对曾作为妾的赵氏有所同情，便裁批道：

> 赵氏既扶过正，不应只管说是妾。如严贡生不愿将儿子承继，听赵氏自行拣择，立贤立爱可也。（《儒林外史》第76页）

将立嗣权完全交给了赵氏。前面说过，立嗣的原则是以亲等近者为先，明清时规定了“无子者，许令同宗昭穆相当之侄承继，先尽同父周亲，次及大功小功缌麻，如俱无，方许择立远房及同姓为嗣。”[①]，同时又规定了“无子立嗣，若应继之人，平日先有嫌隙。则于昭穆相当亲族内，择贤择爱，听从其便。”[②]无疑，这里最适合承嗣当然是严贡生的儿了，如果没有特殊情况，当然应当由严贡生的儿子来承嗣。但因为在具体人选上两人存在分歧，而且严贡生还想全部霸占弟弟的所有家产，两人的嫌隙是明显的，矛盾冲突是显然的，所以，他们的对立是根本的。因此，汤知县的裁批是有法律根据的，如果严贡生不同意让自己的小儿子去做嗣子，赵氏不愿意他的二儿子来做嗣子，是可以由“赵氏自行拣择，立贤立爱可也”。[③]对于自己的权利被驳夺如意算盘要落空，严贡生当然“那头上的火直冒了有十几丈”，随即上诉，“写呈到府里去告”。但府里在收到有关查案材料后，也驳回严贡生上诉——“如详

---

① 见《大清律例》卷8《户律、户役》“立嫡子违法”条，条例一。

② 见《大清律例》卷8《户律，户役》“立嫡子违法”条，条例八。

③ 不管亲等地选择人品令人满意的人叫作“择贤择爱”或“立贤立爱”，这样立的嗣子相对于“应继”叫作“爱继”。因为既然是父子，那当然是要关系相互融洽的才好，而人品口碑性格也是一个重要部分，否则，如果不贤不孝，立嗣所想达到的目的就有可能落空。

缴”，即同意照报告中对原案处理的办法处理，并且准予销案。这下，严贡生更急了，又到省按察司上诉，又被批驳了回来“细故赴府县控理。”琐碎的民间细故案件，由府县管辖，也就是说不受理严贡生的上诉。严贡生的诉讼程序基本走到头了，只好硬着头皮上中央即京里去求人。最后，找到周学台也没有理他。

吴敬梓用他丰富的律例见识，为我们展现了一出活生生的清代打官司景象，其中，对案件的说明不仅程序明晰，断处合法，还合情合理，正如汤知县说的“律设大法，理顺人情”，法律设立各种重要条例规定，那道理却是顺应人情的。这是多么值得让人品味的原则啊。

值得一提的是，这些官司的审结，与汤知县勤政为民不无关系。汤知县除了对回子师夫处理案件因为张静斋的教唆而处理不妥外，其他案件处理基本上都是公正无私的，没有明显的偏袒行为，而且，基本上都是很快就决定是否受理及如何处理，体现了汤知县的勤政和亲政的风格。说明汤知县具有较高的司法审理能力。小小的一件立嗣案，所反映的不仅仅是清代的律例，也不仅仅是严贡生的贪婪和可恶。其实主要反映出中国古代“无后为大”的经典观念，说明承继在中国人的观念中是重要的内容，是中国人终身所考虑的主要问题之一，也是中国传统的文化之一。从《大清律例》对立嗣的有关规定来看，不仅全面而且详细，考虑到立嗣时遇到的方方面面的问题，比如寡妇立嗣权问题、立嗣人与被立嗣人的矛盾如何处理的问题，反映出对立嗣的重视。

二、向知县的案件审理

与汤知县审理的琐碎案件颇为不同的是，吴敬梓安排向鼎知县审理了三件涉及人命关天的“大案件”。在小说的第二十四回里，向知县坐堂办案。

［案件14］“为活杀父命事”，告状的是个和尚。这和尚因在山中拾柴，看见人家放的许多牛，内中有一条牛见这和尚，把两眼睁睁的只望着他。和尚觉得心动，走到那牛跟前，那牛就两眼抛梭的淌下泪来。和尚慌到牛跟前跪下，牛伸出舌头来舐他的头；舐着，那眼泪越发多了。和尚方才知道是他的父亲转世，因向那人家哭着求告，施舍在庵里供养着。不想被庵里邻居牵去杀了，所以来告状，就带施牛的这个人做干证。向知县取了和尚口供，叫上那邻居来问。邻居道：“小的三四日前，是这和尚牵了这个牛来卖与小的，小的买到手，就杀了。和尚昨日又来向小的说，这牛是他父亲变的，要多卖几两银子，前日银子卖少了，要来找价，小的不肯，他就同小的吵起来。小的听见人说：‘这牛并不是他父亲变的。这和尚积年剃了光头，把盐搽在头上，走到放牛所在，见那极肥的牛，他就跪在牛跟前，哄出牛舌头来舐他的头。牛但凡舐着盐，就要淌出眼水来。他就说是他父亲，到那人家哭着求施舍。施舍了来，就卖钱用，不是一遭了。’这回又拿这事告小的，求老爷做主！”向知县叫那施牛的人问道：“这牛果然是你施与

他家的，不曾要钱？”施牛的道：“小的白送与他，不曾要一个钱。”向知县道：“轮回之事，本属渺茫，那有这个道理？况既说父亲转世，不该又卖钱用。这秃奴可恶极了！”即丢下签来，重责二十，赶了出去。（《儒林外史》第256-257页）

吴敬梓在《儒林外史》中描写了不少和尚、道士、僧人，与《儒林外史》的主题思想相符，大部分和尚都是势利、贪婪、世俗的形象，没有什么宗教信仰和善举，完全是世俗甚至比世俗更世俗更庸俗。[①]本案的和尚就是一个为了骗钱而不择手段、贪婪的形象，拿自己的父亲轮回作文章，并不惜说牛就是父亲变的，跪在牛的面前，利用众人的善心，以及对因果轮回的迷信行骗。骗术十分高明，怪不得这么多施主受骗上当。连这样的手段都想得出来，真是让人感到这个和尚为了钱，什么都可以做得出来，这不是一个和尚而简直就是一个骗子。本来，出家人本应四大皆空，应在寺里念经，清心养性与世无争，不应离开寺院到处走，而进衙门告状挑起是非更不是出家人所为，古代也有“屈死不告状”的说法，[②]而且和尚还告了假状，说牛是被庵里邻居牵去杀的，隐瞒了他卖牛的事实。向知县在审理时用了推论，首先认为人生“轮回之事”并不成立，所以，和尚说是父亲转世为牛的说法不成立。其次，按照和尚的说法，即使有“轮回之事”，既然说牛是父亲变的，就应该牵回家好好照顾才对，那有转身就卖给人拿钱用

① 参见文珍：《〈儒林外史〉中的和尚形象解读》，《古代文学》2008年第10期。

② 参见徐忠明：《众声喧哗：明清法律文化的复调叙事》，北京：清华大学出版社2007年版，第193-203页。

的道理，这就是对父亲的大不敬了，因此，结论是“秃奴可恶极了”。最后是重责二十，赶了出去。

［案件15］“为毒杀兄命事”，告状人叫胡赖，告的是医生陈安。向知县叫上原告来问道：“他怎样毒杀你哥子？”胡赖道：“小的哥子害病，请了医生陈安来看。他用了一剂药，小的哥子次日就发了跑躁，跳在水里淹死了。这分明是他毒死的！”向知县道：“平日有仇无仇？”胡赖道：“没有仇。”向知县叫上陈安来问道：“你替胡赖的哥子治病，用的是甚么汤头？”陈安道：“他本来是个寒症，小的用的是荆防发散药，药内放了八分细辛。当时他家就有个亲戚——是个团脸矮子——在傍多嘴，说是细辛用到三分，就要吃死了人。《本草》上那有这句话？落后他哥过了三四日才跳在水里死了，与小的甚么相干？青天老爷在上，就是把四百味药药性都查遍了，也没见那味药是吃了该跳河的，这是那里说起？医生行着道，怎当得他这样诬陷！求老爷做主！”向知县道：“这果然也胡说极了！医家有割股之心；况且你家有病人，原该看守好了，为甚么放他出去跳河？与医生何干？这样事也来告状！”一齐赶了出去。（《儒林外史》第257页）

在本案中，为了判断医生是否有罪，就需要了解医生是否有杀人的动机。向知县首先向他们求证医生与原告是否有仇，以确定医生是否有谋杀的动机，在得到胡赖否定的回答后，以“医家有割股之心”作为前提，说明医生本有救人的慈悲之心，在无冤无仇的情况下，应当无害人之意，而且，也没有哪一种药吃了会让人跳河的，从而否定了医生有下药害死人的故意或过失的说法，说明病人跳河与医生没有直接关联。而且作为家属，应当对病人有看护之责，不应让他到处走，病人跳河的责任应当是在家属身上，最后认为胡赖无理起讼，将他们赶出去了结此案。

［案件16］便是牛奶奶告的状，“为谋杀夫命事”。向知县叫上牛奶奶去问。牛奶奶悉把如此这般，从浙江寻到芜湖，从芜湖寻到安东：“他现挂着我丈夫招牌，我丈夫不问他要，问谁要！”向知县道：“这也怎么见得？”向知县问牛浦道：“牛生员，你一向可认得这个人？”牛浦道：“生员岂但认不得这妇人，并认不得他丈夫，他忽然走到生员家要起丈夫来，真是天上飞下来的一件大冤枉事！”向知县向牛奶奶道：“眼见得这牛生员叫做牛布衣，你丈夫也叫做牛布衣。天下同名同姓的多，他自然不知道你丈夫踪迹。你到别处去寻访你丈夫去罢。”牛奶奶在堂上哭哭啼啼，定要求向知县替他伸冤。缠的向知县急了，说道：“也罢，我这里差两个衙役把这妇人解回绍兴。你到本地告状去，我那里管这样无头官事！牛生员，你也请回去罢。”说罢，便退了堂。两个解役把牛奶奶解往绍兴去了。（《儒林外史》第258页）

案件起因是这样的，牛奶奶的丈夫牛布衣原来寓居于芜湖的甘露寺，病死后遗留了一本诗集，被到该寺读诗的牛浦郎偷拿到手。牛浦郎就假冒了牛布衣之名占有该诗集，并以做诗文为名到处招摇撞骗，从芜湖到了安东县，而且牛浦郎就凭这做诗文的名与安东县的两任知县相与起来。牛奶奶状告牛浦郎，说牛浦郎假冒牛布衣之名，认为就是牛浦郎把她丈夫害死了，要还她丈夫。从事实上来说，牛浦郎假冒牛布衣是事实，但牛浦郎既不认识牛布衣，也没有害死牛布衣，与牛奶奶自然也素不相识，除了他们名字相同外，没有其他任何线索，这确实是一件无头官司。如果从进一步查清案情的需要出发，向知县可以根据牛奶奶所提供的线索，派人到芜湖甘露寺调查一下再结案，似乎更妥当一些。但因为与牛浦郎相熟，也就相信牛浦郎的话，认为天下同名同姓的多，不认识也是正常的，要求牛奶奶另行寻访。这就为该案的草率处理授人以柄，以致引出下文的被人参处一事，说明当一个司法官的风险，对案件的处理不力，处理不当，或者不予处理等等，都会导致引起上司的访察，有被参甚至被罢免的风险。向知县也因为最后一件案的处理，被人传到上司那里，说向知县因为相与做诗文的人，放着人命大事都不管，就把向知县访闻参处。显然，关于此案的处理，上司对向知县并不满意。并想借此而参处向知县，但由于向知县的才情早就闻名于外，是个大才子大名士，刚好被按察司门下的戏子鲍文卿知道并代求情，按察司出于怜惜人才的念头，所以，最后并没有参处向知县。

吴敬梓所写的向知县审理的这几件案，表面看来都是噱头很大、事关人命的官司，应当作为“人命关天”的案件来处理，可是，一讯之下，实际上却与杀人案并没有什么必然关联，在审理得实后，最后都是驳回了原告的起诉。第一件案，主要是为了讽刺和尚的贪婪和狡诈。第二件案，反映了告状人胡赖的无赖，事实上，我们从吴敬梓所用的名字“胡赖”即无赖是也，可知道吴敬梓的用心，这是一件有点“诬告”味道的案件，将病人的死赖在医生身上。第三件案是牛奶奶牵强附会，强行告状，当然，在事实不清的情况下，也无可指责。

这几件案，向知县的最后处理并没有什么不妥。但是，这几件案，都反映了一个问题，就是所谓“谎状”。[①]谎状，是指告状不实或夸大其词甚至是无中生有。“无谎不成状”是中国传统法律文化的一部分，其成因一是因为政府衙门对小事情小案件不重视，有时甚至置之不理，民众为了引起有关官员的重视，不得不采用夸张的语言、过分渲染的事实，甚至危言耸听的说法，来耸动官府正视纠纷尽快或重点处理。二是状者企图通过这一手段 “恶人先告状”，能够让有关司法官员先入为主，取得对自己有利的诉讼局面。三是在帝制中国的观念中，纠纷只有破坏社会秩序和败坏人心引起矛盾的作用，而对社会秩序的建立和社会和谐没有意义，衙门的态度就是息讼，抵制诉讼尽量减少诉讼，以达到无讼为最高最和谐境界。但是，毕竟矛盾和纠纷是无法掩盖的，民众有冤屈或不平，最终还是要上告的，当然，也有一些人宁愿“耕肥田不如告瘦状”等，借告状发财从而浑水摸鱼。上述三案共同特点就是夸大其词，用杀命案来危言耸听。前一件案中和尚用“活杀父命事”的招牌来引人耳目，而且和尚并没有将牛已卖给邻居的事实在诉状中说出来，企图引起知县的重视并得到知县的支持而从中渔利；第二件案用“为毒杀兄命事”作噱头，让人觉

① 参见徐忠明：《众声喧哗：明清法律文化的复调叙事》，北京：清华大学出版社 2007 年版，第 216-218 页。

得人命关天，而且，也是将其兄吃药几天后才投水说成是吃过药的第二天就发跑躁，跳在水里淹死了；第三件案用“为谋杀夫命事”的命案来吸引注意并引起重视。这都是三位告状人的诉讼策略，但是，向知县通过分析判断，推理出案件的情况，可以说是“明察秋毫”，比较准确地断了案子，并没有让图谋者得逞，也没有让无辜者受连累。应该说，通过这几件案的描写，主要表现了向知县对审理案件的把握，对有关程序的控制，以及审案的效率和能力。

上述只是列举了两位司法官员的审判案件的一些情况，比较细致地反映了两位司法官员案件审理的态度和方法，但并不必然反映了《儒林外史》的案件的全部情况，甚至也不能必然说代表了吴敬梓对清代司法的态度，更不能说代表或反映了清代司法的实际情况。但是它提供了一个司法官员审讯的侧面，让我们管窥清代的司法状况和司法官员的意识和观念。

第三节 案件审理体现的司法文化

一、“恶人先告状”

这里包括依事实、依律例、依情理和依人情的驳回。这里就包括了第1号案一班光棍抓和尚企图将和尚作为风化犯罪问题的案件，因为范举人的说情，要将和尚放了，所以，知县就将和尚给放了，反而要惩处这一班光棍，追究滥诉的责任，这一班人惊慌了，才又求张举人送帖子到知县处说情，知县才将这一班人“骂了几句，扯一个淡，赶了出去”。［案件9］案查明了事实，是乡里几个秀才捉弄权勿用，最后查明无此事，就将权勿用释放了。［案件11］是出首儿子案。父亲认为儿子不孝，出首到官，但这两弟兄都在府、县用了钱，"倒替他父亲做了假哀怜的呈子，把这事销了案。"［案件12］是抢错老婆纠纷案，乡里人施美卿的弟弟死了，弟媳妇要守节，而施美卿要将她卖给外乡人黄祥甫做老婆，最后，约好让黄祥甫来抢，说弟媳每天早上出来屋后抱柴，遇到就抢回去就行。结果第二天早上出来抱柴的是他老婆，所以，他老婆被抢走了，又讨不回来，只好告到官府。但官府因为有污吏潘三在作梗，最后伪造了一份婚书，知县遂驳回了施美卿的告状。另外还有向知县审理的三件所谓"命事"案，因为没有相关事实和证据，最后向知县根据事实和情理，均驳回了相关原告的起诉。［案件21］沈大年的起诉因为被告盐商宋为富打通了关节，知县也驳回了沈大年的起诉。［案件22］沈琼枝由于宋为富的告发被抓捕归案，但也有知县向江都知县说情，让他开释并断还其父，另行择嫁，也等于驳回了原告宋为富的请求。［案件23］知县自认为本地区法令严明地方清肃，没有抢劫的事情发生，不仅驳回了起诉，还把原告打得皮开肉绽。

19件民事案件纠纷中，有10件是驳回起诉的，占52%还多。这无论是在古代还是现在，都是一个相当高的数字，差不多等于过半官司是被告赢了。虽然有俗语"恶人先告状"的说法，但是，也有"屈死不告状"的说法，[①]尤其也有"八字衙

① 参见徐忠明：《诉讼与伸冤：明清时期的民间法律意识——一个历史社会学的考察》，《案例、故事与明清时期的司法文化》，北京：法律出版社2006年版，第233-264页。

门朝南开，有理无钱莫进来”，一个平民百姓上衙门击鼓鸣冤，而且可能不知要付出多少金钱与精力，这要鼓起多大的勇气啊！说明告状是一件极为艰难和可怕的事情，而从上述数字来看，告状之路漫漫，不管是否有理，像［案件23］一样，被人抢劫了求县官做主，谁知却招惹了一顿暴打。当然，我们也发现了有些告状不是没有道理，或者说理由十分充分，如沈大年告女儿被“娶良为妾”案，但是，由于人情和金钱关系的存在，却告之不准，再告却引起“知县大怒”，被视为“刁健讼棍”，被押回原籍。由此看来，有近一半的案件对原告的驳回是没有充分的事实根据和理由的。这当然由知县权衡利弊作出，但显然，这些案件的驳回并不是依据律例，也不一定是依据事实作出，有些更没有根据情理进行判断，而主要是根据有无人的说情、是否损害自己利益甚至个人的好恶来决定。

二、“和为贵”

户婚田土案件每每经调处而和息，州县官得批令亲族、绅耆调处，或为亲为调处。州县官调处时，得运用其权力，解决两造之争讼。[①]不管是在官府的主持下，还是乡里士绅或者是邻里之间的调解，和解显然也是一种主要的“案结事了”的方式。如案例中的王小二、黄梦统与严贡生的纠纷中，因为严贡生脚底抹油走了，只好由严监生收拾残局。严监生的二位王氏舅爷被请过来商量如何解决案件问题，他们就提出“如今有

① 那思陆：《清代州县衙门审判制度》，北京：中国政法大学出版社2006年版，第216页。

个道理，是‘釜底抽薪’之法。只消央个人去把告状的安抚住了，众人递个拦词，便歇了。”这里的“拦词”，就是拦请官厅不追究，准许自行和息的状子。最后，严监生在两位王氏舅爷的协助下，赔偿了医药费和猪价款给王小二和王大，另外写了一份“约笔”（即有中间人签名的证明）给黄梦统，和解后让他们去衙门“拦词”，这才了结。另外，在严贡生与赵氏在立嗣的纠纷中，知县根据案件的性质，先将案件批回“仰族亲处覆”，希望通过在族中长老或士绅的协调下，能够和平解决。这在杜凤治日记中，也有过类似的记载，杜凤治在审案时，都要求须有当地士绅到堂作证、中见、具结和作保，甚至也要求“秉公调处”。[①]而在杨执中亏空盐商的货款纠纷案中，本来娄氏已给了管家七百多两银子，足以填补杨氏的亏欠，但被管家和书办贪污了，没有办法，知县只得在自己的与盐商分成的津贴中拿出部分来，补了这一项，才了结此案。蘧公孙的丫鬟双红被宦成拐走一案，因为蘧公孙的钦赃被双红顺手牵羊拿走了，被差人知道并勒索，以要告官为威胁，权衡利弊，最后，没有办法，蘧公孙只好放弃了追究这对私奔男女的责任。即使在法律规定比较明确的一些案件如因儿女不孝出首儿子案，也同样进行了和解。如［案件17］，在父亲死后因为家产问题，儿子和其他人去搜继母的房间，以为她私自收藏家产，为这事继母就去出首儿子，知县同样对这儿子责罚了一顿。当然，也对这寡母劝解道：“你也是嫁过了两个丈夫的了，还守甚么节！看这光景，儿子也不能和你一处同住，不如

① 张研：《清代县级政权控制乡村的具体考察——以同治年间广宁知县杜凤治日记为中心》，郑州：大象出版社2011年版，第235页。

叫他分个产业给你，另在一处。你守着，也由你；你再嫁，也由你。”经过这继母子同意，当下处断出来，另分几间房子在胭脂巷住。这类和解的案件有5件，占比超过了26%。

中国素有“和为贵”的传统，强调息讼宁人。所以，在诉讼中强调和解。如汪辉祖所言：“间有准理后，亲邻调处，吁请息销者。两造既归辑睦，官府当予矜全。可息便息，亦宁人之道。断不可执持成见，必使终讼，伤闾党之和，以饱差房之欲。”[①]另有一种观点，从制止讼棍舞弊的角度出发，反对和息。认为“既准之词，即应唤来审讯。实则究治，虚则坐诬，不许告息。”[②]正如曾任知县的刘衡说：“状不轻准，准则必审。审则断，不准和息。”“盖一准告息，则讼棍逆知状可息销，便敢放心告状，即使凭空结撰、概属虚词。但须于临审之前数刻，一纸调停，事即寝息。其诡秘之情形，鬼蜮之伎俩，官既未讯无由得知。彼诬告者竟终其身，无水落石出之时。讼案之所以日滋，讼师之所以肆毒，未必不由于此。”[③]袁枚又有另一种见解：“和息非不可允，但须书明曲直，以防日后之终凶。”[④]袁枚从另一角度提出了“和息”要注意杜绝讼根，以免日后再生讼累。

在这三种关于“和息”的观点中，第一种观点应当是适合案件需要的观点，是一种积极的诉讼观，从现代的诉讼权利

① （清）汪辉祖：《佐治药言·息讼》。

② 转引自张研：《清代县级政权控制乡村的具体考察——以同治年间广宁知县杜凤治日记为中心》，郑州：大象出版社2011年版，第191页。

③ 徐栋：《牧令书》卷七，刘衡：《理讼十条》。

④ 袁枚：《答门生王礼圻问作全书》，《小仓山房文集》，杭州：浙江古籍出版社，2015年版，第343页。

观角度来看，任何诉讼当事人都有处分自己诉权的权利，可以诉讼，也可以撤诉，更可以和解；而第二种观点却失之偏颇，不是从有利诉讼的角度出发，不是从息讼宁人的角度出发，反而是舍本逐末，从限制讼棍的角度出发，其实，归咎于讼棍是没有任何道理的，矛盾并不是讼棍挑起来的，解决与否也不是讼棍能决定了的。讼棍的存在，自有其存在的土壤，不是想禁就禁得了的，除非是没有诉讼。但这不应是诉讼的主要目标，更不是诉讼的中心所在。诉讼的中心就是解决纷争，所谓“定纷止争”，而和解无疑是一种比较好的解决纷争的手段。第三种观点事实上是第一种观点的完善，对调解要强调自愿，更要强调调解后的效力与稳定，不能早调晚不解，纠纷迭起。事实上，从上述《儒林外史》和解的案件来看，其社会效果和个人的效果都是相当好的，达到了“案结事了”的目的。如果这种情况下都不准和息，不准原告撤诉，那就不知双方矛盾要闹到什么时候才是个了局，有时非要堂断可能反而让双方完全撕破了脸皮，不仅损害了双方的利益，而且对双方的损害都是长期的。

三、司法权威

堂断是清代司法审判中最主要的一种结案方式之一，相当于现在的判决。一般来说，堂断须依律例，律例未规定时，依情理断之。[①]这种情理主要是根据天理、情理和风俗习

① 那思陆：《清代州县衙门审判制度》，北京：中国政法大学出版社2006年版，第221页。

惯断案。因此，州县官的堂断权力相当大。另外，对于一些凶杀等恶性重大案件，还有一些是危害朝廷或管理秩序的案件，一般也都会以堂断的方式进行，这类案件一般都要依律例进行。

在上述朝廷进行追究责任的六件案件中，基本是用堂断的方式进行。如汤知县最后用枷子枷回子师夫并把牛肉压在上面处罚师夫，和发落几个为首的回子，都是用堂断的方式，没有调解的可能与余地。当然，朝廷主动查处的一些案件，因为无法查明事实或者查不到被告，也会有不了了之的情形。虽然堂断是一种主要的裁决方式，但是，从《儒林外史》有关案件来看，其实并不见得是主要解决纠纷的手段，它只占全部案件的20%左右。而驳回起诉或和解的案件就占了近80%。最明确进行堂断的只有赵氏选嗣纠纷案，该案在经过族长调解无法解决后，最后汤知县堂断“听赵氏自行拣择，立贤立爱可也。”但是，由于严贡生不服，不断地上诉，先后向府上告，被驳回县查案，查上去还是“如详缴”；[①]严贡生更急了，到省赴按察司一状，司批：“细故赴府县控理。”严贡生没法了，回不得头。最后想冒充周进学道的亲戚，“求学道在部里告下状来，务必要正名分！”可见，断堂的后遗症有多长，当事人可以一直不服，一直告到京里。而且，到最后，严贡生虽然没有将案件扳过来，但是，他依仗他在乡里的淫威，立嗣还是立了他的二儿子，只不过将家产三七分开，他的儿子还占了七成，而赵氏只占三

① “如详缴”——详是下级呈与上级的文书的一种，“如详”就是说“依来呈办理”，“缴”是批文末尾“此缴”二字的略写（引自《儒林外史》原文注）。

成。可见，一般民事案件的堂断并不是最好的解决方式。但是，在没有办法和息的情况下，堂断就变得不可避免了。堂断并不完全是依据律例进行。

四、裁判随意与断案个性化

对于案件的裁判和处罚，除了国家追究有关官员责任的案子外，我们看到的一些民事纠纷，基本上没有律例可遵循，裁判的结果往往是看知县当时的心情与个人的特色。如前述的偷鸡案，对于这种小偷小摸的行为，很难予以什么处罚，刚开始知县的处理是教育批评或者说骂过，后来也打过，却总是屡教不改，此次知县突发奇想，把人枷住，将其偷的鸡绑在他头上示众，让人认识这个偷鸡贼。同样，对于行贿牛肉的老师夫，知县竟然将行贿的五十斤牛肉枷在老师夫头上，最后这个老师夫竟然被枷得一命呜呼了。虽然，清代由于保护农民耕养出发，所以下旨禁止宰杀耕牛，对这类行为也规定了比较严格的处罚，但是，由于有不少人以此为业，禁宰耕牛意味着他们要失业。但汤知县对此的处理显然不是针对禁宰耕牛的问题，而是针对这位送牛肉的老师夫，对其这样的处罚事实上没有任何依据，正如对偷鸡案的案犯处罚一样，属于汤知县听从张静斋的建议所作的处罚。老师夫被枷死后，众回子不服，鸣锣罢市，认为不该送牛肉来，也不该有死罪。因此，将县衙门围得水泄不通。事情闹大了以后，汤知县只好把这情由写了个禀帖，禀知按察司。按察司行文书檄了知县。按察司批评知县“忒孟浪了些，不过枷责就罢了，何必将牛肉堆在枷上！这个成何刑法！”（《儒林外史》第54页）说明上司对汤知县这种滥用刑罚的行为并不认可。当然，汤知县的这种判罚并非毫无根据。根据《大清律例》，清朝的州县长官对可以判处笞杖一百以下刑罚的案件，这些刑罚包括笞、杖和枷号。可以直接判决结案，这类案件一般称之为“自理诉讼”。主要是指一些田土、婚姻、口角、邻里争斗、轻微伤害、欠债、继承纠纷。据统计，《大清律例》里可以处笞、杖刑的罪名有一千多项，占全部法典所定的二千六百多项罪名的44%还多。另外，还有一条包底条款，就是有一条“不得应为”的罪名，只要州县官认为当事人的行为属于“不得应为”的，就可以判处笞四十的处罚。如果属于“事理重者”，还可重至判杖八十。因此，州县官对案件当事人的处罚，只要在笞、杖、枷之间，就可以随便选择处罚了。这就出现了汤知县这样个性化甚至可以说恶作剧的裁判处罚。当然，不仅汤知县如此，据《聊斋志异·放蝶》记载，有一个叫王斗生的知县，喜欢判罚败诉人缴纳活蝴蝶。当交来蝴蝶后，他就当堂放飞，大堂院落成百上千只蝴蝶翩翩飞舞，如风飘碎锦，王知县为此而乐此不疲，世界上大概没有哪个法官有如此个性化的判决了。由此可见，只要是在判罚的范围内，裁判的随意性比较大，没有可预期性，处罚也是随心所欲。

五、示众文化

在帝制中国，主要惩罚手段之一就是游街示众，孔子曰：“道之以德，齐之以礼，有耻且格”，就是说人是有羞耻感，对于行恶者，要让他们改过自新，对他们在惩罚前就先行教诲，让他们有羞耻感，明白事理，他们才会重新做人。在儒学观里，律例只有在对待罪大恶极死不悔改的人才有作用，并不是惩罚百姓行为的首选。而让罪犯游街正是教育民众“知耻”的手段之一，让人从耻中吸取教训，也让游街的人能够“知耻而后勇”。

《儒林外史》中这种惩罚文化可以说无处不在。比如《儒林外史》第四回写到汤知县对一个偷鸡的积贼的处理，他对打也不改骂也没用的偷鸡贼，在他脸上写上“偷鸡贼”三个字，取一面枷枷了，并将鸡头向前尾向后一齐枷在他头上示众，而那只鸡似乎也理解汤知县的意图，

才出得县门，那鸡屁股里唰喇的一声，屙出一抛稀屎来，从额颅上淌到鼻子上，胡子沾成一片，滴到枷上。两边看的人多笑。（《儒林外史》第53页）

如果从现在保护人的尊严和人权的观点来看，这种做法无疑是严重损害被告人的尊严的。而且，根据心理学的观点，这种当众羞辱的方式，还可能造成逆反心理，教育效果可能适得其反。但是，在那个经济拮据的年代，经济利益大于人的尊严，这种处罚也算是符合中国传统的处罚文化和处罚精神。而且律例上并没有规定这类犯罪的处罚方式，在律例不健全的时候，相关处罚全凭县官个人好恶了。除了对偷鸡贼如此处罚外，对那位送牛肉的老师夫也是如此，将枷枷住他后，还将五十斤牛肉枷在他身上，把脸和脖子箍得紧紧的，只剩两只眼睛，天气又热，枷到第二日，牛肉生蛆，第三日，一命呜呼。

又如［案件1］中的和尚被人当作奸非罪一样抓起来，首

先是从语言上把你压倒：

好快活！和尚妇人大青天白日调情！好僧官老爷！知法犯法！（《儒林外史》第45页）

然后就是行动上的不由分说，拿条草绳，把和尚精赤条条，同妇人一绳捆了，将个杠子穿心抬着，带到南海县前一个关帝庙前戏台底下，和尚与妇人拴做一处，候知县出堂报状。

在这里，我们又看到传统中国对于男女之事的处理手法，就是让男的精赤条条，并与所谓的“姘妇”拴在一起，首先要接受众人的道德审判，摧毁并羞辱他们的自信心，以达到所谓惩罚的目的，其实，这根本就不能说仅仅是惩罚，更不是教育，而是从内到外，从里到表，从上到下，把你一个人完完全全搞臭，最好是永世不得翻身，这已不是惩罚和教育了，反而是一种满足众人的一种落井下石的心理，满足大众一种猎奇或报复或看热闹的心理，与鲁迅笔下所写的处决现场一样，是一脉相承的文化使然。但是，我们看到，与和尚拴在一起的这个女人是多么的无辜，即使最后被无罪释放，但是，受过这种屈辱后的女人，如何能活得下去呢！

上述种种形象而具体的刻画，不仅体现了县官随意处罚的法律特色，也体现了中国传统的惩罚文化——示众和羞辱，这种羞辱文化，往往又缺乏不了旁边的观众。这些惩罚文化，不是一般正统的法律条文、法律规则和法律案例所能体现出来的，也不是在档案卷宗中可以体现出来的，在所谓正史中，也不可能有什么反映，而只有在文学作品中才会有这样的记录。这不就是历史的现实吗？有谁能怀疑它不是社会实践生活的一部分吗？也许，吴敬梓在描写的时候，他只是一种常识的刻画，是现实的描写和经验的总结升华，并不一定有意识地体现有关律例，但是，通过吴敬梓这样生动细致的描写，我们才能从中理解和体悟出传统中国下的一种法律文化本质。

第四节 司法腐败和司法公正

传统中国是一个熟人社会，也是一个人情社会。遇到事情，不一定先从律例的规定中找依据，而是首先想到要找人，找到对案件有决定权的人，最起码也要找到与案件有关联有影响的人，并通过这种关系或联系来左右案件的判决，以期得到有利于自己的结果。在《儒林外史》中，我们发现司法腐败的现象还是比较多甚至说比较严重的。按照上面列表的统计，在26名官员中，其中司法官员有19名，在案件审理过程中，有涉及直接贪赃受贿的4件，说情的4件。无论是否在案件审理过程中，其他官员说情和贪赃的有7件。有差不多近半的案件属于人情案、关系案和金钱案。当然，“人情案”“关系案”和“金钱案”此类案件是否一定影响司法公正？换言之，是否“三案”就一定是枉法裁判颠倒黑白是非不分呢？这种司法腐败与司法公正有什么联系吗？这些都是值得探讨的问题。

一、司法腐败的表现

司法腐败的主要表现就是司法不公和枉法裁判，而枉法裁判的主要原因是有“人情案”“关系案”和“金钱案”

（俗称“三案”）的存在，《儒林外史》中的“三案”可以说比比皆是。

（一）《儒林外史》中的“人情案”和“关系案”

小说开始的第一件案，在第四回中南海县发生一起和尚僧官因为与其佃户何美之夫妇俩同桌吃饭，被一班佃户光棍，故意上门抓现行——和尚和女人“调情”，被送交衙门。本案中和尚却实不守规矩，不但在民间随便开斋与俗人同桌饮酒食肉，而且还与女人同桌，才被所谓的光棍抓住了把柄，但调情或偷情确实无中生有。因为范进请和尚为其母亲做佛事等不得，拿帖子向南海知县说情，知县就差班头将和尚解放，女人着交其丈夫美之领回家。而对一班光棍就另行关押，准备早堂发落。后来，张乡绅也给帖子在知县处说情，知县也准了，早堂将光棍带进，骂了几句，扯一个淡，赶了出去。一桩热腾腾的案件就这样双方互不追究结束了，但和尚同众人在衙门却花费了几十两银子。这里，我们看到南海知县并没有受贿，只是受了新中举人范进的说情，后来，也同样受了老举人张静斋的说情，把原被两方都释放了，没有追究什么责任。但是，我们看到，即使如此，和尚与众人在衙门还是花费了几十两银子。这些银子有很大可能一是用于贿赂差人和班头，要求他们通风报信和给予较好的待遇，二是用于找人说情疏通关节，使自己洗去冤屈还其清白或者使自己免于被追究有关责任，三是可能也用于请教有关讼师的费用。本案例中，尽管知县并没有收到钱的描述，或者说当官的并没有谋取经济上的好处，但并不排除其手下人的“上下其手”，通过官司取得不菲的利益。

衙门并非净土，其中的黑暗在书中多有体现。在《儒林外史》中，德清县知县审理的杨执中亏空盐商七百多两银子案，因为大学士娄府的娄三娄四公子因向往杨执中的“高人”，向德清县知县说情，当然，说情归说情，娄氏兄弟还代杨退赔了七百两银子。只是大部分银子被其管家晋爵笑纳了，只给了书办二十两银子。知县在收到了娄氏兄弟的说情和晋爵的担保后，“心下着慌”，如果就这样放了杨执中，又回不了盐商，不放，又得罪娄府。最后，经过与书办商量，把盐规补齐，准了保状，即刻把杨执中放出监来，也不用发落，释放去了。这里用了“即刻”“不用发落”等词，说明娄氏的说情极有力量，知县丝毫不敢怠慢和得罪，知县不但一分钱未得，而且还从他分的盐规银子凑齐数，补了这一项欠数，才准保放人。从而说明“人情”在案件中起了关键的作用。江都县知县审理的沈琼枝偷盗案中，南京本地知县也写信给他让他开释此女。“密密的写了一封书子，装入关文内，托他开释此女，断还伊父，另行择婿。”（《儒林外史》第432-433页）这就是所谓的“官官相卫”。清代由于科举考试的举行，相互之间就有很多是老师和同门同学，建立起错综复杂的关系网，相互照应。不仅是公事或公案，也有一些私事也是如此，如郭孝子要去四川寻父，虞博士为他写书子给陕西同知县的知县尤公，托他关照，尤知县接待了，又写一封书信给四川的萧昊轩让他关照，还给他五十两银子作盘费。

另外，在彭泽县知县审理的强盗抢盐案中，彭知县不但不受理管船的舵工、押船的朝奉的告状，反而把他们打了一顿，还要寄监再审。他们只好找到同路来的贵州都督汤氏两位少爷，求两位少爷代为说情，两位少爷叫人拿帖子找到知县说情，知县才开恩把他们放了，但仍不受理他们的报案，这说明说情的分量不太够，只是足以放人而已，并不能让彭知县执法。还有一件说情案挺有意思，无为州州尊审理了一起风影杀人案，因为朋友余特来打秋风，但因为到任不久，不能多送银子，说让他去为这件风影杀人案说情，说情后可以得一百三十两银子。之后，余特果然去会了风影，并替他说了情，州尊准了，就兑了银子回家。这种由州尊主动让人说情的情况，这种说情当然起到了关键的作用，处理结果最后就是按照说情的要求去做的。

当然，"人情案""关系案"也需要人情和关系达到一定的交情或确实存在亲属关系才行。如上面的案例中，余特与州尊的交情达到了一定的程度，当然一说一个准。前面说过的严贡生与其弟媳的立嗣纠纷案，在汤知县断为赵氏可"立贤立爱可也"，严贡生不服，先后到府和省上告，均无果后，就想假冒周进的亲戚，求周进在部里告下状来，但最终因为周进了解到与严贡生并无关系时，拒绝了严贡生的求情。由此可见，"人情案"和"关系案"并不是想办就能办，确实需要一定的人情和关系才能办理得到。

（二）《儒林外史》中的"金钱案"

金钱案也是一个主要突出腐败问题，除了审判官直接受贿甚至索贿外，还有一大帮"嗷嗷待哺"的幕客、衙役和差人。当然，本书的"金钱案"主要是指审判法官在审理案件时收受贿赂枉法裁判，或者有些“金钱案”并非造成枉法裁判的结果，但其仍然是金钱案。

“金钱案”中最为典型的就是江都县知县审理沈大年告宋为富占良人为妾案。当秀才沈大年估计到女儿可能被宋为富买为妾时，他就去告状，知县一看呈子，认为沈大年既是常州贡生，也是衣冠中人物，怎么肯把女儿做妾？并认为是盐商豪横导致，就将呈词收了。宋盐商晓得这事，慌忙叫小司客具了一个诉呈，同时，用钱买通了知县。次日，知县另批出呈子，却是说沈大年既系将女琼枝许配宋为富为正室，就不应私自送上门，现在私送上门，显然系知道是做妾的。批了不准，驳回了沈大年的告状。当沈大年不服又补了一张呈子时，知县反而大怒，说他是一个刁健讼棍，一张批，两个差人押解他回常州去了。这里，知县收钱前后，就有一个明显的反差，原来是同意原告的起诉的，收了钱就驳回了原告的起诉。金钱在其中起到了直接和有效的作用，因为知县被收买了。

还有温州府准备提审的张父出首儿子案，父亲出首儿子，但府县都被兄弟俩用了钱，所以，竟然做了一份父亲假哀怜的呈子，将儿子释放了，这又是因为花钱贿赂了官员，作出了虚假的堂断。但因为不孝是大罪，所以，才有了后面的温州府的提审。另外，还有一件没有反映在列表中的案件是，吏役潘三请匡超人做枪手帮金东崖的儿子金跃代考，后来东窗事发，潘三锒铛入狱，但该案并未完全侦破，在二十九回金东崖对郭书办道：

小儿侥幸进了一个学，不想反惹上一场是非；虽然真

的假不得，却也丢了几两银子。（《儒林外史》第304页）

可见，最后金东崖又是花钱摆平了他儿子代考的事，看来，他儿子最后还是没有受到查处。像这样的“金钱案”，在《儒林外史》中还是比较多的。

传统中国的案件处理，为什么重人情、重关系、重金钱，与传统司法中相同情况不同判决大有关系。从不同的角度出发，就有不同的理解，而不同的理解，就有不同的处理结果，所以，案件的处理虽然是两种截然相反的结果，但不能否认的是，这种截然相反的结果都基于同样的事实。这就是中国传统语言和传统法律文化的特征使然，也是传统中国是一个人情社会的最好注脚。

这种现象也与传统中国是一个熟人社会不无关系，这应该说也是一个正常的现象，叫作“官司一进门，各找各的人”，是一种现实，是一种现象，虽然帝制中国也有规定不准营私结党，不准出入人罪，断罪无正条规定，也有很多规定防止官员滥用权力，假公济私、贪赃枉法。当然，在这些官员群像中，更多的是一些不无个性而且也兢兢业业的知县群体。他们的所言所行所思所想，在某种程度上，也代表了中国传统法律文化的一部分。

二、司法腐败与司法公正的关系

“三案”（指人情案、关系案和金钱案，下同）其实就是司法腐败的表现，但“三案”是否都一定是腐败案呢？也就是说，凡是有“三案”的，是否案件最终都是司法不公或徇私枉法裁判?

我们先来看看《儒林外史》中的“三案”的终审结果或最终结果。

1. 南海知县审理的和尚有伤风化案。本案的起因如和尚僧官所说:

> “也罢了!张家是甚么有意思的人!想起我前日这一番是非,那里是甚么光棍!就是他的佃户,商议定了,做鬼做神,来弄送我;不过要簸掉我几两银子,好把屋后那一块田卖与他!使心用心,反害了自身!”(《儒林外史》第46页)

本案事实基本上可以这样认为,是因为乡绅张静斋想低价买僧官的田,因此就让他的佃户趁和尚僧官不够检点之机,将其捉拿送官,想逼使僧官将屋后那块相邻的田转让给他。但因为范进的母亲丧礼要和尚来做佛事,向知县说情,知县就将和尚放了,反而将一班光棍押了准备发落。张乡绅也只好和知县说情,知县只好也把他们放了。我们看到,两边都说情,都没有受罚,似乎事情又回到原点。这样的处理是否合法或公正呢?根据《大清律例》中有关规定,僧侣一般是犯奸或结婚才处罚,其他一般的风化行为并没有规定进行处罚。所以,本案中和尚僧官的行为虽然失范,但不至于要被送官治罪,只是张乡绅的佃户想弄送他,诬陷他与何美之的老婆有染。最后虽然没有治罪,但和尚与美之夫妇却被羞辱了一顿。由此观之,知县被说情而释放了和尚和何美之的女人并无不妥。反之,开释那一班光棍是否恰当呢?《大清律例·刑律·诉讼·诬告条》里面有详细的关于诬告的有关规定和处罚。本案中，几个光棍的行为明显构成诬告，所以，知县是将一班光棍押着，准备发落。但张乡绅的说情，便放纵了罪犯。可以说，本案的两个说情的情节，一个是为有理的说情，一个是为无理的说情。当然有理的说情也不是因为和尚有理而去说情，而是因为需要和尚做佛事而说情。但客观效果上来说，还是取得比较正面的或者说公正的效果。但另一个为无理的说情并达到目的，却又亵渎了律例。

2. 德清知县审理的杨执中侵占盐商银两案。杨执中因为帮盐商看管盐店，亏空七百多两银子，被盐商告到官府要求追比。娄氏公子因为仰慕杨执中是一个高人，不但拿帖子给知县说情，而且还为他退赔了全部亏空的银两。如果从这种情况来说，娄氏兄弟倒没有滥用职权，而只是让德清知县行个方便而已。但是，娄府管家却把大部分退赔的银两收入囊中，知县只好自己从所收的盐规中补齐，最终没有造成盐商的损失。可以说，这次说情并没有造成枉法裁判，甚至这次说情起到比较好的效果，并不能说是司法腐败案。

3. 张父出首儿子案，由于兄弟俩在府县都送了钱，兄弟俩被父亲的假哀怜释放了。这是一件典型的用金钱收买判决案。父亲出首儿子，一般要按照父亲的出首处置，除非父亲向官府求情哀怜。本案中，父亲并没有哀怜，但被伪造了哀怜的呈子，错误裁决致释放了俩儿子。因此，本案是一个典型的金钱腐败案。

4. 卢信侯非法藏禁书案。卢信侯因家藏禁书被告发缉拿，庄征君后来找关系托人把他释放了，反倒把出首人问了罪。如果说从国家的利益和律例规定来说，卢信侯已经构成犯罪，庄征君的说情显然是违反了国家的律例规定，损害国家的利益，是放纵了罪犯，干扰了司法并造成枉法裁判。但是，如果从公平正义来说，规定属于恶法，违反恶法不属于违法，如果从这个角度来说，庄征君的行为反而是正义的了。当然，如果从“恶法亦法”的角度来说，本案无疑也属关系案人情案，属于妨害了国家司法的行为。

5. 沈大年因为不服女儿被盐商收为妾案。江都县知县先是受理了案件，但后来盐商“打通了关节”，收买了知县，知县就驳回了沈大年的起诉。本案也是属于典型的金钱腐败案。知县收了钱，就可以从不同的角度来理解案件的内容与实质，以致做出完全不同的裁决。

我们看到在案件中，江都知县见风使舵之快，其说理的角度，都是让人不得不佩服的。在这里，我们看到传统司法的“人治”中重要的一面。同样一个事实，从不同的角度，其解释就完全不同。沈大年刚起诉时，知县从沈大年的角度出发，正常理解为由于做妾的社会地位极低，一般良民都不会将自己的女儿许配给人做妾，而沈大年是一个贡生，更不可能让自己的女儿去做妾的，除非经济上或政治上遭遇了极大的困难与不幸。所以，江都知县第一反应是很正常的，也是公允的。但是，当他收受了有关贿赂后，态度却发生了一百八十度的大转变，从盐商的角度出发，用案件的结果来推论沈大年的行为的性质，认为如果许配为正室，沈大年就不会自行私自送上门来而是上门迎亲，现在却私下送上门来，就不是明媒正娶，显然，是事先就知道是做妾。正如关于传统中国婚姻的有关论述中所言，婚姻一般都要经过“六礼”，而妾不在此限，不仅不在此限，还不得行此“六礼”。是否按“六礼”的程序办理，沈大年父女显然是清楚的，书中并未对此交代，只是说到沈琼枝到宋家后向宋为富要父亲写的婚书，或者可以说沈大年是想按婚嫁的程序，到来后让宋为富择吉过门，但在宋家没有“请期”和“亲迎”后就自己上门。从这一角度理解，江都县后来的批示也不是一点道理都没有。但是，无论如何，这都不能掩盖这是一个金钱腐败案枉法裁判的事实。

6. 沈琼枝盗窃和出逃案。沈琼枝不甘为妾，将宋家房内的金银珠宝打包一空并逃走，宋为富告官后，沈被捉拿归案。我们看到，捉拿了沈琼枝的知县爱惜她的才情，并同情她的遭遇，写了一封书子给江都知县，托他开释沈琼枝。应该说，南京知县的做法更具人性化和富有同情心，但是，他以这种做法帮助了沈琼枝，但是否就损害了宋为富的利益呢？帮助了一方的利益，往往就损害了另一方的利益。对沈琼枝而言，自然是正义的公平的，但在宋为富看来，他的金银珠宝被偷走了，花钱所买的人也逃走了，损失是巨大的，却不但人得不到，连财也失了，这不是严重不公还是什么。因此，本案的处理是否公正也有待商榷了。

7. 彭泽县知县审理的抢劫盐船案。案情如前述，那帮船工和朝奉在汤氏兄弟的说情下，才逃脱了知县的拷打和监禁。本案的说情应该是维护了告状人的利益，虽然不能实现公平正义，起码维护了一点点人身利益。

8. 余特在无为州为风影案说情。余特在州尊的授意下，为风影案说情，州尊准了他的说情，余特为此得到了一百三十两的酬金。说情在本案中起到了关键作用。我们不知这起杀人案是否真的是捕风捉影，还是确有其事。如果是捕风捉影的话，余特的说情就是为冤屈的人洗脱了，这个说情就还人清白，维护了嫌疑人的合法权益；如果本案确有其事，余特的说情就是导致州尊枉法裁判，放纵了犯罪，而且让受害人死不瞑目。

纵观上述8件“三案”，属于司法腐败的有三件，分别是父亲出首儿子案，沈大年状告宋为富强占良人为妾案和余特私和人命收受银两案。虽然有说情但并未导致司法不公或者甚至是有效维护了当事人利益的案件有两件，分别是娄氏兄弟为杨执中代赔银子并说情；另一件是汤氏兄弟为被抢了盐的船工和朝奉说情让知县饶了他们。其余的三件案，介于二者之间，有公正也有不公正，看对谁而言。

上述案件说明了，即使属于“三案”，也会有属于追求公平正义的“三案”，即使有“三案”，也并非全是不公正的案件，也就是说，“三案”中也有为了实现公平的案件。也就是说，即法官的个人收受了说情或贿赂而腐败了，但在司法上并没有造成裁决上的不公。这是所谓的“徇私不枉法”“吃了原告吃被告”的现象。另外，也可以说，为了实现公平和正义，也需要付出代价的，因为，公平和正义并不是自动从天上掉下来，自动实现的，不但需要本人的努力，有时，更需要其他人尤其掌握一定公权力或有一定经济实力的人的帮助。因此，为了追求正当公平的结果，要付出金钱精力关系甚至付出生命的代价。为什么在清代，即使行为本身没有过错更不用说犯罪，但为了洗脱冤枉还是需要找关系说人情甚至付金钱呢？究其原因，主要是因为掌握公权力的人行使权力的时候不公正不透明，也没有一定程序和要求。这也可以说是一种人治和德治的话语和色彩。[①]当然并不一定每个官员都是这样，但是，这是一种真实存在，所以，不仅是为了追求不当利益，即使是追求正当利益，也需要付出一定的代价才能实现。这或者是一种特色吧。

另外，正如其他既不是完全不公正的也不是完全公正的三件案而言，司法官员所站立的立场不同，出发点不同，看问题的角度不同，其得出的裁决结果就截然不同，即使是截然相反的结果，但可以说各有其道理，很难说那种裁决结果一定对，那种裁决结果一定错。但是，明显地，对一方的公平，往往可能就是对另一方的不公。这种通过“三案”的方式来达到目的，就程序而言，这是不合法的。也许，最后的结果是更有助于公平正义，但是，却是以一种说情的方式达到的，从程序上来说，这能说是公平的吗？尽管并没有明确的程序要求，没有程序正义的思想，但是，没有游戏规则，游戏最终是无法进行。所以，案件的裁判自始至终，虽然更多的时候强调一种客观的公正甚至极致的公正，但结果往往是事与愿违。

从《儒林外史》所描述的案件情况来看，“三案”并不一定就是司法不公的代名词，但从程序上来说，“三案”是属于一种司法腐败，虽然有些是为了正当利益的说情，也不能摆脱其腐败的本质。另外，其他一些没有体现出“三案”的案件，也在一定程度上体现了公平正义，如汤知县审理的赵氏与严贡生立嗣案，维护了作为寡妇的赵氏的利益，其他几件与严

---

① 苏力：《送法下乡——中国基层司法制度研究》，北京：中国政法大学出版社 2000 年版，第 418 页。

贡生有关的案件，也都依法受理并传唤严贡生到庭。还有向知县审理的几件“人命”官司，其结果都可以说中规中矩，不失公正。由此可见，清代官员大都能够从情理法出发，依情理办好案件。确实，只有司法在大体上让百姓满意，让百姓能够正常活下去，大体上维护社会的公平正义，清代的法律和社会秩序才得以有效的维持。

小 结

在传统中国的人情社会里，在传统中国权力自上而下的结构中，在“千里为官只为财”的社会现实和意识中，基本没有独立审案的可能，也没有不受影响的司法。因此，我们可以看到《儒林外史》里面，司法官员如何受到人情和金钱的左右与影响，案件的处理可以说随心所欲，根据司法官员的需要而变化。这不仅是因为没有明确的律例规定的原因，而是因为没有严格依法或者明确的律例进行审理的传统，尤其对于田土婚姻所谓细故案件而言，更主要是依情理、依礼俗、依礼教进行裁处，而这些所谓的情理、礼俗并没有一定的标准，导致裁决结果没有一定的可预期性。而且，对于一些涉案的处罚亦存在极大的自由裁量权，基本上没有所谓保护人权的意识，没有维护人的尊严的意识。当然，所谓的公平正义，有时也还是存在于司法官员观念当中的，还能够根据实情比较公正地处理案件，尤其是案件没有受到太多干预的时候。比如汤知县的批示“律设大法，礼顺人情”，这里的人情，还是有一定的人之常情的观念在里面，裁决的结果也不能过于出乎人之常情。

另外，从所审理的案件来看，基本上谈不上有什么固定的正当程序，没有如何维护原被两造权利的行使的程序，没有如何促使原被两造履行义务的程序，更没有限制规范司法官员如何行使权力的程序，以致审理案件极其随意，处罚随心所欲，民众基本没有权利可言，以致案件审理结果存在极大的不确定性，其结果很大程序上取决于金钱、人情和权力，说明帝制中国的司法存在明显的缺陷，缺乏诉讼程序的观念，没有正当程序的规定。如果从文明和野蛮的角度来说，帝制中国的诉讼相对而言是属于野蛮的，与现代司法文明相距甚远。

结语　礼法制度、社会实践和文学想象

在《儒林外史》中，吴敬梓为我们展示了一幅18世纪初期清代社会生活的丰富画卷，书中所描绘的社会生活，包括了婚姻家庭生活的礼俗礼仪、各色科举士人和官员对功名富贵的态度和认识，还有更为形象具体、种类繁多的社会纠纷和司法审判和司法实践，是丰富多彩的社会历史生活史。书中的举子官员和庶民对清代生活和律例的意识、态度、看法和行为，反映了清代丰富的法文化如礼文化、习俗文化、科举文化、官场文化与司法实践。不管是研究历史还是研究文化，不管是研究生活还是研究律礼，《儒林外史》里都有丰富的资源。对《儒林外史》所体现的社会生活，礼教制度，司法实践、法律意识和态度，进行法律文化类型的研究，拓展了《儒林外史》研究领域，也是《儒林外史》研究的新课题。

一、文化礼法制度

《儒林外史》与其说是小说，毋宁说是历史，与其说是历史，毋宁说是文化。因此，在《儒林外史》中表现出的中国传统文化，包括了科举文化、思想文化、诗词文化、饮食文化、士人文化和法律文化。因此，对于中国传统文化的表现，是《儒林外史》最为特色的一部分。文化并不是独立的，单元性的，而是相互之间有交融，有整合，有渗透，有包容的，法律文化也同样一一体现在这些文化当中。由于这些文化与社会生活紧密相连，文化在很大程度上可以影响生活，文化是存在于人们心中的认识、体会和意识中，对于人们的社会生活的态度、方式和行动，有着极大的指引作用。而文化又包含和体现了礼法制度，与礼法制度紧密相关。正是由于中国这种传统文化和礼教的影响，可能是中国一直屹立东方不倒的原因之一吧。因此，无论是文化、生活，还是礼法，都带有中国传统文化的影子，都可以说是中国传统文化的一部分。

就中国的婚姻家庭来说，中国传统文化和礼法制度的影响可以说根深蒂固，可以说，中国婚姻的成长，从婚姻到家庭，再到家庭财产，都受中国传统文化的深刻影响，都被传统礼法制度规范着，指引着，人们自觉不自觉地遵循着，这其中就包括和体现了法律文化。婚姻家庭的方方面面无不深深地烙上了礼教和传统观念的烙印。如关于婚姻的目的不仅仅是合两姓之好，而更重要的功能在于“上以事宗庙，而下以继后嗣也”，从而又深刻地影响到了“不孝有三，无后为大”的观念，围绕这种观念，就有关于承嗣和立嗣的问题，对无“后”的男人，如何为他立嗣便成为他身后事的重要部分。这些思想观念就影响到了有关法律礼制的建立和完善，从而又衍生出“一夫一妻多妾制”的格局。如果违反这些礼教，将会受到多么严厉的处罚，在以宗族为主的社会单元结构里，最严重的处罚可能并不是严刑峻法，而是宗族的处罚如开除“族籍”，一旦被开除，一个人将成为无魂之鬼、无祭之鬼了，这对于生活在乡土中的传统庶民来说，这将是最可怕的事情。或者，这也是帝制时代的另一种信仰，不能不祭祀祖先，不能不生活在祖先的荫庇之下。所以，为什么帝制中国的诉讼当中，相当多的情况下，要交由族中长老处理，或者由族中长老参与处理。族长，某种情况下，就是这一族的权威，他统管着这个小小社会里的秩序，维护着一定程度的公平和正义。只有当他们无能为力时，才可能交由官府处理。这种相对地方自治的方式曾普遍存在，并一直发挥着重要作用。所以，婚姻而家庭，再到家族，最后是宗族，一个人，只有在这样的单元格里才找到自己的位置和归宿。当然，这种模式，也是由于帝制中国长期都是乡土社会，小农经济，基本上自给自足，形成一个相对稳定的生活群体和生活圈子。这种“田地相连，房屋相接，出入相见，鸡犬相闻，婚姻相亲，水火盗贼相救”，[①]几千年来，这种生活基本上没有变化，除了因为战乱和人口的急剧膨胀导致的移民外，这种生活模式基本上没有太大改变。因此，帝制中国的婚姻家庭生活是比较稳定的。尤其由于孝的礼教的严格要求和执行，其中所形成的传统的观念和影响，对于家庭的稳定更是起到了法律也难以起到的作用。由此可以看到，礼法制度在中国传统社会生活中，起到了多么大的作用，它深刻地影响着社会上每个人的意识和生活，深刻地影响着中国的传统文化。

① 周振鹤撰集、顾美华点校：《圣谕广训集解与研究》，页209。转引自徐忠明：《众声喧哗：明清法律文化的复调叙事》，北京：清华大学出版社2007年版，第23页。

新文化运动以来，我们一直在进行文化反思，甚至进行基本完全否定式的礼教批判。任何人都不能选择历史，任何采取简单否定或肯定的态度都是不足取的。对待中国历史中曾起到巨大作用的礼法制度，我们是应该敝帚自珍还是弃之如敝屣呢？中国之所以能够是硕果仅存的文明古国，与包含了中国文明在内的礼教制度和社会制度无法分得开的。历史和文化的两面性再一次发挥着它的作用。对与人们生活息息相关的礼法制度，可以说，它建立了相对稳定社会秩序，带来了社会的稳定，规范了人们的行为，树立了共同的观念，加强了认同和忍耐，但同时也限制了自由，是以牺牲个人自由和发展为代价。孰轻孰重，谁是谁非，这就需要深入的研究和细致的比较分析，当然，这并非本书的主要内容，但是，这应该是一个未来可以深入研究的课题。

二、社会实践

《儒林外史》丰富的社会生活让人叹为观止，里面的人物刻画社会万象即使今天看来，其人性的特点仍然是存在于现实生活中。当然，作为儒林传，其对儒林的刻画自然更加入木三分。吴敬梓为我们展现了巨幅生活画卷，平凡而真实，既有典雅高贵，也有下里巴人，让人笑泪相间。生活的真实是一方面，但其所展现和包含的社会制度、礼法制度、科举制度和官场制度，既让人认识，更让人反思，这不仅仅是小说，也不仅仅是历史，而是一种深入骨髓的文化。

可以说，中国的法文化内容包含了宏大的叙事，包含了社会现实和实践的诸多方面。小到人们日常生活中的称呼饮茶饮酒落座排次序，大到国家的祭祀宗族的拜祭科举司法制度的实行与运用，还包括了人们在日常生活的衣食住行中所遵循的礼仪规范，包含了所有人对礼法制度的认识态度和看法。《儒林外史》为我们展示了丰富的内容，这使对《儒林外史》所反映的清代法文化进行研究成为可能。对清代的社会实践，在正规的历史书或者所谓的正史里，在过分讲究考究和实证的历史研究里。文学作品并不是一个好的研究对象，但是，对于研究社会生活实践而言，文学作品的描写和刻画，及其展现的社会生活细节和人们生活的态度认识和日常行为，却是天然的好材料。

费孝通先生认为，中国传统社会是一个熟人社会，民间有“熟人好办事”的说法。只有在现代社会中，由于社会变迁，在越来越大的社会空间里，人们成为陌生人，由此法律才有发展和完善的必要。因为只有当一个社会成为一个“陌生人社会”的时候，社会的发展才能依赖于契约和制度。[①]但是，我们在《儒林外史》中看到，虽然是一个熟人社会，但是，民间纠纷大多都是发生在熟人之间，如严贡生和他的近邻王小二和黄梦统，还有与他的弟媳妇赵氏。另外，我们看到，作为熟人社会，同样需要契约，契约是百姓交往中不可缺少的存在，契约的格式和使用范围，给我们的感觉是相当的成熟与普遍。熟人社会讲究身份与地位，但同时，契约也已经是日常生活中充分而有效的补充。无论是在身份中的继承、继嗣、婚姻，还是在日常往来中的租赁买卖借贷典当抵押，单纯依靠熟

① 费孝通：《乡土中国》，北京：北京出版社 2005 年版，第 30-33 页。

人的信用是不足以维持正常的生活秩序的，正所谓“口讲无凭”，我们在《儒林外史》中看到，陈正公与毛二胡子经过多次的相互借款，都很相熟了，熟到都称兄道弟，熟到借款给毛二胡子时，陈正公都不要毛二胡子写借条，也不用中人，但最后的结果就是毛二胡子想赖账。因此，契约的使用其实都远远超出了费孝通的“熟人社会”的使用范围，更深刻地影响和指导社会日常生活实践。因此，可以说，传统中国是一个熟人社会，是一个身份的社会，但是，更是一个契约的社会，是一个诉讼的社会。

三、文学想象

对于文学作品的真实和客观，当然并不能与法律的真实与客观相提并论，文学作品的故事性和趣味性，决定文学作品只能对人物的行为、心理、认识和态度进行刻画和描写，文学作品是一种高度真实与虚构的统一，虚构中有真实，真实中有艺术。文学作品的真实不是表现具体法律条文和知识，而是对人物的行为、思想与心理变化种种法律背后的东西进行刻画。如《红楼梦》中第四回的“葫芦僧判葫芦案”中，曹雪芹的笔法并不是写贾雨村如何公堂审案，而是写他在审理时，门子如何使眼色给他让他手下留情。后来告诉贾雨村关于四大家族的背景，并告诉他如何断案以得到贾家的肯定。事后贾雨村果然按门子的说法去做了，并借此向贾家邀功。这里，我们看不到法律的规定，但是，我们却看到了法律如何被运用的，社会的司法实践是怎样进行的，这就是文学的真实，事实上也是法律的真实，体现出中国传统的司法文化特征。这在《儒林外史》中，我们便能时时处处地感受到，文学的想象与法律的真实竟然能很好地结合在一起，这或者只有法律文化才能成为最好的表达方式了。

在一定的文化模式之中，如果不能建立公平有效的秩序规范，那么个体成员就不能获得全面自由的发展，文化的原生能力也就将逐渐丧失，而在中国传统文化模式的森严等级下，流行的意识形态则声称该社会伦理规范对所有成员都具有同等价值，造成了个体文化人格的妥协与分裂。①这样，每当朝代更迭社会发生裂变时，文化的价值观念就受到相应的影响，而由于朝代的不同，对文化的认同与价值取向的不同，旧的文化价值体系就会受到撞击，由于皇帝作为一个最高统治者的存在，其在意识形态的控制与统治方面，也会呈现出一种随意或者不确定性。因此，就会容易出现所谓的“文字狱”，从思想上打压与控制着士人，使其失去独立的人格。同样，由于地方官也是一方诸侯，谁也不能保证他是一个圣贤的人，他的心情与情绪或者个人脾气，都深刻地影响着地方治理，人民因此生活在一种不确定却没有更多选择的生活中。

因此，即使在《儒林外史》中，我们也会发现这种困难的选择，到底是在科举的一条路上追求功名富贵，殚精竭虑？还是另辟蹊径，自由发展？这在《儒林外史》中我们就看到这样的典型，但是，不管是吴敬梓理想中的王冕，还是书后

---

① 凌云岚：《写人残篇总断肠——〈儒林外史〉中的人物类型及其文化模式》，载《中国文学研究》1998年第3期。

所增加的“添四客述往思来”的“四客”一样，[1]虽然能够靠自己的能力悠闲地生活、自由地发展，但在主流社会里都得不到承认，并没有相应的社会地位。特立独行的杜少卿，竟然被视为读书人的反面典型——“不可学天长杜仪”。在精英与平民、主流与分支、雅与俗之间，个体多样化的选择与社会所提供的机会相比较而言，个体的自由选择与社会制度的限制而言，无不显示出个体自由发展的艰难历程。也许，从这一角度看，才是吴敬梓的《儒林外史》所体现的独特的文化内涵和价值。只有每个人都能自由地实现其自身的价值，只有每个人都不用生活在只有一种选择的社会生活模式下，只有每个人都可以自由地充分发展，吴敬梓的理想才能得到最终实现。

---

① 根据《儒林外史》，该“四客”分别为写得一手好字的季遐年，下得一盘好棋的王太，画得一幅好画的盖宽，弹得一首好曲的荆元，他们都靠自己的生活养活自己，并为自己的兴趣爱好逍遥悠闲地生活。

参考文献

一、中文类

（一）文献

［1］［汉］许慎撰，（清）段玉裁注：《说文解字注》，上海：上海古籍出版社1981年影印版。

［2］［明］抱瓮老人编：《今古奇观》，上海：上海古籍出版社1992年版。

［3］［清］顾炎武著，周苏平、陈国庆点注：《日知录》，兰州：甘肃民族出版社1997年版。

［4］［清］刘献廷撰，汪北平，夏志和点校《广阳杂记》，北京：中华书局2007年版。

［5］［清］孙诒让：《周礼正义》，陈玉霞、王文锦点校，北京：中华书局1987年版。

［6］［清］汪辉祖：《病榻梦痕录》，载《续修四库全书》555·史部·传记类，上海：上海古籍书店1995年版。

［7］［清］汪辉祖撰，徐明、文青点校：《学治臆说》，沈阳：辽宁教育出版社1998年版。

［8］［清］汪辉祖撰，徐明、文青点校：《佐治药言》，沈

阳：辽宁教育出版社1998年版。
[9]［清］吴敬梓著，张慧剑校注：《儒林外史》，北京：人民文学出版社1958年版。
[10]［清］张廷骧辑：《入幕须知》，清光绪十八年浙江书局刻本。
[11]［清］郑端等：《为官须知》，长沙：岳麓书社2003年版。
[12]《澄海县志》卷19《崇尚》。
[13]《汾阳县志》卷4，康熙六十年刊本。
[14]《古今图书集成·职方典》卷230《兖州府风俗考》滕县。
[15]《介休县志》卷4《风俗》，乾隆三十五年刊本。
[16]《晋江县志》卷1《舆地志·风俗》，1945年铅印本。
[17]《南安县志》卷19《杂志之二》，康熙十一年刊本。
[18]《泰安县志》卷2《方舆志·风俗》，同治六年刊本。
[19]《中国地方志集成·广东府县志辑》，上海：上海书店出版社2003年版。
[20]《中国地方志集成·江苏府县志辑》，南京：江苏古籍出版社1991年版。
[21]《中国地方志集成·山东府县志辑》，南京：凤凰出版社2004年版。
[22]程瑶田：《通艺录》卷二《宗法小记·宗法表》，嘉庆年刊本。
[23]官箴书集成编纂委员会编：《官箴书集成》，合肥：黄山书社1997年版。

[24] 郭成伟、田涛点校整理：《明清公牍秘本五种》，北京：中国政法大学出版社1999年版。

[25] 平步青：《霞外捃屑》卷3“刻稿娶小”条，上海：上海古籍出版社1982年版。

[26] 田涛、郑秦点校：《大清律例》，北京：法律出版社1998年版。

[27] 徐栋辑：《牧令书辑要》，清同治七年江苏书局刻本。

[28] 余治：《得一录》卷1《于清端公治家规范》，上海人文印书馆1934年版。

[29] 赵尔巽等撰：《清史稿》，北京：中华书局1977年版。

[30] 朱轼：《朱文端公文集》卷3（停柩），清刻本。

（二）著作类

[1] [法] E.迪尔凯姆著， 狄玉明译：《迪尔凯姆社会学方法的准则》，北京：商务印书馆1995年版，第30页。

[2] [法] 雷蒙·阿隆，葛智强等译：《社会学主要思潮》，上海：上海译文出版社1988年版。

[3] [美] 本杰明·艾尔曼：《经学·科举·文化史 艾尔曼自选集》，北京：中华书局2010年版。

[4] [美] 彼得·盖伊著，刘森尧译：《历史学家的三堂小说课》，北京：北京大学出版社2006年版。

[5] [美] 德克·布迪、莫里斯著，朱勇译：《中华帝国的法律》，南京：江苏人民出版社2008年版。

[6] [美] 韩书瑞、罗友枝著，陈仲丹译：《十八世纪中国社会》，南京：江苏人民出版社2009年版。
[7] [美] 克利福德·格尔茨著，韩莉译：《文化的解释》，南京：译林出版社2008年版。
[8] [美] 理查德·比尔纳其等著，方杰译：《超越文化转向》，南京：南京大学出版社2008年版。
[9] [日] 寺田浩明：《权利与冤抑——寺田浩明中国法史论集》，北京：清华大学出版社2012年版。
[10] [日] 滋贺秀三：《中国家族法原理》，北京：法律出版社2003年版。
[11] [日] 滋贺秀三等著，王亚新等译：《明清时期的民事审判与民间契约》，北京：法律出版社1998年版。
[12] [英] 彼得·伯克著，蔡玉辉译：《什么是文化史》，北京：北京大学出版社2009年版。
[13] [英] 特瑞·伊格尔顿著，方杰译：《文化的观念》，南京：南京大学出版社2006年版。
[14] [英] 威廉·霍尔兹沃思著，何帆译：《作为法律史学家的狄更斯》，上海：上海三联书店2009年版。
[15] 阿狄亚，赵旭东、何帅领、邓晓霞译：《合同法导论》，北京：法律出版社2002版。
[16] 陈登武：《地狱·法律·人间秩序——中古中国宗教、社会与国家》，台北：五南图书出版股份有限公司2009年版。
[17] 陈顾远：《中国婚姻史》，北京：商务印书馆1936年版。

[18] 陈美林：《〈儒林外史〉研究史》，福州：海峡文艺出版社2006年版。
[19] 陈美林：《吴敬梓评传》，南京：南京师范大学出版社1990年版。
[20] 陈美林：《吴敬梓研究》（三册），南京：南京师范大学出版社。
[21] 陈美林主编，李忠明、吴波著：《〈儒林外史〉研究史》，福州：海峡文艺出版社2006年版。
[22] 陈鹏：《中国婚姻史稿》，北京：中华书局1990年版。
[23] 陈汝衡：《吴敬梓传》，上海：上海文艺出版社1981年版。
[24] 戴逸主编：《简明清史》第一册，北京：人民出版社1984年版。
[25] 杜希宙、黄涛：《中国历代祭礼》，北京：北京图书馆出版社1998年版。
[26] 费孝通：《江村经济》，北京：商务印书馆，2001年版。
[27] 费孝通：《乡土中国》，北京：人民出版社，2008年版。
[28] 龚笃清：《八股文百题》，长沙：岳麓书社2010年版。
[29] 顾鸣塘：《〈儒林外史〉与江南士绅生活》，北京：商务印书馆2005年版。
[30] 郭成康、林铁钧：《清朝文字狱》，北京：群众出版社1990年版。

[31] 郭建：《帝国缩影——中国历史上的衙门》，上海：学林出版社1999年版。
[32] 郭建：《非常说法：中国戏曲小说中的法文化》，北京：中华书局2007年版。
[33] 郭建：《古人的天平：中国古典文学名著中的法文化》，北京：当代中国出版社2008年版。
[34] 郭建：《中国财产法史稿》，北京：中国政法大学出版社2005年版。
[35] 何满子：《儒林外史论》，上海：古典文学出版社1957年版。
[36] 何泽翰：《儒林外史人物本事考略》，上海：上海古籍出版社1985年版。
[37] 胡适：《胡适文集》第二卷，北京：北京大学出版社1998年版。
[38] 胡益民、周月亮：《〈儒林外史〉与中国士文化》，合肥：安徽大学出版社1995年版。
[39] 黄仁宇：《中国大历史》，北京：生活·读书·新知三联书店2007年版。
[40] 黄宗智：《法典、习俗与司法实践：清代与民国的比较》，上海：上海书店出版社2007年版。
[41] 贾谊：《贾谊新书》，上海：上海古籍出版社1989年版。
[42] 翦伯赞《戊戌变法》第二册，上海：上海人民出版社1957年版。
[43] 李汉秋：《儒林外史的文化意蕴》，郑州：大象出版社

2009年。

［44］李汉秋：《儒林外史研究论文集》，北京：中华书局1987年版。

［45］李泽厚：《走我自己的路》，合肥：安徽文艺出版社1994年版。

［46］李忠明、吴波：《〈儒林外史〉研究史》，福州：海峡文艺出版社2006年版。

［47］梁漱溟：《中国文化要义》，上海：上海世纪出版集团2005年版。

［48］林端《中国传统法律文化："卡迪审判"或"第三领域"？——韦伯与黄宗智的比较》，中南财经政法大学法律文化研究院编：《中西法律传统》第六卷，北京：北京大学出版社2008年版，第425-453页。

［49］林乾主编：《法律史学研究》第1辑，北京：中国法制出版社2004年版。

［50］刘海峰、李兵：《中国科举史》，上海：东方出版中心2004年版。

［51］刘俊文主编：《日本青年学者论中国史》（宋元明清卷），上海：上海古籍出版社1995年版。

［52］柳诒徵：《中国文化史》，上海：上海三联书店2007年版。

［53］鲁威：《科举奇闻》，沈阳：辽宁教育出版社1990年版。

［54］鲁迅：《且介亭杂文二集》，北京：人民文学出版社1973年版。

[55] 罗素著，吴友三译：《权力论》，北京：商务印书馆1998年版。
[56] 那思陆：《清代州县衙门审判制度》，北京：中国政法大学出版社2006年版。
[57] 欧中坦：《清代司法制度与司法文学交流》，载《法史学刊》第一卷，北京：社会科学文献出版社2007年版。
[58] 潘庆云：《跨世纪的中国法律语言》，上海：华东理工大学出版社1997年版。
[59] 蒲慕州：《生活与文化》，北京：中国大百科全书出版社2005年版。
[60] 启功：《说八股》，北京：中华书局2000年版。
[61] 钱钟书：《围城》，成都：四川文艺出版社1992年版。
[62] 瞿同祖：《中国法律与中国社会》，北京：中华书局2003年版。
[63] 瞿同祖著，范忠信、晏锋译：《清代地方政府》，北京：法律出版社2003年版。
[64] 阮葵生：《茶余客话》，北京：中华书局1985年版。
[65] 商流鎏：《清代科举考试述录及有关著作》，天津：百花文艺出版社2004年版。
[66] 商伟：《礼与十八世纪的文化转折——〈儒林外史〉研究》，北京：生活·读书·新知三联书店出版社2012年版。
[67] 邵伏先：《中国的婚姻与家庭》，北京：人民出版社1989年版。

[68] 沈之奇，怀效锋、李俊点校《大清律辑注》（上），北京：法律出版社2000年版。
[69] 施沛生等编：《中国民事习惯大全》，上海：广益书局1924年版。
[70] 苏力：《法律与文学——以中国传统戏剧为材料》，北京：生活·读书·新知三联书店2006年。
[71] 苏力：《送法下乡——中国基层司法制度研究》，北京：中国政法大学出版社2000年版。
[72] 完颜绍元：《天下衙门——公门里的日常世界与隐秘生活》，北京：中国档案出版社2006年版。
[73] 王德昭：《清代科举制度研究》，北京：中华书局1984年版。
[74] 王亚南：《中国官僚政治研究》，北京：中国社会科学出版社1981年版。
[75] 王炎平：《科举与士林风气》，上海：东方出版社2011年版。
[76] 王跃生：《清代中期婚姻冲突透析》，北京：社会科学文献出版社2003年版。
[77] 吴欣：《清代民事为诉讼与社会秩序》，北京：中华书局2007年版。
[78] 萧一山：《清史大纲》，上海：上海世纪出版社2008年版。
[79] 徐中约著，计秋枫、朱庆葆译：《中国近代史》，香港：香港中文大学出版社2001年版。
[80] 徐忠明：《〈老乞大〉与〈朴通事〉——蒙元时期庶民

的日常法律生活》，上海：上海三联书店2012年版。
[81] 徐忠明：《案例、故事与明清时期的司法文化》北京：法律出版社2006年版。
[82] 徐忠明：《包公故事：一个考察中国法律文化的视角》，北京：中国政法大学出版社2002年版。
[83] 徐忠明：《法学与文学之间》，北京：中国政法大学出版社2000年版。
[84] 徐忠明：《清代诉讼风气的实证分析与文化解释》北京：清华大学出版社2007年版。
[85] 徐忠明：《情感、循吏与明清时期的司法实践》，上海：上海三联书店2009年版。
[86] 徐忠明：《众声喧哗：明清法律文化的复调叙事》，北京：清华大学出版社2007年版。
[87] 叶晓川：《清代科举与法律文化研究》，北京：知识产权出版社2008年版。
[88] 尹伊君：《红楼梦的法律世界》，北京：商务印书馆2007年版。
[89] 余英时：《士与中国文化》，上海：上海人民出版社2003年版。
[90] 张传玺：《契约史买地券研究》，北京：中华书局2008年版。
[91] 张杰：《清代科举家族》，北京：社会科学文献出版社2003年版。
[92] 张少侠：《红楼法事》，兰州：甘肃人民出版社1989年版。

[93] 张小也：《儒者之刑名——清代地方官员与法律教育》，载林乾主编：《法律史学研究》第1辑，北京：中国法制出版社2004年版。

[94] 张研：《清代县级政权控制乡村的具体考察——以同治年间广宁县杜凤治日记为中心》，郑州：大象出版社2011年版。

[95] 郑杭生：《社会学概论新修》，北京：中国人民大学出版社1994年版。

[96] 中南财经政法大学法律文化研究院编：《中西法律传统》第六卷，北京：北京大学出版社2008年版。

[97] 周保明：《清代地方吏役制度研究》，上海：上海书店出版社2009年版。

[98] 朱景文主编：《当代西方后现代法学》，北京：法律出版社2002年版。

[99] 朱一玄、刘毓忱编：《儒林外史资料汇编》，天津：南开大学出版社2003年版。

（三）论文类

[1] 柏桦：《论清代的“违禁取利”罪》，《政法论丛》2007年第4期。

[2] 常建华：《日常生活与社会文化史——“新文化史”观照下的中国社会文化史研究》，《史学理论研究》2012年第1期。

[3] 陈煜、毛娓：《〈儒林外史〉中的三个阶层与法律实践》，《江苏警官学院学报》2002年第2期。

［4］陈兆肆：《清代法律：实践超越表达——以衙役群体运作班房为视角》，《安徽史学》2008 年第 4 期。

［5］陈小葵：《论明清时期的“胥吏之害”》，《青海师范大学学报》2008年第1期。

［6］杜金：《献疑与商榷：从“乔太守乱点鸳鸯谱”说起——〈文学作品、司法文书与法史学研究〉读后》，《政法论坛》2012年第3期。

［7］冯象：《法律与文学——〈木腿正义：法律与文学论集〉代序》，《北大法律评论》1999年第2期。

［8］皋于厚：《明清小说中的吏役形象》，《山东工业大学学报》2000年第3期。

［9］高大敏：《中国古代契约中的中保人制度探析——从大觉寺契约文书说起》，《法制与社会》2007年第5期。

［10］贺卫方：《中国古代司法判决的风格与精神》，《中国社会科学》1990年第6期。

［11］贺卫方：《比较法律文化的方法论问题》，载沈宗灵、王晨光编：《比较法学的新动向》，北京：北京大学出版社1993年版。

［12］胡水君：《法律与文学：主旨、方法与局限》，《中华读书报》2001年10月24日。

［13］黄真真：《清代后期胥吏衙役权利的私下交易》，《中国社会经济史研究》2001年第3期。

［14］姜峰：《一次性智慧、诱惑侦查与小鬼儿帮忙——包公断狱与中国古典社会中的司法》，《山东大学法律评论》第3辑，济南：山东大学出版社2006年版。

[15] 江田祥：《爪牙与叛逆：胥吏与清中期白莲教起义——以乾嘉之际白莲教“当阳教团”为中心》，《历史教学问题》2007年第3期。
[16] 李琳：《中国古代土地典当买卖中的牙人研究》，吉林大学硕士论文，2004年。
[17] 李小标：《“别籍异财”之禁的文化解读》，载《政法论丛》2003年第3期。
[18] 李晓婧：《法律视角下的红学解读》，《边缘法学论坛》2009年第2期。
[19] 李祝环：《中国传统民事契约中的中人现象》，《法学研究》1997年第6期。
[20] 李世愉：《试论清代科场中的谎报年龄现象》，《科举与科举文献国际学术论文研讨会论文集》，上海：上海书店出版社2011年版。
[21] 李秀荣：《雍乾嘉时期胥吏问题研究》，陕西师范大学硕士论文，2004年。
[22] 林国清：《中国古代法律与文学发展关系初探》，《福建论坛（文史哲版）》1999年2期。
[23] 刘秋根：《清代典当业的法律调整》，《中国经济史研究》2012年第3期。
[24] 刘德杰：《两汉酷吏的文化阐释》，《南都学坛（人文社会科学学报）》2008年第6期。
[25] 凌云岚：《写人残篇总断肠——〈儒林外史〉中的人物类型及其文化模式》，《中国文学研究》1998年第3期。

［26］陆平舟：《官僚、幕友、胥吏：清代地方政府的三维体系》，《南开学报（哲学社会科学版）》2005年第5期。
［27］吕宽庆：《清代的立嗣文书研究》，《郑州航空工业管理学院学报（社会科学版）》2011年第2期。
［28］苗月宁：《清代州县吏胥研究初探》，山东大学硕士论文，2006年。
［29］毛永俊：《古代契约“中人”现象的法文化背景——以清代土地买卖契约为例》，《社会科学家》2012年第9期。
［30］欧阳爱辉：《〈西游记〉反映的明代诉讼制度》，《边缘法学论坛》2009年第2期。
［31］卜安淳：《从〈水浒传〉看传统中国社会法治观念的层次性》，《南京大学法律评论》2001年第2期。
［32］卜安淳：《从〈水浒传〉看古代中国社会的犯罪》，《江苏公安专科学校学报》2001年第5期。
［33］舒国滢：《从美学的观点看法律——法美学散论》，《在法律的边缘》，北京：中国法制出版社2000年版。
［34］苏亦工：《发现中国的普通法——清代借贷契约的成立》，《法学研究》第19卷第4期。
［35］唐红林：《中国传统民事契约格式研究》，华东政法大学博士学位论文，2008年。
［36］王跃生：《清代中期婚姻行为分析——立足于1781—1791年的考察》，《历史研究》2000年第6期。
［37］王雪华：《清代吏胥制度研究》，武汉大学博士论

文，2004年。
[38] 王友良：《代州县差役研究》，四川大学硕士论文，2006年。
[39] 文珍：《〈儒林外史〉中的和尚形象解读》，《古代文学》2008年第10期。
[40] 温珍奎：《古代文人小说与民间法律秩序的重构——以“三言”、“二拍”为例》，《江西教育学院学报》2003年第4期。
[41] 温宝麟：《一个伪装成弱者的女杀手——评〈儒林外史〉中的赵新娘》，《甘肃社会科学》2009年第1期。
[42] 吴莺莺：《论〈水浒传〉与〈儒林外史〉的胥吏形象》，《水浒争鸣》2009年第十一辑。
[43] 吴少珉：《我国历史上的经纪人及行业组织考略》，《史学月刊》1997年第5期。
[44] 吴欣：《明清时期的“中人”及其法律作用与意义——以明清徽州地方契约为例》，《南京大学法律评论》2004年第21期。
[45] 信春鹰：《后现代法学：为法治探索未来》，载《中国社会科学》2000年第5期。
[46] 徐汉峰、黄文军《浅析〈儒林外史〉中的借贷利息与了债方式》，《孝感职业技术学院学报》2001年第1期。
[47] 徐忠明：《从薛蟠打死张三命案看清代刑事诉讼制度》，载《法学文集》（4），中山大学学报丛书1992年版。

[48] 徐忠明：《从〈乔太守乱点鸳鸯谱〉看中国古代司法文化的特点》，《历史大观园》1994年9期。

[49] 徐忠明：《〈窦娥冤〉与元代法制的若干问题试析》，《中山大学学报（社科版）》1996年第3期。

[50] 徐忠明：《〈活地狱〉与晚清州县司法研究》，《比较法研究》1995年3期。

[51] 徐忠明：《从明清小说看中国人的诉讼观念》，《中山大学学报》1996年4期。

[52] 徐忠明：《包公杂剧与元代法律文化的初步研究》，《南京大学法律评论》1996年秋季号和1997年春季号连载。

[53] 徐忠明：《制作中国法律史：正史、档案与文学》，《学术研究》2001年第6期。

[54] 徐忠明：《解读包公故事中的罪与罚》，《现代法学》2002年第3期。

[55] 徐忠明：《解读历史叙事的包公断狱故事》，《政法论坛》2002年第4期。

[56] 徐忠明：《关于明清时期司法档案中的虚构与真实》，《法学家》2005年第5期。

[57] 徐忠明：《杨乃武冤案的平反背后：经济、文化、社会资本的考察》，《法商研究》2006年第3期。

[58] 徐忠明：《娱乐与讽刺：明清时期民间法律意识的另类叙事》，《法制与社会发展》2006年第5期。

[59] 徐忠明、温荣：《中国的“法律与文学”研究述评》，《中山大学学报（社会科学版）》第2010年第6

期。

[60] 徐忠明、杜金：《清代司法官员知识结构的考察》，《华东政法学院学报》2006年第5期。

[61] 徐忠明：《传统中国乡民的法律意识与诉讼心态——以谚语为范围的文化史分析》，《中国法学》2006年第6期。

[62] 徐忠明：《诉诸情感：明清中国司法的心态模式》，《学术研究》2009年第1期。

[63] 徐忠明、杜金：《明清刑讯的文学想象：一个新文化史的考察》，《华南师范大学学报》2010年第5期。

[64] 姚剑波：《透过〈儒林外史〉管窥康乾盛世的吏役世界》，《滁州大学学报》2010年第2期。

[65] 姚国宏：《从风水看中国传统哲学的儒道互补》，《科学·经济·社会》1999年第1期。

[66] 杨其民：《买卖中间商牙人、牙行的历史演变——兼释新发现的〈嘉靖牙帖〉》，《史林》1994年第4期。

[67] 杨向荣，刘永利：《文化社会学：文学理论研究的新范式》，《湘潭大学学报（哲学社会科学版）》2010年第2期。

[68] 尤陈俊：《“新法律史”如何可能——美国的中国法律史研究新动向及其启示》，《开放时代》2008年第6期。

[69] 张国风：《康乾时期文化政策的复杂性及其对小说的影响》，《中国人民大学学报》1997年第2期。

[70] 张培田：《论元代杂剧与元代法制》，《戏剧艺术》

1990年第2期。
[71] 郑小春：《从徽州讼费账单看清代基层司法的陋规与潜规则》，《法商研究》2010年第2期。
[72] 周保明：《近年来清代吏役制度研究述评》，《历史问题研究》2007年第5期。
[73] 左平：《清代州县书吏探析》，《西华师范大学学报（哲学社会科学版）》2011年第6期。
[74] 郑定，杨昂：《不可能的任务：晚清冤狱之渊薮》，《法学家》2005年第2期。
[75] 中国第一历史档案馆，《乾嘉时期科举冒籍史科》，《历史档案》2000年第4期。

（四）未刊硕博论文

[1] 杜金：《清代司法官员的法律知识研究》，中山大学博士学位论文，2010年。
[2] 付红梅：《“二拍”中的诉讼故事及其分析》，西南政法大学硕士论文，2008年。
[3] 唐红林：《中国传统民事契约格式研究》，华东政法大学博士学位论文，2008年。
[4] 李俊领：《中国近代国家祭祀的历史考察》，山东师范大学硕士学位论文，2005年。
[5] 李秀荣：《雍乾嘉时期胥吏问题研究》，陕西师范大学硕士论文，2004年。
[6] 苗月宁：《清代州县吏胥研究初探》，山东大学硕士论文，2006年。

[7] 王雪华：《清代吏胥制度研究》，武汉大学博士论文，2004年。
[8] 王友良：《代州县差役研究》，四川大学硕士论文，2006年。
[9] 颜超：《“三言二拍”中的法意与人情》，山东大学硕士论文，2006年。
[10] 张晓蓓：《清代婚姻制度研究》，中国政法大学博士论文，2003年。

附　录

附表1-1　一般士绅的婚姻

序号	男方	出道身份	后来身份	女方	个人情况	家庭背景	备注
1	周　进	童生	进士、司业	金氏	不详	做生意的	
2	范　进	童生	进士、通政	胡氏	30 多岁才嫁	屠宰生意	
3	魏好古	童生	秀才	周氏	周三爷的大姑娘	官宦家庭	原许大户人家，后来许魏相公
4	张师陆	富家	知县	周三爷姐妹周氏	不详	官宦家庭	张周互为舅爷
5	周三爷	不详	知县	张师陆姐妹张氏	不详	官宦家庭	张周互为舅爷
6	严二公子	乡绅家庭		周二姑娘	不详	官宦家庭	

续表

序号	男方	出道身份	后来身份	女方	个人情况	家庭背景	备注
7	严监生	乡绅家庭	监生	王氏	两兄弟都进了学	乡绅家庭	无儿子
	严监生			赵氏	王氏死后被扶正	穷苦家庭	生有儿子
8	王三胖	富家	候选州同	胡氏	21 岁再嫁	书吏家庭	原是妾
9	季　萑	童生	季守备之子，典史	王氏	不详	向太守王管家孙女	王管家的投身纸被发还了
	季　萑			尤氏	不详	不详	季氏重婚，大摆筵席
10	彭老二	富贵家庭	官宦世家	方氏	方家二姑娘	富贵人家	
11	虞感祁	一般家庭	士绅家庭	祁氏	祁太公孙女	富贵人家	虞家感谢祁家
12	高翰林	富贵家庭	士绅家庭	秦中书	中书	士绅家庭	
13	匡超人	贫穷家庭	秀才到教习	郑氏	郑老爹姑娘	差役家庭	先死
14	匡超人			辛小姐	没有父母	李给谏大人外甥女	
15	余　家	一般家庭	乡绅家庭	虞家		乡绅家庭	
16	孙　家	富贵家庭	三间大房	王氏	王三胖大女儿	父亲是候选州同	

附表1-2　显赫世家望族家庭的婚姻

序号	男方	出道身份	后来身份	女方	个人情况	家庭情况	备注
1	蘧　佑	官宦世家	南昌知府	娄氏	不详	兄弟是当执政娄中堂	
2	蘧公孙	官宦世家	秀才	鲁氏	才女	父亲是翰林	
3	杜慎卿	官宦世家	进士	虞氏	不详	世家大族曾祖是尚书	
4	杜少卿	官宦世家	秀才名士	余氏	不详	世家大族	
5	虞家族	官宦世家	进士	余家族	官宦世家儿女	世家大族	
6	彭家	望族	几个进士翰林	方家		大盐商大富豪	

附表1-3 其他阶层的婚姻

序号	男方	出道身份	后来身份	女方	个人情况	家庭情况	备注
1	申文卿	村民	农户家庭	夏氏	小吏家庭	夏总甲之女	
2	牛　浦	村民	假冒牛布衣作诗	卜氏	小市民	开小香蜡店 卜老外孙女	
3	牛　浦			黄氏	小市民	做戏子行头生 意的黄家	重婚入赘
4	鲍廷玺	贫困家庭	过继给鲍文卿做儿子	王氏	小市民	向府王管家	
5	鲍廷玺			王太太		乡绅家庭	再娶再嫁
6	何美之	佃农	农村家庭	浑家	佃农	农村家庭	
7	宦　成	奴仆	娄府管家晋爵儿子	双红	奴婢	蘧府鲁夫人丫头	私奔
8	严管家	奴仆	虞博士管家	某氏		祁家的使女	
9	张　氏	不详	开妓院	聘娘	童养媳	后来出家	倡优阶层
10	陈和甫 儿子	普通市民	算命人家	老爹 女儿	小市民	男的出家	女的回娘家

附表2 《儒林外史》的兄弟

序号	兄弟姓名	书中回目	家庭情况	相互关系	备注
1	严贡生、严监生	4 — 6、18	一贫一富	阋墙	
2	汤奉、汤奏	4、5、43、44、46	官宦世家	相投	
3	王德、王仁	5 — 6	一般	相投	
4	王大、王小二	5	贫穷	相投	
5	娄捧、娄攒	8 — 13	世族大家	相投	
6	匡大、匡超人	15-20	贫穷	一般	
7	潘保正、潘三	16 — 18	一般	和睦	
8	匡叔（三房）、匡太公	16	贫穷	失和	
9	胡缜、胡八乱子	15、18、52	官宦世家	失和	
10	卜诚、卜信	21 — 22	贫穷	和睦	
11	杜慎卿、杜少卿	29 — 38、40 — 41、44 — 46、53、56	富裕	一般	
12	倪廷珠、倪廷玺	25 — 33、37、42、44	贫穷	和睦	
13	施御史、施二	27、44、49	富裕	和睦	
14	汤由、汤实	42、44	官宦世家	和睦	
15	余特、余持	44 — 46	一般	和睦	
16	唐二棒椎、唐三痰	45 — 47	一般	失和	
17	余殷、余敷	45、55	一般	相投	
18	方老二、方杓	47	一般	一般	
19	秦中书、秦二垮子	49、50、52	富裕	一般	
20	徐三公子、徐九公子	53、54	官宦世家	和睦	
21	彭氏兄弟	45	不详	不详	

附表3 《儒林外史》的书役

序号	姓名	职务	形象	行为和收入（回）	备注
1	金东崖	吏部书吏	为荀玫的夺情出谋划策。	受到重托。（7）	被动贪赃
2	书　吏	德清县书吏		与知县商量把杨执中放了。收了二十两银子（9）	被动收陋规
3	潘自业	布政司的书吏	黄胡子，高颧骨，黄黑面皮，一双直眼。涉案七件	包揽欺隐钱粮若干两，私和人命几案，短截本县印文及私动朱笔一案，假雕印信若干颗，拐带人口几案，重利剥民，威逼人身死几案，勾串提学衙门买嘱枪手代考几案（18、19）	主动贪赃
4	书　吏	安庆府二位书办		拟包揽词讼二件代人说情，有两件案只要准或不准，都可收入几百两银子（25）	主动贪赃
5	郭书办、尤书办	应天府郭书办、尤书办		第29回	简单出现
6	董书办金东崖	司里董书办	金书办为自己的儿子找枪手代考秀才，花了五百多两银子。	与金东崖书办讨论荀玫被拿问。金说自己因为儿子考秀才的事惹上是非，又花了不少银子。（29）	行贿用赃
7	书　吏	镇远府书办		篡改文书收取50两（43）	被动收受
8	书　办	五河县书办		余特写了回呈交给知县，知县叫书办据呈子备文书回无为州。书办来要发许多纸笔钱去。	主动索取

附表4　儒林外史的差役

序号	姓名	职务	形象（回）	行为和收入	备注
1	翟买办	诸暨县的头役、买办（衙役）	头戴瓦楞帽，身穿青布衣服（1）	克扣了知县给王冕的12两银子，另收差钱三钱二分。	主动贪赃
2	夏总甲	汶上县薛家集的总甲	两只红眼边，一副锅铁脸，几根黄胡子，歪戴瓦楞帽，身上表布衣服就如油篓一般（2）	几年就可寻上千两银子	主动贪财
3	李老爹	班头（衙役）	好赌（2）	一千多两一年收入	主动贪财
4	黄老爹	班头（衙役）	（2）	家里房子盖得像天宫一般	主动贪财
5	门子差人	高要县门子和差人		透露消息和收受差钱（用了十几两银子）	被动或收陋规
6	差人	差役和一个老差人（衙役）	涉案二件（13）	诈了马纯上92两银子，另外还讹了宦成几十两。	主动贪赃

续表

序号	姓名	职务	形象（回）	行为和收入	备注
7	郑老爹	抚院大人的差（衙役）	忠厚老实，抓差一件（15）	一间门面，到底三间	忠厚老实
8	潘保正	乐清县大柳庄保正	帮助匡超人（16、17）	他的弟弟潘三是有名的书吏，后因多项罪名被抓	热心助人
9	黄球	钱塘县	与书吏潘三一起勾结	将逃出被强奸的女婢卖与他人为妾收取好处费	主动贪财
10	安东县	二位头役（衙役）		帮牛浦劝架并每人给了石老鼠几百文钱	劝人和解
11	南京差人	二位差役	押送沈琼枝的差役（41）	索要赏钱等陋规费。管山吃山，管水吃水，都像你这一毛不拔，我们喝西北风！	主动贪财
12	赵升等	三名台州府差衙役	押解万中书去台州	三人分了 50 两银子	被动收受

附表5 儒林外史主要官员

序号	姓名	职务	主要经历或案件审理	法律知识	备注
1	时 仁	知县	浙江诸暨县知县	有法律知识	酷虐小民，无所不为
2	王 惠	南赣道	三十多岁中举、五十多岁中进士、南昌太守、南赣道（2、7、8）	有法律知识	严刑贪酷、反叛，后出家做和尚
3	周 进	国子监司业	六十多岁中举、进士、御史，广东学道、国子监司业（2）	没有从事案件审理	好为人情
4	范进（南海人）	通政司	五十多岁中举，进士，御史、山东学道、通政司（3、4、7）	没有从事案件审理，打秋风	连苏东坡都不认识
5	张静斋	知县	举人，知县（4）参与过案件审理	有一定的法律知识，屡打秋风	胡乱出主意
6	南海知县	知县	审理和尚风化案，谁说情偏向谁（4）	有一定的法律知识	众人与和尚在衙门花了几十两银子
7	汤 奉	高要县知县	审理了六件案件分别有处理行贿牛肉案、偷鸡案、挟制官府案、霸占猪案、强索利息案和处理立嗣案（4、5、6）	有法律知识，审理过不少案件	比较严酷。告老还乡，任上退休

续表

序号	姓名	职务	主要经历或案件审理	法律知识	备注
8	荀　玫	两淮盐运使司盐运使	举人、与王惠同榜进士（7）	法律专业知识不足	贪赃被拿问
9	蘧　佑	南昌太守	进士出身（7）	有法律知识但不常用	主动退隐
10	德清县令		审理杨执中侵占盐商银子案（9）	有法律知识	办人情案，被说情后放人
11	鲁编修	翰林，侍读	进士出身，侍读（10）	不甘清贫	想做官想为财
12	李本瑛	给事中	乐清县知县、给事中（16、20）	有法律知识	提携匡超人
13	董　瑛	贵州知州	孝廉、安东县知县、贵州知州（20、21）	有法律知识	结识名士
14	向　鼎	福建汀漳道	安东知县、安庆知府、福建汀漳道。审理了三件案件（为活杀父命案、为毒杀兄命案、为谋杀父命案）。（23、24、25、26）	有法律知识，审理案件较多	屡获升迁。

续表

序号	姓名	职务	主要经历或案件审理	法律知识	备注
15	庄征君		征辟入官，辞爵还家。涉文字狱案。（35）	说情	为文字狱案说情
16	虞育德	国子监博士	举人，进士，南京国子监博士，处理赌博案。（36）	有一定法律知识	轻处赌博案
17	尤扶徕	同官县知县	一到任就做好事，送俸金五十两给军妻回家；下乡相验（38）	有同情心，有法律知识	
18	萧云仙	应天府江淮卫守备	任千总，攻打青枫城并承办青枫城城工，开修水利劝农学文，后涉浮开被工部核减追赔七千金（40）	法律知识不多	武官
19	江都县知县	江都县知县	处理宋家纳妾一案。（40）沈琼枝偷盗一案。（41）	贪赃，有法律知识	贪赃，受说情
20	彭泽县知县	彭泽县知县	断盐船被抢案（43）	有法律知识	受说情
21	汤奏	镇台	剿灭逆苗，却被降三级使用。（43）	篡改公文	买通书吏，打了胜仗

续表

序号	姓名	职务	主要经历或案件审理	法律知识	备注
22	无为州知府	无为州知府	余特私和人命案（44）	有法律知识	贪赃
23	五河县知县	五河县知县	协助抓捕余特（45）	有法律知识	尽职
24	余特	徽州府学训导	请旌烈妇并入祠（48）	不详	打秋风说情过赃
25	方县尊		捉拿并押送万中书去台州(49、50）	有法律意识	有同乡之情，讲情面
26	祈太爷	台州知府	审讯万中书和凤四老爹（50、51）怀疑与苗镇台勾结	有法律知识	严酷

附表6 《儒林外史》案件一览表

序号	主办	原告	被告	案由	主要案情（回）	结果	备注
1	南海知县	佃农或者一班光棍	僧官等	告和尚有伤风化案	和尚僧官与佃户夫妇一桌吃饭，有伤风化（4）	范进替和尚求情，知县放了和尚和女人，将光棍枷了。有人说情知县将他们都放了	在衙门里花了几十两银子
2	高要知县	知县本人（朝廷）	回子老师夫	用牛肉行贿案	老师夫用五十斤牛肉想行贿知县，让知县允许回子宰牛。（4）	把老师夫枷死了	曾引起罢市
3	高要知县		积贼	盗窃案	偷鸡屡教不改（4）	把人枷住，把鸡绑在头上当街示众	
4	高要知县	朝廷	几个回子头子	挟制官府案	因为回子罢市闹在县前，构成挟制官府罪（5）	把为首的几个发落了	
5	高要知县	王小二（王大）	严贡生	伤害和侵占案	严贡生想霸占王家的猪，后又把王大的腿打伤，王小二代为告状（5）	严监生代赔钱了事	严监生在衙门花费了十来两银子

续表

序号	主办	原告	被告	案由	主要案情（回）	结果	备注
6	高要知县	黄梦统	严贡生	借款纠纷案	黄梦统向严贡生出具借条想借款但没有借成，严还要黄付利息（5）	找了几个中人立个纸笔说，欠条寻出来作废	严监生在衙门花费了十几两银子
7	高要知县	赵氏	严贡生	选嗣纠纷案	与赵氏关于选嗣的问题意见不合，严贡生不承认赵氏是严监生妻子的身份（6）	知县作了裁决，予赵氏选择权，但最终还是按严氏意见办，分开家另过	
8	德清知县	盐商	杨执中（贡生）	侵占案	杨在帮管盐店的时候，亏空了七百多两银子，把他告到县里追比（9）	娄氏公子代赔七百五十两银子，让管家晋爵去办退赔。把杨释放了	晋爵给20两银子书办，就把事情办妥了。
9	萧山知县	僧人慧远	权勿用（秀才）	奸拐案	尼僧心远被权奸拐霸占在家（13）	审实无此事，是几个秀才作弄他	
10	秀水知县	蘧公孙（监生）	宦成、双红（奴才）	拐带私奔案	宦成拐走蘧公孙家使女双红，蘧公孙报官。后来双红拿了蘧公孙的钦赃，被以告发为要挟，最后，蘧公孙只好放弃报官（13）	差人恐吓宦成要带他回官，打板子，双红要被断回。但因为抓住了蘧公孙的把柄，双红与宦成得以私奔成功	差人诈宦成的银子。又用双红偷的枕箱诈马二银子

续表

序号	主办	原告	被告	案由	主要案情（回）	结果	备注
11	温州府	张父	张儿子（秀才）	出首儿子假哀怜案	出首到府，后来被做了一个假哀怜的呈子释放了，被详上级衙门（15）	提了来审实，都是有碍的	两兄弟在府县都送了钱
12	杭州	施美卿	黄祥甫	抢婚案	施美卿想把弟媳妇卖给黄祥甫，并让黄来抢，可后来错抢了施美卿的老婆而起纠纷（19）	黄找到潘三求写个婚书，并料理衙门的事，最后办妥此事，驳回施美卿的请求	花了几两银子使费
13	钱塘县知县	荷花	一班光棍	强奸和买妾案	荷花是乐清县大户人家使女，逃出来后被光棍轮奸（19）	光棍被打几十板子放了，把荷花解回乐清县。潘三造假把荷花给了财主，收了200两银子。	
14	安东知县	和尚	邻居	买卖牛纠纷案	“为活杀父命事”，和尚以父亲转世为牛为由，要人施舍牛，后又卖给他人得钱（24）	轮回之事渺茫，对和尚重责二十，驳回。	

续表

序号	主办	原告	被告	案由	主要案情（回）	结果	备注
15	安东县知县	胡赖	陈安医生	医疗纠纷案	“为毒杀兄命事”胡赖的哥哥吃了陈安的药后跳河自杀（14）	吃的药与跳河没有关联，驳回起诉	
16	安东县知县	牛奶奶	牛浦郎	冒名顶替案	“为谋杀夫命事”。牛奶奶的丈夫叫牛布衣，牛浦郎假冒了牛布衣的名，所以，牛奶奶认为牛浦郎谋杀了其丈夫（24）	没有直接证据，驳回牛奶奶的起诉，后将缠讼的牛奶奶解回绍兴本地另行告状。	
17	上元县知县	胡氏	儿子	出首儿子案	父亲死后去胡氏房里搜首饰，被胡氏出首到县里（26）	把儿子责罚了一顿，并分家另过	
18	杭州总兵	出首人	卢信侯	非法藏禁书案	家藏禁书《高青邱文集》，到庄征君家做客时被缉拿（35）	投监后庄征君托人把他放了，反而把出首人问了罪	庄征君说情

续表

序号	主办	原告	被告	案由	主要案情（回）	结果	备注
19	南京国子监	应天府（朝廷）	廪生	赌博罪案	犯了赌博，应天府送去国子监收管（36）	虞博士替他辩白并释放了	担心门斗要钱，担心处置和受罪
20	工部	朝廷	萧云仙千总	任意浮开案	“萧云仙”承办青枫城城工一案，浮开七千五百多两银子，勒限严比追款（40）	实赔了七千多金，还少三百多两银子	新任知府替他虚出了个完清的结状
21	江都县知县	沈大年	宋为富（盐商）	娶良为妾案	宋为富豪横，将贡生沈大年的女儿做妾，沈不服告状（40）	知县先是认为盐商过于豪横，后来被打通关节，驳回了沈氏起诉	受了钱财，随意裁判，对执意告状的沈氏押回常州本地。
22	江都县知县	宋为富（盐商）	沈琼枝	盗窃和逃跑案	沈琼枝不甘心做妾，偷了宋家的金银首饰逃了出来，现要抓回去（41）	南京知县让差将沈氏押解回江都县，同时相托江都县县令开释并断还其父，另行择嫁	因为两知县是同年相好相托开释。路上差人处处要钱。

续表

序号	主办	原告	被告	案由	主要案情（回）	结果	备注
23	彭泽县知县	盐船的朝奉和舵工	强盗贼人	抢劫盐船案	盐船被风吹搁浅了，两百来强盗抢盐。告到彭泽县（43）	知县认为本地法令严明地方清肃，没有此事。遂将舵工打得皮开肉绽。准备将朝奉收监	汤镇头的儿子出面求情。知县才扯个淡，一齐赶了回去。
24	无为州知州	朝廷	余特贡生	私和人命收受银两案	私和人命案（44）	余特对一件风影案说情，后来查不明余特的真实身份而不了了之	余特去打秋风说情得款一百多两。
25	台州府	朝廷	万里中书	假官官司案	与苗总兵一面之缘，不曾过赃犯法，但是中书是假官，假官的官司吃不起（50—51）	凤四老爹出主意帮忙买了一个真中书，审理后官司不了了之	差役使费五十两

后 记

谨以此文，献给我最亲爱的妈妈李仕芬。对于我来说，妈妈曾经就是我的世界的全部，妈妈一生勤劳善良，聪明能干，热爱生活，吃苦耐劳，疼爱家人……在我读博期间不幸辞世，这是我毕生的痛，永远怀念我的妈妈！

最好的纪念，就是好好地活着，好好地照顾好父亲，让父亲快乐地生活！

怀着感恩的心，我感谢父母给了我生命给了我所能给的最好的生活、教育；感谢读博期间导师徐忠明老师对我的教诲和鼓励，感谢贺卫方老师在我读博期间的鼓励和支持，并在作为答辩委员会主席时对我的教诲；感谢亦师亦友的任强一直给予的帮助和支持，感谢同学们的关心和相互扶持……最后但是最重要的是，特别感谢我的妻子周凤琴，为支持我读博所做出的巨大牺牲和付出，我永远感激并深藏于心底。

无言感激所有帮助、支持和关心过我的人，我会铭记于心，永远感激！

2013年5月28日